Die Frau in der Literatur

Jean Rhys

Nach der Trennung von Mr. Mackenzie

Aus dem Englischen
von Anna Leube
Mit einem Nachwort
von Heinz Ohff

Ullstein Taschenbuch

Ullstein Buch Nr. 30156
im Verlag Ullstein GmbH.
Frankfurt/M – Berlin – Wien

Ungekürzte Ausgabe

Englischer Originaltitel:
›After Leaving Mr. Mackenzie‹
Erstmals erschienen bei
André Deutsch Ltd., London 1969

Umschlagentwurf von Hannes Jähn
unter Verwendung eines Fotos
von Bill Brandt

Printed in Germany 1984
Druck und Verarbeitung:
Ebner Ulm
ISBN 3 548 30156 8

März 1984

CIP-Kurztitelaufnahme
der Deutschen Bibliothek

Rhys, Jean:
Nach der Trennung von Mr. Mackenzie / Jean Rhys.
Aus d. Engl. von Anna Leube.
Mit e. Nachw. von Heinz Ohff. – Ungekürzte Ausg. –
Frankfurt/M; Berlin; Wien: Ullstein, 1984.
(Ullstein-Buch; Nr. 30156: Die Frau in d. Literatur)
Einheitssacht.: After leaving Mister Mackenzie <dt.>
ISBN 3-548-30156-8
NE: GT

INHALT

Erster Teil

Zweiter Teil

Dritter Teil

ERSTER TEIL

Erstes Kapitel

DAS HOTEL AM QUAI

Nachdem sie sich von Mr. Mackenzie getrennt hatte, zog Julia Martin in ein billiges Hotel am Quai des Grands Augustins. Es sah ziemlich heruntergekommen aus, und im Treppenhaus roch es nach den Katzen der Besitzerin, doch die Zimmer waren sauberer, als man erwartet hätte. Es gab drei Katzen – weiße Angoras –, und sie schienen gewöhnlich in der Rezeption zu schlafen.

Die Hotelbesitzerin war eine dünne hellhaarige Frau mit geröteten Lidern. Sie sprach leise, flüsternd, und sie war so zurückhaltend, daß man dachte: ›Sie kann unmöglich Französin sein.‹ Nicht, daß man sich in Vermutungen darüber ergangen hätte, was sie nun eigentlich war, denn das war sowieso völlig egal.

Wenn man sich nach einem Zimmer erkundigte, war sie nicht gesprächig. Sie nannte die Preise und überreichte eine Visitenkarte:

HOTEL St. RAPHAEL
QUAI DES GRANDS AUGUSTINS
PARIS, 6ME
CHAUFFAGE CENTRAL. EAU COURANTE
CHAMBRES AU MOIS ET À LA JOURNÉE

Julia bezahlte sechzehn Francs pro Nacht. Ihr Zimmer im zweiten Stock war groß und hoch, doch es wirkte düster und einäugig, weil sich das einzige Fenster fast in der Ecke des Raums befand.

Das Zimmer hatte etwas Besonderes. Seine Düsterkeit streifte ans Phantastische, ein Eindruck, der durch das Muster der Tapete verstärkt wurde. Einem großen Vogel gegenüber, der mit offenem Schnabel auf einem Zweig saß, befand sich ein seltsames Geschöpf ohne Flügel, halb Vogel, halb Eidechse, mit gleichfalls offenem Schnabel, den Hals zum Angriff gereckt. Aus dem Zweig, auf dem sie hockten, sprossen ein Pilz und seltsam geformte Blätter und Früchte.

Das Ganze wirkte merkwürdigerweise nicht unheimlich, sondern eher heiter und anregend. Außerdem hatte Julia genug von gestreiften Tapeten. Sie hatte festgestellt, daß sie davon noch mehr Kopfschmerzen bekam, wenn sie aufwachte, nachdem sie getrunken hatte.

Das Bett war groß und bequem; eine verblichene rosa Decke aus imitiertem Satin lag darauf. Es gab einen Kleiderschrank ohne Spiegel, ein rotes Plüschsofa und an der anderen Wand einen fleckigen Spiegel mit vergoldetem Rahmen, in dem sich das Bett spiegelte.

Die Ablage unter dem Spiegel war übersät mit Julias Toilettenartikeln – ein unordentliches Arrangement von Rougeschachteln, Puderdosen und Augen-Make-up. Ganz am Rand stand ein ungerahmtes Ölgemälde, auf dem eine halbleere Flasche Rotwein, ein Messer und ein Stück Gruyère dargestellt waren, signiert »J. Grykho, 1923«. Wahrscheinlich hatte es jemand dagelassen, um Schulden damit zu bezahlen.

Jeder Gegenstand auf dem Bild war leicht verzerrt und voll unerfindlicher Bedeutung. Wenn Julia im Bett lag – und von dort aus konnte sie es nicht vermeiden, hinzusehen –, fragte sie sich manchmal: ›Ob das Bild wohl irgendwas taugt? Möglich; möglich, daß es eine ganze Menge taugt, soweit ich das beurteilen kann ... Ich wette, es ist sogar hervorragend.‹

Doch im Grunde konnte sie das Bild nicht ausstehen. Es war, ebenso wie die Farbe des Plüschsofas, irgendwie deprimierend. In ihrer Vorstellung gehörten Bild und Sofa zusammen. Das Bild war in seiner Abartigkeit beunruhigender, das Sofa bedrückender. Das Bild stand für die Idee, den Geist, und das Sofa für die Sache selbst.

2

Julia hatte dieses Hotel sechs Monate zuvor entdeckt, am fünften Oktober. Sie hatte der Besitzerin gesagt, sie wolle das Zimmer für eine Woche oder vielleicht für zwei. Und sie hatte sich gesagt, das hier sei ein guter Platz, um sich zu verstecken. Sie hatte sich auch gesagt, daß sie hierbleiben würde, bis das schmerzhafte und beklemmende Gefühl vorbei sein würde, das Mr. Makkenzies Hinterlassenschaft war.

Anfangs war die Besitzerin mißtrauisch und eher feindselig eingestellt gewesen, denn sie mißbilligte Julias Angewohnheit, nachts in Begleitung einer Flasche heimzukommen. Ein Mann, ja; eine Flasche, nein. Das war die Einstellung der Besitzerin.

Doch Julia verhielt sich ruhig und war ganz friedlich. Und sie sah auch gar nicht übel aus.

Die Besitzerin dachte bei sich, so ein Leben sei ziemlich ungewöhnlich, nicht zu glauben. ›Immer allein in ihrem Zimmer. Ein Hundeleben ist das schon.‹ Später kam sie zu der Überzeugung, daß Julia verrückt war, leicht übergeschnappt. Schließlich hatte sie sich an ihre Mieterin gewöhnt, hörte auf, Mutmaßungen anzustellen, und vergaß sie allmählich vollkommen.

Julia war alles in allem nicht unglücklich. Wenn sie sich in ihr Zimmer eingeschlossen hatte – besonders dann, wenn sie sich in ihr Zimmer eingeschlossen hatte –, fühlte sie sich in Sicherheit. Meistens las sie.

Doch an manchen Tagen verwirrten und erschreckten ihre Gedanken ihr eintöniges Leben. Dann konnte sie nicht stillsitzen. Sie mußte im Zimmer auf und ab gehen, erfüllt von einem Haß auf die Welt und auf jeden Menschen darin – und besonders auf Mr. Mackenzie. Oft sprach sie mit sich selbst, während sie auf und ab ging.

Danach fühlte sie sich immer entsetzlich müde und lag lange Zeit regungslos auf dem Bett. Das Getöse des

Lebens draußen war wie das Rauschen des Meeres, das allmählich anschwoll.

Sie gab sich gern Erinnerungen hin, wie eine alte Frau. In ihren Gedanken vermischten sich Erinnerung und Phantasie. Immer dachte sie an Orte, nie an Menschen. Sie lag da und dachte an die dunklen Schatten von Häusern in einer Straße, die im Licht der Sonne weiß wirkte; oder an Bäume mit schlanken schwarzen Zweigen und jungen grünen Blättern, die aussahen wie die Bäume auf einem Londoner Platz im Frühling; oder an ein dunkles, purpurrotes Meer – wie das Meer auf einem Öldruck oder in irgendeinem tropischen Land, das sie nie gesehen hatte.

In der letzten Zeit war etwas mit ihr geschehen; sie war müde. Sie dachte kaum je an Männer oder an Liebe.

3

An Dienstagen brachte Liliane, das Zimmermädchen, morgens um halb zehn den Brief von Mr. Mackenzies Anwalt auf dem Tablett mit Kaffee und einem Croissant zu ihr hoch.

Sie war ein großes blondes Mädchen, mürrisch und ziemlich gehässig, weil sie ohne Pause von sechs Uhr früh bis nachts um elf oder zwölf arbeitete und weil sie wußte, daß sie wahrscheinlich bis an ihr Lebensende so würde arbeiten müssen, da sie nicht hübsch war. Ihre Augen wirkten klein und stechend in dem breiten Gesicht, und winzige Pünktchen der Neugier waren darin, wie die Pünktchen in den Pupillen von Katzenaugen.

Sie wünschte Julia guten Morgen und ging dann türenschlagend hinaus, und auf dem Tablett lag stets der Brief, mit Maschine geschrieben, auf englisch:

Madame,
beiliegend finden Sie unseren Scheck über 300 frs. (dreihundert Francs). Wir bitten, den Erhalt zu bestätigen.

Hochachtungsvoll
Henri Legros

4

Wenn Liliane gegangen war, öffnete Julia widerstrebend die Augen und richtete sich auf. Und an diesem Morgen lag der Brief nicht da. Manchmal kam er erst mit der Nachmittagspost.

Sie trank ihren Kaffee. Die Vorhänge waren noch zugezogen. Sie machte das elektrische Licht an und begann zu lesen.

Beim Lesen hatte ihr rundes, blasses Gesicht mit den tiefen bläulichen Ringen unter den Augen immer einen angespannten, besorgten Ausdruck. Ihre Brauen waren dünn und fein gezeichnet; ihr sehr dickes dunkles Haar wurde von einem übertrieben roten Schimmer aufgehellt und stand ziemlich wild von ihrem Kopf ab. Ihre Hände waren schlank, mit schmalen Handflächen und sehr langen Fingern, wie die einer Orientalin.

Bei dem Auf und Ab in ihrem Leben hatten sich die meisten Merkmale verwischt, so daß es nicht leicht war, ihr Alter, ihre Nationalität oder den sozialen Hintergrund auszumachen, dem sie eigentlich entstammte.

Um zwölf klopfte das Hausmädchen an die Tür und fragte mürrisch, wann sie das Zimmer richten könne.

»Schon gut, schon gut«, rief Julia. »In einer halben Stunde.«

Die Zentralheizung war nicht in Ordnung, und ihr war kalt. Sie zog sich an und trat dann ans Fenster, um sich zu schminken und sich die Augen mit Khôlstift zu umranden; sie waren schön – länglich und dunkel, ihr Ausdruck unbefangen, beinahe kindlich.

Ihre Augen verrieten sie. An den Augen und den tiefen Ringen darunter sah man, daß sie eine Träumerin war, daß sie verletzlich war – zu verletzlich, um jemals in einem Leben zu reussieren, das vom Zufall abhängig war.

Sie schminkte sich kunstvoll und sorgfältig; doch es war klar, daß, was sie da tat, schon längst keine liebevoll ausgeführte Arbeit mehr war, sondern teils ein mechanischer Vorgang, teils ein Ersatz für die Maske, die sie gern getragen hätte.

Sich nicht mehr zu schminken wäre für sie ein Eingeständnis des Alters und der Resignation gewesen. Es hätte bedeutet, daß Mr. Mackenzie sie zugrunde gerichtet hatte. Es wäre der erste Schritt auf jenem Weg gewesen, der am Ende dahin führte, daß man aussah wie diese Frau in der Etage über ihr – eine stets schwarzgekleidete Frau mit weißem Gesicht und schwarzen Nagelrändern und gefärbtem Haar, das sie nicht mehr färbte und das zwei Finger breit in einem scheußlichen Grauweiß nachgewachsen war.

Diese Frau gab sich bescheiden und überaus höflich.

Natürlich, denn sie hatte gemerkt, daß sie – ohne Geld und Anstand – gut daran tat, bescheiden zu sein, solange sie noch wußte, was ratsam für sie war. Doch ihre Augen waren bösartig – die entsetzlich bösartigen Augen einer alten, verlassenen Frau. Sie war ein Schatten, am Leben gehalten von einer Flamme des Hasses gegen jemanden, der sie schon vor langer Zeit vollkommen vergessen hatte.

Julia sah aus dem Fenster, hinüber zu den Bücherständen am Quai. Und hinter den Bücherständen war die Seine, braungrün und trübe. Wenn ein Lastkahn vorbeifuhr, schäumte und spritzte das Wasser eine Zeitlang. Dann, fast mit einem Mal, floß es wieder ruhig und träge.

Wenn sie auf den Fluß sah, schauderte sie. Sie war überzeugt, daß das Wasser ihr Zimmer viel kälter machte. Nur nachts liebte sie den Fluß. Dann schien er auf geheimnisvolle Weise breiter zu werden und rascher zu strömen. Wenn man betrunken war, konnte man sich vorstellen, es sei das Meer.

5

Um eins klopfte das Hausmädchen erneut.

»Ja, ja, ja«, sagte Julia gereizt.

Ihr Mantel war schon sehr alt. Sie war in den letzten paar Monaten dicker geworden, und nun war er ihr zu eng und zu kurz. Sie bildete sich ein, daß sie darin lächerlich aussähe, vor allem von hinten. So kam es, daß ihre seltenen Anwandlungen, etwas zu unternehmen, verschwanden, sobald sie an ihren Mantel dachte.

»Ich gehe jetzt aus«, rief sie.

Es nieselte. Julia ging rasch an den Bücherständen vorbei und bog bei dem großen Café an der Place St. Michel um die Ecke. Am Kiosk gegenüber blieb sie stehen und kaufte sich eine Zeitung.

Sie aß immer in einem deutschen Restaurant in der Rue Huchette zu Mittag. Wenn sie hereinkam, wurde sie vom Besitzer begrüßt; auf seinem strategisch günstigen Platz auf der Treppe, die zur Küche hinunterführte, konnte er die Kellner beobachten, das Servieren und die Beine der weiblichen Gäste.

Julia setzte sich an ihren Stammplatz, schlug die Zeitung auf und las, während sie aß.

Zweites Kapitel

Mr. MACKENZIE

Wenn Julia mit dem Essen fertig war, ging sie spazieren. Das tat sie jeden Tag, unabhängig vom Wetter. Sie war so sehr darauf bedacht, niemandem zu begegnen, den sie kannte, daß sie sich immer soviel wie möglich in den Seitenstraßen aufhielt.

Wenn sie an den Terrassen der Cafés vorüberging, nahm ihr Gesicht einen harten, abweisenden Ausdruck an, doch vor den Schaufenstern blieb sie immer wieder stehen. Bücher, Bücher und noch einmal Bücher. Und dann gab es Fenster, in denen Abdrücke verkrüppelter Füße ausgestellt waren, ausgestopfte Hunde und Füchse oder Photographien vom Mond.

An diesem Nachmittag stand sie lange in der Rue de Seine und betrachtete ein Bild, das eine männliche Gestalt darstellte, die von etwas eingekreist wurde, was wie ein riesiger malvenfarbener Korkenzieher aussah. Auf dem unteren Rand des Bildes stand: *La vie est un spiral, flottant dans l'espace, que les hommes grimpent et redescendent très, très, très sérieusement.*

Sie ging weiter, dem Seine-Ufer zu. Sie fühlte sich gelassen und friedlich. Ihre Glieder bewegten sich geschmeidig; die feuchte, weiche Luft fühlte sich angenehm auf ihrem Gesicht an. Sie hatte den Eindruck, in sich selbst zu ruhen, losgelöst, unabhängig vom Rest der Menschheit.

Es war halb fünf, als sie in ihr Hotel zurückkam und den Brief von Maître Legros im Fach fand.

Als sie oben im Zimmer war, legte sie den Brief auf den Tisch. Es widerstrebte ihr, ihn zu öffnen. Sie wollte, daß das Gefühl des Wohlbefindens noch anhielte.

Sie legte sich aufs Bett, zündete sich eine Zigarette an und beobachtete die Lichter, die über den Fluß vom Palais de Justice herüberschienen und wie kalte, anklagende, mißgünstig blickende Augen aussahen.

Das Grammophon im Zimmer nebenan begann zu spielen. Der junge Mann, der dort wohnte, bekam manchmal Besuch von einem Mädchen, und dann spielten sie dieselbe Platte wieder und wieder. Einmal, als Julia an dem Zimmer vorbeigegangen war, hatte die Tür offen gestanden. Sie hatte sie beide gesehen, das Mädchen saß neben dem jungen Mann und streichelte seinen Schenkel vom Knie an aufwärts, sanft und gleichmäßig, während er über ihre Schulter ins Leere starrte, mit einem zugleich sinnlichen und gelangweilten Ausdruck.

Julia stand auf und knipste das Licht an. Sie las ihren Brief:

Madame,
beiliegend finden Sie unseren Scheck über 1500 frs. (eintausendfünfhundert Francs). Unser Klient beauf-

tragt uns, diese letzte Zahlung anzuweisen und Ihnen mitzuteilen, daß mit heutigem Datum die wöchentliche Zuwendung eingestellt wird.
Wir bitten, den Erhalt zu bestätigen.

Hochachtungsvoll
Henri Legros

2

Julia faltete den Scheck auseinander. Die Worte »eintausendfünfhundert Francs« waren in einer klaren, geschwungenen Handschrift geschrieben.

Sie hatte immer damit gerechnet, daß sie eines Tages so etwas tun würden. Doch nun, da es geschehen war, war sie verstört; es ging ihr wie einem Gefangenen, der sich damit abgefunden hat, eine unbestimmte Zeit in Einzelhaft in einer nicht unbequemen Zelle zu verbringen, und dem man eines Morgens sagt: »So, heute werden Sie entlassen. Hier haben Sie etwas Geld. Und nun raus!«

Dann begann sie, im Zimmer auf und ab zu gehen, die Handflächen fest aneinandergepreßt. Aufgeregt und konfus machte sie Zukunftspläne, denn in diesem Augenblick hatte sie jedes Gefühl für den genauen Wert des Geldes verloren.

Während sie ihren Hut aufsetzte, betrachtete sie sich im Spiegel. Sie sagte sich: ›Ich muß ein paar neue Kleider kaufen. Das ist das erste.‹ Und sie wünschte sich jemanden herbei, zu dem sie hätte sagen können: ›Ich sehe doch gar nicht so übel aus, oder? Ich habe immer noch etwas, womit ich es mit der Welt aufnehmen kann, oder nicht?‹

Das Zimmer sah bereits anders aus. Es wirkte seltsam – so wie ein Ort seltsam und belanglos wird, wenn man ihn verläßt.

Jetzt begann wieder das Grammophon nebenan zu spielen ... Menschen lachten, redeten, drängelten. Menschenmassen schoben sich gegenseitig auf einer Straße vorwärts, auf dem Weg zu einem Jahrmarkt. Sie drängelten und lachten. Und man hörte das Trampeln der Füße und den Jahrmarktslärm näher kommen und die Leute rufen. Schließlich erstarb der Lärm der Menge, und man hörte nur noch die Jahrmarktsmusik, ordinär und doch seltsam und schön.

Als Julia auf die Straße hinaustrat, erwachte in ihr so etwas wie Vorsicht. Sie dachte: ›Ich muß mich irgendwo hinsetzen und genau überlegen, was ich jetzt am besten anfange.‹

Sie ging in das Café an der Straßenecke; es war fast leer. Sie setzte sich und bestellte etwas zu trinken. Während sie wartete, betrachtete sie sich in einem Spiegel gegenüber und dachte dabei immer noch an die neuen Kleider, die sie kaufen würde.

An neue Kleider dachte sie mit Leidenschaft, mit Wollust. Sie stellte sich vor, wie sich ein neues Kleid auf ihrem Körper anfühlen, wie es riechen würde und wie ihre Hände aus langen schwarzen Ärmeln auftauchten.

Der Kellner brachte den Pernod, den sie bestellt hatte, und sie trank die Hälfte des Glases, ohne eine Spur

Wasser dazuzugießen. Wärme stieg ihr ins Gesicht, und ihr Herz begann schneller zu schlagen.

Sie leerte das Glas. Ihr war, als hätte das Getränk einen bitteren Geschmack im Mund hinterlassen. Eine Hitze, wie die Hitze der Wut, breitete sich in ihrem ganzen Körper aus. Vor ihr auf dem Tisch stand eine Löschwaage, daneben Tinte und Feder. Sie machte die Löschwaage auf und begann kleine Fahnen auf das Papier zu zeichnen. Während sie zeichnete, sah sie das Gesicht von Mr. Mackenzie vor sich, das mit einem kalten, spöttischen Lächeln zwischen ihren Augen und der Löschwaage schwebte.

Plötzlich überkam sie ein Gefühl so trostloser, hoffnungsloser Demütigung, daß sie am liebsten ihre Arme auf den Tisch und den Kopf auf die Arme gelegt und laut geschluchzt hätte, ohne Rücksicht auf die Leute, die vielleicht zu ihr hinsehen würden, oder darauf, was irgend jemand denken könnte.

Sie begann einen Brief zu schreiben:

Ich bekam den Scheck heute nachmittag. Warum hast Du mir nicht genügend gegeben, damit ich weggehen konnte, gleich damals, als ich Dich darum bat? Jetzt fühle ich mich so elend, daß ich zu nichts zu gebrauchen bin. Und überhaupt, was glaubst Du, kann ich mit fünfzehnhundert Francs anfangen?

An dieser Stelle hielt sie inne, und ihr wurde klar, daß sie nicht einmal wußte, ob Mr. Mackenzie noch in Paris war oder nicht. Als sie ihn zum letztenmal gesehen hatte, war er im Begriff gewesen, zu verreisen – auf unbestimmte Zeit, hatte er gesagt ... Im übrigen war sie alt genug, um zu wissen, daß diese Art Brief ohnehin nie etwas nutzte.

Es war sieben Uhr, und das Café begann sich zu füllen. Julia trat auf die Straße hinaus und wandte sich in Richtung Boulevard Montparnasse.

3

Der Boulevard St. Michel war voller Leute. Julia ging blindlings die Straße entlang und rempelte hin und wieder gegen jemand, der aus der anderen Richtung kam. Wenn die Leute sie böse ansahen und murrten, schien es, als gestikulierten Schatten.

Die Lichter der Cafés waren hart und kalt, wie Eis.

Nachdem sie ungefähr zwanzig Minuten gegangen war, bog sie in eine Nebenstraße ab, eine schmale, ziemlich verlassene Straße mit hohen, stillen Häusern. Vor der Nummer 72 zögerte sie; dann ging sie auf die andere Straßenseite, anstatt bei der Concierge zu läuten, und sah hinauf zu einem Fenster, von dem sie wußte, daß es zu Mr. Mackenzies Schlafzimmer gehörte. Dort brannte Licht. Als sie es sah, preßte sie mit einem ziemlich grimmigen Ausdruck die Lippen zusammen.

Sie ging ein paar Schritte die Straße auf und ab, lief dann zu einem Hauseingang gegenüber von Mr. Mackenzies Wohnung zurück und blieb dort stehen. Ein Teil von ihr blieb immer noch ruhig, sagte ihr, daß sie wirklich etwas sehr Törichtes tat und daß das Ganze bestimmt schlecht für sie ausgehen würde. Trotzdem hatte sie das Gefühl, daß sie Mr. Mackenzie sehen mußte. Sechs Monate der Resignation waren wie ausgelöscht. Sie wußte, daß sie so lange warten würde, bis der Bewohner des Appartements, wer immer es war, das Haus verließ.

Sie hatte vielleicht eine halbe Stunde dort gestanden, als das Licht ausging. Kurze Zeit danach öffnete sich die Tür vom Haus gegenüber, und Mr. Mackenzie trat auf die Straße. Er ging in Richtung Boulevard Montparnasse.

Bei seinem Anblick begann Julias Herz wild zu schlagen, und ihre Beine zitterten. Sie war in fast unerträglichem Maße aufgeregt, denn zu ihren anderen Empfindungen kam noch hinzu, daß sie sowohl vor ihm als auch vor seinem Anwalt große Angst hatte. Wenn sie an die Verbindung von Mr. Mackenzie und Maître Legros dachte, verließ sie jeder Sinn für Realität, und ihr schien, als gäbe es keinerlei Grenzen für deren vereinte Möglichkeiten, sie zu Fall zu bringen und zu verletzen. Zu zweit verkörperten die beiden vollkommen die organisierte Gesellschaft, in der sie keinen Platz hatte und der gegenüber sie nicht die geringste Chance besaß.

Sie dachte störrisch: ›Es ist mir egal. Ich werde die Sache endgültig mit ihm bereinigen. Es ist mir völlig egal.‹

Als Mr. Mackenzie ungefähr zwanzig Meter weit gegangen war, überquerte sie die Straße und folgte ihm.

Er bog in den Boulevard Montparnasse ein, und Julia sah ihn ins Restaurant Albert hineingehen.

4

Mr. Mackenzie war ein mittelgroßer, durchschnittlich aussehender Mann. Er gehörte zu dem Typ, den Restaurantbesitzer und Kellner respektierten. Seine Nase war groß genug, um ihn bedeutend aussehen zu lassen, sein Bauch rund genug, daß er wohlwollend wirkte. Seine Trinkgelder entsprachen nicht immer dem wohlwollend wirkenden Bauch, doch dies war weniger wichtig, als man hätte meinen können.

Monsieur Albert fragte, ob Monsieur allein sei; und Mr. Mackenzie antwortete mit einem Lächeln, das er einstudiert hatte, um nicht verlegen zu wirken, daß er an diesem Abend allein sei. Dann bestellte er Veau Clamart, das Monsieur Albert besonders empfahl, und eine Karaffe Rotwein.

Mr. Mackenzie war wohlhabend, wenn auch kein Millionär. Unterstützt von seinem Vater, der Eigentümer einer Küstenschiffahrtslinie gewesen war, und dank einer gewissen Portion Glück, das ihn immer begleitet hatte, hatte er schon recht früh im Leben eine ganze Menge Geld gemacht. Er gehörte nicht zu den Leuten, die Geldverdienen als Abenteuer betrachten und nicht aufhören und etwas anderes tun können. Er hatte ein hübsches Vermögen angehäuft und sich dann von den Geschäften zurückgezogen. Er war achtundvierzig Jahre alt.

Paris hatte ihn angezogen wie der Magnet die Nadel. Wenn er in England war, pflegte er zu sagen: »Ich mag Paris, aber ich kann die Franzosen nicht ausstehen.«

Wenn er in Paris war, mißfiel es ihm, als Engländer erkannt zu werden, doch zugleich wurde er hitzig und aggressiv, wenn er hörte, wie Franzosen sich über England mokierten, und war aufrichtig empört über den Verrat.

Er verbarg sich hinter einer reichlich gespielten Miene von Geistesabwesenheit. In seiner Jugend hatte er einen kleinen Gedichtband veröffentlicht. Doch sobald es sich um reale Dinge drehte, hielt er auf Disziplin und Ordnung. Er hatte festgestellt, daß Menschen, die es zulassen, daß sie vom Sturm der Gefühle und spontanen Regungen hin und her getrieben werden, immer unglückliche Menschen sind, und zur Selbstverteidigung hatte er eine bestimmte geistige Haltung angenommen, einen bestimmten Verhaltens- und Sittenkodex, von dem er selten abwich. Zwar wich er davon ab, aber nur dann, wenn er so gut wie sicher war, daß niemand es merkte.

Sein Kodex war vollkommen dem gesellschaftlichen System angepaßt, und in jeder Diskussion hätte er ihn gegen jeden beliebigen Angriff verteidigen können. Er debattierte allerdings nie darüber, denn auch das gehörte zum Kodex. Über solche Dinge debattierte man nicht. Man tat einfach unter bestimmten Umständen dieses und unter anderen Umständen jenes.

Mr. Mackenzies Kodex, seine Philosophie oder Denkweise wären ein vollkommener Schutz für ihn gewesen, hätte er nicht eine merkwürdige Schwäche gehabt – vielleicht war er noch immer von dem Band mit Jugendgedichten beeinflußt –, die bewirkte, daß er von Fremdheit, Leichtsinn, ja selbst von Unglück krankhaft angezogen wurde. Mehr als einmal hatte er sich in Geschichten eingelassen, die er hinterher bitter bereute, doch wenn es darum ging, sich aus der Affäre zu ziehen, kam ihm sein Geschäftssinn zu Hilfe, und er kam unbeschadet davon.

5

Mr. Mackenzie begann, über Julia Martin nachzudenken. Er tat dies so selten wie möglich, doch das letzte Mal hatte er sie in diesem Restaurant gesehen. Nun erinnerte er sich widerwillig. Diese Geschichte hatte sehr unerfreulich geendet.

Ein Wahnsinn! Rückblickend dachte er: ›Mein Gott, warum hab' ich das getan? Warum wollte ich bloß mit ihr schlafen?‹ Doch es ließ sich nicht abstreiten. Eine Weile war er von ihr besessen gewesen. Er hatte gelogen; er hatte ihr Versprechungen gemacht, die er nie zu halten beabsichtigt hatte; und so weiter, und so weiter. Alles Teil des Wahnsinns, für den er nicht verantwortlich war.

Nicht, daß es vieler Lügen bedurft hätte. Nachdem sie sich zwei- oder dreimal mit ihm getroffen hatte, verbrachte sie die Nacht mit ihm in einem billigen Hotel. Vielleicht war das der Grund, wenn er es recht bedachte, warum er sie nie wirklich gemocht hatte.

»Ich hasse Heuchler.« Das hatte sie einmal gesagt. Ganz beiläufig.

Er hatte beigepflichtet. »Ich auch«, hatte er gesagt.

Doch er mochte das Wort »Heuchler« nicht. Es war ein Wort, das er selbst nie gebrauchte – das er vermied, als sei es etwas Unanständiges. Zuviel sinnloses Zeug wurde von idiotischen Leuten über Heuchelei und Heuchler gesagt.

Immerhin gehörte sie nicht zu der abgebrühten Sorte. Sie war von der weichen Art. Das konnte jeder sehen. Hatte Angst vor dem Leben. Mußte sich fortwährend zu allem aufraffen. Anfangs hatte ihm das gefallen. Dann war es einigermaßen langweilig geworden.

Julia hatte ihm erzählt, daß sie verheiratet gewesen sei und England unmittelbar nach dem Waffenstillstand verlassen habe. Sie habe ein Kind gehabt. Das Kind war gestorben – irgendwo in Mitteleuropa –, und dann hatte sie sich von ihrem Mann getrennt und sich scheiden lassen, oder er hatte sich scheiden lassen, Mr. Mackenzie hatte nicht mitbekommen, wie es nun eigentlich gewesen war. Vielleicht war sie aber auch gar nie verheiratet gewesen. Jedenfalls war sie allein nach Paris gekommen.

Sie war Modell und eine Zeitlang Mannequin gewesen. Aber es war offenkundig, daß sie hauptsächlich von dem Geld gelebt hatte, das diverse Männer ihr gegeben hatten. Von einem Mann zum nächsten zu gehen war zur Gewohnheit geworden. Einmal hatte sie zu ihm gesagt: »Daran kann man sich sehr leicht gewöhnen.«

Ein anderes Mal hatte sie gesagt: »Verstehst du, einmal kommt eine Zeit in deinem Leben, da kannst du, wenn du genügend Geld hast, den einen Weg gehen.

Wenn du aber gar nichts hast – absolut gar nichts – und keine Aussicht, von irgendwoher etwas zu bekommen, dann gehst du den anderen Weg.«

Er hatte gedacht, daß an dem, was sie sagte, etwas Richtiges sei, und doch hatte er nicht ganz zugestimmt. Rückhaltlose Zustimmung hätte unabsehbare Folgen gehabt.

Bald hörte er auf, intime Fragen zu stellen, denn ihm war klar, daß es ein Fehler war, allzuviel über Leute wissen zu wollen, die einem über den Weg laufen und die bald unweigerlich wieder aus dem Gesichtskreis entschwinden. So ließ sich das Leben nicht meistern.

Das Geheimnis des Lebens bestand darin, nie zu weit oder zu sehr in die Tiefe zu gehen. Also ließ man diese Leute in Ruhe. So oder so würden sie einem höchstwahrscheinlich Lügen erzählen. Und sie hatten ihre eigenen Methoden, um mit dem Leben zurechtzukommen, da brauchte man sich wahrhaftig keine Gedanken zu machen.

Er fragte sich nur, als Mann von Welt: ›Kommt sie auf diese Weise über die Runden oder nicht?‹ Und die Antwort war negativ. Julia war zugleich zu durchschaubar und zu undurchsichtig. Das wirklich Unglaubliche war, daß es schien, als wolle sie gar nicht über die Runden kommen, daß sie die Notwendigkeit und den Zwang, sich um jeden Preis durchzuschlagen, nicht zu verstehen schien. Er wußte zum Beispiel, daß sie nicht einen Penny besaß. Nach all dieser Zeit hatte sie keinen einzigen Penny gespart.

Fast war er gezwungen zu glauben, sie sei ein weibliches Wesen ohne Selbsterhaltungstrieb. Und es widersprach Mr. Mackenzies Kodex, zu glauben, es könnte irgendein weibliches Wesen geben, das keinen Selbsterhaltungstrieb besaß.

Sie war leichtsinnig. Sie hatte Anwandlungen von Melancholie und verlor dann die Selbstbeherrschung, die zur Aufrechterhaltung des Scheins notwendig war. Er sah voraus, daß ihr Abstieg auf der sozialen Leiter unvermeidlich und daß es bis zur untersten Stufe nicht mehr sehr weit war. Sie begann ihn zu deprimieren.

Gewiß, manchmal konnte sie ganz bezaubernd sein. Aber das gehört zum Repertoire solcher Leute. So etwas zählt überhaupt nicht.

Er hatte ihre Trennung von Anfang an als endgültig angesehen – solche Geschichten mußten zu einem Ende kommen. Als er ihr gesagt hatte, daß er weggehe und vorschlage, ihr wöchentlich eine bestimmte Summe zukommen zu lassen, damit sie Zeit zum Ausruhen habe, Zeit, um sich umzusehen und so weiter, und so weiter, hatte sie geantwortet, daß sie weder ausruhen noch sich umsehen wolle. Sie hatte ihn gebeten, ihr zu helfen, sofort aus Paris wegzugehen. Doch etwas tief im Innern von Mr. Mackenzie hatte sich gesträubt, ihr eine größere Summe zu geben, die sie natürlich auf der Stelle ausgeben würde. Dann würde sie, wie sehr sie auch jetzt das Gegenteil beteuern mochte, zurückkommen und mehr haben wollen.

Er hatte sich schroff geweigert und ein paar verletzende, doch der Wahrheit entsprechende Bemerkungen hinzugefügt.

Julia hatte geweint; sie war hysterisch geworden. Sie hatte eine Szene gemacht, genau in diesem Restaurant, unter den schockierten und mißbilligenden Blicken von Monsieur Albert. Ihretwegen hatte er dagestanden wie ein Narr.

Ein Gefühl der Vorsicht und des Argwohns, das sich fast zum Haß steigerte, hatte von ihm Besitz ergriffen. Er hatte sie stark im Verdacht, ein paar reichlich törichte Briefe zu horten, die er ihr geschrieben hatte und von denen sie behauptete, sie habe sie zerrissen. Einer der Briefe hatte angefangen: »Ich möchte meine Kehle unter Deine Füße legen.« Er wand sich förmlich, wenn er daran dachte. Was für ein Wahnsinn! Bloß nicht daran denken; nicht daran denken.

Vorsicht war seine zweite Natur – und so hatte er noch am selben Nachmittag die ganze Angelegenheit den kompetenten Händen von Maître Legros übergeben; und er hatte Julia seitdem nicht wiedergesehen.

Der Gedanke an sie verfolgte ihn, so wie eine kleinliche Handlung einen verfolgt, obwohl Mr. Mackenzie sich immer wieder sagte, daß er nicht kleinlich gewesen sei. Kleinlich! Was für ein Unsinn.

Dann sah er von seinem Kalbsschnitzel hoch – und da war sie, betrat gerade das Lokal.

6

Sie kam herein – bleich wie ein Gespenst. Sie ging direkt auf Mr. Mackenzies Tisch zu und nahm ihm gegenüber Platz. Er öffnete den Mund, um zu sprechen, doch keine Worte kamen. Also schloß er ihn wieder. Er dachte: ›O Gott, o du lieber Gott, sie ist hergekommen, um eine Szene zu machen ... O Gott, sie ist gekommen, um eine Szene zu machen.‹

Mit einem hilflosen Ausdruck sah er nach rechts und nach links. Er empfand eine große Erleichterung, als er sah, daß Monsieur Albert in der Nähe seines Tisches stand und ihn bedeutungsvoll anblickte.

»Zum erstenmal sieht dieser Bursche einen direkt an«, dachte Mr. Mackenzie.

Monsieur Albert war ein kleiner blonder Mann, ein Elsässer. Seine Augen signalisierten: ›Ich habe verstanden; ich erinnere mich an diese Frau. Wollen Sie, daß ich sie vor die Tür setze?‹

Instinktiv nahm Mr. Mackenzies Gesicht einen hochmütigen Ausdruck an, als ob er sagen wollte: ›Was zum Teufel meinen Sie?‹ Er hob die Augenbrauen ein wenig, um den Kerl in seine Schranken zu weisen.

Monsieur Albert zog sich zurück. Nachdem er sich ein kleines Stück entfernt hatte, wandte er sich um. Dieses Mal versuchte Mr. Mackenzie, zurückzusignalisieren: ›Jedenfalls jetzt noch nicht. Aber bleiben Sie in der Nähe.‹

Dann sah er Julia zum erstenmal an. Sie sagte: »Du hast wohl nicht erwartet, mich hier zu sehen, oder?«

Sie hustete und räusperte sich.

Mr. Mackenzies Nervosität verschwand. Als sie stumm und wie ein Gespenst hereingekommen war, hatte er wirklich Angst vor ihr gehabt. Jetzt spürte er nur noch eine starke Abneigung gegen sie. Er sagte mit ziemlich schriller Stimme: »Ich wüßte nicht, daß ich dich eingeladen hätte. Nachdem du aber schon mal da bist – möchtest du nicht etwas essen?«

Julia schüttelte den Kopf.

Auf dem Tisch lag ein zweites Gedeck. Sie nahm die Karaffe mit Wein und goß sich ein Glas ein. Mr. Mackenzie beobachtete sie mit zynischer Miene. Er fragte sich, warum ihr Anblick ihn zunächst so erschreckt hatte. Er war sich jetzt sicher, daß sie keine große Szene machen konnte. Er kannte sie; allein schon die Anstrengung, die es sie gekostet hatte, in das Restaurant zu kommen und sich an seinen Tisch zu setzen, hatte sie mit Sicherheit an den Rand eines Nervenzusammenbruchs gebracht.

›Aber warum tut sie das?‹ fragte sich Mr. Mackenzie. ›Warum in aller Welt sollte ein vernünftiger Mensch so etwas tun?‹

Dann hatte er plötzlich den Wunsch, sich zu rechtfertigen, sie wissen zu lassen, daß er nicht gelogen hatte, als er ihr erzählte, er müsse verreisen.

Er sagte: »Ich bin erst vor ein paar Wochen zurückgekommen.«

Julia sagte: »Sag mir, gefällt dir das Leben wirklich? Glaubst du, es ist fair? Sag ehrlich, glaubst du das?«

Er beantwortete die Frage nicht. Überhaupt, was für eine Frage! Er griff nach Messer und Gabel und begann zu essen. Er wollte eine vernünftige und normale Atmosphäre herstellen.

Während er sich kleine Stücke Kalbfleisch und Gemüse in den Mund schob, sagte er sich, daß er sie einfach weiterreden lassen, seine Mahlzeit beenden, die Rechnung bezahlen und das Lokal verlassen sollte. Er könnte sie aber auch sofort hinausbegleiten, unter dem Vorwand, sie müßten einen ruhigeren Ort aufsuchen, um die Sache zu besprechen. Oder er könnte andeuten, daß er Monsieur Albert bitten würde, sie hinauszuwerfen, wenn sie nicht gehe. Obwohl es natürlich reichlich spät war, das jetzt noch zu tun.

Gleichzeitig dachte er: ›Nein. Natürlich ist das Leben nicht fair. Es ist eigentlich verdammt unfair. Das weiß jeder, aber was soll ich denn ihrer Meinung nach dagegen tun? Ich bin schließlich nicht der liebe Gott.‹

Sie fragte: »Wie geht es deinem Busenfreund, Maître Legros?«

»Ganz gut, glaube ich«, sagte er steif.

Sie begann zu reden, mit leiser, ziemlich monotoner Stimme. Es war wie ein lang aufgestauter Strom, der sich plötzlich ergoß.

Er hörte mit halbem Lächeln zu. Gewiß mußte selbst sie sehen, daß sie aus einer Situation, die in erster Linie komisch war, eine Tragödie zu machen suchte. Die verlassene Geliebte – der loyale Anwalt, der die Ehre seines Klienten verteidigte ... Eine Situation, die den Stoff für zehntausend Possen und tausend Komödien hergegeben hatte.

Soweit er feststellen konnte, hatte sie die fixe Idee, daß ihre Affäre mit ihm und ihre Begegnung mit Maître Legros der Wendepunkt in ihrem Leben gewesen waren. Sie hatten ein paar notwendige Illusionen über sie selbst zerstört, die es ihr ermöglicht hatten, ihre merkwürdige Existenz mit einem gewissen Maß an Mut und Waghalsigkeit zu führen.

Bei der Erwähnung von Maître Legros spitzte Mr. Mackenzie die Ohren, denn er hatte nur drei sehr geschäftsmäßige Mitteilungen von diesem Herrn erhalten und war ziemlich neugierig zu erfahren, wie französische Rechtsanwälte solche Dinge handhabten.

Sie sagte, Maître Legros habe versucht, sie wegen Briefen unter Druck zu setzen, die sie vernichtet hatte, und wegen möglicher Schwierigkeiten, die sie nie vorgehabt hatte, zu machen.

Nun, das hatte er wahrscheinlich getan. Denn dafür wurde er schließlich bezahlt – daß er ihr eine Heidenangst einjagte. Andererseits mußte sie gemerkt haben, falls sie nur ein bißchen Verstand besaß, daß dies zu Dreiviertel Bluff war.

Sie sagte, der Rechtsanwalt habe seinen Angestellten befohlen, die Tür abzuschließen und einen *agent* zu holen.

Er fragte sich, ob er das wohl glauben sollte, denn er hatte die unbestimmte Ahnung, daß das Versperren von Türen zu den Dingen gehört, die nicht legal sind.

Sie sagte, er habe gedroht, sie abschieben zu lassen, und eine Menge über die *police des mœurs* geredet. Sie sagte, in dem Raum seien viele Angestellte und Sekretärinnen gewesen, die sie angestarrt und die ganze Zeit gelacht hätten.

›Viele?‹ dachte er. ›Nun ja, drei oder vier im äußersten Fall.‹

Sie sagte, sie habe angefangen zu weinen.

Nun ja, in allen Lebenslagen mußte man damit rechnen, daß alles seine zwei Seiten hatte.

Sie sagte, sie sei entschlossen gewesen, das Geld, das man ihr anbot, niemals anzunehmen.

›Sieh an‹, dachte Mr. Mackenzie. ›*Tiens, tiens.*‹

Sie sagte, sie sei krank geworden, und dann sei ihr alles einerlei gewesen, sie habe bloß noch in Ruhe daliegen und krank sein wollen. Und dann hatte sie dem Anwalt geschrieben und gebeten, man solle ihr den Betrag schicken. Und danach war etwas in ihr kaputtgegangen, und nie mehr würde sie zu irgend etwas zu gebrauchen sein, nie, nie mehr.

Sie erhob die Stimme. »Hast du einen Anwalt bezahlt, bloß um mich zu schikanieren?« sagte sie.

Mr. Mackenzie schob seinen Teller zur Seite. Das ging zu weit. Er konnte nicht mehr so tun, als esse er – nicht, wenn sie lauthals derartige Dinge sagte.

Außerdem war ein Bursche, den er kannte, ein Journalist namens Moon, mit einem Freund hereingekommen, während sie redete, und saß nun zwei oder drei Tische weiter weg. Moon war ein Klatschmaul. Er redete ununterbrochen, und der Freund, ein dünner, dunkelhaariger jüngerer Mann, sah sich mit ziemlich gelangweilter Miene im Restaurant um. Jeden Augenblick konnten sie die Aufmerksamkeit der beiden auf sich ziehen. Konnte man wissen, wie weit Julia noch gehen würde?

Mr. Mackenzie dachte: ›Nie mehr – nie, nie mehr – will ich mich mit dieser Sorte Frau einlassen.‹

Er hatte das Gefühl, sein Kragen beenge ihn. Instinktiv schob er sein Kinn nach vorn, um sich von dem Druck zu befreien. Es war genau dieselbe Bewegung, wie wenn ein Pferd scheut.

Er sah Julia an, und ein hilfloser, flehender Ausdruck trat in seine Augen. Seine Hand lag auf dem Tisch. Sie legte ihre Hand auf die seine und sagte mit sehr leiser Stimme: »Weißt du, ich bin ziemlich unglücklich gewesen.«

Mr. Mackenzie fühlte sich angesichts dieses Stimmungswechsels befreit und verärgert zugleich. ›Sie versucht, mich wieder herumzukriegen‹, dachte er. ›Aber wie sie das anstellt! Mein Gott, wie sie's bloß anstellt!‹

Langsam und ostentativ zog er seine Hand weg. Während er Julia unverwandt ansah, machte er absichtlich ein angewidertes Gesicht. Dann räusperte er sich und fragte: »Nun, was wolltest du eigentlich, als du hier hereingekommen bist?«

Julia wurde blasser. Die Schatten unter ihren Augen waren tiefer. Sie sah viel älter aus. Doch Mr. Mackenzie empfand mit ihr kein Mitleid; sie war eine gefährliche Person. Eine Person, die einfach hereinkam und solch eine unpassende Szene machte, war eine gefährliche Person.

Sie sagte: »Ach ja, sieh mal, der Scheck ... Diesen Scheck habe ich heute bekommen. Ich will ihn nicht.«

»Gut«, sagte Mr. Mackenzie. »Ganz wie du willst, natürlich. Du mußt es schließlich wissen.«

Doch er war überrascht und keineswegs erfreut. Er wußte, daß Hysterie das Leben solcher Leute beherrschte, doch er hätte nie gedacht, daß das so weit gehen könnte, daß man auf Geld verzichtete.

»Einen Moment«, sagte sie. »Nicht deshalb bin ich hergekommen.«

Mr. Mackenzie hatte Angst vor dem Ausdruck in ihren Augen. Er dachte: ›Mein Gott, gleich geht sie auf mich los. Ich müßte sie aufhalten.‹

Doch wie in einem Alptraum konnte er nichts tun, um sie aufzuhalten.

Ein tätlicher Angriff! Man könnte beweisen, daß sie vorsätzlich gehandelt hatte. Sie würde nicht ungestraft davonkommen – nicht einmal hier in Paris.

Ein schlauer Ausdruck trat in Julias Gesicht. Sie hob ihren Handschuh auf und schlug damit gegen seine Wange, aber so leicht, daß er nicht einmal blinzelte.

»Ich verachte dich«, sagte sie.

»Ist schon gut«, sagte Mr. Mackenzie. Er saß ganz aufrecht da und starrte sie an.

Ihre Augen blieben auf ihn gerichtet, doch sie nahmen einen traurigen, niedergeschlagenen Ausdruck an.

»Auch gut«, sagte sie, »in Ordnung. Wie du meinst.«

Dann nahm sie zu Mr. Mackenzies unaussprechlicher Erleichterung ihre Handschuhe an sich und verließ das Restaurant.

7

Mr. Mackenzie aß noch ein paar Bissen vom Schnitzel. Inzwischen war es kalt geworden. Doch er wollte Zeit gewinnen, um seine Fassung wiederzuerlangen.

Dann trank er etwas Wein.

Dann sah er sich im Raum um.

Während er sich umsah, war er überzeugt, daß niemand etwas bemerkt hatte. Nicht einmal Monsieur Albert, der auf die andere Seite des Lokals gegangen war und sich um ein Paar kümmerte, das gerade das Restaurant betreten hatte.

Niemand hatte etwas bemerkt.

Julia war nicht länger als höchstens zwölf Minuten im Restaurant gewesen. Sein Tisch stand in einer Ecke, und sie hatte mit dem Rücken zum Raum gesessen. Der gräßliche letzte Zwischenfall hatte sich so rasch ereignet, daß es höchst unwahrscheinlich war, daß jemand etwas bemerkt hatte.

Allmählich beruhigte sich Mr. Mackenzie. Er hatte das Gefühl, er brauche etwas Warmes zu essen.

Er blickte quer durch den Raum und versuchte, Monsieur Alberts Aufmerksamkeit auf sich zu lenken; da sah er, daß der dunkelhaarige junge Mann am Nachbartisch ihn neugierig anstarrte.

Der dunkelhaarige junge Mann wandte sofort die Augen ab, und sein Gesicht nahm einen völlig leeren Ausdruck an – einen zu leeren Ausdruck.

›Verdammt noch mal!‹ dachte Mr. Mackenzie, ›der Kerl hat es gesehen.‹

Doch als Monsieur Albert das warme Essen und noch eine Karaffe mit Wein gebracht hatte, fing er wieder an zu essen, allerdings ohne großen Appetit.

Dann begann ihm Julia leid zu tun.

›Armer Teufel‹, dachte er. ›Sie ist wirklich am Ende.‹

Drittes Kapitel

Mr. HORSFIELD

Der Name des dunkelhaarigen jungen Mannes war Mr. Horsfield. Eine halbe Stunde später verließ er das Restaurant und dachte, daß er unverhältnismäßig viel Zeit in den vergangenen sechs Monaten damit verbracht hätte, von Leuten loszukommen, die ihn langweilten. (In den vergangenen sechs Monaten hatte er sich richtig amüsiert.) Der Wunsch nach Alleinsein hatte auf beängstigende Weise überhandgenommen.

Er fragte sich, ob es sich gelohnt hatte, die einzige Erbschaft, die er je gemacht hatte und vermutlich jemals bekommen würde, auf Reisen in Spanien und Südfrankreich durchzubringen, bloß weil er die vage Vorstellung gehabt hatte, der Anblick der Sonne würde all seine Leiden heilen und der Liebe zum Leben und zur Menschheit förderlich sein, an der es ihm, wie er fühlte, beklagenswerterweise mangelte.

Dann sagte er sich, daß es ihm alles in allem doch gut getan hatte; es hatte sich gelohnt. Er fühlte sich an diesem Abend besonders wohl; ihm war danach, sich zu amüsieren. Langsam ging er die Straße entlang.

Auf der Straße, zwischen dem Café *Dôme* und dem *Rotonde*, stand ein Touristenbus. Die kleine, schwarze, klägliche Gestalt des Führers stand da, schwungvolle Reden haltend und gestikulierend.

Zwei Frauen stolzierten vorüber; sie trugen ihre Beine und Brüste zur Schau, als seien sie froh, am Leben zu sein. Freude war in der Luft und süße Traurigkeit – wie ein ruheloser Geist.

›Nein, nicht Traurigkeit‹, dachte Mr. Horsfield. Und dann: ›Doch vieles daran ist traurig.‹

Er überquerte die Straße und ging für zehn Minuten ins *Select*. Während er dort saß, erinnerte er sich an den Streit, den er im Restaurant Albert mitangesehen hatte, und er lächelte vor sich hin. Da fiel ihm ein: ›Die Frau ist wahrscheinlich in einem der Cafés und trinkt etwas.‹ Er sah sich um; irgendwie war er sich ziemlich sicher, daß er sie wiedererkennen würde.

Es hatte etwas Phantastisches, Traumähnliches gehabt, eine solche Szene in einem Spiegel reflektiert zu sehen. Dazu in einem unscharfen Spiegel, so daß die Akteure leicht verzerrt wirkten, als spiegelten sie sich in einer unruhigen Wasserfläche.

Er hatte so gesessen, daß er jedesmal, wenn er aufblickte, unweigerlich im Spiegel den runden, kampflustigen Hinterkopf von Mr. Mackenzie sehen mußte – der entschieden mit seinem gewollt malerischen Aussehen von vorn kontrastierte – und das Gesicht der jungen Frau, die sehr mitgenommen wirkte. Er hatte nicht hinübergestarrt, doch er hatte gesehen, wie die junge Frau dem Mann ins Gesicht schlug. An ihrem Gesichtsausdruck hatte er abgelesen, daß es keine Liebkosung oder ein Scherz oder etwas in der Richtung war.

Er hatte gesagt: »Du liebe Güte!«

»Was gibt's?« hatte Moon gefragt.

Doch die Frau im Spiegel schien dem Weinen nahe. Mr. Horsfield war unbehaglich zumute. Er wandte die Augen ab und erwiderte: »Oh, nichts, gar nichts.«

Als sie aus dem Restaurant ging, hatte er sich umgedreht, um ihr nachzusehen, und gefragt: »Kennen Sie die Frau?«

Das hatte er gefragt, weil sein Begleiter behauptete, in diesem Viertel von Paris fast jedermann zu kennen. Er wußte, wer mit wem lebte, und konnte Aufschlüsse über das kulturelle Leben geben. So sagte er beispielsweise: »Sehen Sie das Mädchen da mit dem Dreispitz und den hohen Stiefeln? Sie schreibt an einem Roman über Napoleon.« Oder: »Der Mann, der da an seinem Glas herumfingert und vor sich hin murmelt – er ist eigentlich fast ein Genie. Er ist Bildhauer; bei ihm wird jedermanns Ego auf ein Ei reduziert.«

Was die junge Frau anlangte, so hatte Moon jedoch entschieden hochnäsig reagiert. Als er sagte: »O ja. Ich glaube, ich habe sie schon ab und zu in der Gegend gesehen«, verwies sein Ton das seltsame Geschöpf so sehr an seinen Platz, daß Mr. Horsfield sich ziemlich dafür schämte, daß er überhaupt irgendein Interesse an ihr gezeigt hatte.

›Ein stumpfsinniger Kerl, dieser Moon‹, dachte er, als er wieder den Boulevard hinunterging, ›obwohl er nach außen hin nervös wirkt. Noch dazu ziemlich langweilig.‹

2

Mr. Horsfield ging ein Stück weiter und betrat dann ein anderes Café; es war groß, hell erleuchtet, und eine Menge Leute unterhielten sich lauthals, hauptsächlich auf deutsch. Er trank etwas an der Bar und ging dann zwischen den Tischen durch, fand einen freien Platz und setzte sich.

Er blickte sich um und sah die Frau, an die er gerade gedacht hatte, in einer Ecke sitzen.

Er erkannte ihren Hut wieder – einen dunkelblauen Turban mit einem kleinen Schleier, der vom Rand herabhing, jedoch nicht tief genug, um ihre Augen zu verbergen. Er beobachtete sie und wärmte sein Glas Brandy in den Händen. Er fühlte sich gelassen und ironisch.

Sie saß eingezwängt neben einem sehr dicken Mann mit kahlem Kopf. Eine überlange Spitze mit einer Zigarette am Ende ragte aus dem Mund des Dicken. Er wirkte ungeduldig. Offensichtlich wartete er auf einen Freund. Ab und zu stand er auf und reckte den Hals bei dem Bemühen, alle drei Eingänge des Cafés im Auge zu behalten.

Mr. Horsfield fand, daß die junge Frau recht einsam wirkte. Er beschloß, sobald wie möglich hinüberzugehen, sich an ihren Tisch zu setzen und zu versuchen, mit ihr ins Gespräch zu kommen.

Der dicke Mann erhob sich und winkte heftig zur Tür hin. Dann setzte er sich wieder mit enttäuschtem Gesichtsausdruck. Mr. Horsfield trank seinen Brandy aus und legte das Geld abgezählt auf den Tisch. Er wollte keine Schwierigkeiten mit den Kellnern.

Am Nachbartisch ließ sich ein alter Herr über die Angelsachsen aus, und der Ausdruck *cette hypocrisie froide* kehrte in dem, was er sagte, ständig wieder. Das Wort *froide* klang bösartig und verachtungsvoll. Mr. Horsfield hätte sich gern eingemischt und gesagt: ›Wissen Sie, da haben Sie völlig unrecht. Auf jeden Fall haben Sie nicht ganz und gar recht. Was Sie für Heuchelei halten, ist oft nur eine Art Vorsicht, oft auch echte, wenngleich schwerfällige Naivität, und manchmal eine Mischung aus beidem.‹

»*Ça vous écoeure à la fin*«, brabbelte der alte Knabe. Eigentlich sah er sogar ganz sympathisch aus. Um so bedauerlicher.

Wieder schwenkte der dicke Mann, der am Tisch der jungen Frau saß, heftig den Arm. Er nahm die Zigarette aus dem Mund, lächelte breit, stand schließlich auf und eilte auf seinen Freund zu.

»Macht es Ihnen etwas aus, wenn ich mich zu Ihnen setze?« fragte Mr. Horsfield.

»Keineswegs«, sagte sie gleichgültig.

Mr. Horsfield sah sie von der Seite an. Sie war nicht so jung, wie er vermutet hatte.

»Ich habe Sie in dem Restaurant gesehen, wo ich zu Abend aß«, sagte er.

»Dann kennen Sie also Mackenzie?« fragte sie scharf.

»Nicht die Spur«, sagte Mr. Horsfield. Dann fügte er hinzu, weil irgend etwas an diesem Ort für einen Augenblick seine Befangenheit gelöst hatte: »Ich habe Sie beobachtet. Ich fand, Sie sahen schrecklich einsam aus.«

Als er dies sagte, fiel ihm ein, daß er einsamen Menschen sonst strikt aus dem Weg ging; sie erinnerten ihn zu schmerzhaft an bestimmte Aspekte seiner selbst, da ihre Einsamkeit natürlich nichts anderes als eine Karikatur seiner eigenen war.

Sie sagte: »Oh ... Ja.«

Dann trank sie hastig ihr Glas aus und begann ganz ruhig Konversation zu machen. Mr. Horsfield bewunderte nicht wenig die Art, wie es ihr offenbar gelungen war, sich zusammenzunehmen.

Sie puderte sich das Gesicht. Es kam ihm so vor, als ob es einen Augenblick lang etwas Verschlagenes und Berechnendes bekäme.

Sie erzählte ihm, daß sie sehr lange Zeit nicht mehr in London gewesen sei. »Vor drei Jahren war ich das letzte Mal dort, aber nur für vierzehn Tage.«

Während sie sprach, sah sie ihn an, ohne zu blinzeln, wie ein ganz kleines Kind. Ihre Augen wirkten sehr traurig; sie schienen fortwährend eine Frage zu stellen. ›Welche?‹ dachte Mr. Horsfield. Ein tiefer schwarzer Schatten, auf die äußeren Augenwinkel gemalt, betonte die längliche Form.

Sie sprach von einem Nachtclub in London, der seines Wissens kurz vor Ausbruch des Krieges en vogue gewesen war. Mr. Horsfield dachte: ›Sie muß vierunddreißig oder fünfunddreißig sein, wenn nicht älter.‹ Natürlich, das erklärte vieles.

Als er sie einmal unterbrach, trat ein mürrischer Ausdruck in ihr Gesicht, obwohl ihm nicht bewußt war, daß er dabei einen mißtrauischen oder skeptischen Ton angeschlagen hätte. Sie zuckte leicht mit der Schulter und verfiel, ohne ihm zu antworten, wieder in Schweigen und Gleichgültigkeit.

›Aber warum sollte sie verstimmt sein?‹ dachte Mr. Horsfield. ›Angenommen, ich würde zu jemand sagen, ich handle mit Hopfen, mir gehört ein kleines, schlechtgehendes Unternehmen, und er würde ungläubig dreinsehen. Wäre ich dann beleidigt? Nicht im geringsten. Es wäre mir völlig egal.‹

Er hatte Lust, zu lachen und laut zu sagen: ›Ich bin ein bankrotter Hopfenhändler, verdammt noch mal! Mein Vater hat das Geschäft hochgebracht, und ich bringe es durch.‹

Etwas später schlug er ihr vor, in ein Tanzlokal zu gehen.

»O nein«, sagte sie. »Ich kann nicht. Ich will nicht.«

»Warum nicht? Kommen Sie doch!«

»Nein«, sagte sie hartnäckig. »Ich geh' in keines dieser Montparnasse-Lokale.«

Mr. Horsfield sagte, sie könnten hingehen, wohin immer sie wollte. Ihm sei es einerlei.

In seinen eigenen Ohren klang seine Stimme leicht belegt. Und doch war er nicht im mindesten betrunken. Er hatte einfach das Gefühl, daß er das Leben besser verstand als sonst.

Sie verließen das Café und nahmen sich ein Taxi. Sie gab dem Fahrer eine Adresse an.

»Gut«, sagte Mr. Horsfield. »Ausgezeichnet.«

Doch er war nicht ganz zufrieden. Er vermißte bei ihr ein Echo auf seine eigene, für seine Verhältnisse außergewöhnlich leichtsinnige Stimmung.

Das Taxi fuhr ein kurzes Stück eine Straße hinauf, eine andere hinunter und hielt dann an. Er dachte: ›Das Lokal sieht aus, als hätte es schon bessere Tage gesehen.‹ Tatsächlich war es nichts Besonderes, es wirkte sogar medioker.

Er war ziemlich enttäuscht. Indessen bezahlte er den Fahrer und sah sich dann nach seiner Begleiterin um.

»Also dann, gute Nacht«, sagte sie. »Hier ist nicht viel los, aber machen Sie sich nichts draus. Sie werden bald ein Mädchen finden, das Ihnen was Besseres zeigt.«

Sie ging bereits die Straße weiter, eine dunkle, schmale Straße, die steil einen kleinen Hügel hinaufführte. Er ging ihr nach und faßte sie am Arm, fühlte sich betrogen und war äußerst verärgert.

»Aber hören Sie ...«

»Meine Kleider sind zu schäbig.« Sie sprach erregt und zusammenhanglos. »Es geht mir nicht besonders gut. Ich schaffe es einfach nicht ... Meine Kleider sind zu schäbig ... Außerdem kann ich andere Leute nicht ausstehen. Ich fürchte mich vor anderen Leuten. Früher war ich nie so, aber jetzt werde ich langsam komisch, glaube ich.«

»Im Café eben ging es Ihnen doch noch gut«, wandte er ein.

Ohne zu antworten zog sie ihren Arm weg. Ein junger Mann sah sie im Vorübergehen neugierig an, und Mr. Horsfield kam plötzlich in den Sinn, daß sie wie ein widerlich zankendes Paar wirken mußten. Wäre das alles bei Tageslicht geschehen, wäre er schamrot geworden und so rasch weggegangen, wie es der Anstand erlaubt hätte. Doch war diese menschenleere Straße mit ihren schäbigen, rot beleuchteten Hotels – billigen Zufluchtsstätten für Liebespaare – die richtige Kulisse für das, was sie sagte.

›Diese Frau hat ein verrücktes Leben hinter sich‹, dachte er und starrte sie dabei an.

Jedenfalls konnten sie hier nicht ewig stehen bleiben. Er fühlte sich sehr unbehaglich.

Er faßte sie wieder am Arm, und sie gingen gemeinsam weiter. Sie kamen an eine Querstraße, und er sah in der Ferne den Davidsstern als Leuchtzeichen über einem Kino. Erleichtert schlug er vor, hineinzugehen.

»Es macht Ihnen doch bestimmt nichts aus, in einem Kino zu sitzen?«

»Oh, dieses Kino«, sagte sie. »Es ist ein ziemlich komisches Unternehmen. Ich glaube nicht, daß es Ihnen gefällt.«

»Das macht nichts«, sagte er. »Kommen Sie.«

3

Eine alte Frau spähte aus einem kleinen Fenster und verkaufte Mr. Horsfield zwei Karten zu je drei Francs fünfzig. Dann betraten sie einen kahlen Saal, wo ungefähr zwanzig Leute verstreut auf Holzstühlen saßen.

Sie waren in der Pause hereingekommen, und eine zweite alte Frau in einem schwarzen Kleid ging im Saal umher, gelegentlich auch zum Balkon hinauf, und rief mit sanfter Stimme:

»*Cacahuètes ... Pastilles de menthe ...*«

»Es ist immer so leer«, sagte Julia. »Ich glaube, den beiden alten Mädchen – der draußen und der hier drinnen – gehört das Kino. Ich weiß nicht, aber ich glaube, daß es bald zumachen muß.«

Ein lautes Klicken füllte die Leere. Die Lichter gingen aus, und ein merkwürdiger altmodischer Film flimmerte über die Leinwand. Jemand begann auf einem verstimmten Klavier zu spielen. »Valse Bleu«, »Myosotis«, »Püppchen« ... Mr. Horsfield schloß die Augen und hörte den erbarmungswürdigen Klängen des alten Klaviers zu.

Auf der Leinwand machte ein seltsamer schlanker Jüngling mit langem weißem Gesicht und verrückten Augen einer schönen Dame den Hof; ihre ausladenden Hüften verliehen dem Ganzen eine archaische und zugleich großartige Wirkung.

Nach einer Weile posaunte eine Frau hinter ihnen ins Publikum, daß jeder in diesem Film offenbar *dingo* sei, daß sie solche Filme nicht leiden könne und deshalb gehe.

Mr. Horsfield mochte die Frau nicht. Er hatte das Gefühl, in diesem kahlen Saal und untermalt von dieser zarten Musik sei die Illusion von Kunst nahezu vollkommen. Aus irgendeinem Grund gefiel es ihm hier.

Es war ein deutscher Film, und er war ziemlich gut.

Das Geräusch, das Julia machte, als sie sich die Nase putzte, berührte ihn unangenehm, wie wenn in einem Raum, in dem man zu schlafen versucht, plötzlich das Licht angemacht wird. Dann ein tiefes Atemholen.

Natürlich, er hätte sich denken können, daß sie genau das tun würde.

Doch er hatte den Eindruck, daß ihr Kummer nicht das geringste mit ihm zu tun hatte. Im Gegenteil, er war der Leidtragende. Seit sie das Café verlassen hatten, hatte sie ihn in Verlegenheit gebracht und ihn irritiert, und dabei wollte er doch nichts anderes als sich amüsieren und an nichts denken. Und danach war ihm weiß Gott nicht oft zumute.

Er beschloß, wenn sie das Kino verließen, würde er herausfinden, wo sie wohnte, ein Taxi nehmen und sie nach Hause bringen – und damit hätte die Sache ein Ende. Wenn man erst einmal anfing, den Instinkt des Mitleids vom Allgemeinen zum Besonderen verkommen zu lassen, wurde das Leben absolut unmöglich.

Sie holte wieder tief Atem. Er streckte seine Hand aus und tastete nach der ihren.

»Hören Sie«, sagte er, »bitte weinen Sie nicht.«

Sie antwortete nicht.

»Wollen Sie mit in mein Hotel kommen?« fragte er. »Dort können wir viel besser reden.«

Dann stand er auf und ging hinaus; er wußte, daß sie ihm folgen würde.

Draußen ging sie mit gesenktem Kopf neben ihm her. Ihr Gesicht war ganz ruhig, und er fragte sich, ob sie wirklich geweint oder ob er es sich nur eingebildet hatte oder ob sie es darauf angelegt hatte, daß er es sich einbildete.

Sie gingen an einem kleinen Weinausschank vorbei, wo ein paar Männer trinkend an der Bar standen, dann an einem schmuddeligen Hotel. Sie kamen zu der Straßenecke, wo sie sich zuvor gestritten hatten.

Ein Taxi fuhr vorbei. Mr. Horsfield hielt es an und sagte dem Mann, er solle zu seinem Hotel fahren. Der Fahrer wirkte ziemlich mürrisch, als er die Adresse hörte, wahrscheinlich, weil es zu nah war. Doch Mr. Horsfield stieg kurzentschlossen ein, schlug die Tür zu und sagte mit lauter Stimme: »Also, fahren Sie los.«

Der Fahrer startete so, daß der Wagen ein paarmal heftig ruckte. Dann, im Bemühen, seiner schlechten Laune Luft zu machen, raste er los.

Sie seufzte tief. Dann holte sie eine kleine vergoldete Puderdose aus ihrer Tasche und begann sich sorgfältig das Gesicht zu pudern.

Mr. Horsfields Mund und Kehle fühlten sich trocken an. Er hatte Lust auf etwas schönes Kaltes zum Trinken und erinnerte sich mit Erleichterung an die Whiskyflasche und den Siphon in seinem Zimmer.

4

Dort auf seinem Zimmer stand das Tablett mit einem Siphon und Gläsern – zwei Gläsern zum Glück. Mr. Horsfield hatte den Whisky weggeschlossen. Er holte ihn hervor und goß die Gläser voll. Dann sagte er:

»Vielleicht möchten Sie lieber Wein? Soll ich Wein bringen lassen?«

Sie schüttelte den Kopf und begann mechanisch an ihrem Glas zu nippen.

»Also, zum Wohl«, sagte Mr. Horsfield mit einem Seufzer.

»Cincin«, sagte Julia. Über den Rand des Glases hinweg wirkten ihre Augen verhangen und wie betäubt.

»Du meine Güte, ist es heiß hier drin«, sagte er. Er öffnete die hohen Fenster, die zum Innenhof des Hotels hinausgingen. In einem der Zimmer gegenüber brannte Licht, und er sah einen jungen Mann und ein Mädchen, die sich leidenschaftlich umarmten.

Er fühlte sich peinlich berührt. Hier blieb man auch keinen Augenblick lang von so etwas verschont.

Er wandte sich vom Fenster ab und fragte: »Sagen Sie mal, sind Sie in Geldschwierigkeiten? Ist es das?«

Sie öffnete ihre Tasche und nahm zwei Zehnfrancscheine und ein wenig Kleingeld heraus.

»Das ist alles, was ich habe. Ich hatte einen Scheck über fünfzehnhundert Francs, aber ich habe ihn zurückgegeben.«

»Aha, ich verstehe«, sagte Mr. Horsfield.

Dann dachte er, daß es schließlich für all dies nur *eine* Lösung gab – und besser jetzt als später. Er öffnete die Brieftasche. Darin waren zwei Tausendfrancscheine, ein Fünfhunderter und ein paar kleine Scheine. Er nahm den Fünfhunderterschein und einen der beiden Tausender heraus. Sie waren sorgfältig zusammengefaltet.

Er legte sie in ihre Hand und schloß sanft ihre Finger darüber.

Als er das getan hatte, fühlte er sich stark und überlegen. Glücklich. Er lächelte Julia ziemlich töricht an.

»Wird Ihnen das eine Weile reichen?« fragte er. »Kommen Sie damit zurecht?«

»Ja«, sagte sie. »Danke. Sie sind sehr freundlich. Sie sind wirklich nett.«

Ihm fiel jedoch auf, daß sie das Geld ohne zu widersprechen und offensichtlich ohne verwundert zu sein annahm, und das berührte ihn ziemlich unangenehm.

»Oh, lassen Sie's gut sein«, sagte er.

Das Schweigen zwischen ihnen wurde bedrückend.

Dann kam ihm in den Sinn, sie könnte denken, er habe sie auf sein Zimmer mitgenommen, um mit ihr zu schlafen. Und er wollte nicht mit ihr schlafen. Das war ihm völlig vergangen, als sie im Kino zu weinen und zu schniefen begonnen hatte.

Ihm war unbehaglich. Da gab man einer plötzlichen Eingebung nach, man tat etwas, was man tun wollte – und dann war man in alle möglichen Komplikationen verstrickt.

Er ging wieder zum Fenster, blieb dort stehen und trommelte gegen die Scheibe. Seine Finger waren vom Rauchen gefärbt. Dann wandte er sich um und sah, daß Julia ihren Hut abgenommen hatte. Doch sie sah nicht in den Spiegel und bemühte sich nicht, ihr Haar in Ordnung zu bringen.

Sie war sicher ziemlich betrunken. Ihre Augen schienen einen weit entfernten Punkt anzustarren. Es sah aus, als betrachte sie eine eintönige und unsichere Zukunft mit einer Gleichgültigkeit, die letztlich eine Art von hart erkämpftem Mut war.

Da ihm nichts einfiel, was er sonst hätte sagen können, bemerkte Mr. Horsfield, daß Paris eine Stadt sei, wo es Angelsachsen schwerfalle, nüchtern zu bleiben.

Sie sagte: »Oh, es gibt überhaupt keinen Ort, an dem man das könnte. Meiner Meinung nach jedenfalls.«

Diese Bemerkung kam Mr. Horsfield außerordentlich pathetisch vor.

Sie fing an: »Schließlich ...« und sprach nicht weiter. Sie hatte einen Ausdruck in den Augen wie jemand, der sich danach sehnt, sich verständlich zu machen, zu sagen: ›So bin ich. So fühle ich mich.‹

Er erinnerte sich plötzlich: ›Pa war Oberst. Ich wurde von einem Pfarrer auf einer Gartenparty verführt. Pa hat auf ihn geschossen. Du meine Güte, wie der Kerl geblutet hat!‹ Er hätte gern gelacht.

Er setzte sich neben sie. »Erzählen Sie mir von sich«, sagte er freundlich.

»Nun, ich habe es Ihnen schon erzählt. Ich bin nach dem Waffenstillstand aus London weggegangen. In welchem Jahr war das?«

»Neunzehnhundertachtzehn.«

»Ach ja. Ich bin im Februar des darauffolgenden Jahres weggegangen. Dann bin ich ziemlich viel herumgekommen mit – mit dem Mann, mit dem ich aus London fortgegangen bin. Ich war fast überall, nur nicht in Spanien und Italien. Und dann bin ich nach Paris gekommen.«

»Ich verstehe«, sagte Mr. Horsfield aufmunternd.

Sie sagte mit leiser Stimme, die plötzlich voller Haß war: »Es ging mir gut, bis ich dieses Schwein Mackenzie traf. Er hat mich irgendwie ... ich weiß nicht, er hat mich irgendwie fertiggemacht. Vorher war ich mir immer ziemlich sicher, daß bei mir alles wieder ins Lot kommen würde, aber danach habe ich nicht mehr an mich geglaubt. Ich wollte nur weglaufen und mich verkriechen. Vielleicht bin ich müde geworden; vielleicht wäre ich so oder so vor die Hunde gegangen.«

Mr. Horsfield dachte: ›Nun ja, niemand kann ewig so weitermachen.‹

Doch weil er ziemlich betrunken war, schien ihm das, was sie sagte, sehr intim und vertraulich. Er fing an, es auf sich selbst zu beziehen, und dachte zornig: ›So ist es immer. Wenn einer angeschlagen ist, kommt jemand daher, der es besonders gut versteht, stößt einen zu Boden und trampelt auf einem herum.‹

»Nun«, sagte Julia, »das wär's. Und Reden nützt nichts. Trinken wir auf ein schönes Leben und auf einen schnellen Tod ... Wenn ich betrunken bin, ist alles in Ordnung. Dann kann ich zurückdenken, dann weiß ich genau, warum ich das alles gemacht habe. Alles kommt ins Lot, und ich weiß, daß ich nichts anderes hätte tun können und daß es keinen Sinn hat, sich den Kopf zu zerbrechen.«

Sie seufzte. »Aber man kann nicht die ganze Zeit betrunken sein.«

»Sie sollten nicht so viel herumsitzen und grübeln«, sagte Mr. Horsfield. »Sie sollten unter Leute gehen und sich unterhalten, anstatt allein zu sein und vor sich hin zu brüten.«

»Ja«, sagte sie, »gewiß«.

Sie sah ihn an und dachte: ›Was nützt es, wenn ich es zu erklären versuche? Das geht nun alles schon zu lange so.‹ Unvermittelt schweifte sie ab und sagte: »Nun, mit Leuten zu reden hilft auch nicht immer. Zum Beispiel, kurz nachdem ich nach Paris gekommen bin, habe ich einer Frau, einer Bildhauerin, Modell gesessen.«

»Sie meinen, nachdem Sie England verlassen hatten?«

»Nein, nein«, sagte sie in ungeduldigem Ton. »Aus England bin ich vor ewigen Zeiten weggegangen.«

Dann nahm ihr Gesicht einen so abwesenden Ausdruck an, daß Mr. Horsfield dachte: ›Nun mach schon, erzähl weiter. Und wenn's deine Lebensgeschichte wird, mach weiter.‹

Nach einer kurzen Pause hakte er nach: »Also, was war mit der Frau, der Sie Modell gesessen haben?«

»Ich kam damals aus Ostende«, erklärte Julia. Sie sprach, als versuche sie, sich an ein Buch zu erinnern, das sie gelesen, oder an eine Geschichte, die sie gehört hatte, und Mr. Horsfield fing an, sich über ihre verschwommene Art zu ärgern, ›denn‹, dachte er, ›schließlich ist es dein Leben, und du mußt dich schon einigermaßen klar darüber äußern können. Oder wenn es eine erfundene Geschichte ist, solltest du sie wenigstens parat haben‹.

Dann hellte sich ihr Gesicht auf, und sie fügte hinzu: »Ich mag Ostende. Ich mag es sogar sehr. Dort bin ich glücklich gewesen, und ich erinnere mich immer an Orte, an denen ich glücklich gewesen bin. Ich meine, ich erinnere mich so an sie, daß ich meine Augen schließen und dort sein kann ... Wir wohnten in einem kleinen Ort namens Coq-sur-Mer, in der Nähe von Ostende. Und das Wasser war kalt und herrlich, aber nicht grau. Und dann bin ich allein nach Paris gekommen. Und dann begegnete ich nach einiger Zeit dieser Frau, und ich habe angefangen, ihr Modell zu sitzen. Sie gab mir soundsoviel pro Woche, und ich bin fast jeden Tag zu ihr gegangen, so lange, wie sie wollte.«

»Haben Sie sie gemocht?« fragte Mr. Horsfield.

»Ich weiß nicht, ob ich sie mochte. Ich glaube ja. Auf ihre Art war sie in Ordnung. Manchmal mochte ich sie. Sie war bloß so verschlossen ... Und sie glaubte, alles, was nichts mit ihr zu tun hatte, sei dumm, und das hat mich geärgert. Sie war ein wenig fanatisch, wissen Sie. Sie hatte etwas von einer Künstlerin an sich – ganz im Ernst. Also war sie natürlich fanatisch. Und dann war sie eine Frau. Ungefähr fünfunddreißig. Sie wollte also einfach nicht glauben, daß irgend etwas, was außerhalb von ihr selbst war, oder irgend etwas außerhalb ihrer Gedanken und Gefühle, real sei. Sie dachte einfach, ich sei dumm, weil es nicht in ihr Schema paßte, daß jemand wie ich nicht dumm sein könnte. Sie hielt mich einfach für dumm und sagte ab und zu kleine Bosheiten, um mir weh zu tun. Wie wenn dir jemand eins mit der Peitsche überzieht.

Also, einmal, als wir Tee tranken – denn wenn es zu dunkel zum Arbeiten wurde, haben wir immer Tee getrunken und Butterbrote und manchmal Kuchen gegessen ... Wenn ich Ihnen nur beschreiben könnte, wie schön ich das fand, einfach so mit ihr Tee zu trinken ...

Und eines Tages, als wir dasaßen, rauchten und Tee tranken, habe ich also angefangen, ihr von mir zu erzählen. Ich war gerade dabei, ihr zu erzählen, warum ich aus England weggegangen bin ... Es waren da ein paar Dinge passiert, und ich wollte weg. Weil ich es satt hatte, satt bis obenhin.

Ich wollte weg und hatte dabei genau das gleiche Gefühl wie ein Junge, der ausreißen will, um zur See zu gehen – jedenfalls stelle ich mir das so vor. Nur sind in meine Abenteuer Männer verwickelt gewesen – wie hätte es anders sein können. Das verstehen Sie, nicht wahr? Verstehen Sie, daß ein Mädchen dieses Gefühl haben kann?

Ich wollte fort. Ich wollte es wie ... um jeden Preis. Außerdem hatte ich vor nichts Angst. Und so ging ich tatsächlich auf und davon. Ich habe geheiratet, um wegzukommen.

Also, ich habe ihr alles darüber erzählt. Und dann, ehe ich wußte, wie ich dazu kam, habe ich ihr auch alles andere erzählt. Alles, was mir passiert war, von Anfang bis Ende.

Und die ganze Zeit, während ich redete, betrachtete ich ein komisches Bild, das sie an der Wand hatte – die Reproduktion eines Bildes von einem Mann namens Modigliani. Haben Sie je von ihm gehört? Das Bild zeigt eine Frau, die auf einer Couch liegt, eine Frau mit einem schönen, wunderschönen Körper. Oh, ganz wunderschön. So kam es mir jedenfalls vor. Irgendwie ein stolzer Körper, wie der Körper eines ganz wunderschönen stolzen Tiers. Und das Gesicht wie eine Maske, ein langes dunkles Gesicht, und sehr große Augen. Die Augen waren ausdruckslos, wie bei einer Maske, aber wenn man das Bild eine Weile angesehen hatte, war es, als würde man eine wirkliche Frau, eine lebendige Frau ansehen. So ist es zumindest mir gegangen.

Also, während der ganzen Zeit, die ich geredet habe, hatte ich das Gefühl, ich würde nicht nur Ruth – so hat sie geheißen – die Dinge erklären, sondern ich würde sie auch mir selbst erklären, und der Frau auf dem Bild. Es war, als stünde ich vor einem Richter und würde erklären, daß alles, was ich getan hatte, immer das einzig Mögliche gewesen war. Und natürlich hatte ich vergessen, daß es jedem so geht, nicht wahr?«

Sie schwieg. Nach einer Weile sagte Mr. Horsfield: »Na ja, ich persönlich glaube, daß über den freien Willen eine ganze Menge Unsinn geredet wird.«

»Ich wollte, daß sie mich verstand. Ich hatte das Gefühl, es sei schrecklich wichtig, daß irgendein Mensch wußte, was ich getan hatte und warum ich es getan hatte. Ich habe alles erzählt. Ich konnte nicht mehr aufhören.

Und als ich fertig war, sah ich sie an. Sie sagte: ›Sie haben anscheinend eine turbulente Zeit hinter sich.‹ Doch als sie das sagte, wußte ich, daß sie kein einziges Wort glaubte.«

Wieder folgte eine lange Pause. Dann sagte Mr. Horsfield: »Nein, wirklich ...? Du meine Güte.«

Er merkte, daß seine Antwort nicht sehr passend war, und fügte daher hinzu: »Sie muß eine ziemliche Kuh gewesen sein.«

»Ja«, sagte Julia. »Aber das war es nicht. Denn ich hätte wissen können, daß sie so reagieren würde. Ich fühlte mich einfach scheußlich.«

Sie runzelte die Stirn. Sie sah aus, als hätte sie Schmerzen.

»Nun, quälen Sie sich jetzt nicht deshalb«, sagte Mr. Horsfield. »Trinken Sie lieber noch einen Whisky.«

»Ich fühlte mich wirklich scheußlich – weil ich mir auch selbst nicht ganz glaubte. Ich dachte: ›Ist das überhaupt wahr? Hab' ich das wirklich je getan?‹ Ich hatte das Gefühl, die Frau auf dem Bild würde mich auslachen und sagen: ›Ich bin realer als du. Aber gleichzeitig *bin* ich du. Ich bin alles, was an dir zählt.‹

Und ich hatte das Gefühl, daß mein ganzes Leben und ich selbst von mir forttrieben wie Rauch und daß es nichts gab, was ich festhalten konnte – nichts.

Und es war ein schauderhaftes Gefühl, ein ekelhaftes Gefühl, wie wenn man über den Rand der Welt hinaussehen würde. Es war beängstigender, als ich es Ihnen je beschreiben kann. Es war so schlimm, daß mir richtig übel wurde.

Ich wollte zu Ruth sagen: ›Ja, natürlich haben Sie recht. Ich habe das alles nie getan. Aber wer bin ich dann? Können Sie mir das vielleicht sagen? Wer bin ich, und wie bin ich hierhergekommen?‹ Da hatte ich gerade noch soviel Verstand, mich zusammenzureißen und keinen solchen Unsinn zu reden.

Dann sind wir zum Abendessen gegangen. Als ich nach Hause kam, holte ich alle Photographien hervor, die ich hatte, und Briefe und andere Sachen. Und meine Heiratsurkunde und meinen Paß. Und die Dokumente von meinem Kind, das gestorben ist und in Hamburg begraben wurde.

Aber alles war verschwunden, als hätte es nie existiert. Und ich kam mir vor wie ein Geist. Und dann bekam ich Angst, und doch wußte ich: wenn ich das, was ich fühlte, durchstehen würde, würde ich die Wahrheit über mich selbst und über die Welt erfahren und über alles, worüber man sich die ganze Zeit den Kopf zerbricht und was einen quält.«

Sie schaukelte ganz leicht vor und zurück, hielt ihre Knie umfaßt und sah ins Leere.

Mr. Horsfield wurde von einer Welle des Mitgefühls erfaßt. Er dachte: ›Zum Teufel noch mal, man kann doch dieses unglückselige Geschöpf nicht allein lassen, damit sie hingeht und sich um den Verstand trinkt.‹

Er sagte: »Hören Sie, darf ich Ihnen einen Rat geben? Warum gehen Sie nicht zurück nach London?«

Sie sah ihn mit ihren großen Augen unverwandt an, ohne zu blinzeln. Sie sagte: »Ich weiß nicht. Ich könnte nach London zurück. Es hält mich hier nichts.«

Dann dachte er: ›Gütiger Himmel, warum um alles in der Welt habe ich das bloß vorgeschlagen?‹ und fügte vorsichtig hinzu: »Ich meine, Sie haben dort doch sicher Verwandte, oder nicht?«

»Doch«, sagte sie, »natürlich. Meine Mutter und meine Schwester. Aber meine Mutter ist ziemlich krank. Sie ist schon seit langer Zeit krank.«

Er glaubte ungefähr zu wissen, wie ihre Mutter und ihre Schwester waren. Kein Geld. Keine Spur von Geld. Gottverdammtes Geld! Das sagte sich so leicht: Gottverdammtes Geld! Sie gehörten gewiß zu der Unmenge von Leuten, die das Etikett »kein Geld« von der Wiege bis zum Grabe mit sich herumtragen ... Und diese hatte sich dagegen aufgelehnt. Nicht auf intelligente Art, sondern heftig und instinktiv. Er sah das Ganze vor sich.

»Ich bin müde«, sagte sie. Und das war sie auch – sehr müde. Ihre Erregung und die Erleichterung darüber, daß sie wieder Geld hatte, waren wie weggewischt. Sie wollte schlafen. Sie fror – wie man friert, wenn man betrunken ist –, als ob etwas Riesiges, etwas aus Eis, sie anhauchte. Am meisten fühlte sie die Kälte in ihrer Brust. Aber dennoch arbeitete und plante ihr Hirn selbstquälerisch weiter.

Sie sagte: »Wissen Sie, ich habe oft daran gedacht, nach London zurückzugehen. Weil ich dort einen Freund habe. Ich habe ihn wiedergetroffen, als ich vor drei Jahren in London war. Er würde mir helfen. Und ich möchte mir weiß Gott für eine Weile keine Sorgen machen müssen.« In einem Ton, der rührend großsprecherisch klang, fügte sie hinzu: »Er ist sehr reich ... Er ist –« Und sprach dann nicht weiter.

»Gut«, sagte er. »Dann tun Sie's doch. Riskieren Sie's.«

»Niemand hat je behauptet, daß ich nicht imstande wäre, etwas zu riskieren. Das ist das letzte, was mir jemand nachsagen kann.«

Plötzlich tat sie ihm sehr leid.

»Wenn Sie tatsächlich nach London kommen«, sagte er, »dann rufen Sie mich an oder schreiben Sie mir oder was immer, ja? Hier ist meine Adresse.«

Sie nahm die Karte und sagte: »Ja. Ist gut.« Und er dachte ziemlich grimmig: ›Wetten, daß du's tust ...‹

Er brachte sie zu einem Taxi.

Ihm schien, daß es für einen unterhaltsamen Abend nicht sehr unterhaltsam gewesen war.

Das letzte, was ihm vor dem Einschlafen durch den Kopf ging, war:

Roll me over on my right side,
Roll me over slow;
Roll me over on my right side,
'Cause my left side hurts me so.

Er wußte nicht mehr, wo und wann er das gehört hatte. Aus irgendeinem Grund schien es ihm ganz speziell auf Julia zu passen.

Viertes Kapitel

DER ERSTE UNBEKANNTE

Liliane stellte das Frühstückstablett auf das untere Ende des Bettes und schlug beim Hinausgehen die Tür laut hinter sich zu.

Julia öffnete die Augen und erinnerte sich an alles. Sie war immer noch müde und sehr nervös, und sie machte ihre Handtasche auf, um sich durch den Anblick des Geldes zu beruhigen. Sie drehte den Kopf auf dem Kissen in die andere Richtung, schloß die Augen und stellte sich vor, wie sie Mr. Mackenzie ins Gesicht geschlagen hatte. Das schien lange her. Sie wußte, daß sie sich immer daran erinnern würde, als sei es gestern gewesen – und immer würde es ihr vorkommen, als sei es vor langer Zeit geschehen.

Sie dachte: ›Ich muß weg von hier. Eine gute Idee. Das ist das einzig Richtige.‹

Das Problem war nur, daß sie sich so müde fühlte. Wie sollte sie alles Nötige tun, solange sie sich so müde fühlte?

Sie dachte: ›Wenn ein Taxi hupt, bevor ich auf drei zähle, fahre ich nach London. Wenn nicht, dann nicht.‹

Sie zählte langsam: »Eins ... zwei ...« Ein Auto hupte laut.

Sie trank ihren Kaffee und begann zu überlegen, wie sie ihre fünfzehnhundert Francs ausgeben sollte. Soundsoviel müßte sie als Minimum bei ihrer Ankunft in London haben, soviel für ihre Fahrkarte, und soviel blieb übrig für neue Kleider.

Die Vorstellung, neue Kleider zu kaufen, tröstete sie, und sie stand auf und zog sich an.

Um drei Uhr war sie wieder in ihrem Hotel und trug die Schachteln mit den Kleidern hoch, die sie in einem Gebrauchtwarenladen in der Rue Rocher gekauft hatte – einen dunkelgrauen Mantel und Hut und ein sehr billiges Kleid, das für die derzeitige Mode zu kurz war.

Sie zog sofort die neuen Sachen an, doch war die Wirkung nicht so befriedigend, wie sie gehofft hatte. Eine Weile drehte und wendete sie sich vor dem Spiegel und betrachtete sich aus verschiedenen Winkeln. Sie überschlug die Summe, die ihr noch geblieben war, und kam zu dem Ergebnis, daß sie bei der Ankunft in London noch ungefähr dreißig Schilling übrig haben würde.

Plötzlich kamen ihr Zweifel, ob es wirklich klug wäre, mit so wenig Geld abzufahren. Sie machte sich keine Illusionen über die Art und Weise, wie ihre Schwester sie empfangen würde. Es war ziemlich schlimm, in London zu sein ohne Geld. Sehr schnell fraß einen die Düsterkeit auf.

Dann sagte sie sich, daß sie sich zum Aufbruch entschlossen hatte, und was nutzte dieses Hin und Her`

Meine liebe Norah,
ich bin in London. Ich weiß nicht, wie lange ich blei-

ben werde, aber ich würde Dich gerne sehen. Ich bin ganz überstürzt abgereist, sonst hätte ich es Dich vorher wissen lassen. Rufst Du mich an oder besuchst mich?

Als sie den Brief beendet hatte, den sie in London aufgeben wollte, begann sie ihre Sachen zu packen. Während sie packte, dachte sie die ganze Zeit: ›Schließlich habe ich ja meine Fahrkarte noch nicht. Ich brauche nicht zu gehen, wenn ich nicht will.‹

Eine Unruhe, eine böse Ahnung, ein Gefühl, als würde ihr das Herz zusammengepreßt, wich nicht von ihr.

2

Als sie in dieser Nacht vom Essen zurückkam, folgte ihr ein Mann. Nachdem sie von der Place St. Michel in die Dunkelheit des Quais abgebogen war, holte er sie ein und machte ihr mit leiser, schleimiger Stimme Anträge. Sie sagte zu ihm in schneidendem Ton, er solle verschwinden. Doch er bekam ihren Arm zu fassen und preßte ihn statt einer Antwort, so fest er konnte.

Sie blieb stehen. Sie wollte ihn schlagen. Einer dieser Wutanfälle packte sie, die mit der Zeit zu einem Teil ihres Charakters wurden. Sie wollte sich auf ihn stürzen und zuschlagen, doch sie dachte, daß er wahrscheinlich zurückschlagen würde.

Sie sah ihm ins Gesicht und sagte: »Ich will Ihnen mal was sagen, Sie sind ... Sie sind ...« Dann fiel ihr das Wort ein. »Sie sind *ignoble*.«

»Ganz und gar nicht«, sagte der Mann in gekränktem

Ton. »Ich hab' ein bißchen Geld, und ich bin bereit, es Ihnen zu geben. Warum sagen Sie, daß ich *ignoble* bin?«

Sie waren jetzt vor Julias Hotel angekommen. Sie ging hinein und schlug ihm die Drehtür ins Gesicht, so fest sie konnte.

Sie hätte nicht erklären können, warum sich ihre Vorahnungen in ein Gefühl des Triumphes verwandelten, als sie ihr Zimmer betrat.

Sie betrachtete sich im Spiegel und dachte: ›Schließlich bin ich noch nicht am Ende. Das ist völliger Unsinn. Ich bin überhaupt nicht am Ende.‹

3

Julia verließ Paris am nächsten Tag mit dem Mittagszug nach Calais. Sie hatte sich eine englische Illustrierte am Gare du Nord gekauft. Im Zug las sie aufmerksam die Hochglanzseiten durch, wo über eine Welt geplaudert wurde, so weit entfernt und unerreichbar, als existierte sie in einer anderen Dimension.

Die Leute, die ihr gegenüber saßen – offensichtlich ein Ehepaar –, waren ebenfalls Engländer, und sie lasen die englischen Zeitungen vom Tage. Praktisch war sie schon in England. Sie kam sich merkwürdig vor, und ihre Stimmung war gedämpft.

Im Speisewagen wies man den beiden die Plätze gegenüber von Julia an, und sie begannen eine Unterhaltung mit dem großen dicken Mann, der neben Julia saß.

Er war Deutscher. Er schien eine Art Handlungsreisender zu sein.

Das Ehepaar kam aus Marseille und befand sich auf dem Rückweg von irgendeiner Gegend im Fernen Osten. Sie sprachen vorsichtig, mit ruhiger Stimme. »Ich meine« oder »Ich glaube« kam in jedem Satz vor.

»Das Leben dort unten hat seine Nachteile«, sagte die Frau. »Aber natürlich hat es auch wieder seine Vorteile.«

Es waren nette Leute. Sie sprachen oder beantworteten vielmehr die Fragen des Handlungsreisenden sehr weitschweifig. Doch sie wahrten dabei eine merkwürdige, fade Zurückhaltung – vielleicht war es auch Unsicherheit.

Der Zug schwankte hin und her, und der Rotwein schwappte in den Gläsern.

»Bombay?« sagte der Mann. »O ja, ich erinnere mich an Bombay. Wir haben es geschafft, dort ein Zimmer mit Doppelbett zu bekommen.«

Als sie mit dem Essen fertig waren und alle drei wieder im Abteil saßen, verfiel das Paar erneut in Schweigen. Man konnte endlos ihre sonnengebräunten Gesichter betrachten und wußte doch nie genau, ob sie sehr freundlich oder sehr abweisend, auf naive Art aufrichtig oder sehr verschlagen waren.

Als es noch eine Stunde bis Calais war, holte die Frau, die ihr gegenüber saß, eine Dose mit »Mothersills«, einem Mittel gegen Seekrankheit, hervor und schluckte Tabletten in verschiedenen Farben, entsprechend den Gebrauchsanweisungen.

Julia überlegte, daß sie, wenn sie in der Victoria-Station angekommen wäre, ein Taxi nehmen und den Chauffeur bitten würde, sie zu einem billigen Hotel in Bloomsbury zu fahren. Sie hoffte, daß sie schnell irgendeine Unterkunft finden würde. Der Gedanke, von Hotel zu Hotel zu fahren, war ihr schrecklich.

Dann machte sie das Rattern des Zuges ruhig und schläfrig, schicksalsergeben, als hätte sie einen unwiderruflichen Schritt getan. Sie begann wieder in ihrer Zeitschrift zu lesen. England ... englisch ... Unsere Seite für die Hundefreunde ...

ZWEITER TEIL

Erstes Kapitel

RÜCKKEHR NACH LONDON

Das Taxi hielt vor Arkwright Gardens Nummer 33. Die Straße war dunkel und verlassen, als sei es Mitternacht und nicht erst acht Uhr.

Julia sagte zu dem Fahrer: »Warten Sie einen Moment.« Er antwortete nicht und wandte auch nicht den Kopf um. Er saß da wie ein breitschultriger Götze.

Sie betrat das Hotel.

»Zeigen Sie der Dame Nummer neun«, sagte der Mann am Empfang.

Ein junger Mann, der teilnahmslos neben dem Telefon gesessen hatte, führte sie die Treppe hoch und einen Flur entlang.

Nummer neun war klein und sehr kalt. Es gab eine eiserne Bettstelle, einen altmodischen Waschtisch mit einem Spüleimer aus Blech daneben und eine Frisierkommode, in deren Rahmen ein Stück Zeitung geklemmt war, damit der Spiegel im richtigen Winkel blieb. Die Spitzenvorhänge waren zerrissen und sehr schmutzig. Hinter den Vorhängen war eine optimistische grüne Markise, die etwas aufreizend wirkte, wie ein dummer Witz.

Der junge Mann sagte: »Das Zimmer kostet acht Schilling sechzig die Nacht, Madam.«

»Mein Gott«, sagte Julia, »was für ein Loch!«

Der junge Mann starrte sie an.

»Schon gut. In Ordnung.«

Sie öffnete ihre Handtasche und entnahm ihr bedächtig eine Zehnschillingnote. Sie bat den jungen Mann, das Taxi für sie zu bezahlen und ihr Gepäck heraufzubringen. Er schien überrascht und musterte sie von unten bis oben. Dann trat ein wissender Ausdruck in sein Gesicht.

»Selbstverständlich, Madam.«

Auf dem Gang begann er schrill zu pfeifen: *»I can't give you anything but love, baby.«*

Als er mit ihrem Koffer wiederkam, stand Julia vor dem Spiegel. Neugierig starrte er ihren Rücken an. Sie drehte sich um und lächelte ihm zu.

»Das Wechselgeld, Madam«, sagte er nüchtern und sah zur Seite.

Sie sagte, ihr sei sehr kalt, und wollte wissen, wie der Gasofen funktionierte. Der junge Mann erklärte, daß man einen Penny in den Automaten einwerfen müsse, und bot ihr an, für einen Schilling Pennys zu wechseln; einen weiteren Schilling nahm er als Trinkgeld an, lächelte zum ersten Mal und verließ das Zimmer.

Sie wandte sich um und sah wieder in den Spiegel, seufzte und legte mit einer besorgten Geste die Hand an die Stirn. Dann öffnete sie den Koffer, fand etwas zum Schreiben und begann:

Mein lieber Neil,
könntest Du an diese Adresse schreiben und mich wissen lassen, wann ich Dich sehen kann? Oder könntest Du mich anrufen? Ich bin sehr gespannt darauf, von Dir zu hören. Ich hoffe, es stört Dich nicht, daß ich Dir schreibe. Hoffentlich denkst Du nicht, ich sei ein lästiges Gespenst.

Sie setzte ihren Namen darunter, schrieb »W. Neil James, Esq.« auf einen Umschlag, zögerte einen Augenblick und fügte dann die Adresse eines Clubs hinzu.

Eine Kirchenuhr schlug die volle Stunde. Mit einem Mal fühlte sie sich nicht mehr fremd. Ihr schien, als habe sich ihr Leben im Kreis bewegt. Als sei es ihr vorherbestimmt gewesen, war sie zu ihrem Ausgangspunkt zurückgekehrt, in dieses kleine möblierte Zimmer in Bloomsbury, das jenem anderen kleinen Zimmer in Bloomsbury zum Verwechseln ähnlich sah, aus dem sie vor fast zehn Jahren fortgegangen war. Und selbst die Kirchenuhr, die jede Viertelstunde so aggressiv und melancholisch schlug, war dieselbe, die sie damals gehört hatte.

Vielleicht waren die letzten zehn Jahre ein Traum gewesen; vielleicht war das Leben, das sich für die übrige Welt weiterbewegt hatte, für sie wie durch ein Wunder stehengeblieben.

2

Der kleine alte Mann mit der Melone, der Veilchen verkaufte, stand an der Ecke des Woburn Square, als sie am nächsten Morgen vorbeikam. Während sie noch ein Stück von ihm entfernt war, war der Gedanke, er könnte sie erkennen, ihr halb angenehm und halb peinlich. Sie blieb stehen und kaufte ein paar Blumen. Es war noch genau derselbe Mann, höchstens eingeschrumpft unter den vielen Schichten seiner schmutzigen Kleider. Die hellblauen Augen, die wie Glasstückchen aussahen, blickten sie kalt an. Er wandte den Kopf ab und rief wieder mit dünner, schwacher Stimme: »Veilchen, meine Dame, Veilchen.«

Sie ging durch den Nebel weiter zur Tottenham Court Road. Die Häuser und die Passanten wirkten entrückt und schemenhaft. Es gab nur grauen Nebel, mit gelben Lichtern durchsetzt, und seinen kalten Hauch auf ihrem Gesicht und ihren eigenen Geist, der ihr aus dem Nebel entgegenkam.

Der Geist war dünn und wirkte geschäftig. Er trug einen langen, sehr enganliegenden karierten Rock, einen kurzen dunkelblauen Mantel und einen Strauß Veilchen, den er bei dem alten Mann vom Woburn Square gekauft hatte. Er trieb ihr entgegen und ging im Nebel an ihr vorbei. Und sie hatte das Gefühl, er blicke sie, wie der alte Mann, kalt an, ohne sie zu erkennen.

Das Kino auf der rechten Seite ... Sie erinnerte sich, daß sie einmal mit einem kleinen Belgier dort gewesen war, als man gezeigt hatte, wie irgendeine belgische Stadt bombardiert wurde. Und der kleine Belgier hatte geweint.

Während des Krieges ... Du meine Güte, war das eine irre Zeit gewesen! Die verrückten Dinge, die man damals tat – und nicht nur man selber, alle anderen auch. Eine irre Zeit. Eine verrückte, sorglose Zeit.

Ein überschwengliches Gefühl überkam sie, so, als sei sie wieder jung.

Sie überquerte die Oxford Street und bog in die Charing Cross Road ein. Doch in Soho verlor sie die Orientierung, und plötzlich verschwand ihr Hochgefühl. Sie stellte sich vor, daß sie wahrscheinlich idiotisch wirkte, wie sie so ziellos durch die Gegend irrte. Sie fand wieder zurück zur Oxford Street und ging ins Lyons'.

Eine Kapelle erfüllte den riesigen Raum mit ohrenbetäubender Marschmusik. Grandios ...

An dem Tisch, an dem sie Platz nahm, saßen zwei ziemlich mitgenommen aussehende Frauen mit naiven Kinderaugen und aßen eine Leberpastete. Die eine sagte zu der anderen: »Das Lokal ist wirklich fabelhaft, das kann man nicht anders sagen.«

Ihre Begleiterin teilte diese Ansicht und sagte, sie finde die Damentoilette sehr nobel – alles in schwarzem und weißem Marmor.

Die beiden Frauen brachen bald auf. Sie lösten sich gewissermaßen in Nichts auf, und an ihren Platz setzte sich ein kleiner Mann, der plötzlich zu essen aufhörte, einen Schrei ausstieß, seine Rechnung schnappte und wegstürzte.

»Ihr Bekannter hat seinen Hut vergessen«, sagte die Kellnerin freundlich.

»Ach wirklich?« sagte Julia. Sie begann ihre Handschuhe anzuziehen.

Als sie aufsah, saß der kleine Mann wieder ihr gegenüber. Aufgeregt sagte er: »Eine höchst erstaunliche Sache! Ich habe gerade einen Mann gesehen, von dem ich dachte, er sei tot. Also, das ist wirklich erstaunlich. So etwas passiert einem nicht alle Tage, finden Sie nicht? Ein Mann, von dem ich geglaubt hatte, er sei bei dem Erdbeben in Japan umgekommen.«

»Hat es Sie gefreut, ihn zu sehen?« fragte Julia.

»Ob es mich gefreut hat?« wiederholte der kleine Mann vorsichtig. »Nun, ich weiß nicht. Aber es hat mich einigermaßen erschreckt, das muß ich schon sagen.«

Als Julia den Tisch verließ, unterhielt er sich weiter mit der Kellnerin, die schnalzende Laute der Zustimmung mit der Zunge machte.

Es war jetzt drei Uhr, und vor jedem Kino rief ein großer Türsteher: »Plätze frei! Plätze zu einem Schilling zwei Pence. Jede Menge Plätze frei.«

Unentschlossen wirkende Leute zögerten einen Augenblick, strömten dann hinein und nahmen im Dunkeln Platz, um sich *Heiße Sachen aus Paris* anzusehen. Die Mädchen waren selbstbewußt und hübsch, doch es war seltsam, wie viele der älteren Frauen grau und hoffnungslos wirkten, wie verschüchtert und gehetzt ihre Mienen. Sie sahen aus, als schämten sie sich ihrer selbst, als bäten sie die ganze Welt, keine Notiz davon zu nehmen oder es ihnen nicht zum Vorwurf zu machen, daß sie Frauen waren.

Als sie ins Hotel zurückkam, sagte ihr der Portier, oben auf dem Zimmer warte Miss Griffiths auf sie.

»Sie wartet schon seit einer halben Stunde«, sagte er.

Zweites Kapitel

NORAH

Norah Griffiths war ein großes, dunkelhaariges Mädchen, kräftig gebaut, mit geradem Rücken.

»Hallo, Norah, meine Liebe«, sagte Julia.

»Hallo, Julia.«

Sie zögerten beide, dann beugten sie sich im selben Augenblick nach vorn, um sich zu küssen. Norah warf einen raschen, neugierigen Blick auf ihre Schwester. Dann setzte sie sich wieder hin, wirkte gelassen und so, als erwarte sie eine Erklärung. Beim Sitzen ließ sie Kopf und Arme hängen. Sie war blaß, ihre fest zusammengepreßten farblosen Lippen gaben ihr etwas Beharrliches. Sie schien müde.

Ihre Augen waren wie die von Julia, länglich und sanft. In den Winkeln zeigten sich bereits feine Falten. Sie trug ein blaßgrünes Kleid mit einer roten Blume am Revers. Doch das Kleid sah abgetragen aus, so daß die Blume armselig wirkte.

»Ich habe deinen Brief heute morgen bekommen, und ich dachte, ich komme am besten gleich«, sagte sie.

Sie hatte eine angenehme Stimme, eine Stimme mit einem warmen, weichen Klang. Das war seltsam, denn ihr Gesicht wirkte kalt, als wären Wärme und Weichheit in ihr erstorben.

Julia war sehr nervös und machte sich im Zimmer zu schaffen. Sie nahm den Hut ab, puderte sich das Gesicht, legte Lippenstift auf. Norah verfolgte jede ihrer Bewegungen mit einem Ausdruck der Neugierde.

Julia setzte sich auf das Bett und begann: »Ich habe mich ganz plötzlich entschlossen, herzukommen.«

Dann hielt sie inne. ›Wenn ein Auto hupt, bevor ich auf drei gezählt habe, tu ich dies, wenn nicht, tu ich jenes ...‹ Zu wissen, daß dies die einzig vernünftige Art war zu leben, war eines; es jemand anderem – besonders Norah – erklären und es auch noch rechtfertigen zu müssen, war etwas ganz anderes.

Norah fragte: »Bleibst du für lange?«

»Ich weiß nicht.«

Dann entstand eine Stille, wie wenn Reisende in einem Eisenbahnabteil eine Unterhaltung angefangen haben, die dann aus Mangel an Gesprächsstoff erstirbt.

Julia fragte, wie es der Mutter gehe, und Norah antwortete, daß sich ihr Zustand kaum verändert habe. »Der Arzt sagt, sie wird schwächer, aber ich selbst kann keinen Unterschied sehen.«

»Wann kann ich sie besuchen?«

»Sie wird dich nicht erkennen«, sagte Norah. »Das ist dir doch klar, oder? Sie erkennt niemand. Trotzdem, komm, wann immer du magst. Komm morgen nachmittag.«

»Der Gedanke ist nicht auszuhalten«, sagte Julia kläglich.

Seit Jahren war sie an die Vorstellung gewöhnt, daß

ihre Mutter bettlägrig war, gelähmt und im Grunde bereits tot. Doch als Norah in diesem unerbittlichen, sachlichen Ton sagte: »Sie erkennt niemand«, legte sich ein kaltes Gewicht auf ihr Herz und erdrückte es.

Norah stimmte zu. »Der Gedanke daran, wie Menschen sterben, ist nicht auszuhalten.«

Julia sagte: »Der Stuhl da ist schrecklich unbequem. Warum setzt du dich nicht neben mich auf das Bett, und wir reden miteinander?«

Sie machte eine unbeholfene Bewegung. Ihr Eifer machte sie unbeholfen. Sie hatte sich nach irgendeinem Zeichen der Zuneigung oder zumindest der Anteilnahme gesehnt, doch Norah sah sie immer noch an, als sei sie ein Tier aus dem Zoo. Wie als Reaktion darauf empfand auch sie Gleichgültigkeit, und zur gleichen Zeit tat es ihr weh, und die Kehle schnürte sich ihr zusammen.

Sie wollte sagen: ›Erinnerst du dich an den Tag, als ich meine Schuhe und Strümpfe auszog, weil wir im Wasser planschten, und wie ich dich getragen habe, weil die Kieselsteine deine Füße verletzten? Ich jedenfalls hab' diesen Tag nie vergessen.‹

»Ich kann nicht sehr lange bleiben«, sagte Norah, ohne sich zu rühren, »denn ich bin auf dem Weg zu Onkel Griffiths. Er ist gerade in London, und er lädt mich jedesmal, wenn er kommt, zum Tee ein.«

»Ach wirklich?« sagte Julia. »Wie nett von ihm!«

Norah sagte ruhig: »Ja, das finde ich auch.«

Als sie Julias Brief gelesen hatte, hatte sie gesagt: »Du errätst nie, wer wieder aufgetaucht ist ... Also, ich glaube, ich sollte bei ihr vorbeigehen.« Sie war neugierig, sogar erfreut. Denn etwas Neues war immerhin etwas Neues – ein bißchen Aufregung, um die Eintönigkeit zu unterbrechen.

Doch nun war ihre ganze Neugier verschwunden, und sie wollte nur noch weg. Im ersten Augenblick hatte Julias Anblick sie betroffen gemacht, denn ihr schien, ihre Schwester habe sich in den vergangenen drei Jahren eindeutig nicht zu ihrem Vorteil verändert.

Sie dachte: ›Jetzt sieht sie nicht einmal mehr wie eine Dame aus. Was mag sie bloß mit sich angestellt haben?‹

Wo Norah hingehörte, war unschwer zu erkennen. Man sah es ihr an: Mittelschicht, kein Geld. Es reichte kaum für saubere Wäsche. Und doch war sie peinlich sauber, ja hartnäckig um Sauberkeit bemüht, bloß daß zwangsläufig nichts Anmutiges und Hübsches mehr übrigblieb. Alles an ihr verriet die Frau, die zu bestimmten Neigungen erzogen worden war und dann nicht das Geld hatte, sie zu befriedigen; der bestimmte Überzeugungen eingeimpft worden waren, die es ihr nicht einmal erlaubten, in der Auflehnung gegen ihr Schicksal Trost zu finden; und die dennoch verzweifelt an ihren Neigungen wie an ihren Überzeugungen festhielt.

Sie machte nicht den schüchternen oder gedrückten Eindruck wie so viele Frauen ihrer Art. Ihr Gesicht war verschlossen und ruhig, und etwas Heftiges verbarg sich hinter dieser Ruhe.

Sie sagte: »Also, ich fürchte, ich muß jetzt gehen. Um welche Zeit willst du morgen vorbeikommen?«

»Sieh mal, Norah«, sagte Julia, »ich will dich wirklich nicht belästigen, aber ich bin mit wenig Geld hergekommen. Ich habe kaum mehr als ein Pfund in der Tasche. Ich werde nicht viel länger in dem Hotel hier bleiben können.«

Norah machte große Augen und sagte kalt: »Ich habe acht Pfund, das muß für einen Monat reichen, und der Arzt kommt fast jeden Tag. Rechne doch selber nach.«

»Ich weiß«, sagte Julia eifrig, »ich weiß. Du sollst mir ja auch kein Geld leihen. Ich weiß ganz genau, daß du das nicht kannst. Ich dachte bloß, daß du mich für ein paar Tage bei dir wohnen lassen könntest, bis ich Antwort von einem Mann bekomme, an den ich geschrieben habe.«

Norahs Gesichtsausdruck irritierte sie, und sie fuhr fort, mit erhobener Stimme: »In ungefähr einer Woche habe ich alles geregelt. Es kann ja sein, daß er nicht da ist. Möglicherweise wird er nicht sofort antworten.«

»Es tut mir schrecklich leid«, erwiderte Norah kühl, »aber ich habe eine Freundin zu Besuch – Miss Wyatt, sie ist gelernte Krankenschwester. Ich kann sie nicht von heute auf morgen raussetzen, oder? Und sonst gibt es in der Wohnung nicht das kleinste bißchen Platz mehr.«

»Oh, ich verstehe«, sagte Julia. Sie seufzte. Sie streckte die Beine aus und legte den Kopf auf das Kissen. »Na gut. Draußen ist ein Licht. Vergiß nicht, es anzumachen, wenn du rausgehst, damit du nicht die Treppe hinunterfällst.«

»Ja, aber sieh doch, das ist vollkommen absurd«,

sagte Norah gereizt. »Du hast seit Jahren praktisch nichts mehr mit uns zu tun gehabt – und du siehst auch nicht aus, als hättest du Hunger gelitten.«

Julia antwortete nicht.

»Wer ist denn besser angezogen – du oder ich?« sagte Norah. Ihre Augen blickten auf einmal böse.

Julia brach in lautes Gelächter aus und sagte: »Ja, und weißt du auch, warum? Kurz vor meiner Abreise habe ich sechshundert Francs für Kleider ausgegeben, weil ich dachte, wenn ich zu schäbig daherkäme, würdet ihr euch alle meinetwegen schämen und mir die kalte Schulter zeigen. Natürlich wollte ich nicht riskieren, daß es dazu kommt, oder?«

»Du bist schon ein merkwürdiges Geschöpf«, sagte Norah.

Etwas in ihrer Stimme versetzte Julia in Wut; ziemlich zusammenhanglos begann sie sich zu wehren: »Was hast du denn nur? Was wirfst du mir eigentlich vor?«

»Ich werfe dir doch gar nichts vor«, sagte Norah. »Ich glaube nicht, daß das, was du tust, mich irgend etwas angeht. Im übrigen habe ich es mir längst abgewöhnt, irgend jemand etwas vorzuwerfen. O ja, darüber bin ich längst hinaus, glaub mir ... Ich habe bloß gesagt, daß ich es für äußerst merkwürdig halte, daß du plötzlich hier auftauchst und mich sehen willst und erwartest, daß ich Geld für dich auftreibe.«

»O Gott!« sagte Julia laut. »Aber es war doch nicht Geld, was ich haben wollte.«

Mit völlig veränderter Stimme fuhr sie dann fort:

»Na ja, es spielt so oder so keine Rolle.«

Als Norah an der Tür stand, spürte sie einen Anflug von Reue. Sie sah sich um und sagte: »Das Zimmer ist wirklich scheußlich. Warum in aller Welt gehst du in so ein Hotel?«

»Ja, sieh's dir an«, sagte Julia. Plötzlich war sie bitter. »Sieh dir die schmutzigen Vorhänge an. Meine Güte, Ausländer müssen einen schönen Eindruck von London bekommen – wenn sie in einem Hotel wie dem hier absteigen. Kein Wunder, daß sie es meiden wie die Pest.«

Norah antwortete nicht, denn was für eine Meinung Ausländer von London haben mochten, war ihr vollkommen einerlei. Sie sagte: »Warum gehst du nicht in eine Pension?«

Dann fügte sie hinzu, bloß um irgend etwas zu sagen: »Onkel Griffiths logiert in einer ungeheuer gemütlichen Pension in Bayswater.«

»Ach ja?« sagte Julia. »Wie ist die Adresse?«

Norah sagte sie ihr. Dann fiel ihr ein: ›Sie wird doch um Himmels willen nicht zu ihm gehen und ihn um Geld bitten!‹ Und mißtrauisch fügte sie hinzu: »Warum fragst du?«

»Oh, nur so«, sagte Julia. »Also ... Ich komme morgen vorbei.«

»Ist gut. Auf Wiedersehen«, sagte Norah.

»Auf Wiedersehen.«

2

›Nun ja, vermutlich habe auch ich mich verändert‹, dachte Julia. ›Vermutlich sehe auch ich viel älter aus.‹

Sie begann sich vorzustellen, wie sie aussehen würde, wenn sie alt, sehr alt und einsam wäre, und wurde von Melancholie und von einem Entsetzen erfüllt, das wie eine kalte Dusche wirkte, zuerst betäubend und dann belebend. Sie zündete sich eine Zigarette an und begann im Zimmer auf und ab zu gehen.

Sie hatte das Gefühl der Gleichgültigkeit gegenüber ihrem Schicksal verloren, das sie in Paris so lange aufrechtgehalten hatte. Sie wußte, daß sie bereit war, zu kämpfen, sich zu drehen und zu winden, skrupellos und schlau zu sein wie alle Schwachen, wenn sie gegen die Starken ums Überleben kämpfen.

Natürlich, man konnte sagen, was man wollte: London war ein kalter und bedrückender Ort, wenn man so abgebrannt wie sie nach zehn Jahren hierher zurückkam. Sie sagte sich, daß es letztlich keine schlechte Idee war, in eine Pension zu gehen. Dort würde sie eine Woche lang Unterkunft und Verpflegung bekommen, ohne sich Gedanken machen zu müssen.

Ängstlich überschlug sie, was sie wohl brauchen würde, und fand, mit ein paar weiteren Pfund würde sie fürs erste auskommen.

Es kam nur darauf an, daß sie die Ruhe bewahrte und alles Menschenmögliche versuchte.

Sie fand Mr. Horsfields Visitenkarte in ihrer Handtasche.

Am Telefon wurde sie sehr nervös. Mr. Horsfield konnte nicht verstehen, was sie sagte, und das machte sie noch nervöser. Der Mann am Empfang sah zu ihr hinüber. Julia fixierte ihn mit einem kühlen, trotzigen Blick.

»Ach ja«, sagte Mr. Horsfield. »Doch, doch … Selbstverständlich …«

Dann entstand eine lange Pause, während er versuchte, zu einem Entschluß zu kommen. Dabei dachte er: ›Diese Frau! Wahrscheinlich habe ich ihr meine Adresse gegeben. Das hat ja nicht lange gedauert, bis sie auftauchte.‹ Er wünschte, er könnte sich deutlicher daran erinnern, wie sie aussah. Dann überließ er sich, wie es ihm immer passierte, einer Eingebung des Augenblicks.

»Hallo«, sagte er. »Sind Sie noch da?«

»Ja«, sagte Julia.

Als er sie fragte, ob sie mit ihm abendessen wolle, antwortete sie »ja« und lächelte ins Telefon.

»Wo wohnen Sie?« sagte er. »Ich hole Sie gegen acht Uhr ab, wenn es Ihnen recht ist.«

Sie nannte ihm ihre Adresse und hängte den Hörer ein. Es war kurz nach vier Uhr.

Drittes Kapitel

ONKEL GRIFFITHS

Julias Onkel Griffiths zog sich zum Abendessen um, als der Page klopfte und ihm mitteilte, unten sei eine Dame, die ihn zu sprechen wünsche. Das Gesicht des Jungen war ernst, doch seine Stimme hörte sich irgendwie an, als grinste er innerlich.

»Eine Dame?« sagte Mr. Griffiths, und seine Stimme klang beunruhigt und verärgert, als hätte er gesagt: »Ein Zebra? Eine Giraffe?«

Er war ungefähr fünfundsechzig Jahre alt und sah gut zehn Jahre jünger aus. Sein Kopf war gedrungen, das Gesicht breit, fast faltenlos, rot – doch von keiner ungesunden Röte. Sein Haar war weiß. Seine Augen waren blaßblau und kalt wie Steine.

Der Page sagte: »Ich habe der Dame erklärt, ich wüßte nicht genau, ob Sie da sind, Sir.«

Mr. Griffiths wandte sich zu seiner Frau um und sagte mit resignierter Stimme: »Das muß Julia sein.«

»Sagen Sie ihr, sie möge ein paar Minuten warten«, sagte er zu dem Jungen.

Julia wartete in einem großen hohen Raum, in dem eine Menge ausladender, chintzbezogener Sessel herumstanden. Zwei Frauen mittleren Alters saßen am offenen Kaminfeuer und unterhielten sich. Sie schienen sich wohl zu fühlen und wirkten schläfrig. Doch Julia saß außerhalb des geheiligten Bezirks der Wärme. Sie fror und hielt ihren Mantel oben am Hals zusammen. Der Mantel sah ordentlich aus, doch er war viel zu dünn. Aus diesem Grund hatte sie beim Kauf gezögert, doch die Frau in dem Gebrauchtwarenladen hatte sie überredet.

Sie dachte: ›Die allergrößte Dummheit, die ich je begangen habe, war, daß ich meinen Pelzmantel verkaufte.‹ Mit Bitterkeit erinnerte sie sich an den Mantel, den sie einmal besessen hatte. Es war die Art Pelz, die ewig hält, Astrachan, mit einem riesigen Skunkkragen. Sie hatte ihn zu der Zeit verkauft, als sie ihren Kampf mit Maître Legros auszufechten hatte.

Sie sagte sich, wenn sie nur soviel Verstand besessen hätte, wenigstens ein paar Dinge zu behalten, hätte diese Rückkehr nicht ganz so erniedrigend, nicht ganz so trostlos zu sein brauchen. Man überlegte es sich zweimal, bevor man grob zu jemandem wurde, der einen anständigen Pelzmantel trug; so ein Stück wirkte wie eine Tarnung.

Langsam bereute sie, daß sie gekommen war. Und trotzdem, warum hätte sie nicht kommen sollen? Onkel Griffiths schien sie immer gemocht zu haben. Einmal, als sie noch ein Kind war, hatte er gesagt, sie sei hübsch, und das hatte ihr gefallen. Damals war er für die Familie der Inbegriff des großen, mächtigen Mannes gewesen. Sie hatte keine deutliche Erinnerung an ihren Vater; er war gestorben, als sie sechs war und Norah ein kleines Kind von einem Jahr.

Onkel Griffiths kam herein, und sie stand erwartungsvoll auf. Er sagte: »Na, Julia« und streckte ihr eine steife, warnende Hand entgegen. »Kommst du mit hoch auf mein Zimmer, ja?«

Auf der Treppe sagte er: »Da unten kann man sich schlecht unterhalten; die Leute horchen auf jedes Wort, das man sagt.«

Er ergriff ihren Oberarm, um sie durch den Gang zu führen.

»O ja, sehr gut – wirklich sehr gut«, antwortete sie auf seine Frage und lächelte dabei immer noch mechanisch.

Im Zimmer stellte er Julia seiner Frau vor, die freundlich sagte, sie wolle sie jetzt lieber allein lassen, damit sie reden könnten, nicht wahr?

Sie war seine zweite Frau. Er hatte sie in einem kleinen Hotel in Burnham-on-Crouch kennengelernt und sie geheiratet, ohne irgend etwas über sie zu wissen. Es war die einzige spontane Handlung seines Lebens gewesen, und er hatte sie nie bereut.

»Setz dich«, sagte Onkel Griffiths.

Julia setzte sich. Onkel Griffiths stand mit dem Rükken zum Kamin, kaute an seinem weißen Schnurrbart und sah sie unverwandt an. Er wirkte neugierig, doch zugleich vorsichtig – auch leicht amüsiert, als dächte er: ›Was hast du bloß getrieben? Natürlich weiß ich, was du getrieben hast.‹

Auf Julia machte er einen soliden, kraftvollen Eindruck, und sie empfand ein großes Bedürfnis, ihm zu gefallen, ihn dazu zu bringen, daß er sie freundlich ansah.

Onkel Griffiths räusperte sich und sagte: »Ich war sehr überrascht, von Norah zu hören, daß du in London bist, Julia. Ich habe geglaubt, du seist ganz seßhaft geworden in – wo war es gleich?«

Julia sagte, daß sie in Paris gelebt habe.

»Ach ja«, sagte Onkel Griffiths. »In Paris also?«

Alle Möbel im Raum waren dunkel, von einer beruhigenden, undurchdringlichen Dunkelheit; und düstere Vorhänge hingen vor den Fenstern. Die schmalen hohen Flammen im Kamin loderten aus einer nahezu kompakten Masse von Kohlen hervor.

Sie sagte: »Ich bin am Donnerstag abgefahren. Es ist komisch, denn es kommt mir vor, als sei es viel länger her.«

»Ich verstehe«, sagte Onkel Griffiths. »Du hast dich also entschlossen, herzukommen und eine Stippvisite bei uns zu machen, nicht wahr?«

Doch die Frage war rein rhetorisch. Er hatte Julia eintaxiert. Nach dem, was Norah ihm gesagt hatte, und aufgrund seiner eigenen Beobachtung wußte er, daß sie sich in ein Schlamassel hineinmanövriert hatte und nun versuchte, etwas Geld aufzutreiben.

Sie sagte: »Ich weiß nicht, warum ich gekommen bin. Ein plötzlicher Einfall, glaube ich.«

»Du liebe Zeit«, sagte Onkel Griffiths. Seine Stimme klang immer, als ob er durch geschlossene Zähne spräche. »Wenn ich du wäre«, fuhr er fort, »würde ich wieder zurückgehen. Die Lage hier ist gar nicht einfach, weißt du. Schwierig. Ja, ja – es sind schwierige Zeiten.«

Sie sagte: »Das glaube ich, aber weißt du, ich habe nicht einmal Geld, um zurückzugehen.«

Onkel Griffiths betrachtete sie ein paar Sekunden lang wortlos und sagte dann: »Weißt du, wo dein Mann ist?«

Julia sagte leise: »Es ist so ... Ich glaubte, du wüßtest ... Ich habe ihn verlassen. Ich weiß nicht, wo er jetzt ist. Er war völlig ruiniert, verstehst du.«

»Er war ein verdammt übler Bursche«, sagte Onkel Griffiths.

»Das war er nicht«, sagte Julia trotzig.

Es kam ihr so vor, als ob ihr wahres Selbst in Deckung gegangen sei, als ob sie sich irgendwohin weit weg zurückgezogen hätte und, wachsam sich duckend wie ein Tier, ihren Körper im Sessel beobachtete, wie er mit Onkel Griffiths über den Mann debattierte, den sie geliebt hatte.

»Was?« sagte Onkel Griffiths laut. »Er hat dich geheiratet und dich sitzen lassen, und dann erzählst du mir, daß er kein übler Bursche war?«

»Nicht *er* hat mich verlassen«, widersprach Julia. »*Ich* habe ihn verlassen.«

»Unsinn«, sagte Onkel Griffiths.

Er dachte: ›Warum soll ich mich eigentlich um diese Frau kümmern?‹ Doch ein vages Gefühl von Verantwortung veranlaßte ihn, weiter Fragen zu stellen.

Er sagte: »Ich denke, er hat einiges Geld gehabt. Er muß doch Geld gehabt haben, wenn ihr so durch die Welt gezogen seid. Warum hast du ihn nicht veranlaßt, etwas davon auf dich zu überschreiben?«

»Wenn er Geld hatte, gab er mir eine Menge«, sagte Julia. Leise fügte sie hinzu: »Er hat mir wunderschöne Sachen geschenkt – also wirklich wunderschöne Sachen.«

»So einen Unsinn habe ich in meinem Leben noch nicht gehört«, sagte Onkel Griffiths resolut.

Auf einmal verachtete Julia ihn wegen der Art, wie er das gesagt hatte. Sie dachte: ›Ich kenne dich. Ich wette, du hast nie für irgend jemand schöne Sachen gekauft. Ich wette, du hast in deinem ganzen Leben noch nie irgend jemand etwas Schönes geschenkt. Du würdest etwas Schönes nicht einmal erkennen, wenn du's sehen würdest.‹

Ihre Verachtung war so groß, daß ihre Nervosität sie verließ.

Ihr Onkel sagte, er werde mit ihr nicht streiten und er könne sich nicht vorstellen, was sie sich davon versprochen habe, daß sie nach England kam; er sei erstaunt gewesen, zu hören, daß sie da sei – erstaunt, da er angenommen hatte, sie habe irgendeine Arbeit in Paris oder sonstwo, und Arbeit sei in London nicht leicht zu finden. Er sagte, er habe überhaupt kein Geld, und wenn er welches hätte, würde er es nicht Julia geben, bestimmt nicht, sondern ihrer Schwester Norah, und Norah würde er gern helfen, denn sie sei ein ordentliches Mädchen, und sie verdiene es.

»Die Wahrheit ist aber, daß ich kein Geld habe, um es irgend jemand zu geben«, sagte er. »Wenn die Dinge sich nämlich so weiterentwickeln, weiß der Himmel, was dann aus mir werden wird.«

Ein kummervoller Ausdruck breitete sich auf seinem Gesicht aus, als er dachte, daß die Zeit kommen würde, in der er erst diese Annehmlichkeit und dann jene aufgeben müßte, und nur der liebe Gott wußte, wie das alles enden würde. Auf seine Art war er ein phantasievoller Mensch, und wenn ihn diese schlimmen Vorahnungen überkamen, vergaß er allen Ernstes, daß nur eine Folge von höchst unwahrscheinlichen Katastrophen ihn zu dem Elend verdammen können würde, das er so fürchtete.

Julia dachte, daß sie versuchen könnte, etwas zu verpfänden, und daß sie vergessen hatte, wo die Leihhäuser waren. Es gab eines in einer Seitenstraße in der Nähe des Leicester Square – hieß sie nicht Rupert Street? Sie hatten Silber im Schaufenster. Aber was konnte sie schon verpfänden, das auch nur ein paar Schillinge einbringen würde?

Onkel Griffiths redete noch immer: »Du hast zu allen Zeiten darauf bestanden, deinen eigenen Weg zu gehen. Niemand hat sich eingemischt oder sich über das geäußert, was du getan hast. Du hast deine Familie im Stich gelassen. Und wenn du jetzt zurückkommst, kannst du nicht erwarten, daß man dich mit offenen Armen empfängt.«

»Ja«, sagte sie. »Es war idiotisch von mir, daß ich gekommen bin. Wirklich, es war kindisch. Es ist kindisch, sich einzubilden, daß sich irgend jemand darum kümmert, was mit dem anderen passiert.«

Er lachte vor sich hin und sagte dann mit einer Miene,

als verrate er ihr ein Geheimnis, und in einem Ton, der plötzlich offen und ehrlich war: »Natürlich, jeder ist sich selbst der Nächste. Das habe ich mein Leben lang immer wieder festgestellt. Du brauchst nicht zu murren, wenn du das auch herausfindest.«

Er setzte hinzu: »Ich will dir sagen, was ich tun werde. Ich gebe dir ein Pfund, als Beitrag zu deiner Rückreise nach Paris.«

Er holte seine Brieftasche hervor und händigte ihr eine Pfundnote aus. Sie nahm sie, steckte sie in ihre Tasche, stand dann sofort auf und sagte: »Gute Nacht.«

Nun, da das Gespräch vorbei war, wirkte Onkel Griffiths fröhlicher. Er antwortete: »Gute Nacht« und streckte freundlich seine Hand aus. Julia ging an ihm vorbei, ohne sie zu ergreifen; er steckte sie wieder in die Tasche und sagte: »Hör auf meinen Rat. Geh so schnell wie möglich wieder zurück nach Paris.«

2

Julia war etwas durcheinander, als sie auf die Straße trat. Sie ging los, ohne genau zu wissen, welche Richtung sie einschlug. Jedes Haus, an dem sie vorbeikam, sah genauso aus wie das vorige. Jedes Haus ragte etwas vor. Und vor jedem führte eine Treppe mit vier oder fünf Stufen zu einem kleinen Portikus, der von zwei klobigen Säulen getragen wurde.

Weiter unten, ganz am Ende der Straße, begann jemand, mit zittriger Stimme ein melancholisches Lied zu singen. Die Stimme klang schleppend und brüchig –

und versagte. Dann hörte man plötzlich ein lautes, durchdringendes Geheul, wie von einem leidenden Tier. Das Geheul war aber nicht wütend oder bedrohlich; es hörte sich jämmerlich und unartikuliert an, wie die Klagelaute eines Tiers. Julia dachte: ›Sie könnten die Straße hier ruhig ein bißchen besser beleuchten.‹

Es war die Dunkelheit, die Besitz von einem ergriff. Es war eine undurchdringliche Dunkelheit, klebrig und ausweglos. Sie errichtete Mauern um einen herum und sperrte einen ein, so daß man das Gefühl hatte, man bekomme keine Luft mehr. Man wollte auf die Dunkelheit einschlagen und schreien, daß man heraus wolle. Und nach einer Weile gewöhnte man sich daran. Natürlich. Und dann konnte man sich nicht mehr vorstellen, daß es irgendwo etwas anderes gäbe.

Der Sänger – eine farblose, undeutliche Gestalt, die sich in die Nähe des Eingangs einer Bar gewagt hatte – fing zum zweitenmal an, den *Pagan Love Song* zu singen.

Die Bushaltestelle war in der Nähe des Pubs.

Sie nahm den ersten Bus, der in Richtung Oxford Circus fuhr, stieg aufs Oberdeck und blieb mit geschlossenen Augen sitzen.

Viertes Kapitel

CAFÉ MONICO

Mr. Horsfield erwartete sie. Julia ging auf ihn zu und sagte: »Ich fürchte, ich habe mich verspätet.«

»Keineswegs.«

Ohne zu lächeln gab er ihr die Hand und blickte dann sofort von ihr weg; sein Gesicht nahm einen Ausdruck distanzierter Höflichkeit an.

Als sie dann auf der Straße auf ein Taxi warteten, sah er sie kühl von der Seite an. Ein Gefühl der Einsamkeit überkam sie. Sie dachte, etwas im Ausdruck der Augen eines Menschen, der einen Fremden beobachtete, gebe den Betrachter auf schreckliche Weise preis.

Sie stiegen in das Taxi.

»Mein Gott«, murmelte sie, »was ist das für ein Leben! Was für ein Leben!«

»Ich nehme an, London deprimiert Sie«, sagte Mr. Horsfield. »Es ist etwas düster, wenn man hierher zurückkommt.«

Es entstand eine Pause. Dann fragte er: »Mögen Sie Sherry? Ich hoffe sehr, denn der Sherry ist in dem Lokal, in das wir gehen, recht gut.«

2

Er wirkte sehr ordentlich und sehr korrekt. Er wirkte so, als gehöre er zu der Sorte von Leuten, die sich nie preisgibt und andere verachtet, die das tun; die sie verachtet und vielleicht ausnutzt. Er würde denken: ›Armer Teufel.‹ Ja, er würde vielleicht sogar so denken, doch der arme Teufel bliebe nichts als ein armer Teufel, über den man Theorien anstellte, den man aber nie zu verstehen suchte.

Julia dachte: ›Man hat ihm beigebracht, sich nie preiszugeben. Vielleicht ist's ihm schwergefallen, es zu lernen, aber jetzt kann er seine Lektion.‹

Er war hohlwangig. Seine Mundwinkel hingen nach unten – nicht mürrisch, sondern traurig. Er wirkte ziemlich resigniert, bis man an seinen Augen merkte, daß er doch noch nicht ganz resigniert hatte.

Er sagte: »Mögen Sie den Sherry?«

»Nein, nicht besonders.«

»Dann probieren wir es mit etwas anderem.«

Sie saßen an einem Tisch in der Nähe des Fensters und wurden von einem großen, dicken, bleichen Franzosen mit Bourbonennase bedient, der so aufgeblasen und anmaßend war, daß er fast platzte. Sein fettes weißes Gesicht und seine kleinen, verächtlichen Augen reizten Julia. Sie hätte sich gern umgedreht und ihm eine Grobheit gesagt. Nur ein Wort – ein einziges kleines Wort –, um den Ausdruck in seinem Gesicht zu sehen, wenn sie es sagte.

Das Essen und der rosige Schein der Lampen heiterten sie auf. Sie begann sich weit weg zu fühlen, und sie vergaß den Kellner.

Mr. Horsfield unterhielt sich höflich mit ihr. Er versuchte herauszufinden, was von ihm erwartet wurde, doch sie antwortete ihm einsilbig, unbestimmt und gedankenverloren.

Sie wollte ihn fesseln und bezaubern. Noch erkannte sie, daß es höchst wichtig sein könnte, daß sie ihn fesselte und bezauberte. Doch sie konnte dem traumähnlichen Gefühl nicht widerstehen, das sie eingehüllt hatte und bewirkte, daß seine Worte unwirklich und in fast lächerlicher Weise unwichtig schienen.

Als sie beim Kaffee waren, sagte sie: »Mein Hotel ist grauenhaft. Ich kann es nicht ausstehen.«

»Das wundert mich nicht«, sagte Mr. Horsfield. »Warum haben Sie sich dort einquartiert?«

Julia erklärte: »Der Taxichauffeur hat mich hingebracht. Ich habe zu ihm gesagt: ›Bringen Sie mich zu einem ruhigen, nicht zu teuren Hotel in Bloomsbury.‹ Denn sehen Sie, ich hatte Angst, nach einem Hotel suchen zu müssen, und ich erinnerte mich nicht mehr, wohin ich gehen könnte. Er hat mich irgendwie gemustert, und dann brachte er mich dorthin.«

Mr. Horsfield sagte: »Ich werde Ihnen ein besseres Hotel besorgen.« Er fragte: »Ich nehme an, Sie haben sich entschlossen, für einige Zeit hierzubleiben?«

»Ich weiß nicht«, sagte Julia. »Ich habe keine Ahnung. Ich weiß es nicht.« Und dann erinnerte sie sich noch einmal, daß sie, als sie ihn anrief, vorgehabt hatte, ihm ihre Lage zu erklären und ihn um Hilfe zu bitten.

Sie merkte mit Schrecken, daß sie fast fertig mit Essen waren. Sie dachte: ›Wenn ich's überhaupt tue, dann muß ich es jetzt tun.‹

Sie fühlte sich nervös und fröstelte.

»Mir ist schrecklich kalt«, sagte sie.

Es war dumm, daß man sich noch immer nervös fühlte und fröstelte, so wie sie es tat, auch wenn man so etwas schon hundertmal gemacht hatte.

Mr. Horsfield starrte sie an und sagte: »Was ist los? Geht es Ihnen schlecht?« Er dachte: ›Schließlich sind fünfzehnhundert Francs nicht viel. Sich vorzustellen, man wäre ausschließlich auf fünfzehnhundert Francs angewiesen!‹ Und dann dachte er: ›Du lieber Gott, hoffentlich fängt sie nicht an zu weinen.‹

Er sagte: »Hören Sie, lassen Sie uns woanders hingehen und reden. Sagen Sie jetzt nichts. Wir gehen woanders hin, um zu reden.«

Sie sagte – und sprach dabei ganz schnell –: »Sie haben mich überrascht, weil die Leute einen fast immer zwingen, zu bitten, oder nicht?«

»Doch«, sagte Mr. Horsfield.

Ihr Gesicht war rot. Sie redete zornig weiter: »Sie zwingen einen, zu bitten – und dann schlagen sie einem die Bitte ab. Und dann erzählen sie einem genau, weshalb sie sie abschlagen. Vermutlich empfinden sie dabei ein subtiles Vergnügen, oder so etwas Ähnliches.«

Mr. Horsfield sagte: »Subtiles Vergnügen? Ganz und gar nicht. Ein sehr simples und primitives Vergnügen.«

»Es ist so leicht, jemand, der gar nichts hat, ins Unrecht zu setzen.«

»Ja«, sagte er. »Ich weiß. Das ist mir ein- oder zweimal aufgegangen, so erstaunlich das scheinen mag. Es ist immer so verdammt leicht, jemand zu verachten, der schlimm dran ist, wenn man selbst so gut dasteht wie ein Haus ... Trinken Sie noch einen Likör!«

Doch er war erleichtert, als sie ablehnte, da er fürchtete, daß sie schon jetzt einen ziemlich betrunkenen Eindruck machte. Er beobachtete sie besorgt und fühlte sich mit einem Mal sehr vertraut mit ihr. Und er haßte das Gefühl der Vertrautheit. Es bewirkte, daß er zurückschreckte und flüchten wollte.

Sie puderte sich auf ihre unvermeidliche geistesabwesende Art das Gesicht. Sie sah glücklicher aus und erleichtert. Natürlich deshalb, weil sie sich vorstellte, sie könne nun ihre ganzen Nöte auf seinen Schultern abladen. Alles recht und schön, dachte er, aber er hatte seine eigenen Sorgen.

3

Als er ihren Arm nahm, um sie über die Regent Street zu führen, berührte er sie so zurückhaltend wie möglich. Sie wandten sich nach rechts und gingen ziellos weiter.

Julia dachte: ›Diese Stadt sagt einem fortwährend: Beschaff dir Geld, beschaff dir Geld, beschaff dir Geld, oder du gehst unter. So wie einem Paris sagt, vergiß, vergiß und laß dich gehen.‹

Mr. Horsfield sagte aufs Geratewohl: »Also, wo wollen wir hingehen?«

»Ach, ein Lokal ist so gut wie das andere, finden Sie nicht?«

Sie kamen am Café Monico vorbei. Sie ging hinein, und er folgte ihr. Als sie sich gesetzt hatten, sagte sie: »Ich kann es nicht ausstehen, einfach so herumzuwandern. Macht es Ihnen was aus? Ich fühle mich dabei schrecklich elend.«

Dann sagte sie, sie würde gern einen Cognac trinken. Mr. Horsfield bestellte einen Cognac und einen Whisky und sah zu, wie sie trank.

Sie sah älter aus und nicht so hübsch wie in Paris. Ihr Mund und ihre Augenlider hingen müde nach unten. Eine kleine blaue Ader trat unterhalb ihres rechten Auges hervor. Irgendwie kam das nicht von ungefähr, man konnte sagen, was man wollte.

Die leisen Spuren von Alter und Überdruß in ihrem Gesicht faszinierten Mr. Horsfield. Es war merkwürdig, Mutmaßungen über das Leben einer solchen Frau anzustellen und sich zu fragen, wie sie sich selbst sah – zum Beispiel, wenn sie in den Spiegel blickte. Denn natürlich mußte sie ein paar hochfliegende Illusionen über sich selbst haben, sonst würde sie nicht weiterleben können. Fand sie sich noch immer jung und schlank, fähig zu allem? Glaubte sie, obwohl alle um sie her älter wurden, daß sie, durch irgendein Wunder, unverändert bliebe? Vielleicht war ihr aber auch alles völlig gleichgültig ...

Seine Gedanken schweiften ab, und unvermittelt spürte er einen Anflug von Ärger. Man sollte nicht auffällig wirken; man sollte sich die Mühe machen, so auszusehen und sich so zu benehmen wie alle anderen Leute. Und wenn man es nicht tat, grub man sich das eigene Grab.

Er sagte förmlich: »Was ich sagen wollte – wenn es irgend etwas gibt, was ich tun kann, um Ihnen zu helfen ...«

Sie holte ihre kleine Puderdose hervor, öffnete sie und sah sich im Spiegel an. Ungeduldig fuhr er fort: »Wenn Sie bloß aufhören würden, sich über Ihr Aussehen Sorgen zu machen, und mir sagen würden, was los ist!«

Sie sagte: »Sie haben mich so angestarrt, daß ich dachte, ich muß ziemlich wüst aussehen.«

Er schämte sich nicht wenig, aber andererseits sah er nicht ganz ein, warum er sich schämen sollte.

»Das hab' ich nicht so gemeint«, sagte er.

Sie sagte: »Oh, ich weiß, Sie sind einer von diesen netten Kerlen, für die England so berühmt ist, nicht wahr?«

»Ist England berühmt für nette Kerle?«

»Nun«, sagte sie nachdenklich, »das ist eigentlich genau das, wofür England nicht berühmt ist. Trotzdem, bilden Sie sich ruhig ein, es sei so. Was hat das mit mir zu tun?

Es geht mir eigentlich ganz gut«, fügte sie hinzu, mit einer Stimme, die plötzlich distanziert klang. »Ich hab' genug, um eine Weile damit auszukommen. Es hat einfach damit zu tun, daß ich letzte Nacht nicht schlafen konnte. Das Bett hat einen Buckel, genau in der Mitte.«

Dann begann sie zu prahlen – man konnte es nicht

anders nennen – mit einem Mann, dem sie geschrieben hatte, wie sie sagte. Offenbar war er ihr Liebhaber gewesen. Er erinnerte sich, daß sie von dem Burschen gesprochen hatte, als er in Paris mit ihr zusammen war.

Mr. Horsfield fing an, sich zu langweilen. Er dachte, jedenfalls sei ihre Eitelkeit noch lebendig. Er konnte sich nicht enthalten zu sagen: »Ich nehme an, Sie haben diverse Freunde in London, denen Sie schreiben können?«

»Ich bestimmt nicht«, sagte sie mit Nachdruck. »Ich würde keine Briefmarke an irgend jemand verschwenden, außer an diesen Mann.«

Dann nahm sie eine Schachtel mit Streichhölzern aus ihrer Tasche und beschäftigte sich damit, daß sie ein Streichholz nach dem anderen anzündete und zusah, wie sie herunterbrannten. Während sie das tat, sagte sie unvermittelt: »Es ist komisch, wie man etwas sagt und gleichzeitig an etwas ganz anderes denkt, nicht wahr?«

Mr. Horsfield stimmte zu.

»Ich muß jetzt zurück«, sagte sie. »Wirklich ... ich bin ganz schön müde. Sie werden sehen, ich bin ganz anders, wenn ich eine Nacht richtig geschlafen habe.«

Mr. Horsfield zögerte. Sie schien ängstlich auf etwas zu warten. Er sagte: »Wollen Sie am nächsten Freitag mit mir essen gehen?«

»Ja, sehr gern. Ich werde in ein, zwei Tagen in ein anderes Hotel umziehen, aber ich schreibe Ihnen meine neue Adresse.«

Sie verließen das Café und stiegen in ein Taxi. Es kam ihm so vor, als lehne sie sich sehr eng an ihn an. Ihr

Atem roch nach dem Cognac, den sie getrunken hatte. Er rückte zur Seite.

Dann nahm er ihre Hand, drückte sie und sagte: »Also dann, bis Freitag.«

Als das Taxi abrupt halten mußte, wurde sie gegen ihn geworfen. Ihr Körper fühlte sich weich und nachgiebig an.

»Entschuldigung«, sagte er steif.

4

Einigermaßen erleichtert stieg Mr. Horsfield aus dem Taxi. Als er Julia beim Abschied ansah, spürte er plötzlich ganz deutlich und mit Gewißheit, daß er ihr völlig gleichgültig war, daß sie ihn in dem Augenblick, in dem er wegging, vollkommen vergessen haben würde.

Er sagte: »Bis Freitag also. Gute Nacht ... Und vielleicht hilft Ihnen das für die nächste Zeit ...« Er drückte ihr eine gefaltete Pfundnote in die Hand.

Dann fuhr er zurück in seine Wohnung, die in einer kleinen dunklen Straße in der Nähe des Holland Parks lag. Fünf Zimmer über einem Stall, der zu einer Garage umgebaut worden war.

Direkt vor dem Eingang kauerte eine schwarz-weiße Katze. Als sie ihn sah, öffnete sie ihr Maul, schloß es wieder und miaute geräuschlos.

Mr. Horsfield sagte schmeichelnd: »Komm mit, Jones, hübscher Jones.« Der Kater stand auf, reckte sich langsam und folgte seinem Herrn mit erhobenem Schwanz in das Haus.

Fünftes Kapitel

ACTON

Am nächsten Nachmittag fuhr Julia zur Wohnung in Acton, um ihre Mutter zu besuchen.

Ein Stück Papier, auf dem geschrieben stand: AUSSER BETRIEB – BITTE KLOPFEN, war unterhalb der Klingel angeheftet. Nachdem sie zweimal geklopft hatte, öffnete sich die Tür, und ein ungefähr sechzehnjähriger Junge stand in dem dunklen Vorraum und starrte sie an.

»Ist Miss Griffiths da?«

»Zweiter Stock«, sagte der Junge. »Doch, doch, sie sind da; bei denen ist immer jemand da.«

Die Tür im zweiten Stock wurde von einer Frau mittleren Alters geöffnet. Ihr braunes Haar war ganz kurz geschnitten, aus der hohen schmalen Stirn gestrichen und eng an ihren sehr kleinen Kopf gekämmt. Ihre Nase war dünn und gekrümmt. Sie hatte kleine hellbraune Augen und wirkte resolut. Sie trug ein Kostüm aus grauem Flanell, eine Hemdbluse und eine Krawatte.

Sie sagte ohne zu lächeln: »Guten Tag, Julia. Kommen Sie rein.«

Julia folgte ihr ins Wohnzimmer.

»Ich heiße Wyatt«, sagte die Frau. »Ich nehme an, Norah hat Ihnen von mir erzählt. Sie wird gleich wieder da sein. Mögen Sie eine Tasse Tee?«

Ihre Stimme klang ungezwungen und sehr angenehm.

Julia wollte keinen Tee, setzte sich, schlug die Beine übereinander und starrte auf den Boden. Sie war zu nervös, um zu sprechen. Gleich würde sie ihre Mutter sehen; dennoch konnte sie sich die Begegnung noch immer nicht vorstellen. Wenn nun ihre Mutter wußte, wer sie war, und sie wiedererkannte und sie mit einem Wort oder einem Blick verbannte, so wie es alle andern getan hatten?

Sie empfand eine Art abergläubischer, irrationaler Gewißheit, daß es sie vollends erledigen würde, wenn dies geschehen sollte; es wäre ein definitives, letztes Urteil. Und doch ließ selbst das sie kalt. Sie konnte sich nicht vorstellen, daß es ihr etwas ausmachen würde.

»Kann ich gleich reingehen?« sagte sie.

»Sie schläft«, sagte Miss Wyatt. »Sie ist gerade eingeschlafen. Es ist besser, wenn Sie jetzt noch nicht reingehen. Norah wird gleich zurück sein.«

Eine offene Büchse mit Navy-Cut-Tabak und ein Päckchen Zigarettenpapier lagen auf dem Tisch neben Miss Wyatt. Sie drehte sich sehr schnell und geschickt eine Zigarette. Ihre Bewegungen waren wie die eines Mannes. Ihre Hände waren klein und dünn, doch derb, mit kurzen Fingern. Sie sagte: »Nehmen Sie eine Zigarette, Julia? Auf dem Tisch hinter Ihnen liegt eine Schachtel Marcovitch. Ich hab' sie für Norah gekauft –

allerdings raucht sie kaum.«

Julia wollte sagen: ›Bitte drehen Sie mir eine. Ich hätte gern eine.‹ Doch als ihr Blick Miss Wyatts Augen begegnete, wandte sie sich wortlos um, nahm eine Zigarette aus der Schachtel hinter sich und zündete sie an.

»Ich drehe mir immer meine eigenen«, sagte Miss Wyatt. »Es bleibt mir nichts anderes übrig; es ist billiger. Ich habe vor langer Zeit damit angefangen – als ich in Paris lebte. Ich erinnere mich, daß ich französischen Tabak nie ausstehen konnte.«

Julia sagte: »Ach ja?«

Es entstand eine lange Pause.

Dann fing Miss Wyatt an: »Zu meiner Zeit rauchte jeder diese algerischen Dinger.« Sie hob den Kopf, mit dem aufmerksamen Ausdruck eines Terriers. »Da kommt Norah.«

Norah kam herein und ging zum Kamin; sie nahm Hut und Mantel ab. Ihr Gesicht war von der Kälte gerötet. Sie schien nervös, als sei auch sie sich bewußt, daß es sich um einen feierlichen und dramatischen Augenblick handelte. Sie sagte: »Einen Moment. Ich geh' rein und seh' nach.«

Miss Wyatt blickte ins Feuer, ohne zu sprechen. Ihr Gesicht hatte einen strengen Ausdruck angenommen.

Dann rief Norah: »Komm jetzt rein.«

2

Julia starrte auf das Bett und sah den Körper ihrer Mutter – eine riesige, formlose Masse unter den Laken und

Decken – und das Gesicht ihrer Mutter, das sich von dem mit weißen Rüschen besetzten Kissen abhob. Dunkelhäutig, mit hohen Backenknochen und einer Adlernase. Ihr weißes Haar, immer noch lang und kräftig, war in zwei Zöpfe geflochten, die auf dem Bettuch lagen. Die eine Seite ihres Gesichts hing schlaff nach unten. Ihre Augen waren geschlossen. Sie atmete geräuschvoll, und bei jedem Atemzug blähte sich der eine Mundwinkel.

Und doch war sie seltsamerweise noch immer schön – wie ein sehr altes Tier.

Julia sagte: »Sie ist so viel schöner als wir beide.«

»Jeder, der sie besucht, sagt, wie gut sie aussieht«, sagte Norah. Stolz und Genugtuung klangen aus ihrer Stimme. »Möchtest du ein Weilchen hier sitzen bleiben? Ich geh' raus und unterhalte mich mit Wyatt.«

Das Schlafzimmer war weiß tapeziert und gemütlich. Es roch nach Desinfektionsmitteln und Kölnischwasser und Fäulnis.

Julia berührte die Hand ihrer Mutter, die auf der Bettdecke lag. Dann flüsterte sie ganz leise: »Liebes.« Sie sagte »Liebes« mit den Lippen, doch ihr Herz war tot.

Sie spürte nur, daß es sehr still im Zimmer war – still und weit weg von allem.

Vorhänge aus dickem grünen Stoff waren vor die Fenster gezogen, und gewundene kleine Flammen züngelten im Kamin. Draußen, ganz in der Ferne, bellte ein Hund, und irgendwie gab ihr dies das Gefühl von Ruhe und Glück.

Was man so alles machte. Das Leben war wirklich vollkommen verrückt. Und hier war Ruhe – das Beste, was es auf der Welt gab.

Es kam ihr vor, als säße sie schon viele Jahre hier, und wenn sie hier sitzen bleiben könnte, würde sie viele wesentliche Dinge erfahren, die sie zuvor nur geahnt hatte.

Tonlos begann sie zu flüstern: »O Liebes, ich muß dir etwas erklären. Du mußt mir zuhören.«

Die Augen ihrer Mutter öffneten sich plötzlich und starrten nach oben. Julia beugte den Kopf tiefer zu ihr hinunter und sagte in verängstigtem, hoffnungsvollem Ton: »Ich bin Julia, weißt du? Julia ist da.«

Die kranke Frau blickte unverwandt auf ihre Tochter. Dann schien es, als verlösche ein Funke, und die Augen waren wieder blutunterlaufen, die Augen eines Tiers. Nichts lag in diesem Blick. Sie murmelte etwas mit belegter Stimme, wandte dann ihren Kopf ab und begann zu weinen, laut und untröstlich, wie ein Kind.

Julia hörte, wie sich die Tür des Wohnzimmers öffnete und Norah den Flur entlanggerannt kam.

»Was ist? Was ist los? Ist sie wach?«

»Sie ist plötzlich aufgewacht. Ich dachte, sie hätte mich einen Augenblick lang erkannt.«

»O nein, das glaub' ich kaum«, murmelte Norah. »Sie weint oft so.«

Sie holte ein Taschentuch unter dem Kopfkissen hervor, trocknete ihrer Mutter die Tränen und sagte in einem mechanischen Singsang: »Was gibt's, meine Liebe? Sag's mir. Möchtest du etwas? Drück meine

Hand, wenn du irgend etwas möchtest ... Ich denke, sie will nur, daß man sie umbettet.«

Als Julia ihr helfen wollte, antwortete sie: »Nein, das geht schon. Der Arzt hat mir gezeigt, wie man's macht.«

Sie zerrte an der reglosen Masse, brachte es fertig, den Kopf hochzuziehen, und schüttelte die Kissen auf. Die gelähmte Frau hörte auf zu weinen, schnaubte kurz und schloß die Augen.

»Sie ist wieder eingeschlafen«, flüsterte Norah. Sie atmete heftig. »Weißt du«, sagte sie, »sie ist ganz schön schwer.«

Gemeinsam standen sie am Fuß des Bettes.

»Aber ich glaube, sie hat mich erkannt«, insistierte Julia flüsternd. »Sie hat etwas gesagt.«

»Ach ja?«

»Ja, es klang wie ›Orangenbäume‹. Sie muß sich an die Zeit erinnert haben, als sie noch in Brasilien war.«

»Ach was?« sagte Norah. »Weißt du, neulich hat sie ›Droschkengaul‹ zu mir gesagt. Und ich habe mich auch genau wie ein armer alter Droschkengaul gefühlt, als sie das gesagt hat, so daß ich einfach lachen mußte.«

Sie lachte in einem hohen, hysterischen Ton. Julia lachte nervös mit. Doch nachdem sie einmal zu lachen begonnen hatte, merkte sie, daß sie unmöglich aufhören konnte, und sie lachte immer weiter, hielt sich am unteren Bettpfosten fest und starrte ihre Mutter an.

Dann sah sie, wie sich die schwarzen Augen ihrer Mutter wieder öffneten und sie ebenfalls anstarrten, mit einem Blick, in dem Wiedererkennen, Überraschung und Zorn lagen. Sie schien zu sagen: ›Bist du deshalb zurückgekommen? Bist du zurückgekommen, um mich auszulachen?‹

Julia schlug das Herz bis zum Halse.

Sie sagte: »Norah, sie erkennt mich. Ich bin sicher, daß sie mich erkennt.«

Wieder begann das Wimmern. Jetzt wurde es lauter. Es klang fast wie Hundegebell.

»Paß auf«, sagte Norah, »es ist besser, wenn du rausgehst und eine Weile nebenan wartest.«

»Glaubst du, ich bringe sie durcheinander?«

»Manchmal scheint jedes fremde Gesicht sie aus der Fassung zu bringen. Geh jetzt; es ist besser, wenn du gehst.«

Julia verließ das Zimmer und horchte auf Norahs besänftigende, gebieterische Stimme. »Nicht weinen, Liebes. Nicht weinen, mein Schatz. Also, was gibt's? Was hättest du gern?«

Es wurde dunkel ...

3

Miss Wyatt war offenbar im Begriff wegzugehen. Sie trug einen Regenmantel. Sie sagte: »Richten Sie doch bitte Norah aus, daß ich vor neun Uhr zurück bin.«

»Ja«, sagte Julia. Und dann: »Glauben Sie, daß meine Mutter sehr leidet?«

»Der Arzt sagt, daß sie kaum Schmerzen hat«, sagte Miss Wyatt in unverbindlichem Ton. »Natürlich hat sich ihr Zustand in der letzten Zeit verschlechtert.

Ohne Zweifel geht es ihr schlechter. Norah mußte letzte Woche jede Nacht bei ihr bleiben. Es gefällt mir gar nicht, wie sie in den letzten ein, zwei Tagen aussieht.

Norah ist ein braves Mädchen«, fügte Miss Wyatt hinzu. »Sie macht das schon so lange mit, und ich habe sie nie jammern hören, nicht ein einziges Mal. Sie ist ein braves Mädchen. Und sie wird es schaffen. Sie wird es schon schaffen. Sie ist noch jung.«

Als Miss Wyatt hinausgegangen war, hielt sich Julia die Ohren zu, um das Weinen aus dem Nebenzimmer, das lauter und noch mitleiderregender geworden war, nicht hören zu müssen. Dann verstummte es plötzlich. Julia holte tief Luft, zog ein Taschentuch hervor und wischte sich die Hände ab.

Gleich darauf betrat Norah das Zimmer. Sie sagte: »Wo ist Wyatt?«

»Weggegangen. Sie hat gesagt, sie kommt vor neun zurück. Ist sie eingeschlafen?«

Norah nickte.

»Aber das ist schrecklich«, murmelte Julia. »Schrecklich.«

»Ja«, antwortete Norah. »Es ist ... Machen wir uns noch einen Tee, ja? Oder warte, willst du ein Glas Wermut haben? Wyatt hat mir neulich eine Flasche mitgebracht.«

Sie fand die Flasche, füllte zwei Gläser und trank ihr eigenes rasch aus. Dann sagte sie mit einer Stimme, die herausfordernd klang: »Ich nehme an, dir kommt das alles widerwärtig und eklig vor, nicht wahr?«

Julia sagte: »Nein, nein.« Doch sie sprach nicht weiter, weil sie ihre Gefühle nicht in Worte zu fassen vermochte. In diesem Augenblick erschien ihr die Schwester wie eine Figur aus einer schrecklichen Tragödie, eine Figur, die sich düster, gelassen und schön vor einem Hintergrund von gelblichem Schnee bewegte.

»Nicht im geringsten«, sagte sie.

Ein paar Sekunden lang sprachen sie nicht; dann sagte Norah mit einem halben Lachen: »Nun ja, wir haben es beide nicht gerade weit gebracht, oder etwa nicht?«

Julia hob die Schultern, wie um zu sagen: ›Mich darfst du nicht fragen.‹

»Es ist doch so«, sagte Norah, »daß mit unserer Familie etwas nicht stimmt. Wir sind zu weich oder träge oder sonstwas.«

»Ich glaube nicht, daß du träge bist«, sagte Julia. »Und ich würde auch nicht sagen, daß du zu weich bist.«

Sie sprach mit sanfter Stimme, Norah aber hielt plötzlich den Atem an, als stünde ein Streit bevor. Sie murmelte: »Nein, ich glaube, daß ich heute nicht mehr weich bin ... Vielleicht bin ich heute nicht mehr sehr weich.«

Sie spürte, wie sich ihr die Kehle zusammenschnürte und wie ihr die Augen brannten. Sie riß sie weit auf und lehnte den Kopf zurück, denn sie wußte, daß dann die Tränen nicht kommen würden; sie würden dahin zurückfließen, von wo auch immer sie aufgestiegen waren. Sie wollte sich in Gegenwart von Julia keine Blöße geben – Julia mit ihren hassenswerten schwarzgeschminkten Augenlidern. Was nutzte es, Julia zu sagen, was sie von ihr hielt? Es war lächerlich, eine Szene zu machen. Leute wie sie ignorierte man.

Und doch fühlte sie jedesmal, wenn sie Julia ansah, den brennenden Wunsch, sie zu verletzen oder sie verletzt und gedemütigt zu sehen. Verwirrt dachte sie: ›Das kommt daher, daß ich so müde bin.‹ Den ganzen Tag lang hatte sie sich so müde gefühlt, als könnte sie es keinen Augenblick länger aushalten. Als sie einen Löffel mit Medizin an die Lippen ihrer Mutter geführt hatte, hatten ihre Hände so heftig gezittert, daß sie alles verschüttete. Und die ganze letzte Nacht hatte sie wach gelegen und nachgedacht, anstatt zu schlafen, obwohl jetzt Wyatt da war und sie die Möglichkeit hatte, zu schlafen. Sie hatte wach gelegen und nachgedacht und geweint – und weinen tat sie fast nie.

Es war, als ob die Begegnung mit Julia irgendeinen Geist der Auflehnung wachgerufen hätte, der sie in Stücke riß. Wieder und wieder dachte sie: ›Es ist nicht fair, es ist wirklich nicht fair.‹

Sie hatte das Buch genommen, das auf ihrem Nachttisch lag – *Almayers Wahn* –, und zu lesen angefangen:

Die Sklavin hatte keine Hoffnung und kannte keine Veränderung. Sie kannte keinen anderen Himmel, kein anderes Wasser, keinen anderen Wald, keine andere Welt, kein anderes Leben. Sie hatte keine Wünsche, keine Hoffnung, keine Liebe ... Wenn sie weder Schmerz noch Hunger litt, bedeutete dies Glück für sie, und wenn sie sich unglücklich fühlte, dann deshalb, weil sie mehr als gewöhnlich müde war nach der Mühsal des Tages.

Dann war sie aufgestanden und hatte sich im Spiegel betrachtet. Sie hatte das Nachthemd über die Schultern gleiten lassen und sich betrachtet. Sie war groß und gerade gewachsen und schlank und jung – nun ja, noch ziemlich jung. Sie hatte eine Haarsträhne genommen und sie sich an das Gesicht gehalten und gedacht, daß sie den Geruch ihres Haars liebte und wie es sich anfühlte. Sie hatte ihr Spiegelbild angelacht, da waren die Zähne weiß und gesund und gerade. Ja, sie hatte ihr Spiegelbild angelacht. Wie eine Närrin.

Noch während sie lachte, war ihr aufgefallen, wie blaß ihre Lippen waren; und sie hatte gedacht: ›Ich lebe wie eine Tote. Es ist, als wäre ich lebendig begraben. Es ist nicht fair, es ist nicht fair.‹

Sie konnte nicht aufhören zu weinen. Es war, als kämpfe eine ungeheure Kraft in ihrem Innern und risse sie dabei in Stücke. Und dann hatte sie gedacht: ›Wenn dies noch ein Jahr so weitergeht, bin ich erledigt. Dann bin ich alt und erledigt, und das war's dann.‹

Natürlich hatte sie so etwas schon früher gedacht. Aber immer nur sehr vage – und an den Gedanken, die ihr in der vergangenen Nacht durch den Kopf gegangen waren, war nichts Vages gewesen.

Alle sagten ständig zu ihr: »Du bist großartig, Norah, du bist wirklich großartig. Wie du das bloß schaffst!« Es war eine Art Droge, diese allgemeine, gleichbleibende Bewunderung – das Gefühl, daß man tat, was man zu tun hatte, daß es Gott und den Menschen wohlgefällig war. Man fühlte sich dadurch geschützt und sicher, als ob man eine starke Macht auf seiner Seite hätte.

Im übrigen war sie nicht von der zimperlichen Sorte. Sie konnte einen widerwärtigen Anblick und eklige Laute und Gerüche aushalten. Und so hatte sie sich abgerackert. Und so hatte sie allmählich darauf verzichtet, abends auszugehen, denn sie war einfach zu müde, um zu versuchen, sich zu amüsieren. Außerdem war kein Geld da.

So war es sechs Jahre lang gegangen. Vor drei Jahren hatte ihre Mutter den zweiten Schlaganfall gehabt, und seitdem war ihr Leben nur noch Sklaverei.

Jedermann hatte gesagt: »Du bist großartig, Norah.« Aber niemand half ihr. Alle standen sie nur dabei und sahen zu, wie ihre Jugend verging und wie ihre Schönheit verging und wie ihr weiches Herz hart und bitter wurde. Sie saßen da und sagten: »Du bist großartig, Norah.« Unmenschen ... Teufel ...

Lange Zeit hatte sie nur so auf dem Bett gelegen und gedacht: ›Unmenschen und Teufel.‹ Doch mit der Zeit hatte sie gedacht: ›Nein, das ist nicht fair.‹ Sie waren keine Unmenschen. Sie billigten, was Norah tat, und waren bereit, ihrer Billigung auch Ausdruck zu verleihen, wenn auch nicht in einer sonderlich auffälligen Form. Und dann hatte sie angefangen, an Tante Sophies Testament zu denken – irgendwie dumpf und gequält –, und an das Testament, das ihre Mutter gemacht hatte.

Und daß sie schließlich doch noch ein bißchen eigenes Geld haben würde und machen könnte, was ihr gefiel.

Und dann war ihr plötzlich sehr kalt gewesen, und sie hatte die Bettdecke bis über den Kopf gezogen. Und dann hatte sie sich so müde gefühlt, daß schließlich nur noch der Schlaf wichtig war. Und dann war sie wohl eingeschlafen.

Julia bewegte sich wieder. Sie setzte die Beine nebeneinander auf den Boden. Sie hatte an das Wort »Orangenbäume« gedacht und sich an die Zeit erinnert, als sie sich unzählige romantische Geschichten über die Kindheit ihrer Mutter in Südamerika ausgedacht und zahllose Fragen gestellt hatte, auf die ihre Mutter nur unzulänglich oder gar nicht geantwortet hatte, denn sie war eine Frau, die sich nicht auszudrücken wußte. Sie nahm die Übersiedlung so natürlich hin wie eine Pflanze. Doch manchmal merkte man ihr an, daß sie sich nach der Sonne sehnte. Julia erinnerte sich, wie sie gesagt hatte: »Das hier ist ein kaltes, graues Land. Das ist kein Land, in dem man wirklich glücklich sein kann.« War sie also unglücklich gewesen? Nein, Julia hatte sie nicht als eine unglückliche Frau in Erinnerung. Streng, frustriert vielleicht, ohne es zu wissen, aber nicht unglücklich.

Sie sagte schüchtern: »Kann ich morgen wiederkommen?«

»Natürlich«, sagte Norah. Und dann: »Iß noch etwas, bevor du gehst. Brot und Käse oder ein Ei oder sonst etwas.«

»Nein«, sagte Julia. »Nein danke. Bemüh' dich nicht.«

»Ich begleite dich zur Tür«, sagte Norah. Sie hatte jetzt das Gefühl, daß sie Julia nicht gehen lassen wollte. Sie haßte sie, aber sie fühlte sich lebendiger, wenn ihre Schwester bei ihr war.

Der Himmel war klar und blaßblau. Der Mond war schmal und jung, rotgolden.

»Sieh mal«, sagte Julia. »Neumond.«

Mit einem Mal begann Norah heftig zu frösteln. Julia sah, wie ihre Zähne aufeinanderschlugen. Norah sagte: »Bis morgen also«, ging ins Haus und schloß die Tür.

4

Der nächste Tag war ein Sonntag. Julia fuhr hinaus nach Acton und saß eine Stunde lang im Zimmer ihrer Mutter.

Diesmal lag die kranke Frau da wie ein Stück Holz, ohne sich zu rühren, ohne die Augen zu öffnen.

Julia saß da und erinnerte sich, daß sie als ganz kleines Kind ihre Mutter geliebt hatte. Ihre Mutter war der warme Mittelpunkt der Welt gewesen. Sie liebte es, ihr zuzusehen, wenn sie sich das lange Haar bürstete; und wenn man die Zärtlichkeiten und die Wärme vermißte, so tastete man danach ... Und dann hatte ihre Mutter – ganz und gar mit der kleinen Schwester beschäftigt – Dinge gesagt wie: »Sei keine Heulsuse. Du bist zu groß, um dich noch so aufzuführen. Du bist jetzt sechs, ein richtig großes Mädchen.« Und während ihre Mutter zuerst der warme Mittelpunkt der Welt gewesen war, wurde sie dann allmählich eine verschlossene, strenge, ziemlich massige Frau, die, weil sie sich Sorgen machte, einen ohne ersichtlichen Grund ohrfeigte. So daß es Zeiten gab, in denen man sich vor ihr fürchtete; und dann auch Zeiten, in denen sie einem zuwider war.

Dann hörte sie auf, sich zu fürchten, und die Mutter war ihr auch nicht mehr zuwider. Sie wurde ganz einfach gleichgültig und duldsam und ziemlich sentimental, denn schließlich war sie ja ihre Mutter.

Es war seltsam, hier zu sitzen und sich an die Zeit zu erinnern, als sie der süße, warme Mittelpunkt der Welt gewesen war, sich so lebhaft daran zu erinnern, daß auf geheimnisvolle Weise alles wieder da war.

Als es zu dunkeln begann, ging sie ins Wohnzimmer zurück.

Miss Wyatt fragte: »Gehen Sie?«

»Gibt es nichts, was ich tun kann?« sagte Julia.

»Nein«, sagte Miss Wyatt. »Norah wird bald zurück sein.«

Dann las sie weiter, denn weder mochte sie diese Person, noch billigte sie ihr Verhalten, und sie traute ihr schon gar nicht, machte auch kein Hehl daraus.

Julia hatte das Gefühl, sie werde fortgeschickt. Eine Weile stand sie unschlüssig herum, dann sagte sie: »Also dann, gute Nacht.«

»Gute Nacht«, sagte Miss Wyatt, ohne aufzublikken. »Kommen Sie morgen wieder?«

»Ich weiß nicht«, sagte Julia leise. »Ja, ich glaube

schon ... Aber ich bin nicht ganz sicher, weil ich in ein anderes Hotel ziehe. Hier ist meine neue Adresse. Würden Sie sie bitte Norah geben?«

Als sie ins Hotel zurückkam, überreichte ihr der junge Mann an der Rezeption einen Zettel.

»Madam, hier ist eine telefonische Nachricht für Sie.«

Julia las:

»Mr. James sagt, er würde sich freuen, Madame Martin entweder heute oder morgen abend zwischen neun und zehn bei sich zu Hause zu sehen.«

Sechstes Kapitel

Mr. JAMES

Das war die Affäre, die ruhig und mit Anstand geendet hatte, ohne Getue, ohne Szenen, ohne Hysterie. Wenn man neunzehn war und zum erstenmal fallengelassen wurde, machte man keine Szenen. Man hatte das Gefühl, als sei das Rückgrat gebrochen, als würde man sich nie wieder bewegen können. Doch man machte keine Szene. Das kam erst später, wenn die gleiche Geschichte fünf- oder sechsmal passiert war und man sich eigentlich daran gewöhnt haben sollte.

Neunzehn – das war eine verdammt lange Zeit her. Nun, jetzt wurde sie entschädigt, denn da gab es einen Mann, der ein Freund fürs Leben geworden war. Immer war im Hinterkopf der Gedanke gewesen: ›Wenn es einmal wirklich zum Schlimmsten kommen sollte, dann wird er mir helfen.‹

Er hatte gesagt: »Ich bin dein Freund fürs Leben. Ich werde dir ewig dankbar sein – weil du so lieb und so großzügig warst.« Und so weiter, und so weiter.

Und er war auch nobel. Er hatte ihr, alles in allem, eine ganze Menge Geld geliehen. Und sie hatte immer gesagt: »Dieses Geld hab' ich *geliehen*. Eines Tages werde ich es dir zurückzahlen.«

Und dann hatte er jedesmal erwidert: »Natürlich wirst du das. Mach dir aber deshalb keine Gedanken.«

Und nach dieser langen Zeit hatte er fast umgehend geantwortet. Das war nobel.

2

Der Hausdiener, der die Tür öffnete, hatte ein sympathisches Gesicht – er gehörte nicht zu der Sorte, die höhnisch hinter einem her feixten, wenn man ihnen den Rücken zuwandte. Im Kamin in der Diele brannte ein mächtiges Holzfeuer, und es gab eine Menge bequemer Sessel.

Dann führte der Hausdiener sie nach oben und öffnete eine Tür, und da war er.

Ein anderer Mensch. Kein Grund, nervös oder sentimental zu werden. Er hatte sich einfach verändert – genau, wie sie sich verändert hatte. Das war seltsam und ziemlich traurig.

Dann überlegte sie, daß es seltsam sein mußte, sehr reich und völlig abgesichert zu sein, und dabei nicht dumm. Denn so viele reiche Leute waren dumm; nur die Hälfte ihres Gehirns funktionierte. ›Aber vielleicht ist er letzten Endes doch dumm‹, dachte sie. ›Eigentlich bin ich mir nicht sicher.‹

»Meine Liebe, ich freue mich schrecklich, dich zu sehen. Es war lieb von dir, mir zu schreiben.«

Er dachte: ›Diese Gespenster aus der Vergangenheit sind wirklich taktlos, nicht sehr amüsant. Aber was kann man machen?‹

Er spürte, daß er Kopfschmerzen bekam – ein leichtes Pochen in den Schläfen.

Julia sagte mit koketter Miene: »Nun, findest du, ich habe mich verändert?«

»Du siehst hübscher aus denn je«, versicherte er ihr. »Hübscher denn je.«

»Nicht zu dick?« fragte sie besorgt.

Er sagte: »Gerade richtig« und lächelte ihr zu.

Doch sie hatte ein bißchen das Gefühl, als säße sie in einem Büro und wartete auf eine wichtige Persönlichkeit, die etwas für sie tun würde – oder auch nicht. Und als sie sich in dem Zimmer umsah, kam es ihr sehr schön vor, und sie hatte das Gefühl, sie habe nicht das Recht, hier zu sitzen und mit ihrem eigennützigen Wunsch, sich irgendwie über Wasser zu halten, in dieses schöne Zimmer einzudringen.

Dann sagte er bemüht freundlich: »Sieh mal, du kannst mir alles erzählen, denn ich habe jede Menge Zeit – massenhaft Zeit. Fast eine Dreiviertelstunde.«

Sie dachte, sie müßte nun mit ihrer vorbereiteten Erklärung beginnen. Sie sagte, so wie jemand, der etwas auswendig gelernt hat: »Weißt du, ich habe versucht, nach meiner Heirat die Dinge besser in den Griff zu bekommen, aber ich hab' es nicht geschafft. Es hat nicht geklappt.«

»Ja, das habe ich mir ungefähr gedacht, als ich dich das letztemal gesehen habe. Das tut mir leid.«

»Und dann, weißt du, als er sich nicht mehr soviel aus mir machte, schien es nur natürlich zu sein, ihn zu verlassen.«

»Und es gab jemand anderen, der sich etwas aus dir machte, oder das behauptete? War es das?«

»Oh, eigentlich nicht«, sagte sie. »Nach einiger Zeit gab es jemand, aber das war nicht der wahre Grund. Es war einfach so, daß alles schiefgelaufen war, und er schien es satt zu haben, und ich hatte das Gefühl, es sei natürlich, wegzugehen, wenn er so zu mir war.«

»Ich verstehe«, sagte Mr. James.

Sie dachte: ›Es war einfach mein Pech, nicht wahr, daß wir gerade dann alles verloren, als wir das Geld am meisten gebraucht hätten. Wenn man gerade ein Kind bekommen hat, und es stirbt einfach bloß deshalb, weil man nicht genug Geld hat, um es am Leben zu erhalten, dann bleibt man mit einer Art Hunger zurück. Nichts Sentimentales – o nein. Einfach ein komisches Gefühl, so wie Hunger. Und dann ist man natürlich gleichgültig – denn die ganze verdammte Geschichte ist zu dumm, als daß man anders als gleichgültig darauf reagieren könnte ... Er ist so klein. Und dann stirbt er und kommt unter die Erde.‹

Sie sah Mr. James an, seine leicht gerunzelte Stirn und sein bemüht freundliches Gesicht.

›Und dann rennt man herum und versucht, das nötige Geld aufzutreiben, um ihn begraben zu können. Man will ihn nicht im Krankenhaus liegen lassen, mit einem Zettel um das Handgelenk. Und die Hure, die einen Stock tiefer wohnt, leiht dir Geld und kauft Blumen und besucht dich und weint, weil du weinst. Also, das glaub' ich nicht; das haben Sie sich ausgedacht. Na gut, dann glaub es eben nicht.‹

Und da war Neil James, seine Stirn runzelnd und bemüht, ganz freundlich zu sein. So freundlich, so vorsichtig, so vollkommen sicher, daß alles sein Gutes hatte und nichts von ungefähr geschah.

›Das wäre doch komisch, wenn ich ihn nun nach all den Jahren hassen würde – einzig deshalb, weil er so verdammt respektabel und selbstsicher ist. Weil er so selbstgefällig dasitzt.‹

Mr. James sah sie an; ihr langes Schweigen wurde ihm ziemlich unbehaglich, und er sagte: »Hör mal, wie wär's mit einem Whisky-Soda?«

Er klingelte, und als der Hausdiener kam, sagte er: »Bringen Sie Whisky und Gläser.«

»Nun ja«, sagte sie langsam, »eigentlich ist es mir ganz gut gegangen.«

Mr. James warf einen seitlichen Blick auf die Uhr.

»Aber du willst ausgehen«, sagte sie. »Ich halte dich auf.«

»Bleib um Himmels willen sitzen, wir haben massenhaft Zeit.«

So viele Fäden. Sie entwirren zu wollen, war sinnlos. Weil er Geld hat, ist er eine Art Gott. Weil ich keines hab', bin ich eine Art Wurm. Ein Wurm, weil ich ein Versager bin und kein Geld habe. Ein Wurm, weil ich nicht einmal sicher bin, ob ich dich hasse.

Sie sagte ziemlich trotzig: »Ich hatte die Nase voll. Ich hatte das Gefühl, ich brauchte Ruhe. Ich habe gedacht, du würdest mir vielleicht dabei helfen.«

Endlich kam sie zur Sache – Mr. James war erleichtert! Und doch wurde er zurückhaltender, nun, da er sicher war, daß sie gekommen war, ihn um Geld zu bitten. Jeder versuchte, Geld aus ihm rauszuholen. Bei Gott, er war es leid. ›Wenn ich mich nicht vorsehe, wird das nie aufhören; es wird ewig so weitergehen.‹

Ein Verdacht tauchte in ihm auf. Er fragte, genau wie Onkel Griffiths gefragt hatte: »Und du weißt nicht, wo dein Mann ist?«

Sie sah ihn verwirrt an und schüttelte den Kopf.

»Natürlich, meine Liebe«, sagte er, »werde ich etwas für dich tun. Ich schreibe dir morgen und schicke dir was. Mach dir keine Sorgen, ich werde es nicht vergessen. Das versprech' ich dir. Du wirst dich ausruhen können ... Und jetzt wollen wir um Gottes willen von etwas anderem sprechen.«

Sie sagte beharrlich: »Aber ich wollte dir immer erklären, wenn ich dich wiedersehen würde –«

»Meine Liebe, quäl mich nicht«, sagte Mr. James. »Ich will es nicht hören. Reden wir doch von etwas anderem.«

Dann, als der Hausdiener den Whisky gebracht und sich wieder zurückgezogen hatte, sagte er: »Hier ist dein Whisky. Nur zu, trink aus.«

Zum erstenmal sah sie ihm gerade in die Augen. Sie sagte: »Mein Lieber, um nichts in der Welt möchte ich dich quälen. ›Bloß niemand quälen‹, ist meine Devise.«

Sie trank den Whisky. Fröhlichkeit verbreitete sich in ihr. Warum sich den Teufel um irgend etwas scheren?

Sie sagte: »Wer redet denn vom Quälen? Darum

geht's nicht. Ich habe schöne Zeiten erlebt – jede Menge schöne Zeiten.«

Sie dachte: ›Ich habe meine Chance gehabt, das Leben zu bekommen, das ich haben wollte. Und ich habe sie verpaßt ... Na schön! Ich hätte auch Glück haben können, und wenn, dann hätten mir die Leute die Stiefel geleckt. Dann hätte mir kein Mensch die kalte Schulter gezeigt. Erzähl mir nichts; laß mich in Ruhe. Wenn ich hasse, dann hab' ich ein Recht darauf. Und wenn ich glaube, daß die Leute Schweine sind, dann laß mir meinen Glauben ...‹

Sie sagte: »Jedenfalls weiß ich nicht, wie ich es hätte anders machen können. Ich wollte, ich hätte mich geschickter angestellt, das ist alles. Glaubst du, ich hätte es anders machen können?«

Er sah von ihr weg und sagte: »Frag mich nicht. Ich bin nicht der Mensch, den man so etwas fragen kann, oder etwa nicht? Ich weiß es nicht. Wahrscheinlich hattest du keine andere Wahl. Weißt du, Julietta, der Krieg hat mich eine Menge gelehrt.«

»Ach ja?« sagte sie überrascht. »Wirklich?«

»Ja. Vor dem Krieg habe ich immer gedacht, daß ich Leute verachte, die keinen Erfolg haben.«

›Verachten‹, dachte Julia. ›Warum verachten?‹

»Ich habe Leute verachtet, die es zu nichts brachten. Ich habe nicht so recht geglaubt, daß es so etwas wie Pech gibt. Doch nach dem Krieg sah ich es anders. Ich habe jetzt eine Menge verrückter Freunde. Ich nenn' sie meine verrückten Freunde.«

»Leute, die es zu nichts brachten?« fragte Julia.

»Ja. Leute, die auf die Nase gefallen sind.«

»Männer?«

»O nein, auch Frauen. Aber wohlgemerkt, mit Frauen ist es ganz anders. Das ist doch alles Unsinn – das Leben eines Mannes und das Leben einer Frau kann man nicht vergleichen. Sie haben dauernd mit ganz verschiedenen Dingen zu kämpfen. Wozu soll man unsinniges Zeug darüber reden? Sieh dir die Hähne und die Hennen an; da ist es genauso«, sagte Mr. James.

Dann sagte er: »Hör, Julietta, du mußt dir noch meine Bilder ansehen, bevor du gehst.«

3

Als sie die Bilder betrachteten, wurde er ein anderer Mensch. Weil er sie liebte, wurde er in ihrer Gegenwart bescheiden, vorsichtig, war sich seiner eigenen Meinung nicht sicher.

»Gefällt dir das hier?«

»Ja, es gefällt mir.«

»Ich wünschte, ich könnte mir von jemand, der sich auskennt, sagen lassen, ob das Bild etwas taugt oder nicht«, sagte er zu sich selbst.

Er war unsicher, weil er nicht das Falsche lieben wollte. Wie verrückt, daß jemand wollte, man möge ihm sagen, was er lieben solle!

»Also dann, Julietta, auf Wiedersehen. Mach dir keine Sorgen. Ich schreibe sofort; du sollst dich ausruhen können. Und laß mich deine Adresse wissen, wenn du nach Paris zurückgehst.«

»Ja«, sagte sie, »das werde ich tun. Und jetzt wohne ich in einem anderen Hotel. Ich schreibe dir die Adresse auf.« Sie holte einen Briefumschlag und einen Bleistiftstummel aus ihrer Tasche, schrieb die Adresse auf und gab sie ihm.

»Sehr gut, in Ordnung«, sagte Mr. James und steckte den Umschlag in die Tasche, ohne einen Blick darauf zu werfen. »Ich werde es nicht vergessen.«

Sie war den Tränen nahe, als er mit ihr die Treppe hinunterging. Ein Kloß saß ihr in der Kehle. Sie dachte: ›Das war's nicht, was ich wollte.‹ Sie hatte gehofft, er würde etwas sagen oder sie so ansehen, daß sie sich weniger einsam fühlte.

In der Diele stand eine Vase mit flammenfarbenen Tulpen – fraglos die anmutigsten Blumen, die es gab. Manche reckten ihre Köpfe wie Schlangen nach oben, andere standen aufrecht, steif, jungfräulich, ziemlich spröde. Und manche waren am Verwelken, und noch im Verblühen anmutig gewunden.

Siebtes Kapitel

NEUE ANSCHRIFT

Am nächsten Tag fuhr Julia nicht nach Acton hinaus. Den ganzen Nachmittag über ging sie in einem bleichen Sonnenlicht spazieren – einem Sonnenlicht ohne Wärme. Sie dachte an nichts, denn sie stand wie unter einem Bann, der jeden Gedanken ausschloß. Sie ging, die Augen auf die Erde gerichtet, und ein Windstoß blies verspielt ein Fetzchen schmutziges braunes Papier vor ihr her, Omnibusfahrkarten, einen zerrissenen Zeitungsaushänger, Kohlenstaub und trockenen Pferdemist.

Diese Straßen in der Nähe ihrer Pension in Notting Hill schienen merkwürdig leer, wie die Straßen in einem grauen Traum – ein Labyrinth von Straßen, die alle ganz gleich aussahen.

Ab und zu dachte sie: ›Bestimmt bin ich hier vor ein paar Minuten entlanggegangen.‹ Dann aber sah sie die Namen Chepstow Crescent oder Pembridge Villas und war beruhigt: ›Es stimmt schon; ich bin nicht im Kreis gegangen.‹

Schließlich nahm sie einen Bus und ging in ein Kino in der Edgware Road. Eine Komödie wurde gespielt, und eine Frau hinter ihr lachte: »Hahaha.« Ein fettes, gemütliches, angenehmes Lachen, das so klang, daß sie ohne sich umzudrehen hätte sagen können, wie die Frau aussah.

Nach der Komödie sah sie einen Film, in dem junge Männer um die Wette liefen und manche vor Erschöpfung zusammenbrachen. Und dann sah man – in einer seltsamen Umkehrung –, wie junge Frauen Rennen liefen und ebenfalls vor Erschöpfung zusammenbrachen; bei diesem Anblick bog sich das Publikum vor Lachen.

Um neun Uhr kam sie aus dem Kino, aß eine Kleinigkeit in einem Lyon's Teashop, ging zurück auf ihr Zimmer und schlief.

2

Jemand klopfte an die Tür.

Julia rief verschlafen: »*Entrez* ... Herein.«

Es klopfte wieder, und sie rief mit schriller Stimme, indem sie sich im Bett aufrichtete: »Herein, hab' ich gesagt.«

Ein Zimmermädchen mit gelbblonden Haaren trat ein, blieb unter der Tür stehen und sagte teilnahmslos: »Sie werden am Telefon verlangt, Miss.«

»Was ...? Ja, ich komme schon, ich komme.«

Ihre Hausschuhe standen neben dem Bett. Ihren Morgenrock konnte sie nicht finden. Sie konnte sich nicht erinnern, wo sie ihn hingelegt hatte. Das machte nichts.

Draußen auf dem Treppenabsatz kam ein Windstoß durch das offene Fenster, und sie fröstelte in ihrem dünnen Pyjama. Sie hielt den Arm vor ihre Brust und rannte an dem Mädchen vorbei. Ihr Haar stand wild um ihren Kopf. Ihre Augen waren schwarz umrahmt vom Make-up der vergangenen Nacht, das sie nicht abgeschminkt hatte, weil sie zu müde gewesen war.

Das Mädchen dachte: ›Schlampe.‹

»Spreche ich mit Mrs. Martin? Miss Griffiths fragt, ob Sie so schnell wie möglich kommen können. Mrs. Griffiths geht es sehr schlecht. So schnell wie möglich.«

»Ja«, sagte Julia ins Telefon. »Ja. Sofort. Sagen wir, in einer Dreiviertelstunde.«

Als sie die Treppe wieder hinaufeilte, war sie von einem hilflosen Entsetzen erfüllt bei dem Gedanken an die Zeit, die bestimmt verstreichen würde, bis sie in Acton ankam, und an die unzähligen Details, die diese Zeit beanspruchen würden. Während sie die Treppe hinaufrannte, dachte sie: ›Ich werde es nie schaffen. Ach du lieber Gott, all die Sachen, die ich noch tun muß, bevor ich dort bin.‹

Ihre Beine gaben nach.

In sieben Minuten war sie angezogen, doch als sie in den Spiegel sah, fand sie, daß sie noch nie dermaßen häßlich ausgesehen hatte. Es wäre ein Zeichen von Mißachtung, sich in dieser Aufmachung zu zeigen. Sie setzte den Hut wieder ab, wusch sich das Gesicht mit kaltem Wasser, legte Puder auf, bürstete das Haar, so daß es am Kopf anlag, und zog die Schläfenlocken sorgfältig unter dem Hut hervor.

Während der ganzen Zeit, in der sie damit beschäftigt war, sagte etwas in ihr nüchtern und deutlich: ›Schnell, du Affe, mach schnell. Das ist der Tod. Der Tod wartet nicht. Mach schnell, Affe, mach schnell.‹

Sie ging die Straße hinunter und überlegte, ob sie ein Taxi nehmen und Norah bitten sollte, es zu bezahlen. Sie war immer noch am Überlegen, als sie die U-Bahn-Station erreichte. Sie hatte sich eingebildet, es sei noch sehr früh am Morgen, doch als sie auf die Uhr sah, stellte sie fest, daß es Viertel vor zehn war.

Das Mädchen, das neben ihr im Aufzug stand, starrte sie unverwandt an. Julia wurde zornig und dachte: ›Also, wenn es das ist, zurückstarren kann ich genausogut.‹ Sie verengte die Augen zu Schlitzen und funkelte sie an. Das Mädchen war klein und schlank. Sie hatte ein rundes Gesicht, runde braune Augen und eine kleine Nase; sie trug einen kleinen runden Hut, einen engtaillierten, pelzbesetzten Mantel, und ihre bloßen Hände, die dick und rot aus ihren Mantelärmeln hervorsahen, umklammerten eine Lacktasche. Irgendein Idiot hielt sie wahrscheinlich für hübsch. Irgendein männliches Gegenstück von einem Idioten mit runden Augen und einem kleinen Knopfmund.

Als sie merkte, daß Julia sie anstarrte, hustete sie, verzog die Mundwinkel und drehte ihr den Rücken zu. ›Hol dich doch der Teufel‹, dachte Julia. ›Der Teufel soll dich holen.‹

Die Türen des Aufzugs öffneten sich ...

Als Julia im Zug saß, hörte sie auf, an die Leute um sie herum zu denken. Sie wurde ruhig.

Achtes Kapitel

TOD

Norah öffnete die Tür. Sie trug das grüne Kleid mit der auf der Schulter aufgenähten roten Rose. Sie gingen den dunklen Flur entlang. Julia hatte Angst. Gleichzeitig war sie außerordentlich neugierig.

Doch als sie ihre Mutter sah, dachte sie nicht mehr an sich und begann vor Mitleid zu weinen.

Das Gesicht ihrer Mutter war weiß und eingefallen und schweißbedeckt. Sie rang mühsam nach Atem, und jeder Atemzug schien eine Qual. ›Sie kann nicht mehr atmen‹, dachte Julia. ›Das muß der letzte Atemzug sein.‹

Doch sie kämpfte noch immer. Eine starke Frau.

Norah saß auf einem Korbstuhl neben dem Bett. Trotz aller Tränen und aller Angst dachte sie: ›Ich habe getan, was ich konnte. Ich hab' wirklich getan, was ich konnte.‹ Sie hielt ein Taschentuch in der Hand, und von Zeit zu Zeit beugte sie sich vor und trocknete mit einer feierlichen Geste das Gesicht ihrer Mutter ab, so, als vollziehe sie ein Ritual. Etwas an ihrer Haltung und an ihrem gelassenen Gesichtsausdruck wirkte alt, sehr, sehr alt.

Die Jalousien waren halb heruntergelassen. Im Hintergrund saß eine Krankenschwester, eine dicke Blondine. Norah flüsterte: »Gestern nachmittag, als die Schwester kam, dachte sie, es ginge nur noch ein paar Stunden. Und als heute früh der Arzt da war, sagte er: ›Ungefähr eine Stunde.‹«

Die Krankenschwester beugte sich nach vorn und flüsterte Julia ziemlich eifrig zu: »Sie müssen nicht gar so unglücklich sein, meine Liebe, denn Ihre Mutter hat keine Schmerzen. Sie ist nicht bei Bewußtsein. Sie hat überhaupt keine Schmerzen.«

»Oh, wirklich?« sagte Julia. Sie dachte: ›Ich muß beten. Wahrscheinlich hat es keinen Sinn, aber irgend jemand muß es versuchen. Vielleicht hat es doch sein Gutes.‹

Im Dämmerlicht des Zimmers schloß sie die Augen und begann zu murmeln:

Ewigen Frieden gib ihr, o Herr.
Lasse das ewige Licht leuchten über ihr.
Möge sie in Frieden ruhen.

Ihre Lippen waren trocken. Sie befeuchtete sie und fuhr fort zu beten.

Norah flüsterte: »Möchtest du etwas essen?«

»Nein.«

»Etwas Tee? Jane ist in der Küche; sie wird dir welchen machen.«

»Nein«, flüsterte Julia. »Ich habe keinen Hunger. Wirklich nicht.«

Norah stand auf, ging zur Krankenschwester hinüber und sprach leise mit ihr. Sie sagte: »Essen Sie doch etwas – oder trinken Sie eine Tasse Tee«, und die Schwester erwiderte: »Nein, meine Liebe, nein.«

Auch das wirkte so, als befolge sie ein Ritual, da Tod und Essen irgendwie zusammengehörten.

Doch danach hörte Julia auf zu beten. Sie konnte nur noch denken: ›Wenn sie doch sterben könnte ... wenn sie doch sterben könnte. Sie muß Schmerzen haben.‹

2

Es war fast zwei Uhr, als die Kranke ein Ächzen von sich gab. Die Schwester stand auf. »Rufen Sie Miss Wyatt«, sagte sie.

Und dann stand auch Miss Wyatt im Zimmer. Stand da, als warte sie darauf, daß etwas geschehen würde. Alle standen da und warteten darauf, daß etwas geschehen würde.

Die Sterbende tat drei ruhige Atemzüge, ohne jede Anstrengung. Dann fiel ihr Kopf auf die Seite.

»Es ist vorbei«, sagte die Schwester. Sie hörte auf zu weinen, und ihre Miene wurde sachlich.

»Vorbei.« Das war das Wort. Weinend beugte sich Norah nach vorn und küßte die Stirn ihrer Mutter. Dann ging sie zur Seite und sah ihre Schwester an. Julia beugte sich ihrerseits zu dem rituellen Kuß nach vorn – sie tat es ziemlich beklommen. Sie glaubte, alle sähen ihr zu, vielleicht in der Erwartung eines heftigen hysterischen Ausbruchs.

Miss Wyatts Hand lag auf Norahs Schulter. Julia folgte ihnen zögernd ins Wohnzimmer, das sehr hell und freundlich wirkte. Durch die Glastür konnte man die dünnen Zweige eines einsamen Baums vor dem kalten grauen Himmel sehen. Ihre Mutter hatte immer gesagt: »Ich kann in diesem Land nicht zur Ruhe kommen. Dieses Land ist so kalt und grau.«

Plötzlich dachte Julia: ›Und doch haben wir sie verlassen, gerade jetzt, wo sie uns braucht.‹ Sie stand auf, um in das Schlafzimmer zurückzugehen, doch die Beine versagten ihr den Dienst.

Miss Wyatt klopfte ihr auf die Schulter: »Kopf hoch, Julia«, sagte sie.

Das hübsche kleine Dienstmädchen kam mit Tee und Butterbroten herein. Auch sie weinte, doch konnte man sehen, daß für sie die Aufregung alles in allem nicht unangenehm war.

Der Tee schmeckte gut. Mit einem Mal war ein Gefühl von Ruhe und Entspannung im Raum. ›Das ist nun vorbei. Das Leben ist schön.‹

»Einen Augenblick«, murmelte Julia. Das Gefühl, ihre Mutter brauche sie dringend, war zu stark. Es trieb sie aus dem Zimmer.

Als sie die Klinke der Schlafzimmertür niederdrückte, ertönte die geschäftige Stimme der Krankenschwester: »Was gibt's?«

»Kann ich hereinkommen, bloß für eine Minute?«

»Nein, jetzt nicht. Ich rufe Sie, wenn Sie kommen können. Jetzt noch nicht.«

Julia ging ins Wohnzimmer zurück und trank noch eine Tasse Tee. Niemand sprach. Ab und zu fing Norah leise an zu weinen; dann trocknete sie sich die Tränen und putzte sich die Nase und saß wieder reglos da, mit gesenktem Kopf.

Gegen fünf klopfte die Schwester an die Tür und rief nach Norah. Im Gang wurde längere Zeit geflüstert, und dann, nach einer Weile, steckte die Schwester wieder den Kopf herein und holte Julia. Sie folgte der Frau ins Schlafzimmer. Anders als sie erwartet hatte, wirkte es leer, und sie war verwirrt, so als wäre irgendein Trost, den sie dort zu finden gehofft hatte, ausgeblieben.

»Sieht sie nicht schön aus?« sagte die Schwester.

Doch Julia fand, daß das eingefallene, mit einem weißen Tuch umwickelte Gesicht ihrer Mutter erschreckend aussah – entsetzlich erschreckend, wie eine Maske. Immer schon hatten Masken sie erschreckt und fasziniert.

Sie nahm sich zusammen und beugte sich nieder, um die Tote zu küssen.

Norah streckte die Hand aus und drückte den Arm ihrer Schwester. Sie war sehr müde und traurig, doch neben der Trauer empfand sie ein Gefühl der Ruhe, das sie sanft und mitleidig gegenüber jedermann stimmte, im Augenblick selbst Julia gegenüber. Es war, als sei der harte Kern ihres Herzens geschmolzen.

Als sie das Schlafzimmer verließen, sagte sie sehr sanft: »Geht es dir auch bestimmt gut, Julia?«

»O ja«, sagte Julia. Es ging ihr gut. Sie war nur sehr schläfrig, schrecklich schläfrig, wie ein Kind nach einem sehr aufregenden Tag.

3

Draußen auf der Straße dachte Julia plötzlich: ›Ich seh' bestimmt gräßlich aus.‹

Sie stellte sich an einen Laternenmast, puderte sich das Gesicht und zog sich den Hut über die Augen. ›Es ist, als wäre seit gestern abend ein Jahr vergangen‹, dachte sie.

An der Straßenecke spielte eine Drehorgel, und das brachte sie beinahe wieder zum Weinen. Sie versuchte, zu der holpernden Melodie die Worte zu finden:

Go rolling down to Rio
(Roll down – roll down to Rio!)
And I'd like to roll to Rio
Some day before I'm old!

Auf dem ganzen Heimweg dachte sie: ›Wenn ich Glück hab', begegne ich niemand auf der Treppe. Sie müßten jetzt alle beim Essen sein.‹

Sie öffnete die Tür zu ihrer Pension sehr sachte und vorsichtig. In der fünften Etage ging die Tür gegenüber ihrem Zimmer auf, und ihre Nachbarin, eine kleine dünne Frau mit dunklen Haaren, streckte den Kopf heraus.

»Guten Abend«, sagte sie.

»Guten Abend«, sagte Julia.

»Gehen Sie nicht runter zum Essen?«

Julia schüttelte den Kopf. Auf einmal war sie unfähig zu sprechen.

»Wollen Sie dann nicht wenigstens einen Schluck Tee

trinken?« sagte die Frau und starrte sie neugierig an. »Ich mache mir gerade selbst eine Tasse.«

»Nein«, antwortete Julia. »Nein danke.« Sie ging rasch in ihr Zimmer und schloß die Tür ab.

Sowie sie allein war, hatte sie nicht mehr den Wunsch, zu weinen, und sie sehnte sich nur noch nach Schlaf. Dumm war bloß, daß die Drehorgelmelodie ihr noch immer im Kopf herumging, und sie konnte die Worte nicht recht damit in Einklang bringen:

Yes, weekly from Southampton,
Great steamers, white and gold,
Go rolling down to Rio
(Roll down – roll down to Rio!)
And I'd like to roll to Rio
Some day before I'm old.

Neuntes Kapitel

GOLDERS GREEN

Julia sagte: »Wieviel kosten diese Rosen?«

»Sechs Schilling der Strauß, Madam. Rosen sind teuer um diese Jahreszeit«, sagte der Blumenhändler.

Es waren rote Rosen; sie sahen allerdings empfindlich und schon etwas welk aus. Die Stengel waren lang und dünn. Sie würden nicht lange halten.

Julia dachte: ›Die armen Dinger, was für ein trauriges Ende sie erwartet!‹ Doch sie wußte noch, daß sie am Tag zuvor beschlossen hatte, Rosen für ihre Mutter zu kaufen.

»Geben Sie mir den Strauß«, sagte sie. Sie nahm ihre letzte Zehnschillingnote aus der Tasche.

Als sie am Nachmittag mit den Rosen ankam, suchte Norah nervös nach dem Totenschein, den sie verloren zu haben glaubte. »Wo ist er? Ich weiß, daß ich ihn irgendwo hingelegt habe.«

»Ach, er wird schon wieder zum Vorschein kommen. Reg dich nicht auf«, sagte Miss Wyatt.

Julia saß stumm vor dem Kamin. Sie sah krank aus. Norah dachte, sie mache einen verlorenen Eindruck, doch sie war zu beschäftigt, um darüber nachzudenken. Sie kam herein und fragte: »Hör mal, Julia, meinst du, daß der Chor singen sollte?«

»Nein«, sagte Julia. »Warum?«

Norah sagte: »Ich glaube, es hätte ihr gefallen.«

»Also gut, dann bestell ihn doch, bestell ihn.«

»Es ist nur so, daß ich so wenig Geld im Haus habe«, sagte Norah bedrückt. »Ich habe so Angst, daß es nicht reicht.«

Schließlich wurde entschieden, daß sie einen Organisten bestellen würden, aber nicht den Chor. Der Chor war ein Luxus, den sie sich nicht leisten konnten. Und dann beschlossen sie, daß Chopin sich besser eigne als der Trauermarsch aus *Saul.* Und dann sagte Julia, sie müsse gehen, sie sei entsetzlich müde, sie habe überhaupt nicht geschlafen, sie müsse nach Hause.

»Kommst du morgen?«

»Nein«, sagte Julia. »Das heißt, ich bin nicht sicher.«

»Jedenfalls bist du am Freitag hier«, insistierte Norah. »Freitag um neun.«

»O ja, dann schon«, sagte Julia. »Selbstverständlich.«

An der Tür wandte sie sich um und sagte: »Die Rosen. Stellst du sie bitte ins Wasser? Nein – nicht reintun.«

2

Am Freitagmorgen um neun dachte jeder: ›Warum fangen wir nicht an?‹

»Wir warten noch auf Julia«, flüsterte Norah Onkel Griffiths zu.

»Also weißt du, ich würde nicht endlos warten, wenn ich du wäre«, flüsterte er zurück. »Ganz bestimmt nicht.«

Norah war elend zumute; sie dachte: ›Ich wußte, daß es irgendein Hindernis geben würde.‹

Ihr Herz schlug vor Aufregung. Sie hatte das Gefühl, es sei ein unerträgliches Unglück, eine Schande, der Tropfen, der das Faß zum Überlaufen brächte, wenn ihre Schwester nicht käme. Als es läutete, war sie so erleichtert, daß sie vergaß, sich zu ärgern.

Julia sagte: »Es tut mir leid; es ging nicht früher.«

Sie gingen zusammen ins Wohnzimmer, wo zwei Frauen saßen, die Julia nicht kannte.

Jemand rief geschäftig: »Die Damen für den ersten Wagen, bitte.« Und dann: »Die Damen für den zweiten Wagen.«

Mit feierlichen Gesichtern zogen alle durch die Haustür zu den wartenden Wagen.

Im ersten Wagen saßen Norah und Julia nebeneinander, Miss Wyatt und Onkel Griffiths ihnen gegenüber. Julia hatte sich seitlich hingesetzt, damit ihre Knie nicht die ihres Onkels berührten. Er warf ihr einen mißbilligenden, beinahe arglistigen Blick zu, dann wandte er sich ab und sah aus dem Fenster. Er wirkte wie aus dem Ei gepellt, feierlich und ehrenwert, doch an diesem Morgen kam er sich alt und sehr melancholisch vor.

Er dachte daran, wie unsympathisch ihm diese Frau war, ihr Gesichtsausdruck und ihre Augen, die sagten: ›Ach laß mich doch um Gottes willen in Ruhe. Ich trete dir nicht zu nahe; du hast kein Recht, mir zu nahe zu treten. Ich habe genausogut das Recht zu leben wie du.‹ Aber man wußte ganz genau, daß Leute wie sie, während sie diese Miene zur Schau trugen, sich die gemeinen Schimpfworte ausdachten, die sie gebrauchen würden, die schmutzigen Tricks, die sie versuchen würden anzuwenden, wenn sie sich einbildeten, man würde sie nicht in Ruhe lassen.

3

Es war ein milder Tag. Der Himmel hatte die seltene dunstige zartblaue Farbe des Londoner Himmels im Frühling. Eine solche Süßigkeit lag in der Luft, daß man davon ganz benommen wurde. Sie rief eine Hoffnung wach, die ein heimlicher Schmerz war.

Julia beobachtete die vorbeiziehenden Schatten – die eckigen Schatten der Häuser und die dunklen, schlanken Schatten der blattlosen Bäume, die an eine ungleiche Reihe von Tänzern in der »Arabeske«-Position erinnerten.

Sie hörte Onkel Griffiths sagen: »O ja, diese Leute müssen heutzutage von allem nur das Beste haben. Das beste Fleisch, die beste Butter ...«

Norah schwieg und blickte auf ihre im Schoß gefalteten Hände.

4

Der Wagen hielt. Sie gingen zusammen in einer kleinen Prozession zur Kapelle des Krematoriums, wo ein

Pfarrer mit sehr hellen blauen Augen wartete. Auch das war ein Traum, doch ein schmerzhafter Traum, denn der Gedanke ließ sie nicht los, sie sei nahe daran, das zu sehen, was sich hinter all diesem Gerede und Posieren verbarg, und das Gerede und das Posieren solle nur verhindern, daß sie es sah. Jetzt mußte man aufstehen; jetzt mußte man niederknien; jetzt mußte man sich erheben.

Doch während der ganzen Zeit, in der sie dastand, kniete und zuhörte, litt sie, denn ihr Hirn strengte sich ungeheuer an, um gegen das Nichts anzukämpfen. Und die Anstrengung schmerzte; dennoch gelang es ihr beinahe. Noch eine Minute, und sie würde es wissen. Und dann war ein Damm in ihrem Kopf gebrochen, und sie stützte den Kopf auf die Arme und schluchzte.

Der Sarg glitt langsam, fast unmerklich nach vorn. Norah beobachtete ihn mit weit offenen Augen. Ihre Hände umklammerten den Rücken der Bank vor ihr. Sie blickte seitlich zu Onkel Griffiths hinüber. Er wirkte erschreckt. Ja, Angst stand in seinen Augen. Sie dachte: ›Armer alter Junge.‹

Die ganze Sache ging so langsam vor sich. Julia schloß die Augen und versuchte zu beten, doch es gelang ihr nicht. Sie machten ihre Sache gut, wirklich sehr gut. Das Wort »glatt« fiel ihr ein. Glatt.

Julia beherrschte sich nicht länger. Sie war niedergekniet und schluchzte und wünschte, sie hätte ein zweites Taschentuch mitgenommen. Sie weinte jetzt, weil ihr bewußt wurde, daß ihr Leben eine lange Folge von

Demütigungen und Fehlern und Leiden und lächerlichen Bemühungen gewesen war. Allen andern ging es genauso. In diesem Augenblick stieg auf wunderbare Weise etwas aus ihrem Innersten wie eine Flamme in die Höhe. Sie war großartig. Sie stieg wie eine kühne Flamme in die Höhe, nicht bittend, sondern drohend. Dann sank die Flamme wieder nach unten, nutzlos, ohne irgend etwas bewirkt zu haben.

Julia richtete sich auf und blinzelte. Sie hatte den Arm so fest auf die Augen gepreßt gehalten, daß sie zunächst nichts erkennen konnte. Norah war fort; sie war dem Pfarrer irgendwohin gefolgt. Onkel Griffiths hatte sich ans äußerste Ende der Bank zurückgezogen.

Sie standen alle in einer weitläufigen Säulenhalle auf der Rückseite der Kapelle. Eine weitläufige Säulenhalle. Eine Menge Blumen. Und dann ein offener Platz, gefleckt von Sonnenlicht.

Wenn man so weinte, kam man sich kindisch vor. Man konnte sich ganz kindisch trösten lassen. ›Selbstverständlich‹ dachte sie, ›du liebe Güte. Natürlich. Man muß schon sagen, das Ganze hier ist eine Menge Theater für nichts und wieder nichts.‹

Miss Wyatt kam auf sie zu und nahm sie beim Arm. Sie sagte: »Wir wollen jetzt gehen, Julia, kommen Sie.«

Sie nahmen im Wagen Platz. Es war alles vorbei. Das Leben war schön und bei Gott angenehm.

Norah sagte: »Kommst du mit zum Essen, Onkel Griffiths?«

Und Onkel Griffiths erwiderte, er habe nichts dagegen.

5

Während des Essens sprach Onkel Griffiths über Taschendiebe. Er erzählte, er habe herausgefunden – oder man habe ihm berichtet –, daß die besten Taschendiebe falsche Ärmel hätten, die sie demonstrativ über der Brust verschränkt hielten, während die echten Arme sich an die Arbeit machten. Er erzählte eine lange Geschichte von einem Taschendieb, dem er in einem Aufzug begegnet war. »Aber ich habe sofort gemerkt, was mit dem Burschen los war.«

Jemand sagte: »Und hat er Ihnen in die Tasche gegriffen?«

Onkel Griffiths sagte: »Ich habe es nicht dazu kommen lassen.«

»Der Arme«, murmelte Miss Wyatt. »Nachdem er sich soviel Mühe gegeben hatte. Hoffentlich hat er es geschafft, irgend jemand anderen zu bestehlen.«

Alle lachten.

Die Verandatür, die auf den kleinen Garten führte, stand offen. Der Raum war erfüllt von Sonnenlicht, das zu einem grauen Glanz gedämpft wurde, und dann plötzlich voller Schatten. ›Das Leben ist schön und bei Gott angenehm.‹

Norah saß da mit leicht gebeugten Schultern, als wären die Anstrengung und auch die Erleichterung vorüber und als stünde sie vor einer gewissen Leere.

Nach dem Mittagessen setzte sich Onkel Griffiths in den Lehnstuhl und redete eifrig weiter, als beruhige ihn der Klang seiner eigenen Stimme, die über seine weibliche Zuhörerschaft dominierte. Er redete und redete. Über das Leben, über Literatur, über Dostojewski.

Er sagte: »Warum sollte man auch die Welt mit den Augen eines Epileptikers sehen?«

Julia sprach automatisch, so wie wenn das Bein vorschnellt, wenn man einen bestimmten Nerv im Knie berührt: »Aber er könnte doch die Dinge sehr klar sehen, oder nicht? In bestimmten Augenblicken wenigstens.«

»Klar?« sagte Onkel Griffiths. »Warum klar? Was meinst du mit klar?«

Niemand antwortete.

Norah sagte: »Julia, gehst du für einen Augenblick mit mir nach draußen? Ich möchte mit dir reden.«

6

Die Jalousien im Schlafzimmer, in dem ihre Mutter gelegen hatte, waren noch immer heruntergelassen, und der Raum war dunkel und kalt und sehr leer. Es duftete schwach nach Rosen, und noch nach etwas anderem roch es, etwas Muffigem, Verfaultem.

Norah sagte: »Ich wollte dir das da geben.« Sie überreichte ihrer Schwester einen dünnen Goldring mit einem roten Stein. »Sie hätte sicher gewünscht, daß du etwas bekommst.«

»Oh, danke«, sagte Julia. Sie sah unverwandt auf das Bett.

Norah sagte in vertraulichem Ton und sah dabei zur Seite: »Ich habe beschlossen, sofort von London fortzugehen. Ich mache hier alles dicht. Ich fühle mich doch ziemlich elend, jetzt, wo alles vorbei ist. Wyatt kommt mit. Ich hoffe, daß ich übermorgen abfahren kann. Schreib mir und sag, wie es dir so geht, ja?«

Julia gab einen zustimmenden Laut von sich. Sie saß zusammengekauert da. Ihre Nase glänzte hell durch eine unzulängliche Puderschicht hindurch. Sie sah häßlich aus und benommen.

Norah sagte: »Und hör mal, daß du mir bloß nie diesen Ring verpfändest. Wenn du meinst, ihn verpfänden zu müssen, dann schick ihn mir zurück, und ich werde dir jederzeit ein Pfund dafür geben.«

»Oh, das tu' ich bestimmt nicht«, sagte Julia feindselig.

Dann sagte sie: »Ich hab' mir von dem Mann etwas leihen können, von dem ich dir erzählte. Da habe ich ganz schön Glück gehabt, nicht wahr?«

Sie sprach nicht weiter. Es gab nichts mehr zu sagen, doch keine von beiden machte Anstalten zu gehen. Norah stand in der Nähe der Tür. Als sie ihre Schwester ansah, hatte ihr Blick etwas Lauerndes. Er hatte etwas Lauerndes, und ein gelbes Flackern war in ihren Augen.

Sie sagte: »Es tut mir leid, daß du heute so durcheinander warst, aber ich kann verstehen, daß du dich elend fühlst. Daß dir alles leid tut.«

Julia sagte: »Leid? Aber es war Wut. Hast du das nicht verstanden? Kennst du denn nicht den Unterschied zwischen Schmerz und Wut?«

»Wut? Wieso Wut?« sagte Norah scharf.

»Oh, das ist unwichtig«, murmelte Julia. »Jetzt ist jedenfalls nicht der Augenblick, um darüber zu reden.«

Ihre Hände waren sehr kalt, und sie rieb sie in ihrem Schoß gegeneinander.

»Aber ich glaube wohl, daß jetzt der Augenblick ist, um darüber zu reden«, beharrte Norah. Dann kam ihr der Gedanke: ›Sei's drum, jetzt reicht's. Hör auf damit. Laß sie in Ruhe.‹

Und doch sprach sie mit kühler Stimme weiter: »Was meinst du mit Wut?«

Julia sagte: »Tiere sind besser als wir, glaubst du nicht? Sie heucheln nicht die ganze Zeit und lügen und spotten; das tun nur die widerlichen Menschen.«

»Du bist schon ein seltsames Geschöpf«, sagte Norah. Es machte ihr Spaß, zu beobachten, wie ihre Schwester rot im Gesicht und zornig wurde und anfing, unzusammenhängend zu sprechen.

Julia redete immer weiter, als antworte sie auf das grausame gelbe Glitzern in Norahs Augen.

»Die Menschen sind solche Bestien, solche gemeinen Bestien«, sagte sie. »Sie lassen dich eher krepieren, als daß sie dir ein paar freundliche Worte sagen, und dann lecken sie jedem die Füße, aus dem sie irgendwas herausholen können. Und glaubst du, daß ich mich an einen Haufen von gemeinen, dummen Bestien hänge? Wenn alle braven ehrbaren Leute ein einziges Gesicht hätten, ich würde es anspucken. Ich wollte, sie hätten alle ein einziges Gesicht, damit ich es anspucken könnte.«

»Das gilt vermutlich alles für mich«, sagte Norah. Sie sprach ruhig, doch ihr war ganz schwindlig. Nun stieg auch ihr das Blut ins Gesicht. Ein Kribbeln war in ihren Fingerspitzen. Sie dachte: ›Sie ist ekelhaft, genau das. Sie ist meine Schwester, und sie ist ekelhaft.‹

Julia sagte widerborstig: »Das gilt für dich? Ich weiß nicht. Ja, vielleicht.« Sie sah vor sich ein riesiges dummes Gesicht. ›Drauf spucken‹, dachte sie. ›Einmal drauf spucken, bevor ich tot bin.‹ Sie preßte die Hände zusammen und schnitt eine Grimasse.

Norah sagte: »Wenn ich anfangen wollte, dir zu erzählen, was ich von dir halte, hätte ich dir vielleicht auch manches zu sagen. Nach dem, wie du dich aufgeführt hast.« Sie dachte: ›Schluß jetzt, hör auf. Halt den Mund.‹

»Du hast keine Ahnung davon, wie ich mich aufgeführt habe«, sagte Julia. »Keine Ahnung. Was weißt du von mir, was scherst du dich um mich? Einen Dreck. Hör gut zu! Als ich gesehen habe, daß du anders geworden bist und älter aussiehst, so, als hättest du eine schwere Zeit durchgemacht, da habe ich geweint, verstehst du? Ich habe deinetwegen geweint. Hast du je meinetwegen eine einzige Träne vergossen? Du hast mich kein einziges Mal so angesehen, als ob es dir etwas ausmachen würde, ob ich lebe oder sterbe. Und du glaubst, ich weiß nicht, weshalb? Weil du neidisch bist. Das ist der wahre Grund. Ihr alle, die ihr zu allem ja und amen gesagt habt – ihr seid einfach neidisch. Glaubst du, ich wüßte das nicht? Ihr seid neidisch auf mich, neidisch, neidisch. Zerfressen von Neid.«

Norahs Gesicht wurde dunkelrot, dann weiß. Sie hob drohend die Hand.

»Neidisch«, kreischte Julia. Dann überkam sie ein entsetzlicher Anfall von Mitleid, denn das Gesicht ihrer Schwester war so weiß – weiß, mit bläulichen Lippen.

Norah machte die Tür auf und rannte laut schluchzend durch den Gang. Sie verschwand im Wohnzimmer und schloß die Tür hinter sich. Julia folgte ihr, hörte, wie sie sprach und schluchzend Erklärungen abgab, und begann, sich schreiend und zusammenhanglos zu verteidigen, durch die geschlossene Tür hindurch. »Ich hab' nicht angefangen. Ich war es nicht.«

Die Tür des Wohnzimmers öffnete sich, und Onkel Griffiths erschien. Er sagte: »Hör sofort auf, solchen Krach zu machen. Es ist eine Schande; es ist unerhört. Und das ausgerechnet an so einem Tag. Du hast vergessen, wie man sich unter anständigen Leuten benimmt. Das hier«, sagte Onkel Griffiths mit Nachdruck, »ist ein ordentliches Haus.«

»Du widerlicher alter Mann«, sagte Julia.

Onkel Griffiths zog sich rasch und würdevoll zurück und machte ihr die Tür vor der Nase zu.

Sie blieb einen Augenblick draußen stehen und hörte zu, wie Norah gleichzeitig schluchzte und redete. Dann ging sie ins Schlafzimmer zurück. Und plötzlich war sie unendlich ruhig und gleichgültig gegenüber allem, was je geschehen war oder ihr je noch geschehen konnte. So ging es ihr immer. Gerade dann, wenn ihr der Kopf im nächsten Augenblick zu platzen drohte, ging es ihr so. Sie saß gelassen da, die Knie etwas auseinander, die Augen starr und ruhig.

Sie spürte nichts, nur Müdigkeit und den Wunsch,

man ließe sie endlich ausruhen, ganz friedlich, hier in diesem verdunkelten Zimmer. Es kam ihr vor, als sei sie schon immer hier gewesen und würde immer hier sein, und aufzustehen, sich zu bewegen wäre unmöglich. Sie mußten sie aber allein lassen, sie in Ruhe lassen. Dann verschwand auch dieser Gedanke. Sie trieb dahin ... trieb dahin ... Und schloß die Augen.

Sie hörte jemand den Flur entlanggehen. Die Haustür wurde geschlossen. Beinahe gleich darauf kam Miss Wyatt herein.

Miss Wyatt sagte mit sachlicher Stimme und mit einer Kopfbewegung zum Wohnzimmer hin: »Sie haben dort drin eine ganze Menge Unheil angerichtet.«

Julia öffnete die Augen und sah mit einem dümmlichen Ausdruck hoch.

Miss Wyatt sagte: »Ich denke, es wäre besser, wenn Sie nicht länger hier blieben, glauben Sie nicht? Kommen Sie jetzt, da ist Ihr Hut. Sie sollten lieber heimgehen und versuchen, sich zu erholen.«

Julia nahm den Hut, betrachtete ihn erstaunt und setzte ihn dann ungeschickt auf. Sie nahm die Puderdose aus ihrer Tasche und steckte sie wieder zurück, offensichtlich im Glauben, sie habe sie benutzt. Miss Wyatt beobachtete sie mit hochgezogenen Augenbrauen. Dann, als Julia noch immer keine Anstalten machte, zu gehen, legte sie die Hand auf ihre Schulter und wiederholte in bestimmtem Ton: »Kommen Sie, Sie müssen gehen. Ich kann's nicht zulassen, daß Norah sich noch einmal so aufregt. Sie hat schon genug durchgemacht.«

»Aber auch ich hab' einiges durchgemacht«, sagte Julia mit trauriger, ruhiger Stimme. »Das können Sie mir glauben!«

»Das bezweifle ich nicht«, stimmte Miss Wyatt zu. »Sie können Norah schreiben, wenn Sie noch etwas zu sagen haben, aber Sie können jetzt wirklich nicht länger hierbleiben.«

Julia stand auf. »Oh, Sie brauchen keine Angst zu haben«, sagte sie. »Ich werde nie mehr irgend jemand von euch belästigen, nach dieser Geschichte. Bestimmt nicht.«

Sie ging auf die Haustür zu und versuchte dabei auf etwas groteske Weise, den Eindruck von Würde zu erwecken. Dann blieb sie wieder stehen.

»Kommen Sie jetzt«, sagte Miss Wyatt beschwichtigend, aber bestimmt. Sie legte ihre Hand auf Julias Schulter, gab ihr einen ganz leichten Schubs und schloß sachte die Tür hinter ihr.

7

Norah saß auf dem Sofa. Sie sagte: »Wo ist Julia?«

»Sie ist nach Hause gegangen«, antwortete Miss Wyatt. »Und das ist auch besser für sie.«

»O nein«, sagte Norah hysterisch. »Wir können sie nicht einfach so wegschicken. Ich glaube, sie hat überhaupt kein Geld.«

»Meine Liebe«, sagte Miss Wyatt, »du legst dich jetzt hin und bleibst ganz ruhig. Deine Schwester wird dir schreiben.«

»Oh«, sagte Norah.

»Aber sicher«, sagte Miss Wyatt verächtlich. »Ganz bestimmt wird sie schreiben.«

Norah lehnte sich mit geschlossenen Augen zurück. Sie dachte: ›Mein Gott, wie hartherzig ich geworden bin!‹ Ihre Lippen zitterten. ›Was ist mit mir passiert?‹ Einen Augenblick lang hatte sie Angst vor sich selbst.

Bald danach hörte sie von der Küche her das Klappern von Teetassen auf Untertassen. Ein Gefühl der Ruhe breitete sich in ihr aus, von den Knien bis zu den Augen. Die Uhr tickte: »Du bist noch jung – noch jung – noch jung.«

Als Onkel Griffiths aus der Apotheke am Ende der Straße trat, sah er Julia näher kommen. Beim Gehen bewegte sie sich ruckartig von einer Seite zur andern, wie eine müde und nicht mehr junge Frau, die auf sehr hohen Absätzen geht. Die Leute drehten sich um und sahen ihr nach.

Onkel Griffiths dachte: ›Was wird bloß aus ihr werden, frage ich mich?‹ Und entschlossen ging er auf die andere Straßenseite hinüber.

Zehntes Kapitel

NOTTING HILL

Während Julia so dahinging, kam sie sich vor wie ein Kind, friedlich und geläutert. Weil sie sich keine Zukunft vorstellen konnte, stand die Zeit still. Und so, als wäre sie ein Kind, war alles, was sie sah, höchst interessant und dazu angetan, sie abzulenken und ihr zu gefallen. Sie sah in die Gesichter der Passanten, nicht mißtrauisch oder schüchtern, wie sie es gewöhnlich tat, sondern freundlich und zutraulich.

Sie ging zur U-Bahn-Station am Ende der Straße und kaufte einen Fahrschein nach Notting Hill Gate. Während sie dasaß und wartete, kam ein Mann auf den Bahnsteig gerannt, sah sich nach rechts und links um, ob ein Zug käme, und ließ sich dann schwerfällig neben ihr nieder. Er war klein und dick, trug einen ordentlichen grauen Anzug, einen dunklen Mantel und einen grauen Filzhut. Er beugte sich zu Julia hinüber und fragte: »Können Sie mir sagen, ob das der richtige Bahnsteig in Richtung Oxford Circus ist?«

»Ja«, sagte Julia. »Ich denke schon.«

»Ich bin fremd hier«, sagte der Mann. »Ich kenne mich hier nicht besonders gut aus.«

Als der Zug einfuhr, folgte er ihr in einen nahezu leeren Waggon. Zwei Männer saßen drin, die Augen unverwandt auf ihre Zeitung geheftet, und eine Frau mit einer großen Aktentasche, die mit einem affektierten, verstohlenen Gesichtsausdruck ihre Lippen verzog, als sie merkte, daß Julia sie ansah.

Der dicke Mann, der sich neben Julia gesetzt hatte, sagte: »Es ist ein bißchen einsam hier, wenn man fremd ist.«

Er sah sie von der Seite an, während er sprach.

»Sind Sie aus London?«

»Nein«, sagte Julia.

»Ah«, sagte er. »Das habe ich mir gedacht. Ich dachte, Sie sehen ein bißchen so aus, als ob Sie auch hier fremd wären.«

Er redete weiter. Er sagte, er sei aus Südafrika, den größten Teil seines Urlaubs habe er in Berlin verbracht, sich aber gedacht, er wolle sich noch kurz London ansehen, bevor er zurückging. Wie berauscht von diesem langen Monolog über sich selbst, schloß er dann: »Hätten Sie Lust, heute abend mit mir essen zu gehen?«

»Nein«, sagte Julia. »Ich kann nicht.«

»Dann morgen?«

Sie schüttelte den Kopf.

Der Mann sagte: »Würden Sie mir an diese Adresse schreiben oder mich da anrufen? Ich bin noch für ein paar Wochen hier.«

Er gab ihr eine Karte mit seinem Namen und der Adresse eines Clubs. Ohne einen Blick darauf zu werfen, ließ Julia sie in ihren Schoß fallen und sagte mit mechanischem Lächeln: »Ja« und »Ja, gewiß. Ja.«

Als der Zug an der Station Notting Hill Gate anhielt, stand sie rasch auf, und die Karte fiel aus ihrem Schoß auf den Boden. Der Mann starrte ihr nach und wurde rot. Dann sah er sich hastig um. Niemand sah zu ihm hin. Er hob die Karte auf, säuberte sie, steckte sie zurück in seine Tasche, schlug die Beine übereinander und nahm wieder Haltung an.

2

Julia schloß ihre Tür ab, setzte sich aufs Bett, die Hände auf den Knien, und starrte ziemlich ratlos vor sich hin. Dann seufzte sie, nahm den Hut ab und legte sich hin, wobei sie sich das Haar mit einer gleichmäßigen, mechanischen Geste aus der Stirn strich. Sie war entsetzlich müde, und es tat gut, sich hinzulegen. Doch ihre Fingerspitzen kribbelten, und die Nackenmuskeln waren angespannt. Ihre Gedanken waren wirr und verschwommen. Sie war überzeugt, daß sie, sollte plötzlich ein Fremder vor ihr auftauchen und sie in scharfem Ton nach ihrem Namen fragen, nicht wüßte, was sie antworten sollte.

Gegen sieben brachte ihr das Zimmermädchen mit den gelbblonden Haaren einen Brief hoch:

Liebe Madam Martin,
es tut mir wirklich leid, aber ich muß unser Essen heute abend verschieben. Ich habe eine sehr dringende geschäftliche Verabredung, die einfach eingehalten werden muß. Bitte verzeihen Sie mir. Ich hoffe sehr, daß

wir uns noch sehen, bevor Sie nach Paris zurückfahren.

Mit herzlichen Grüßen
Ihr George Horsfield

Als Julia die Augen wieder öffnete, war es dunkel. Der Gedanke, allein in dem dunklen Zimmer zu bleiben, war ihr entsetzlich, und als sie sich ankleidete, blickte sie zweimal unvermittelt und ängstlich hinter sich.

3

Die Straße war ein dunkler Tunnel zwischen den hohen Mauern der Häuser. Weit weg, am anderen Ende, sah sie einen Mann, der sehr rasch ging und dabei die Arme bewegte wie ein großer, dünner, flügelschlagender Vogel. Unter einer Laterne holte er sie ein.

»Ich bin schrecklich froh, daß ich Sie noch erwischt habe«, sagte Mr. Horsfield ziemlich verlegen. »Sie sehen, ich habe es doch noch geschafft, meine Verabredung zu verschieben.«

Dann sagte er: »Ich hatte das Gefühl, ich müßte kommen. Ich wollte Sie sehen.«

»Das freut mich«, sagte Julia, doch sie war nicht überrascht. »Ich wollte heute abend nicht allein sein.«

»Ausgezeichnet«, sagte Mr. Horsfield erfreut. »Und Sie können mit mir essen gehen?«

Die Frage schien sie zu überraschen; sie nickte.

Während sie nebeneinander hergingen, fand Mr. Horsfield, daß ihre Einfachheit etwas zu Herzen Gehendes hatte.

Er sagte: »Mochten Sie das Lokal, wo wir neulich abends waren? Sollen wir dort wieder hingehen?«

Sie murmelte: »Ich bin müde, zu müde, um weit zu gehen. Es sollte besser irgendwas in der Nähe sein.«

»Ich kenne kein anständiges Restaurant hier in der Umgebung«, sagte Mr. Horsfield.

»Das macht nichts«, antwortete sie. »Mir ist jedes Lokal recht – wenn es nur in der Nähe ist.«

»Was ist los? Ist irgendwas passiert?« wollte Mr. Horsfield wissen.

Sie war versucht zu lachen und zu sagen: ›Sie glauben doch nicht, ich sei verrückt, oder? Ihnen zu sagen, was passiert ist. Sie würden mich einfach unter einem Vorwand stehen lassen, wenn ich Ihnen sagte, was wirklich passiert ist.‹ Als wenn sie mittlerweile nicht gewußt hätte, daß man nur eines tun konnte, wenn es einem schlecht ging: es so lang wie möglich zu verschweigen.

Sie sagte: »Warum? Nein. Nichts ist passiert.«

»Nun, es gibt ein italienisches Lokal nicht weit von hier. Sollen wir es dort versuchen?«

4

Das Restaurant war lang und schmal. Lampen mit roten Schirmen standen auf den Tischen, und die Wände waren dekoriert mit Bildern von toten Hummern und Geflügel, auf Platten serviert und zum Essen angerichtet, mit Blumen und aufgetürmten Früchten in vergoldeten Körben.

Als Julia und Mr. Horsfield das Lokal betraten, war dort die Atmosphäre gespannt. Ein Streit war im Gange. Ein Gast schnauzte den Kellner an, die Suppe sei ungenießbar, und die übrigen Gäste hörten betroffen, doch mit schadenfrohem Lächeln zu, wie brave kleine Buben, die gleich mitanhören würden, wie man den bösen kleinen Buben ausschalt. Der Mann, der sich beschwerte, spürte offenbar die allgemeine Mißbilligung, denn er hob die Hand, um sie vor sein Gesicht zu halten, das immer röter wurde. Trotzdem bellte er noch einmal: »Nehmen Sie's weg! Das esse ich nicht. Das ist keine Currysuppe, das ist Spülwasser.«

Mr. Horsfield sagte: »Lassen Sie uns einen Gin mit Wermut trinken und dann woanders hingehen.«

»Nein«, sagte Julia. »Warum? Es ist doch gar nicht schlecht hier.«

Dem aufsässigen Herrn wurde die Rechnung ausgehändigt, und mit hochrotem, doch immer noch eigensinnigem Gesicht verließ er das Lokal. Der Kellner sagte laut hinter ihm her: »Manche Leute wissen nicht, wie sie sich in einem guten Restaurant zu benehmen haben.« Und eine sehr dünne, schwarzgekleidete Frau, die an der Kasse saß, wiederholte mit dünner, affektierter Stimme: »Manche Leute sind gute Restaurants einfach nicht gewöhnt.«

Die Tür schlug hinter dem Rücken des aufsässigen Gentleman heftig zu, und gleich darauf herrschte im Restaurant eine Atmosphäre der Zurückhaltung, der Wohlanständigkeit und der absoluten Vornehmheit. Selbst der dicke Italiener, der gegenüber Mr. Horsfield saß, wurde davon angesteckt. Besorgt begann er seine Zähne zu säubern und versteckte dabei den Zahnstocher hinter der vorgehaltenen Hand.

Während der ganzen Mahlzeit redete Mr. Horsfield, ohne zu überlegen, was er sagte. Er war erfüllt von einem grundlosen Gefühl der Erwartung.

Er bemerkte, daß Julia erschöpft wirkte, so, als habe sie geweint. Und doch fand er, ihr Gesicht wirke schmaler und irgendwie jünger als beim letzten Mal. Ihre Augen hatten einen unbestimmten Ausdruck, wenn sie ihn ansah, als sähe sie ihn gar nicht.

Draußen fiel leichter Regen. Trotz des Regens war die Dunkelheit ölig. Eine Frau in einem langen Mantel ging an ihnen vorbei; sie murmelte vor sich hin und wirkte traurig und verloren, wie ein herrenloser Hund.

Julia sagte: »Was ist das da drüben? Das rote Licht mit dem Schild *Dancing*? Gehen wir doch dorthin.«

5

Über eine schmale Treppe kamen sie in einen großen Raum, wo ungefähr ein Dutzend Personen an kleinen Tischen saßen und Limonade oder Kaffee tranken. Ein Grammophon spielte *Hallelujah*, und zwei Paare tanzten auf einer rechteckigen Fläche in der Mitte des Raums. Die Mädchen waren jung und hübsch. Der eine der beiden Männer war jung, hatte glatt zurückgekämmtes Haar und sah selbstzufrieden aus. Der zweite Tänzer war dünn und recht alt, eher siebzig als sechzig, und trug einen sehr locker sitzenden grauen Anzug. Sein Gesicht wirkte leichenhaft, die Nase war lang nach unten gebogen. Er lächelte unaufhörlich, während er tanzte, und zeigte dabei ganz gelbe Zähne.

Mr. Horsfield blickte in die Runde und seufzte. Er war ein wenig erstaunt. Noch nie zuvor war ihm ein solches Lokal in London begegnet. Man hätte so etwas eher in der Provinz oder in einer weit entfernten Vorstadt erwartet.

Er sagte zu dem umherschlendernden Kellner: »Zwei Kaffee, bitte.«

Julia sah dem alten Mann auf der Tanzfläche zu und schien ganz in diesen Anblick vertieft. Mr. Horsfield sagte: »Möchten Sie einen Kaffee?«

Julia schüttelte den Kopf und antwortete, ohne die Augen abzuwenden: »Nein danke, einen *fine* – einen Brandy.«

»Ich fürchte, dafür ist es schon zu spät«, erklärte er. »Aber wissen Sie, vielleicht bekommen wir um diese Zeit im Café Royal noch etwas zu trinken.«

»Aber es ist doch ganz nett hier, oder?«

Die Grammophonmusik hörte auf. Eine Frau kam aus einem Hinterzimmer heraus und legte eine neue Platte auf. Der alte Herr und noch ein zweiter Mann in Knickerbockern begannen mit anderen Partnerinnen zu tanzen. Mr. Horsfield spürte, daß die milde und wohlwollende Stimmung, die der Chianti zum Abendessen bewirkt hatte, allmählich von ihm wich.

Nach einer Weile sagte er zu Julia: »Finden Sie nicht, daß es hier ein wenig trist ist?«

Ihm wurde bewußt, daß ihm das Lokal mißfiel, und er war verärgert über die einsilbigen Antworten, die Julia jedesmal gab, wenn er sie ansprach. Es war, als höre sie kaum auf das, was er sagte. Er fand, sie betrachtete die Tanzenden so, als hätte sie noch nie zuvor jemanden tanzen sehen.

Als sie ungefähr eine halbe Stunde dagesessen hatten und er gerade sagen wollte: ›Hören Sie, macht es Ihnen was aus, wenn wir weggehen und es irgendwo anders versuchen?‹, sah er, daß der alte Herr auf ihren Tisch zukam. Er ging affektiert auf den Zehenspitzen.

»Darf ich bitten?« sagte er zu Julia.

Als er sich über den Tisch beugte, sah sein Gesicht im nach oben gerichteten Schein der Lampe aus, als bestünde es nur aus Knochen und Höhlungen, wie ein Totenkopf.

›Ein entzückender alter Knabe!‹ dachte Mr. Horsfield. Er sah zu Julia hinüber. Ihre Augen hatten einen überraschten, fast entsetzten Ausdruck.

»Ja, gern«, sagte sie atemlos.

Sie stand auf, bewegte sich gezwungen, mit einem unangebrachten Elan.

›Sie ist wirklich ein bißchen verschroben‹, dachte Mr. Horsfield. Doch er fühlte sich verärgert und deprimiert. Er nahm sich vor, eine Weile nicht zu den Tanzenden hinzusehen.

Als er schließlich hinschaute, sah er, wie sich Julias Partner sehr eng an sie preßte, leicht über ihre Schulter gebeugt; er nahm gewissermaßen ganz von ihr Besitz und lächelte vor sich hin. Wie idiotisch war doch diese ganze Tanzerei, idiotisch und ziemlich sinister!

Julias Körper schien sich dem Tanz völlig hinzugeben, doch wirkte es nicht sinnlich, sondern war nur Ausdruck ihrer Erschöpfung.

Mr. Horsfield senkte verdrossen die Augen, so daß er, als Julia und ihr Partner an seinem Tisch vorbeitanzten, nur ihre Beine sah, die in den fleischfarbenen Strümpfen reichlich plump wirkten. Ihm kam es vor, als bewege sie sich steif und ziemlich ruckartig. Es war, als beobachte man ein mechanisches Spielzeug, dessen Federwerk beinahe abgelaufen war.

»Ich gratuliere Ihnen zu Ihrer Partnerin, Sir. Ich gratuliere Ihnen wirklich zu Ihrer Partnerin«, sagte der alte Narr. Dann blieb er immer noch stehen, schwatzte und wartete offensichtlich darauf, daß das Grammophon wieder zu spielen anfing.

Mr. Horsfield lächelte gezwungen und sagte ein paar höfliche Floskeln. Dann erklärte er, er wolle Zigaretten holen, und verließ den Saal, als sie wieder zu tanzen begannen. Er brauchte eine Weile, bis er einen Automaten fand.

Als er wieder bei der Tanzdiele ankam, brannte das rote Licht vor der Tür nicht mehr. Er sah auf die Uhr. Es war fünf Minuten vor zwölf. Rasch stieg er die Treppe hinauf.

Julia saß allein am Tisch. Er hob die Augenbrauen und sagte in ironischem Ton: »Nun?«

Sie lachte so hysterisch, daß er ganz bestürzt war und

sich ziemlich nervös umsah. Der Mann in den Knickerbockern starrte sie beide an und sagte etwas mit spöttischer Miene. ›Dieser Nervtöter!‹ dachte Mr. Horsfield und starrte kühl zurück. Er machte dem Kellner ein Zeichen.

»Gehen wir, ich nehme an, hier wird gleich geschlossen«, sagte er zu Julia.

6

Im Taxi lehnte sie den Kopf nach hinten und schloß die Augen. Er meinte, noch nie jemanden so vollkommen unbeweglich gesehen zu haben.

Als sie vor ihrer Pension hielten, legte er seine Hand auf die ihre und sagte: »Da wären wir.«

Sie stiegen aus, und er bezahlte den Chauffeur.

»Gute Nacht«, sagte Mr. Horsfield mechanisch.

»Nein«, flüsterte sie.

Er starrte sie an.

Sie sagte: »Sie dürfen mich nicht allein lassen. Lassen Sie mich nicht allein. Sie müssen bei mir bleiben. Bitte.«

Er dachte: ›Das habe ich kommen sehen.‹

Dann sagte er langsam: »Gewiß, wenn Sie wollen.«

Elftes Kapitel

ES HÄTTE ÜBERALL SEIN KÖNNEN

Sie stieg wortlos die Stufen zum Eingang hoch und steckte den Schlüssel ins Türschloß.

»Aber wenn Sie jemand sieht?« fragte sie.

Ihre Stimme klang, als zittere sie. Er dachte: ›Nun, dann wirst du rausgeworfen, mein Kind, soviel steht fest.‹ Er sagte: »Für mich hat es den Anschein, als seien hier alle schon längst schlafen gegangen. Ich kann gehen, ohne das leiseste Geräusch zu machen. Niemand wird mich hören, das verspreche ich Ihnen. Knarren die Treppen?«

»Die oberste ein bißchen«, sagte sie. »Die andern nicht. Mein Zimmer ist im obersten Stock.«

»In Ordnung«, sagte er. »Ich werde aufpassen. Ich kann ganz schön leise gehen.«

Er legte die Hand auf ihren Arm und spürte, daß sie zitterte. Das verstärkte noch sein Gefühl der Erregung und des Triumphs.

»Kommen Sie«, sagte er.

Er drehte den Schlüssel um und ging als erster ins Haus.

Als sich die Tür hinter ihnen schloß, waren sie von Dunkelheit und Stille umgeben.

Sie gelangten an die Treppe. Er griff nach dem Geländer und ging lautlos hinter ihr hoch. Julia war in der Dunkelheit nicht zu sehen, doch er folgte dem Geräusch ihrer Schritte und setzte vorsichtig einen Fuß vor den andern, so daß kein Lärm entstand.

Es war eine stabile Treppe; sie knarrte nicht ein einziges Mal.

Stumm stiegen sie hinauf, wie Menschen in einem Traum. Und wie in einem Traum wußte er, daß das ganze Haus stabil gebaut war, mit riesigen Zimmern – dunklen, rechteckigen Zimmern, vollgestopft mit plumpen, chintzbezogenen Möbeln; bestimmt hingen dunkle Vorhänge vor den hohen Fenstern. Er wußte sogar, wie die Straße draußen aussehen würde, wenn man die Vorhänge zur Seite zog – eine graue Straße und gegenüber hohe dunkle Häuser.

Auf dem Treppenabsatz im vierten Stock blieb Julia einen Augenblick stehen und lauschte. Dann gingen sie miteinander die letzten Holzstufen hoch.

Auf diesem Stockwerk gab es drei Türen. Julia öffnete eine davon sehr vorsichtig, machte Licht und drehte von innen den Schlüssel um, als Mr. Horsfield an ihr vorbei war.

Es war ein großer, karg möblierter Raum. Mr. Horsfield ging zum Fenster hinüber, das auf den Garten nach hinten sah, den sich alle Häuser auf dieser Seite der Straße teilten. Ein schwarzes Viereck. Er sah die kahlen Zweige eines Baums, die sich wie feine Spitze gegen die Dunkelheit abhoben. Ganz aus der Ferne hörte er das Rattern und das langgedehnte Pfeifen eines Zugs. Er dachte: ›Das muß der Great Western sein.‹

Ein leichter, verspielter Windstoß blähte die Vorhänge.

»Bitte machen Sie das Fenster zu«, sagte sie. »Es ist kalt.«

Er schloß das Fenster und zog die Vorhänge zu, dann wandte er sich zur Zimmermitte hin. Er bemühte sich, dabei nicht den geringsten Laut zu verursachen.

»Ich habe nur eine Nachbarin«, sagte sie. »Sie schläft. Hören Sie nur ... Und hier ist das Badezimmer. Das ist alles.«

Sie tat einen tiefen Seufzer, bückte sich und zündete den Gasofen an.

»Setzen Sie sich hierhin, ich nehme das Kissen.«

Sie lehnte den Kopf zurück und sagte: »Ich bin müde, so müde.«

Er streckte die Hand aus, um ihr Haar zu berühren, zog sie dann wieder zurück, weil etwas einen wunden Punkt in ihm berührt hatte und er verwirrt und irgendwie nicht glücklich war.

Er sagte: »Also, Ihr Tanzpartner war eine tolle Nummer, finden Sie nicht?«

»Nein«, sagte sie. »Nein, ich fand ihn gräßlich, wirklich gräßlich.«

»Warum haben Sie dann mit ihm getanzt?«

»Manchmal muß man einfach bestimmte Dinge tun, haben Sie nie dieses Gefühl gehabt? Wenn nicht, können Sie wirklich von Glück sagen. Aber wenn Sie sich nie so gefühlt haben, hat es keinen Sinn, darüber zu reden. Denn dann würden Sie es nicht glauben.«

»Denken Sie bloß nicht, Sie wüßten, was für Gefühle ich gehabt oder nicht gehabt habe«, sagte er.

Sie sagte: »Wissen Sie, was ich glaube? Ich glaube, man tut das, was man tun muß, und dann kommt die Zeit, wenn man es nicht mehr fertigbringt, und man zerbricht. Und das ist das Ende vom Lied.«

»Ja«, sagte er, »und vielleicht hab' auch ich eine Ahnung, wie es ist, wenn man zerbricht. Ich habe den Krieg mitgemacht, wissen Sie.«

»Ich war zwanzig, als der Krieg ausbrach«, erzählte sie ihm. »Die Luftangriffe haben mir eigentlich gefallen.«

Er begann, mechanisch über ihr Haar zu streichen. Er schob es vom Nacken nach oben. Er hatte sich vorgestellt, ihr Haar würde sich spröde anfühlen, denn er war sicher, daß sie es färbte, und gefärbtes Haar fühlte sich immer spröde an. Doch als er es nach oben schob, fühlte es sich weich und warm an, wie das Gefieder eines ganz kleinen Vogels. Er streichelte es erst mit der Handfläche, dann mit dem Handrücken und empfand dabei eine außerordentliche Befriedigung.

Sie sagte: »Sie sind schrecklich gut zu mir.«

»Das dürfen Sie nicht sagen«, erklärte Mr. Horsfield und zog abrupt seine Hand weg. »Ich verbiete Ihnen strikt, das zu sagen. Ich meine, es ist der entsetzlichste Blödsinn, den ein Mensch sagen kann.«

Sie sagte: »Nein, Sie sind gut und nett und lieb zu mir.«

Er beugte sich vor und sah sie an, und sie erwiderte den Blick, träge, verwirrt, schläfrig.

›Sie hat mich gebeten, mit hochzukommen‹, dachte er. ›Sie hat mich darum gebeten.‹

Als er sie küßte, war ihr Körper weich und nachgiebig.

Aus der Ferne hörte man das gedämpfte Rumpeln von Zügen. Er dachte wieder: ›Der Great Western.‹

Man ist durstig, völlig ausgetrocknet vor Durst, und trotzdem weiß man's nicht, bis einem jemand Wasser zum Mund führt und sagt: »Du bist durstig, trink.« Genauso ist es. Man hat Durst, und man trinkt.

Und dann fragt man sich alles mögliche, unzufrieden und unzusammenhängend.

›Aber das Schlimmste daran ist‹, dachte er, ›daß man nie wissen kann, was die Frau wirklich empfindet.‹

2

Er bewegte sich vorsichtig, und sofort öffnete sie die Augen.

»Was ist?« fragte sie. »Du gehst doch nicht fort? Du hast mir versprochen, bei mir zu bleiben.«

Es wunderte ihn, wie scharf ihre Stimme klang. Er sagte: »Gewiß doch, mein Liebes. Ich lege mich nur auf die beiden Kissen neben dem Bett. Ich habe bloß gedacht, daß du dann besser schläfst.«

Er nahm die Kissen und legte sich hin; dabei fragte er sich, wie spät es sein mochte. Er dachte: ›Ob sie in diesem Haus wohl früh aufstehen?‹

Ihr Arm hing seitlich vom Bett herunter. Er hatte etwas Rührendes, wie der Arm eines Kindes. Mr. Horsfield sagte: »Julia, deine Hand ist so schön, daß ich weinen könnte.«

»Oh«, sagte sie, »ich war ungeheuer hübsch, als ich klein war. Wirklich, *sans blague*.«

»Sprich nicht so«, sagte Mr. Horsfield schroff. »Natürlich bist du auch jetzt noch hübsch.«

Sie seufzte und drehte sich um. Keiner von beiden sagte mehr etwas, und als er das nächste Mal zu ihr hinsah, schien sie zu schlafen. Er zündete sich eine Zigarette an und rauchte sie ganz langsam. Dann betrachtete er sie wieder, mit etwas verstohlener Miene, stand auf, ging auf Zehenspitzen zum Fenster und zog die Vorhänge zur Seite.

Er sah hinaus. Aus dem Garten stieg ein frischer Dunst auf. Es war hell genug, daß man die schiefen Bäume und die nackten braunen Flecken Erde sehen konnte, die von spielenden Kindern festgetreten worden waren. Er dachte: ›Es wird hell. Ich muß machen, daß ich hier wegkomme.‹

Er sah auf seine Uhr. Es war fünf. Wieder warf er einen vorsichtigen Blick zum Bett hinüber. Dann riß er einen Zettel aus seinem Notizbuch und schrieb:

Liebes,
es ist Morgen. Ich gehe also, sonst riskiere ich, jemandem auf der Treppe zu begegnen. Ich möchte Dich nicht aufwecken. Vielleicht schläfst Du dann nicht mehr ein, und Du siehst müde aus. Ich küsse Deine schönen Hände und Deine schönen dunklen Lider (was ist das für ein Zeug, das Du drauf tust?).

Er hielt inne, runzelte die Stirn, preßte die Lippen zusammen und klopfte mit dem Bleistift gegen seinen Fingernagel. Dann schrieb er weiter:

Ich komme morgen abend um sechs wieder vorbei, oder früher, wenn ich es schaffe. Du bist wundervoll.

Auf Wiedersehen
G. H.

Er faltete den Zettel zusammen, schrieb ihren Namen darauf und stellte die Nachricht so auf den Kaminsims, daß sie nicht zu übersehen war.

Mit jedem Augenblick wurde sein Wunsch, den Raum zu verlassen, stärker. Er ging, seine Schuhe in der Hand, auf Zehenspitzen zur Tür, öffnete und schloß sie mit unendlicher Vorsicht und schlich die immer noch dunkle Treppe hinunter, so leise er konnte.

Im Dämmerlicht der Eingangshalle schimmerte ihm ein weißes Gesicht entgegen. Er schreckte zurück und machte sich auf eine unliebsame Begegnung gefaßt. Doch dann sah er mit Erleichterung, daß es eine Büste des Herzogs von Wellington war. Hastig zog er seine Schuhe an und tastete sich zur Haustür vor.

3

Als sich die Tür hinter ihm schloß, fühlte er sich außerordentlich erleichtert. Auf einmal bekam die ganze Geschichte einen normalen und leicht humoristischen Aspekt. Er lächelte, während er sich bückte, um die Schnürsenkel zuzubinden.

Als er den Kopf hob, sah er einen Polizisten, der ein paar Schritte entfernt auf dem Bürgersteig stand und ihn mißbilligend ansah. Der Polizist stand mit weit gespreizten Beinen und gespitztem Mund da und wirkte überaus mißtrauisch.

»Ist das nicht grotesk?« murmelte Mr. Horsfield. Er war sich nicht im klaren, ob er den Polizisten meinte oder seine übertriebene Vorsicht oder den Herzog von Wellington oder die Nacht, die er soeben verbracht hatte.

Die beiden Männer starrten einander ein paar Sekunden lang an. Dann sagte Mr. Horsfield: »Guten Morgen, Constable.«

›Vielleicht hätte ich Sergeant sagen sollen‹, fiel ihm plötzlich ein, denn in diesem Augenblick hatte er vor dem Polizisten Angst.

Der Polizist antwortete nicht, doch er drehte langsam den Kopf, als Mr. Horsfield vorbeiging, und sah ihm nach, wie er rasch die Straße in Richtung Ladbroke Grove weiterging.

Zwölftes Kapitel

KINDHEIT

Jeder Tag ist ein neuer Tag. Jeden Tag ist man ein neuer Mensch.

Julia fühlte sich wohl und ausgeruht, nicht unglücklich, doch ihr Kopf war seltsam leer. Er war wie ein leerer Raum, in dem vage Erinnerungen herumstolzierten wie Riesen.

Sie las Mr. Horsfields Nachricht, und es war, als läse sie den Brief eines Fremden an jemanden, den sie nie gesehen hatte. Sie lag steif und gerade auf dem Rücken, die Arme dicht am Körper. Jeder Tag ist ein neuer Tag; jeden Tag ist man ein neuer Mensch. Was hat man mit dem Tag zuvor zu schaffen?

Jemand klopfte energisch an die Tür, und sie fuhr heftig zusammen. Ihr Herz schlug so stark, daß es schmerzte.

Das Zimmermädchen trat ein, ohne eine Antwort auf ihr Klopfen abzuwarten, und sagte: »Brauchen Sie das Frühstückstablett noch?«

Mit geschlossenen Augen sagte Julia: »Nein, ich brauche es nicht mehr.«

»Ich muß die Zimmer bis um zwölf gerichtet haben«, sagte das Mädchen.

»Können Sie meines nicht heute so lassen?« sagte Julia. »Ich werde es selber aufräumen.« Am liebsten hätte sie den Kopf unter das Laken gesteckt, um den blaßblauen, kalt starrenden Augen des Mädchens zu entgehen; oder wäre aufgestanden und hätte sie aus dem Zimmer geschoben und sie beschimpft und die Tür hinter ihr zugeschlagen.

»Na ja, jedenfalls soll ich am Morgen die Zimmer richten«, wiederholte das Mädchen mit monotoner Stimme, als sie hinausging.

Julia beugte sich zum Toilettentisch hinüber, griff nach einem kleinen Spiegel und betrachtete sich. Sie betrachtete auch ihre Hand mit dem ungewohnten Ring daran. Er saß ziemlich eng, da die Hand ihrer Mutter so klein und zierlich gewesen war.

Sie fragte sich, warum das Zimmermädchen sie so unfreundlich angesehen hatte. Aber hatte sie denn nicht schon immer geargwöhnt, seit sie überhaupt irgend etwas wußte, daß Menschen – ohne Grund oder aus jedem beliebigen Grund – unfreundlich waren?

Als Kind konnte man seine Hand an einen Baumstamm legen und sich getröstet fühlen, weil man wußte, daß der Baum lebte – man fühlte dieses Leben, wenn man ihn berührte – und daß er freundlich war, oder wenigstens nicht feindlich. Aber vor Menschen hatte man immer ein wenig Angst. Als Kind ist man ganz man selbst, man weiß und sieht alles prophetisch. Und dann geschieht plötzlich etwas, und man hört auf, man selbst zu sein; man wird zu dem, wozu einen andere zwingen. Man verliert seine Weisheit und seine Seele.

Wie weit konnte man zurückdenken?

Das letzte Mal, als sie wirklich glücklich war – grundlos glücklich? Wenn sie grundlos glücklich war, mußte sie einfach auf der Stelle hüpfen. »Kannst du nicht einen einzigen Augenblick lang stillhalten, Kind?« Nein, natürlich konnte sie nicht stillhalten. Sie war zu glücklich, platzte schier vor Glück. Sie rannte, als flöge sie, ohne ihre Füße zu spüren. Und die ganze Zeit, während sie rannte, dachte sie mit einem Kloß in der Kehle: ›Ich bin glücklich – glücklich – glücklich ...‹

Das war das letzte Mal, als sie wirklich glücklich gewesen war, grundlos, und sie erinnerte sich ganz genau daran. Wie alt war sie damals gewesen? Zehn? Elf? Jünger ... ja, wahrscheinlich jünger.

Und sie konnte sich an das erste Mal erinnern, als sie sich gefürchtet hatte.

Sie ging einen langen Weg entlang, der ein Stück weit von Bäumen überschattet war. Doch am Ende des Wegs war eine Lichtung und blendend weißes Sonnenlicht. Sie fing Schmetterlinge. Sie fing sie, indem sie wartete, bis sie sich irgendwo niedergelassen hatten, und dann schlich sie leise auf Zehenspitzen auf sie zu und blieb in ihrer Nähe hocken. Dann, wenn sie ihre Flügel falteten und wie eine Blume mit nur einem Blütenblatt aussahen, griff sie rasch danach und hielt sie von unten fest, damit die Flügel nicht in ihrer Hand einrissen.

Wenn sie den Schmetterling gefangen hatte, tat sie ihn in eine leere Tabaksbüchse, die sie dabei hatte. Und dann wanderte sie weiter, hielt sich die Büchse ans Ohr und lauschte dem Geräusch der Flügel, die dagegenschlugen. Es war ein faszinierendes Geräusch. Man hätte es nicht für möglich gehalten, daß ein Schmetterling solch einen Lärm machen könnte.

Außerdem war es schön, etwas in die Hand zu bekommen, das noch eine Minute zuvor in der Sonne umhergeflogen war. Natürlich blieb es nie aus, daß die Flügel entzweigingen; oder die Schmetterlinge wurden so schlimm zugerichtet, daß sie, wenn sie dann zu Hause die Büchse geöffnet und sie so vorsichtig wie möglich herausgenommen hatte, so beschädigt waren, daß sie jegliches Interesse daran verlor. Manchmal waren sie so verletzt, daß sie nicht mehr richtig fliegen konnten.

»Du grausames, schreckliches Kind, ich muß mich doch sehr über dich wundern.«

Und natürlich gab man darauf einfach keine Antwort. Denn man wußte ja, daß man gehofft hatte, den Schmetterling in einer komfortablen Pappschachtel aufzubewahren und ihn mit den Sachen zu füttern, die er gerne fraß. Und wenn das dumme Ding sich die eigenen Flügel ramponierte, dann war es selbst schuld, und man konnte nur eines tun, nämlich es wegwerfen und es noch einmal probieren. Wenn die anderen das nicht verstanden, war es auch nicht zu ändern.

Damals, an jenem Tag, als sie Schmetterlinge fing, war es gewesen, daß sie zum ersten Mal grundlos Angst gehabt hatte – als sie den hellen Sonnenfleck erreichte. Sie fürchtete sich nicht im Schatten, sie fürchtete sich in der Sonne.

Das Sonnenlicht war unbeweglich, desolat und leer. Und sie spürte, daß irgend etwas Riesengroßes direkt hinter ihr war. Sie rannte. Sie fiel hin und schlug sich das Knie auf. Sie sprang auf und rannte weiter, keuchend, mit klopfendem Herzen, viel zu sehr erschrokken, um zu weinen.

Doch als sie nach Hause kam, weinte sie. Sie weinte lange Zeit, und nie sagte sie jemandem, warum.

Das letzte Mal, als sie grundlos glücklich war; das erste Mal, als sie sich grundlos fürchtete. Was war zuerst gewesen?

2

»Was hast du den ganzen Tag über gemacht?« fragte Mr. Horsfield beim Abendessen.

»Nichts. Ich bin einfach in meinem Zimmer geblieben.«

Mr. Horsfield sagte entgeistert: »Was? Hast du überhaupt nichts gegessen? Iß wenigstens jetzt etwas, um Himmels willen.«

»Gegen vier«, sagte sie, »bin ich nach nebenan gegangen, und meine Nachbarin gab mir eine Tasse Tee.«

»Du meinst die, die geschnarcht hat?«

»Ja.«

»Warum bist du bloß zu ihr gegangen?«

»Ich weiß nicht. Vermutlich, weil ich nicht allein sein wollte.«

»Hast du überhaupt nichts getan? Hast du einfach dagelegen und hast nachgedacht?«

Sie gab keine Antwort.

Er fragte mit einer gewissen Neugier: »Woran denkst du, Julia?«

Sie sagte: »Die ganze Zeit daran, wie es war, als ich klein war.«

»Es ist das leichteste auf der Welt, sich dich als Kind vorzustellen.« Mr. Horsfield wurde sentimental beim Gedanken daran. Und dann war ihm nach Lachen zumute, weil er sentimental war.

Sie sagte, sie würde gern ins Kino gehen. Theaterstücke gefielen ihr nicht; sie konnte mit Theaterstücken nichts mehr anfangen. Sie kamen ihr unwirklich vor.

3

Im Taxi sagte er zu ihr: »Ist dir klar, was du für mich getan hast? Du hast mir meine Jugend wiedergegeben. Das für jemanden zu tun, ist bestimmt keine Kleinigkeit, nicht?«

Er fuhr fort: »Hör mal, ich kann dich heute abend nicht zu mir mitnehmen, weil im Moment ein Freund bei mir wohnt. Und in ein Hotel zu gehen, wäre wirklich widerwärtig. Hast du etwas dagegen, wenn ich wieder zu dir auf dein Zimmer komme?«

»O nein, ich habe nichts dagegen«, sagte sie. »Ich habe gar nichts dagegen. Warum sollte ich?«

Dreizehntes Kapitel

DIE TREPPE

»Du gehst voraus, und ich gehe hinter dir her, wie gestern nacht.«

Er hörte ein Rascheln; es war Julias Kleid aus steifer Seide.

Auf dem dritten Treppenabsatz blieb sie stehen. Er merkte es daran, daß er ihr Kleid nicht mehr rascheln hörte. Er hörte sie heftig atmen, als sei sie erschöpft. Nach ein paar Sekunden flüsterte er: »Julia.«

Sie gab keine Antwort.

›Großer Gott‹, dachte er. ›Was ist jetzt los?‹

Er wartete noch eine Weile und überlegte, ob er ein Streichholz anzünden sollte, dann ging er behutsam vorwärts, an ihr vorbei, und tastete nach dem Geländer. Sein Fuß stieß gegen die unterste Stufe der nächsten Treppe, und er war überzeugt, daß es sehr laut gewesen war; doch wollte er aus einem unbestimmten Grund weder ein Streichholz anzünden noch ein zweites Mal etwas sagen.

Er tastete weiter und berührte ihre Hand, dann ihren Arm und den Pelzkragen ihres Mantels. Dann strich er mit den Fingern wieder nach unten, wie ein Blinder. Er empfand ein seltsames Vergnügen dabei, sie auf diese

Weise zu berühren – wortlos, im Dunkeln.

Sie sagte mit lauter Stimme: »O Gott, wer hat mich berührt?«

Er war zu verblüfft, um darauf zu antworten.

»Wer hat mich angefaßt?« schrie sie gellend. »Wer ist das? Wer hat meine Hand berührt? Was ist das?«

»Julia!« sagte er.

Doch sie hörte nicht auf zu schreien: »Wer ist das? Wer ist das? Wer hat meine Hand berührt?«

›So‹, dachte Mr. Horsfield. ›Jetzt ist's passiert.‹ Er überlegte kurz, ob er noch Zeit hätte, sich davonzumachen, und gab dann den Gedanken auf. Irgendwo mußte ein Lichtschalter sein.

Er streckte die Hand zur Wand hin aus und begann nach dem Schalter zu tasten. Streichhölzer ...

Er sagte: »Julia, Liebes.«

Da ging auf dem Treppenabsatz das Licht an, und zwei Türen öffneten sich gleichzeitig. Unter der einen erschien ein junger Mann mit zerzausten dunklen Haaren; er trug einen gestreiften Pyjama. Er sah einmal kurz herüber, ging dann, ohne ein Wort zu sagen oder sein Gesicht zu verziehen, wieder in sein Zimmer zurück und knallte die Tür zu. An der anderen Tür tauchte eine Dame in einem rosa Morgenmantel auf, das Haar unter einem Netz verborgen. Es war eine junge, gutaussehende Frau; mit respektgebietender Miene ging sie auf Mr. Horsfield zu. Es war zweifellos die Hauswirtin.

»Es tut mir furchtbar leid«, sagte er. Seine Lippen verzogen sich wie von selbst zu einem konventionellen

Lächeln der Entschuldigung. »Madame Martin fühlt sich nicht wohl.«

Die Dame starrte Julia an. Unwillkürlich wandte sich auch Mr. Horsfield um und starrte Julia an, als hätte er sie nie zuvor gesehen. Sie verzog den Mund wie zu einer Art Grimasse. Dann sagte sie: »Es tut mir leid. Ich fühle mich nicht wohl. Es ist so dunkel im Treppenhaus. Ich dachte, jemand hätte mich angefaßt, und ich bin erschrocken. Es tut mir leid, daß ich Sie gestört habe.«

Die Dame kam zwei Schritte auf sie zu. Etwas an der Art, wie sie ging, und an der Haltung ihres Kopfes erinnerte Mr. Horsfield an eine Katze, die eine Maus anschleicht. Sie sagte mit sanfter Stimme: »Es tut mir leid, daß Sie sich nicht wohl fühlen, Mrs. Martin. Aber Sie brauchen keine Angst zu haben, wissen Sie. In meinem Haus gibt es keine dunklen Winkel. Ich lasse es nicht zu, daß es in meinem Haus dunkle Winkel gibt.«

»Ach, Unsinn«, sagte Mr. Horsfield. »Auf Ihrer Treppe ist es jedenfalls reichlich dunkel.« Mit ziemlich schriller Stimme fügte er hinzu: »Schließlich ist es erst kurz nach zwölf.«

Jemand rief aus dem tiefer gelegenen Stockwerk: »Was gibt's, Mrs. Atherton?«

»Nichts«, sagte die Dame und spähte über das Geländer nach unten, »überhaupt nichts.«

Eine plötzliche Abneigung gegen ihre angenehme Stimme, ihren rosa Morgenrock und ihr Haarnetz überkam Mr. Horsfield. Er legte seinen Arm um Julia und sagte: »Komm, Liebes.«

Er wußte, daß er wie ein Trottel wirkte, doch es war ihm einerlei.

»Wer hat mich angefaßt?« sagte Julia. Ihre Augen waren weit geöffnet, ihre Pupillen zu winzigen Punkten verengt.

»Aber mein Liebes«, sagte er, »das war doch ich.«

Sie schüttelte den Kopf.

»Du warst hinter mir.«

»Ja, aber auf dem Treppenabsatz habe ich dich überholt.«

»Ich dachte, es sei – ein Toter«, murmelte sie, »der meine Hand ergriff.«

»O Julia, mein Liebes, du bist krank, glaub mir. Laß mich dir helfen.«

Das seltsamste Mitgefühl, die verrücktesten Pläne schossen durch sein Gehirn – und gleichzeitig eine überwältigende Verachtung für die ganze Gesellschaftsordnung. Jemand klopfte an die Tür. Mrs. Atherton erschien, immer noch in ihrem rosa Morgenrock, doch ohne das Haarnetz. Sie sagte: »Ich wollte nachsehen, ob ich noch irgend etwas für Sie tun kann.«

»Nein danke«, sagte Julia. »Nichts.«

»Oh«, sagte Mrs. Atherton. Sie sah auf einen Punkt jenseits von Julia und Mr. Horsfield und wirkte außerordentlich selbstsicher.

»Geht es dir wieder besser?« sagte Mr. Horsfield unschlüssig.

Mrs. Atherton wartete.

›Zum Teufel noch mal mit dieser Wirtin‹, dachte Mr. Horsfield. Er wollte gerade den Mund aufmachen und sagen: ›Sie verschwinden jetzt!‹, als Julia sagte: »Gute Nacht.«

Er sah sie an.

»Es geht mir wieder gut«, sagte sie.

Ihre Augen wirkten kalt und feindselig. ›Als ob sie mich haßte‹, dachte er.

Er wußte, sie wollte nur eines – daß man sie in Ruhe schlafen ließ.

Sie war sehr müde, ihre Muskeln waren entspannt, die Augen halb geschlossen. Sie dachte: ›Es ist alles einerlei. Schlimmer als jetzt kann ich mich gar nicht fühlen.‹ Es war, als ticke eine Uhr in ihrem Kopf: ›Es ist alles einerlei, es ist alles einerlei ...‹

»Gute Nacht«, sagte sie noch einmal, mit kühler, zurückhaltender Stimme.

Mr. Horsfield zögerte immer noch.

»Ich komme morgen früh um zehn vorbei«, sagte er.

Noch immer wartete Mrs. Atherton. Als er hinausging, folgte sie ihm; die ganze Zeit hatte sie Julia kein einziges Mal direkt angesehen.

2

Mr. Horsfield beschloß, zu Fuß nach Hause zu gehen. Er wollte versuchen, dieses Gefühl von Wut und Enttäuschung im Gehen loszuwerden.

Als er so ging, begann er zu überlegen, was er am nächsten Morgen machen würde. Er stellte sich vor, wie er in Julias Zimmer ginge und redete und wie er ihr alles erzählte, was er auf dem Herzen hatte. Er würde ihre Hände halten und sie ans Fenster führen und sagen: ›Sieh mich nicht so an. Genauso hast du mich letzte Nacht angesehen. Warum solltest du mich so mißtrauisch ansehen, als wäre ich einer von den anderen? Ich gehöre nicht zu den anderen; ich bin auf deiner Seite. Siehst du das denn nicht? Ich bin für dich und für Leute wie du, und ich bin gegen die andern. Merkst du das denn nicht?‹ würde er sagen.

›Ich hasse die Dinge genauso wie du‹, würde er sagen. ›Ich habe es genauso satt wie du. Du haßt leidenschaftlich wie ein Kind, weil man dir weh getan hat. Ich aber hasse mit kaltem Verstand, und das ist schlimmer. Ich bin bereit, alles im Stich zu lassen und das Weite zu suchen. Vielen von uns geht es so. Es braucht bloß einen Anstoß – etwas, das uns in Bewegung setzt. Du hast das bei mir bewirkt – und das, was gestern nacht passiert ist.‹

Er hörte auf, sich weiter auszudenken, was er Julia sagen würde. Er dachte: ›Ich muß so oder so das Weite suchen – verschwinden. Eine Serie von unangenehmen Aufgaben – daraus besteht mein Leben. Ich werde alles im Stich lassen – den Laden für das verkaufen, was ich dafür kriege, noch etwas vom Leben haben, bevor ich zu alt bin, um noch Gefühle zu haben. Jedenfalls noch ein bißchen Sonne abbekommen.‹

Die Sonne. Mein Gott, dieses stumpfsinnige, langweilige Leben! Ein weißes Haus mit grünen Jalousien ...

Er bog in die schmale, mit Kopfstein gepflasterte Straße

ein, in der er wohnte. Die Straße war still. An ihrem Ende war eine Mauer, überragt von vier starren Bäumen.

Sein Kater, der vor der Hauseinfahrt wartete, sprang ihm entgegen, wie ein Hund. Er miaute sanft und schnurrte dabei. Mr. Horsfield bückte sich, um ihn zu streicheln, und sagte: »Hübscher Jones.«

Der Kater machte einen Buckel und begann wieder zu schnurren. Im Licht der Straßenlaternen funkelten seine gelbgrünen Augen ziemlich böse.

»Na, komm schon rein«, sagte Mr. Horsfield. »Komm rein und geh mir aus dem Weg.«

Im Wohnzimmer war niemand. Er holte sich ein Glas Whisky mit Soda und setzte sich. Er merkte, daß er sehr müde war.

Zwei Wände des Raums waren vom Boden bis fast zur Decke mit Büchern vollgestopft. Das Zimmer war niedrig, und es hatte ein kleines Fenster. Dennoch wirkte es behaglich und friedlich, sogar geräumig.

Er dachte: ›Ich sehe nicht recht, wie ich sie hierherbringen kann ... Ich kann sie unmöglich hierherbringen.‹

Plötzlich sah er Julia nicht mehr als die Stellvertreterin aller Erniedrigten und Beleidigten, sondern als ein reales menschliches Wesen. Man mußte sie irgendwo unterbringen – spätestens am nächsten Morgen. Sie mußte ein Bett zum Schlafen haben, zu essen, Kleidung, Gesellschaft – sonst wäre sie einsam; Verständnis für ihren eigenartigen Standpunkt – sonst wäre sie gekränkt.

All dies sah er ganz deutlich, und er erschrak.

Aber er mußte ein Zimmer für sie finden. Das mußte er auf jeden Fall. In Paddington oder in Bloomsbury, obwohl das das schäbigere Viertel war.

Eine neue Verantwortung zu übernehmen, das war eigentlich nicht gerade die beste Art, sich aus dem Staub zu machen, wenn man es recht überlegte ...

Auf einmal fiel ihm ein, daß er schließlich in Julia nicht verliebt war; und er dachte: ›Ich lasse mich nicht überstürzt in so eine Geschichte verwickeln.‹

Vierzehntes Kapitel

ABREISE

Julia packte ihren Koffer, als Mr. Horsfield am nächsten Morgen zu ihr kam. Er fragte, ob die Wirtin ihr gekündigt habe.

»Sie sagte mir, daß eine Frau, die sonst immer hier wohnt, sich erkundigt hat, wann das Zimmer frei würde. Ob ich lieber heute morgen oder heute nachmittag ausziehen wolle? Also sagte ich ›heute morgen‹.«

»Mach dir keine Sorgen«, sagte er. »Mach dir bloß keine Sorgen. Ich finde ein Zimmer für dich.«

Doch er erschrak, als er bemerkte, wie alt sie aussah. Sie war schlecht geschminkt; daran lag es wohl. Ein leichter Widerwille mischte sich in seine Enttäuschung. Unwillkürlich dachte er: ›O Gott, auf was habe ich mich da eingelassen? Wo wird das alles enden?‹

Da sagte sie: »Ich gehe zurück nach Paris.« Und er fühlte sich erleichtert. Er sagte in beiläufigem Ton: »Aber warum denn? Warum bleibst du nicht hier?«

Sie sah ihn an und blickte dann rasch wieder weg.

»Ich glaube, dort werde ich besser zurechtkommen.«

»Ich verstehe.« Plötzlich fühlte er sich unbeschwert, frei von Verantwortung, fast glücklich

Dann dachte er an Geld und daß er welches beschaffen mußte. Er mußte ihr soviel geben, wie er nur konnte. Er überlegte, wie hoch sein Kontostand bei der Bank sein mochte.

Er sagte: »Hör mal, ich komme bald rüber und besuche dich.«

»Ja, gewiß doch.« Sie starrte ihn an; ihr Blick war nicht traurig, sondern von einer drückenden, nichtssagenden Gleichgültigkeit.

Sie kniete sich neben ihren Koffer und schloß ihn zu. Dann sah sie hoch, immer noch kniend, und sagte: »Das wär's. Ich bin fertig.«

Er spürte einen Schmerz, ganz innen. Einen Schmerz wie über einen Verlust.

»Deine Rechnung?« sagte er.

»Ich hab' sie bezahlt. Alles ist fertig; alles ist erledigt. Wenn du mir bitte noch ein Taxi rufen könntest.«

Sie stand vor dem Spiegel und rückte ihren Hut zurecht. Ihr Gesicht wirkte hart und verdrossen. Unwillkürlich zog sie eine kleine Grimasse vor ihrem Spiegelbild, und wieder spürte Mr. Horsfield diesen ziehenden Schmerz, den Schmerz eines enttäuschten Kindes.

»Gehen wir«, sagte sie ungeduldig. »Du wirst mir beim Koffertragen helfen müssen, denn ich glaube nicht, daß jemand vom Hauspersonal es tun wird.«

Sie sah ihn mit einer Miene gespielter Tapferkeit an, hob dabei leicht die Schultern, und ohne es eigentlich zu wollen, sagte er: »An Schneid fehlt es dir nicht.«

Als er hinunterging, um ein Taxi zu rufen, dachte er: ›Es ist nicht das erste Mal, daß sie aus einem Hotel rausgeworfen wird, das sieht man.‹

2

Alles, was er sich in der vergangenen Nacht vorgestellt hatte, wirkte nun phantastisch – so phantastisch wie ein Märchen. Dennoch dachte er sich weiterhin Pläne aus, zerbrach sich den Kopf über Kleinigkeiten. ›Wie würde ich mich verhalten, wenn mir das passierte?‹

Er sagte: »Und was ist mit der Post? Soll sie an meine Adresse weitergeschickt werden?«

Julia antwortete, daß der Brief, den sie erwartet hatte, an diesem Morgen durch einen Boten geschickt worden sei und daß sie nicht glaube, sie bekomme noch andere Post.

Zögernd sagte er: »Was das Geld betrifft ...«

Sie nahm einen Umschlag aus ihrer Tasche und reichte ihn ihm. »Lies.«

Der Brief war in einer großen, deutlichen Handschrift geschrieben, die fast wie die eines Kindes aussah.

Liebe Julietta,
ich hätte Dir eher schreiben müssen. Ich hatte es nicht vergessen, aber ich hatte die Adresse verlegt, die Du mir gegeben hast. Ich habe lange über das nachgedacht, was Du mir sagtest, und es tut mir sehr leid, daß Deine Pläne schiefgegangen sind. Ich schicke Dir etwas Geld, weil ich möchte, daß Du Dich erholst und Ferien machst, aber ich fürchte, daß ich darüber hinaus nichts für Dich tun kann.

Mr. Horsfield wußte nicht, was er sagen sollte; er überlegte, was er sagen könnte, hing doch so viel von der

Höhe des Betrags ab, den Julias Freund geschickt hatte.

»Er hat zwanzig Pfund geschickt«, erklärte sie sachlich. »Du siehst also, es geht mir ganz gut. Ich brauche kein Geld mehr.«

»Nun ja, zwanzig Pfund reichen nicht ewig.«

»Er sammelt Bilder, dieser Mensch. Ich vermute, Bilder haben ihm schon immer gefallen, aber ich wußte nichts davon. Ich habe eigentlich gar nichts von ihm gewußt. Weißt du, er hat nie viel mit mir gesprochen. Ich war dazu da, um mit ihm zu schlafen – nicht, um mit ihm zu reden. Und zu Recht, vermute ich. Mein Gott, ist das Leben nicht wirklich komisch?«

Sie begann zu lachen.

»Natürlich hab' ich es damals nicht so gesehen. Daran habe ich nicht im Traum gedacht. Er war so etwas wie ein Gott für mich, und alles, was er tat, war richtig. Wie dumm ist man doch, wenn man jung ist! Manchmal habe ich aber darum gebetet, daß er sein ganzes Geld verliert, weil ich mir eingebildet habe, dann würde ich ihn häufiger sehen. Und ich stellte mir vor, wie ich für ihn arbeiten oder irgendwie Geld beschaffen würde, um es ihm zu geben. Er hätte sich schön bei mir bedankt, wenn er gewußt hätte, wofür ich betete, stimmt's?«

»Oh, ich würde behaupten, daß es ihm geschmeichelt hätte«, sagte Mr. Horsfield.

Die Weinflasche war leer; Julia hatte das meiste getrunken. Er rief den Kellner und bestellte noch eine Flasche.

Sie sagte: »Oh, aber das war nichts im Vergleich zu

einem Mädchen, das ich kannte; sie betete, daß der Mann, den sie liebte, blind würde.«

»Du meine Güte, das war sicher ein wenig übertrieben, meinst du nicht?«

»Doch; er wäre dann völlig abhängig von ihr gewesen, verstehst du? Sie liebte ihn wahnsinnig, und er machte sie eifersüchtig. Aber um so etwas habe ich nie gebetet. O nein, darum hätte ich nicht beten können ... Dafür habe ich wegen des Geldes gebetet. Ziemlich komisch, nicht wahr? ›Ich fürchte, daß ich darüber hinaus nichts für Dich tun kann.‹ ›Mach's gut, mein Schatz, und weine nii-icht zu sehr.‹ Erinnerst du dich an das Lied?« sagte sie.

»Ja, ich erinnere mich daran.«

Er dachte: ›Es ist so leicht, nicht wahr, genauso gemein zu dir zu sein, wie alle andern es waren?‹

Er sagte: »Hör mal, in ein oder zwei Wochen komm' ich rüber und besuche dich. Oder wenn ich es nicht schaffe, schicke ich dir etwas Geld.«

Seine Stimme klang kühl, doch er konnte es nicht ändern. Er brachte es nicht fertig, etwas Wärme in seine Worte zu legen.

Ihr Gesicht wurde über und über rot. Er wandte die Augen ab.

»Es ist mir gleich, ob du mir Geld schickst oder nicht«, sagte sie. »Und es ist mir auch gleich, ob du kommst oder nicht. Bloß damit du's weißt!«

Unter ihrem linken Auge zuckte ein Nerv.

»Wenn du glaubst«, sagte sie, »daß es mir etwas ausmacht ... Ich kann immer jemand finden, verstehst du?

Das weiß ich, seit ich überhaupt etwas weiß.«

»Das glaube ich gern«, sagte Mr. Horsfield. Er war entsetzt, wie laut ihre Stimme klang. Er war sich sicher, daß die Leute im Restaurant sie anzustarren begannen.

»Ja«, fuhr sie in noch lauterem Ton fort, »das kann ich. Darauf kannst du dich verlassen.«

Dann begannen ihre Lippen zu zittern, und Tränen traten ihr in die Augen. Sie sagte: »Zum Teufel mit euch allen! Zum Teufel mit eurem ganzen Haufen ...«

Irgend etwas an Mr. Horsfields Gesichtsausdruck drang in ihr Bewußtsein, und sie begann Grimassen zu schneiden im Bemühen, Haltung zu bewahren.

Er sah von ihr weg.

Sie sagte mürrisch: »Es tut mir leid. Siehst du, so bin ich.«

»Ach, schon gut.«

Nicht um alles in der Welt hätte er sich etwas Freundlicheres ausdenken können; und doch konnte er sich all das vorstellen, was sie nicht ausgesprochen hatte. Er verstand sie, doch auf einer kühlen, sachlichen Ebene.

Er sah auf die Uhr und stellte erleichtert fest, daß es gleich Zeit zum Gehen war.

3

Auf dem Heimweg versuchte Mr. Horsfield, Julia ganz aus seinem Gedächtnis auszulöschen.

Als er seine Haustür aufschloß, dachte er: ›Nun, das ist jedenfalls vorbei.‹ Und dann überlegte er, wie er ihr Geld schicken sollte, falls sie nicht schreiben würde.

›Aber bestimmt wird sie schreiben‹, sagte er sich.

Er schloß die Tür und seufzte. Es war, als hätte er damit den Gedanken an Julia ganz und gar ausgesperrt. Die Atmosphäre seines Hauses hüllte ihn ein – ruhig und nicht ohne Würde, Teil einer Welt der gedämpften Stimmen, einer Welt, in der Leidenschaften, wie japanische Zwergbäume, seit vielen Generationen unterdrückt wurden. Eine vertraute Welt.

DRITTER TEIL

Erstes Kapitel

ÎLE DE LA CITÉ

Der Besuch in London hatte zehn Tage gedauert, und schon war Julias Erinnerung daran etwas verblaßt. Er war zu einer zusammenhanglosen Episode geworden, die sich nun an all die anderen zusammenhanglosen Episoden reihte, aus denen ihr Leben bestand.

Ihr Hotel lag an einem Platz auf der Île de la Cité; die Bäume, die dort standen, waren akkurat geschnitten, in der Form ganz ähnlich den Bäumen in einer Spielzeugschachtel, wie man sie bei Woolworth kaufen konnte. Die Häuser gegenüber hatten lange Fensterreihen, und Julia kam es vor, als sitze an jedem Fenster eine Frau und starre traurig, wie eine Gefangene, direkt in ihr eigenes Schlafzimmer herein.

Nachts schlief sie wie ein Stein, ohne zu träumen. Wenn sie erwachte, war sie noch immer wie zerschlagen vor Müdigkeit, so daß sie sich nur sehr langsam und mit großer Mühe ankleiden konnte.

Sie dachte: ›Seit einer Woche und drei Tagen bin ich wieder hier – heute sind es eine Woche und vier Tage. Nun denn, so kann es nicht weitergehen.‹

Sie stand auf und schloß das Fenster, wie um nicht beobachtet zu werden.

Sie schrieb:

Jeune dame (36), connaissant anglais, français, allemand, cherche situation dame de compagnie ou gouvernante. Hautes références ...

Als sie das Wort *références* schrieb, dachte sie: ›Wo hab' ich bloß diesen Brief hingetan?‹ Drei Jahre zuvor hatte ihr eine Französin die Empfehlung ausgestellt.

Ein Gefühl der Panik überkam sie. Sie war sicher, daß sie den Brief verloren hatte. Und wenn ja, woher sollte sie dann irgend etwas anderes herbekommen, das als Referenz dienen konnte? Während sie suchte, zitterten ihre Hände vor Angst.

›Jetzt bringt mich schon jede Kleinigkeit aus der Fassung‹, dachte sie.

Sie fand den Brief schließlich in einem Umschlag, zusammen mit einer Karte, auf der stand: »*Wien, le 24 août 1920. Menu.*« Auf der Rückseite waren einige Unterschriften. Lange Zeit betrachtete sie die Speisekarte. ›Ich kann nicht glauben, daß ich das war.‹ Und dann dachte sie: ›Nein, ich kann nicht glauben, daß ich das jetzt bin.‹

Sie hatte ein weißes Crêpe-de-Chine-Kleid getragen und flache rote Schuhe.

›Natürlich, du hast dich festgeklammert, weil du hartnäckig warst. Du hast dich festgeklammert, weil man versucht hat, dich beiseite zu schieben, weil man dich verachtet hat und grob zu dir war. Also hast du dich festgeklammert. Hätte man dich in Ruhe gelassen, hättest du von selbst losgelassen. Die Annonce muß natürlich in den *Figaro*.‹

Es klopfte an der Tür, und ein Briefträger kam mit einem Einschreiben herein. Der Brief war von Mr. Horsfield.

Meine liebe Julia,
ich habe mich ungeheuer über Deine Karte gefreut. Ich wollte, ich könnte Dir ein wenig mehr schicken als das Beiliegende, aber wie Du Dir vielleicht vorstellen kannst, sieht es für mich zur Zeit nicht sehr rosig aus. Ich fürchte, ich werde nicht so bald bei Dir auftauchen können, wie ich gehofft hatte, aber falls und wenn es klappt, hoffe ich doch sehr, daß ich Dich besuchen darf. Du bist sehr lieb zu mir gewesen, und ich bin Dir ganz schrecklich dankbar.

Ich wünsche Dir alles erdenkliche Gute.
Dein G. H.

Beigelegt waren zwei Fünfpfundnoten.

2

Sobald sie im Freien war, fühlte sie sich ruhiger und gelassener. Sie sagte sich, es sei gewiß das Zimmer, das sie bedrückte, weil es so eng war und weil es so schrecklich war, nicht das Fenster öffnen zu können, ohne daß sich gleich mehrere Augenpaare auf einen hefteten. Sie dachte: ›In diesem verdammten Hotel sind wir wie Würmer in einem Stück Käse.‹

Es war ein sehr sonniger Tag. Die Sonne schien so stark, als wäre es schon Sommer.

Sie setzte sich auf eine der steinernen Bänke in der Nähe der Statue Heinrichs des Vierten auf dem Pont Neuf.

Eine alte Frau stieg die Stufen hinauf, die von den Quais nach oben führten. Ihr Gesicht war weiß, ihr krauses Haar weiß, und sie trug eine blaßblaue Schürze. In der Sonne wirkte sie durchsichtig, wie ein Gespenst.

Als Julia den Quai des Orfèvres entlangging, war das Licht silbern und der Wind warm. Der Fluß war braun und grün – olivgrün unter den Brücken –, und regenbogenfarbener Schaum trieb auf den Uferseiten entlang. Alles schien möglich. Das Glück. Ein Kurs für Gesichtsmassage.

Sie begann sich vorzustellen, wie sie in einem neuen schwarzen Kleid und einem kleinen schwarzen Hut aussähe, mit einem Schleier, der nicht mehr als die Augen beschattete. Denn warum die Hoffnung aufgeben, wenn so viele sie geliebt hatten? »Mein Liebling ... Meine Süße ... *Mon amour ... Mon petit amour ...*«

Doch wenn die vorbeigehenden Männer sie ansahen, blickte sie mit abweisendem Gesicht weg. Etwas in ihr war geduckt und zerbrochen, doch sie wollte es sich nicht eingestehen.

Im Geist wiederholte sie wieder und wieder, wie eine Beschwörung: ›Ich werde ein schwarzes Kleid und einen schwarzen Hut und ganz dunkelgraue Strümpfe tragen.‹

Dann dachte sie: ›Ich werde mir in diesem Laden in der Avenue de l'Opéra ein Paar neue Schuhe kaufen. Die letzten, die ich dort kaufte, haben mir Glück gebracht. Ich geb' alles aus, was ich heute früh bekommen habe. Das mag verrückt sein, aber es ist mir gleich ... Im übrigen tu ich ohnehin nur so, als ob ich den Job bekäme. Was für eine Chance habe ich denn in Wirklichkeit?‹

Ein Ring mit grünem Stein für ihren rechten Zeigefinger.

Zum Mittagessen trank sie eine halbe Flasche Burgunder und fühlte sich sehr zuversichtlich. Den ganzen Nachmittag verbrachte sie in den Galeries Lafayette, um sich ein Kleid und einen Hut auszusuchen. Dann ging sie in ihr Hotel zurück, zog ihre neuen Sachen an und ging rauchend im Zimmer auf und ab. Sie beschloß, nach dem Abendessen nach Montparnasse zu gehen. Sie wollte ziemlich spät aufbrechen – so zwischen zehn und elf.

Um sieben begann ein Grammophon in einem kleinen Café in der Nähe zu spielen. Zugleich wurde der Geruch nach Schwefel, der sich schon seit einer Stunde bemerkbar gemacht hatte, plötzlich so stark, daß man kaum mehr atmen konnte. Wolken von beißendem Rauch drangen unter der Tür durch.

Es klopfte. Die Wirtin kam herein und erklärte, der Herr vom Nachbarzimmer habe ein paar Läuse hinterlassen, und da sie saubere Leute seien, seien sie gezwungen, Vorsichtsmaßnahmen zu ergreifen. Sie sagte: »Ich dachte, auf diesem Stockwerk sei niemand in seinem Zimmer. Möchten Sie herunterkommen und sich in die Rezeption setzen?«

Julia sagte, nein, sie sei im Begriff, auszugehen.

3

Als sie zu Abend gegessen hatte, war es beinahe neun. Sie spazierte den Fluß entlang. Er faszinierte sie, denn ungefähr alle hundert Meter veränderte er sich. Manchmal floß das Wasser träge und ölig, dann, wenn man ein wenig weitergegangen war, wurde die Strömung wieder sehr stark.

Sie beobachtete die Schatten der Zweige, die im Wasser zitterten. Mitten auf dem Fluß war eine Stelle mit silbrigem Licht, wo die Schatten tanzten und winkten. Sie dachte: ›Das da draußen, das können nicht die Schatten der Bäume sein.‹

Eine Rauchwolke kam aus dem Schornstein eines niedrigen Kahns. Schatten von Rauch im Wasser.

Sie lehnte sich gegen die Mauer und sah den tanzenden Schatten zu, doch sie empfand dabei keine Freude. Sie tanzten, sie drehten sich, sie streckten lange, krumme, schlangengleiche Arme aus und winkten.

Jemand hinter ihr sagte: »Stimmt irgendwas nicht, Madame?«

Sie wandte sich um und sah einen Polizisten direkt hinter sich. Sie antwortete kühl: »Ich habe nicht die geringste Absicht, Selbstmord zu begehen, das versichere ich Ihnen.«

»Oh, daran hab' ich auch gar nicht gedacht«, sagte der Polizist höflich. »*Seulement* ...«

Sie blickte wieder zum Fluß und sagte dann: »Was

sind das für Schatten, sehen Sie sie? Da, genau in der Mitte des Flusses.«

»Es ist ein Baum, der Zweig von einem Baum.«

Julia dachte: ›Das sagen *Sie*.‹

»Natürlich«, sagte der Polizist, ein freundlicher und ganz gutaussehender junger Mann. »Dieser große Zweig, sehen Sie ihn?«

Die Schatten schienen nicht auf der Oberfläche zu liegen, sondern sich aus den Tiefen des Wassers heraufzukämpfen und hochzuschlängeln.

Sie sagte zu dem Polizisten: »Ich hab' bloß so zugesehen.«

Sie ging weiter, dem Quai entlang, betrat dann ein Café und bestellte sich einen Cognac. Das Lokal wirkte heruntergekommen. Sie setzte sich und sah zu der Frau hinter der Theke hinüber.

Die Frau hinter der Theke war schön. Wenn sie mit den Gästen sprach, klang ihre Stimme ganz sanft, und ihre Augen waren groß und dunkel. Sie war schlank und hatte volle, weiche Brüste.

Julia hatte den sehnlichen Wunsch, auf die Frau zuzugehen und sich mit ihr zu unterhalten. Es war komisch; manche Leute sahen einfach so aus – nicht grausam, sondern sanft und freundlich. Nur einer unter Millionen sah so aus.

Sie saß da und dachte: ›Wenn ich mit ihr sprechen könnte, wenn ich nur zu ihr gehen und ihr alles über mich erzählen könnte und warum ich unglücklich bin, dann wäre hinterher alles anders.‹

Sie verließ das Café und ging in Richtung Place St. Michel; als sie dort ankam, begann es zu regnen. Alles stürzte in die Cafés, um unterzustehen.

›Meine Kleider dürfen nicht naß werden‹, dachte sie. Genau gegenüber war ein Pathéphone-Salon. Sie ging hinein, setzte sich auf einen der Drehstühle, kaufte mehrere Platten und setzte, ohne die Lautstärke zu ändern, den Apparat in Gang. Eine scharfe und ziemlich bissig klingende Frauenstimme ertönte in ihrem Ohr.

Während sie zuhörte, dachte sie die ganze Zeit: ›Was habe ich eigentlich getan? Ich hab' doch gar nichts getan.‹

Sie spürte, wie der harte Hörer gegen ihr Ohr drückte. Die Stimme sang den Refrain eines sentimentalen Schlagers. *Pars, sans te retourner, pars.* Ein Lied, das Unglück brachte. Lieder, die vom Abschiednehmen handelten, brachten immer Unglück. Das stand fest.

Sie legte hastig den Hörer auf und sah sich nach etwas anderem um.

Zweites Kapitel

DER ZWEITE UNBEKANNTE

Es hatte nahezu aufgehört zu regnen, als Julia aus dem Pathéphone-Salon kam, doch sie glaubte, noch ein paar Tropfen zu spüren. Die Luft war ganz mild. Es roch nach Bäumen und nach Gras.

Sie überquerte die Straße und ging in das große Café gegenüber. Es war voller Männer, die redeten und gestikulierten. Die wenigen Frauen, die dazwischen saßen, wirkten unauffällig und ziemlich geduckt.

Sie bestellte einen Brandy und eine Löschwaage. Nach einer Zeit, die ihr unendlich lang vorkam, brachte der Kellner den Brandy.

»Und die Löschwaage bitte«, sagte sie.

Wieder verging eine lange Zeit, bis die Löschwaage gebracht wurde.

Sie hatte das Gefühl, als lägen ihre Nerven bloß.

»Danke«, sagte sie sarkastisch. »Das ging aber mächtig schnell, nicht wahr?«

Der Kellner war ein dicker, dunkler, gutaussehender junger Mann mit einem Wust von krausem schwarzen Haar. Er sah sie an, zuckte mit den Schultern und machte mit den Armen eine weitausholende Geste, die eine nicht unfreundlich gemeinte Gleichgültigkeit meisterhaft ausdrückte.

»Und noch einen Brandy«, rief sie finster hinter ihm her.

Sie hatte Mr. Horsfield schreiben wollen, doch als sie den Federhalter in die Hand nahm, malte sie sinnlose Striche aufs Papier. Und dann begann sie Gesichter zu zeichnen – Gesichter, wie ein Kind sie zeichnen würde –, aus vier Kreisen und einer geraden Linie.

›Nun ja‹, dachte sie plötzlich, ›sich aufregen nutzt nichts.‹

Sie schrieb auf das Papier: *»Doucement, doucement.«*

Als sie den zweiten Brandy ausgetrunken hatte, war ihr völlig entfallen, daß sie vorgehabt hatte, den Abend in Montparnasse zu verbringen. Sie wollte nur noch geradeaus irgendwohin gehen.

Sie kehrte der Place St. Michel den Rücken und ging in Richtung Châtelet weiter. Dann merkte sie, daß ein Mann direkt hinter ihr herging. Er hielt mit ihr Schritt; er räusperte sich; er machte Anstalten, etwas zu sagen.

Der Mann holte sie ein, und sie gingen nebeneinander her. Sie wandte den Kopf ab und preßte die Lippen zusammen. Sie wollte zu ihm sagen: »Gehen Sie weg, Sie belästigen mich«, doch eine lächerliche Scham hielt sie davon ab.

Sie gingen nebeneinander her – angespannt, wie zwei Tiere.

Julia dachte: ›Das halte ich nicht aus. Wenn wir zum nächsten Laternenpfahl kommen, sag' ich ihm, daß er verschwinden soll.‹

Als sie bei der nächsten Laterne waren, wandte sie den Kopf zur Seite und sah ihn an. Er war jung – fast noch ein Kind –, und trug eine Mütze; er war sehr blaß und hatte ganz kleine, dunkle, tiefliegende Augen. Er musterte sie kurz.

»*Oh, la la*«, sagte er. »*Ah, non, alors*.«

Er machte kehrt und ging weg.

»Also«, sagte Julia laut, »das ist schon komisch. Diesmal geht der Spaß auf meine Kosten.«

Sie begann zu lachen, und soweit es ihr bewußt war, fühlte sie sich zunächst auch erheitert. Doch als sie ihren Weg fortsetzte, gaben plötzlich ihre Knie nach, als hätte sie einen Stoß gegen das Herz bekommen. Das Gefühl der Schwäche höhlte ihren ganzen Körper aus.

Beim Weitergehen sah sie nichts als die kleinen Augen des jungen Mannes, dessen Blick so vernichtend und unparteiisch kritisch gewesen war.

Und wieder dachte sie: ›Das war wirklich komisch. Diesmal ging der Spaß auf meine Kosten.‹

2

Die Place du Châtelet war wie ein böser Traum. Der Mond, eine bleiche Kralle, schien durch die krallenartigen Zweige toter Bäume.

Sie wandte sich nach links und kam in ein Viertel, das sie nicht kannte. ›Es muß irgendwo in der Nähe der Hallen sein‹, dachte sie. ›Natürlich, es ist hinter den Hallen.‹

Sie sah einen dünnen Mann – so dünn, daß er wie ein

Skelett in Kleidern wirkte –, der in einem Hauseingang niedergesunken war. Und die Pferde standen da wie Statuen geduldigen Jammers. Sie empfand nicht das geringste Mitleid.

Wenn sie früher so etwas gesehen hatte, war es gewesen, als hätte jemand die Hand ausgestreckt und ihr Herz angerührt, doch nun spürte sie nichts. Sie fühlte sich gleichgültig und kalt, wie ein Stein.

›Ich bin zu weit gegangen‹, dachte sie. Sie setzte sich auf die Terrasse eines kleinen Cafés und bestellte sich noch einen Brandy.

Und es war komisch, so zu enden – wie die meisten vernünftigen Menschen anfangen, gleichgültig und völlig mitleidslos. Und nur zu sagen: »Das geht mich gar nichts an. Ich hab' meine eigenen Sorgen. Das geht mich überhaupt nichts an.«

Drittes Kapitel

ENDE

›Das ist das Schlimmste an der Hitze‹, dachte Mr. Mackenzie. ›Offenbar treibt sie immer dieses verfluchte Pack aus seinen Löchern.‹

Er hatte gerade einen Streit gehabt mit einem schmutzigen alten Mann, der ihm direkt vor seiner Nase unbedingt etwas auf der Mandoline vorspielen wollte; und der Kellner, den er zur Unterstützung herbeigerufen hatte, schien nicht im mindesten Lust zu haben, etwas dagegen zu unternehmen. Doch Mr. Mackenzie hatte sich mit demonstrativer Entschlossenheit durchgesetzt. Der schmutzige Alte mit seinen schiefen Absätzen schlurfte niedergeschlagen davon.

Es war ein kleines Café in der Rue Dauphine. Er war hier noch nie gewesen und würde höchstwahrscheinlich auch nie wieder hierherkommen. Doch er hatte sich müde gefühlt und gedacht, etwas Kühles zu trinken würde ihm guttun. Er nippte ab und zu an seinem Glas, streckte die Beine aus, und ein Gefühl von Erholung begann sich angenehm bemerkbar zu machen.

Er ließ den Blick schweifen. Der Mandolinespieler war verschwunden, doch Julia Martin kam auf ihn zu.

Instinktiv wollte Mr. Mackenzie mit der Hand sein

Gesicht verbergen, doch er beherrschte sich. Es war zu spät; sie hatte ihn gesehen. Als ihre Blicke sich trafen, sah sie weg. Sie ging im Abstand von einem Meter an ihm vorbei und sah immer noch weg.

›Nun denn‹, dachte Mr. Mackenzie. Sein Gesicht nahm einen verblüfften Ausdruck an. Dann dachte er plötzlich: ›Du lieber Gott, wozu soll man auch so nachtragend sein?‹

Sie ging langsam weiter, ziellos, mit gesenktem Kopf.

Seine romantische Seite behauptete sich schließlich. Er stand auf und ging Julia nach. Sie stand am Rand des Gehsteigs und wartete darauf, die Straße überqueren zu können. Er berührte ihren Arm.

»Hallo, Julia.«

»Hallo«, sagte sie und wandte sich um.

»Nun, wie geht's, wie steht's?«

»Ganz gut«, sagte sie.

Mr. Mackenzie lächelte und zeigte alle seine Zähne. Einen Augenblick war er unschlüssig. Dann sagte er: »Komm, wir wollen was trinken.«

»Einverstanden«, sagte sie.

Sie setzten sich – diesmal im Innern des kleinen Cafés.

›Ich bin gar kein so mieser Kerl‹, dachte er. ›Wer behauptet, daß ich ein mieser Kerl sei? Ich wünschte, all die Schweinehunde, die mich dafür halten, könnten mich jetzt sehen. Wie viele von ihnen würden eine Frau, die sie in aller Öffentlichkeit geohrfeigt hat, zu einem Drink einladen?‹

»Ich hätte gern einen Pernod«, sagte Julia.

Sie trank, dann räusperte sie sich. »Ich wohne wieder in diesem Hotel. Weißt du – dem am Quai des Grands Augustins.«

»Ach ja?« Er hatte keine Ahnung, wovon sie sprach. »Ist das Hotel in Ordnung?«

»Es ist nicht schlecht. Es ist nur, daß eine Frau über mir wohnt, bei der ich den *cafard* kriege – die mich deprimiert, weißt du.«

»Wie unangenehm für dich«, sagte Mr. Mackenzie.

Sie wirkte ungepflegt. In ihren Augenwinkeln saßen schwarze Flecken. ›Frauen kommen so schnell auf den Hund‹, dachte Mr. Mackenzie. Ein melancholisches Gefühl überkam ihn.

Er sagte: »Es wird allmählich ganz schön heiß. Du solltest zur Abwechslung mal wegfahren. Ich fahre morgen.«

Sie gab keine Antwort, doch sie trank ihren Pernod rasch aus.

»Leihst du mir hundert Francs?« sagte sie. »Bitte.«

Mr. Mackenzie war entsetzt. Er wurde rot. Er sagte: »Du liebe Güte, ja.«

Er zog zwei Zehnfrancsscheine aus einem Bündel Wechselgeld und schob ihr den Rest zu. »Nimm das«, sagte er. »Es ist etwas mehr als hundert, glaube ich.«

Julia steckte das Geld in ihre Tasche, ohne es zu zählen.

Mr. Mackenzie wurde nervös. »Ich fürchte, ich muß jetzt aufbrechen. Willst du noch was trinken, bevor ich gehe?«

»Ja, noch einen Pernod bitte«, sagte sie. Und dann: »Adieu.«

»Auf Wiedersehen«, sagte Mr. Mackenzie.

Draußen war es frisch, und die Straße war voller grauer Schatten. In den Cafés gingen allmählich die Lichter an. Es war die Stunde zwischen Hund und Wolf, wie man zu sagen pflegt.

Nachwort

Blumen für Jean Rhys

»Ich weiß nicht, wo Jean Rhys begraben liegt«, hat John le Carré geschrieben, »aber Françoise Sagan und Edna O'Brien sollten ihre allerbesten Kleider anziehen, wenn sie ihr Blumen aufs Grab legen.« Er fügte hinzu: »Und auch die Riesen der deutschen Gegenwartsliteratur könnten sich einmal für ein paar Tage aus den Fernsehstudios herausbequemen, um zu erkennen, wie einfach das Genie sein kann.«

John le Carré läßt – Erfolgsautoren unter sich – in der Schwebe, welche deutschen Riesen er im Auge haben mag. Der Vergleich mit Françoise Sagan und Edna O'Brien hinkt – wie alle Vergleiche – erheblich und sogar auf beiden Beinen. Mit gehobener Kolportage hat Jean Rhys (man spricht ihren Nachnamen übrigens wie »Riehs« aus) wenig oder nichts zu tun, es sei denn, man wollte das Thema der abhängigen Einsamkeit, in die so manche nach Unabhängigkeit strebende Frau gerät, pauschal in diese literarische Kategorie einordnen. Wenn man Jean Rhys irgendwo einordnen wollte, dann zu ihren wenig älteren Zeitgenossinnen Virginia Woolf und Katherine Mansfield, obwohl oder weil sie eine Gegenposition zu diesen beiden einnimmt.

Begraben liegt sie übrigens in Devonshire, wo sie im Alter lebte, in jener südenglischen Gegend, aus der die verwegensten Gestalten der britischen Geschichte stammen und stammten, die die Armada besiegten und das Empire eroberten, Seehelden, Piraten, Entdekker, Schmuggler, Weltumsegler, Plünderer. Es mag Zufall sein, daß sie am Ende ihres Lebens in diese Gegend geriet, aber es paßt zu ihr, wie all die Zufälle, die ihren Heldinnen passieren, zu ihnen passen, daß am Ende der Zufall kein Zufall mehr ist. Die Ausdehnung des britischen Weltreichs und sein Zerfall spielen in ihrem Wesen und Leben eine große, fast ausschlaggebende Rolle.

Jean Rhys ist 1894 in Westindien geboren, auf Dominica, das zu den Windward-Inseln der Kleinen Antillen gehört. Die Insel wurde 1493 an einem Sonntag entdeckt, daher der Name, und blieb lange ein Zankapfel zwischen Frankreich und England, ehe sie 1783 endgültig britisch wurde. Französische und englische Kolonialkultur sind auf ihr eine merkwürdige Mischung eingegangen. Die Haupt- und Hafenstadt heißt Roseau, englischer Name: Charlottetown. Die wirkliche Hauptstadt, Ziel fast aller Schiffe, die auslaufen, und aller Sehnsüchte, die ihnen folgen, ist London.

Dort findet sich auch die Sechzehnjährige ein mit der in ihrer Heimat ganz natürlichen Tanzbegabung. Mit einem Revue-Theater bereist sie die Provinz, arbeitet auch als Modell und Mannequin, stürzt sich in das mondäne Leben der Zeit, das freilich weniger Glanz und Flitter bereithält als, auf der Rückseite, dem Bühneneingang gleichsam, viel Not und menschliches Elend. Drei Ehen scheitern, deren eine sie quer durch den europäischen Kontinent führt, nach Paris, Wien und Budapest. In Paris läßt sie sich nach der Scheidung auch nieder, arbeitet wieder als Mannequin, Kindermädchen, Verkäuferin. Sie beginnt, ihre europäischen Erfahrungen in Kurzgeschichten und Novellen niederzulegen, die eines Tages von Ford Madox Ford entdeckt werden, dem bedeutenden Kritiker und Zeitschriftenherausgeber (›English Review‹, ›Transatlantic Review‹), Freund Joseph Conrads und Ezra Pounds. Für ihren ersten Erzählungs-Sammelband, der 1927 erscheint, schreibt er ihr sogar ein Vorwort, in der englischsprachigen Welt von damals eine wichtige Empfehlung.

Sie wird zwar von den Kritikern beachtet, weniger jedoch vom breiten Lesepublikum. Auch die vier Romane, die folgen, darunter auch der hier vorliegende, haben viel Lob erfahren und sind deshalb in der englischen Literatur ihrer Zeit keineswegs unbekannt geblieben. So etwas wie einen Durchbruch konnten sie jedoch nicht erzielen.

Das dürfte vor allem an der Thematik gelegen haben. Einziges oder so gut wie einziges Thema der Jean Rhys war und blieb, was in einer Verlagsankündigung unserer Tage folgendermaßen konzentriert wurde: »die Rolle der Frau als Underdog und Lustobjekt«. Eine Formulierung, wie sie in den zwanziger und dreißiger Jahren keinem eingefallen wäre, um so mehr als Jean Rhys zwar eine sehr feminine, aber ganz und gar keine feministische Schriftstellerin gewesen ist.

Trotzdem trifft sie den Kern der Sache. Noch fern aller ideologischen Zwänge – ebensoweit von den Sufragetten der Emily Pankhurst wie der heutigen Frauenbewegung entfernt –, schildert Jean Rhys die Probleme einer Frau, die sich nicht zuletzt aus der Tatsache ergeben, daß sie eine Frau ist. Sie umreißt den physischen und psychischen Alltag von Gestalten, wie sie später, allerdings unter eher psychologischen Gesichtspunkten, von Tennessee Williams auf die Bühne gebracht worden sind. Wenn man Tragik in altgriechischem Sinn als schuldlos Schuldigwerden auffaßt, so handelt es sich bei allen Figuren der Jean Rhys um tragische. Wie Ödipus nichts dafür kann, daß er seine Mutter geheiratet hat, können ihre Frauen fast noch weniger dafür, daß sie Frauen sind, ein Umstand, aus dem sich eine Fülle von Nachteilen ergibt, von tagtäglichen Fallen, in denen man sich verfängt, von Barrieren, die sich unversehens auftürmen. Sollte es einen Nachteil geben, als Frau geboren zu sein, so hat Jean Rhys ihn wie eine akribische Chronistin festgehalten, ohne Anklage, ohne Folgerungen zu ziehen, parabelhaft, lauter Gleichnisse, die den Vorteil haben, absolut realistisch zu sein und selbst einem männlichen Leser ohne weiteres einzuleuchten. Da ein solcher dies hier schreibt, sei hinzugefügt: Sollte es Vorteile geben, als Frau geboren zu sein, so erschließen sich diese im Verlauf der Lektüre ebenfalls. Die Welt sieht anders aus mit solchen Augen, sensibler, intensiver, enthält andere Bedrohungen, aber auch andere Freuden. Andere? Man muß das wohl mit Maßen sehen. Erst Mann *und* Frau ergeben einen Menschen.

Es gibt eine ganze Reihe von Schriftstellern und Schriftstellerinnen auch in der deutschen Literatur, die nach großen Anfangserfolgen in den zwanziger Jahren vergessen wurden. Das hat fast immer – wie im Fall etwa von Irmgard Keun und ihrer ähnlichen Thematik – mit Hitler zu tun. Es muß aber wohl doch auch etwas mit einem rasch gewandelten Zeitgefühl zusammenhängen oder zusammengehangen haben, denn Jean Rhys hat innerhalb des englischen Sprachraums ein ähnliches Schicksal ereilt. Sie wurde so gründlich vergessen, daß auf der Szene die allgemeine Ansicht herrschte, sie sei gestorben (was manche Kritiker dann auch tatsächlich schrieben).

1966 war sie dann plötzlich wieder da, und ihr Roman ›Wide Sargasso Sea‹ wurde zum Überraschungserfolg, zum vollendeten Comeback. Den begeisterten Kritikern schloß sich, nicht zuletzt im Zuge allgemein erwachter Nostalgie und Art-Deco-Rückerinnerung, eine breite Leserschicht an. Auch ihre früheren Romane und Kurzgeschichten, von letzteren vor allem der Sammelband ›Tigers are better looking‹, von ersteren ›Quartet‹ und ›After Leaving Mr. Mackenzie‹, erlebten Neuauflagen. Neben Doris Lessing galt Jean Rhys bis zu ihrem Tode 1979 als Englands überragende Schriftstellerin, ein später Ruhm, wie ihn viele ihrer Generation – oft als eine Art von Danaergeschenk – erlebten, besonders übrigens Frauen. Der Name Irmgard Keun fiel schon, der Malerin Hannah Hoech ging es ähnlich.

Was macht die seltsame Faszinationskraft der Jean Rhys aus? Rein stilistisch könnte man sie zu einer Neuen Sachlichkeit zählen, die ja ebenfalls in den letzten Jahren auf dem Gebiet der bildenden Kunst wiederentdeckt worden ist, nachdem man jahrelang über sie die Nase gerümpft hat. Wie auf manchen Bildern von Dix, Grosz, Schad, Kanoldt, Davringhausen, Grethe Jürgens, Käte Hoch, Hannah Hoech (ein Stil, der in England wenig Verbreitung fand), erscheint in der Prosa der Jean Rhys alles beinahe photographisch exakt. So knapp sie ihre Sprache hält, die niemals ins »Poetische« ausufert, so exakt und beinahe pedantisch genau umreißt sie die Welt unendlicher Traurigkeit, in der ihre kleinen und großen Tragödien stattfinden. Schon der erste Satz führt mitten hinein (und erste Sätze sind wichtig! Dieser hebt sich wie ein Vorhang und legt so etwas wie ein Bühnenbild frei): »Nachdem sie sich von Mr. Mackenzie getrennt hatte, zog Julia Martin in ein billiges Hotel am Quai des Grands Augustins.« Wir erfahren Namen und Adresse der Heldin, ahnen, daß es ihr nicht gutgeht, daß sie ein böses Erlebnis hinter sich hat – wenn erste Sätze Neugier wecken sollen, dieser tut es, obwohl er doch sehr harmlos und nüchtern klingt, neusachlich eben.

Der Vorhang ist also weggezogen, und auf den zweiten Blick erfahren wir alles über das Hotel, ihr Zimmer, die Katzen der Wirtin, dann über die Wirtin selbst (dünn, hellhaarig, rote Lider). Wir werden photographisch informiert, das heißt: es handelt sich, wie meist in der Neuen Sachlichkeit, um so etwas wie Schein-Photographie, denn Jean Rhys gibt uns alles andere als eine Bestandsaufnahme. Ganz im Gegenteil: Sie hat ihre Details mit viel Überlegung, wie es scheint, ausgewählt (warum so viel von den Katzen, die später keine Rolle mehr spielen?), der Fokus ist unterschiedlich scharf eingestellt, und die Reihenfolge der geschilderten Einzelheiten treibt, erzählerisch meisterhaft, zugleich die Handlung voran. Dabei bleiben weite Partien des Bildes ausgespart, weiße Leinwand, denn – erzählerisch ebenso meisterhaft – wird jetzt Julia beschrieben, so aus der Vorstellung der Wirtin heraus, wie überhaupt Gedanken, Gefühle, Assoziationen von Jean Rhys als genauso wirklich betrachtet werden wie Gegenstände, Räume, Geschehnisse.

Die Wirtin, erfahren wir, hat zunächst eine Antipathie Julia gegenüber, die später reiner Gleichgültigkeit Platz macht, sie findet sie »gut aussehend«, findet aber auch, daß sie ein »Hundeleben« führt, und dann wird Julia noch näher unter die Lupe genommen, zunächst durch ihre eigenen Gedanken. Dabei geht Jean Rhys mit ihrer Heldin, hinter der man in weiten Teilen ein Selbstporträt vermuten darf, äußerst unerschrocken um, vorbehaltlos, wenn auch niemals brutal, eher mit einer Art verdeckter Zärtlichkeit. Die kargen Sätze am Ende des zweiten Kapitels: »Sie war müde. Sie dachte kaum an Männer oder an Liebe«, sind der erste, vorsichtige Hinweis darauf, daß diese Julia früher wahrscheinlich oft – zu oft – an Männer und Liebe gedacht, auch wohl nicht nur gedacht hat.

Was Jean Rhys zeichnet, zeichnet sie trompe-l'œil, täuschend lebensecht. Trotzdem sind ihre scharfen Konturen von großer und, man verzeihe mir den Ausdruck, »typisch weiblicher« Rücksichtnahme geprägt. Ihre Figuren stellt sie hart in den Raum, behandelt sie dann aber wie rohe Eier – sie sind auch allesamt äußerst zerbrechlich.

Dabei geht die Handlung rasch voran. Jean Rhys verfaßt auch ihre Romane wie eine Kette pausenloser Kurzgeschichten. Allein die Charakterisierung jener Liliane, die ihr die Briefe – und später auch den verhängnisvollen – bringt, ist eine solche Kurzgeschichte: »Sie war ein großes blondes Mädchen, mürrisch und ziemlich gehässig, weil sie ohne Pause von sechs Uhr bis nachts um elf oder zwölf arbeitete und weil sie wußte, daß sie wahrscheinlich bis an ihr Lebensende würde arbeiten müssen, da sie nicht hübsch war.« Etwas später sehen wir, weil eine Tür offensteht, im Vorübergehen in das Zimmer von Julias Nachbarn, eines (uns und ihr) gleichgültigen jungen Mannes. Auch dies schon fast der Stoff für eine short story, die in einem einzigen Satz untergebracht scheint: ». . . das Mädchen saß neben dem jungen Mann und streichelte seinen

Schenkel vom Knie aufwärts, sanft und gleichmäßig, während er über ihre Schulter ins Leere starrte, mit einem zugleich sinnlichen und gelangweilten Ausdruck« – eine Kurzgeschichte von Katherine Mansfield oder ein Bild von Christian Schad.

In Wirklichkeit eine kleine Tragödie, eingefangen in einem einzigen Augeneindruck. Die ganze Welt wird bei Jean Rhys eingekreist durch derartige Kleintragödien. Sie verfolgen den Leser durch das ganze Buch.

Das kann und will ich hier nicht nachvollziehen. Bei einer bewußten Lektüre wird man jedoch fast unablässig auf Geschichten in der Geschichte stoßen, auf Stellen, die man unabhängig von der Handlung oft länger erinnert als diese selbst. Lange Jahre, nachdem ich den Roman zum erstenmal gelesen hatte, verfolgte mich eine winzige Szene, und zwar jener merkwürdige Mann (Zweiter Teil, Ende Erstes Kapitel), der im Lyons' an der Oxford Street glaubt, einen Toten gesehen zu haben. In der Rückerinnerung wuchs dieser Vorfall in immer größere und wichtigere Dimensionen, so daß ich später erstaunt war, wenn ich ihn kaum wiederfinden konnte; ich stieß dann auf andere Vorkommnisse, die dieses überwucherten.

Jean Rhys schöpft hier aus einer anscheinend stets alerten Beobachtungsgabe, die sie mit einer Überfülle an Stoff, an Geschichten versehen haben muß. Sie nutzt sie literarisch ungeheuer geschickt als ein gewisses retardierendes Moment, das die Handlung etwas langsamer verlaufen läßt. Eine Methode, die sich im Erzählfluß – übrigens in allen ihren Romanen – langsam steigert. Einer ihrer Höhepunkte findet sich beim ersten Besuch am Krankenbett der todkranken Mutter, als Julia zunächst einmal auf Wyatt stößt, die zigarettendrehende Krankenschwester.

Wenig später flüchtet sich Norah in ihrem – nicht ganz unberechtigten – Selbstmitleid in Joseph Conrads ›Almayers Wahn‹. Auch Zitate benutzt Jean Rhys gern – selten direkt ausgesprochen – als Handlungsbremsen, wie sie auch beinahe unmerklich persönliche Begegnungen autobiographisch mit Vorlieben und Abneigungen in die Handlung einverwebt: die Romane sind ihr so etwas wie ein nachträgliches Tagebuch. Der Bildhauer, der im Dritten Kapitel des Ersten Buches »jedermanns Ego auf ein Ei reduziert«, ist Brancusi, den die Autorin in Paris gut kannte, die Szene mit dem siebzigjährigen Tänzer in ›Notting Hill‹ (Zweiter Teil, Zehntes Kapitel) ist einem Litho Toulouse-Lautrecs derart nachempfunden, daß man es aus ihren Worten wiederzuerkennen glaubt.

Der späte Ruhm der Jean Rhys beruht allerdings nicht auf solchem Insidertum, eher schon auf einem Lebensgefühl, das erst nach dem Zweiten Weltkrieg allgemein begriffen worden ist. Kulturhistorisch ging für Großbritannien mit dem Zweiten Weltkrieg auch die Epoche des Weltreichs zugrunde. Ein Krieg war gewonnen, das Empire verloren. Der intellektuelle Bestseller, der dies – in mehr oder weniger nostalgischer Form – beschrieb, war ›Brideshead Revisited‹ von Evelyn Waugh (1948 – mit einer beachtlichen Renaissance durch das Fernsehen Anfang der achtziger Jahre). Auf die Nostalgie folgt meist so etwas wie ein Katzenjammer. Wie besser hätte man ihn, in Literatur umgesetzt, aufgreifen und ausüben können als in der Lektüre der Werke von Jean Rhys? Ihre sachliche, neusachliche Art, die Dinge zu sehen, entsprach existentiell jener Situation, der man sich plötzlich gegenübersah. Was Mr. Horsfield im Pariser Café dem auf die Angelsachsen schimpfenden Herrn am Nachbartisch – wieder eine Kurzgeschichte für sich – gesagt hätte, hätte man überhaupt und grundsätzlich gern gesagt, vor der Welt, wann immer von englischer Heuchelei die Rede war: »Wissen Sie, da haben Sie völlig unrecht. Auf jeden Fall haben Sie nicht ganz und gar recht. Was Sie für Heuchelei halten, ist oft nur eine Art Vorsicht, oft auch echte, wenngleich schwerfällige Naivität, und manchmal eine Mischung aus beidem.«

Als Julia nach London zurückfährt und im Gare du Nord in den Zug steigt, befindet sie sich im Abteil gleichsam augenblicklich in England. Kennzeichnend wird da ein Ehepaar, das mit einem – etwas aufdringlichen – deutschen Handlungsreisenden ins Gespräch kommt. »Sie sprachen vorsichtig, mit ruhiger Stimme. ›Ich meine‹ oder ›ich glaube‹ kam in jedem Satz vor.« Etwas später: »Doch sie wahrten dabei eine merkwürdige, fade Zurückhaltung – vielleicht war es auch Unsicherheit.«

Es ist selten, daß man in solcher Kürze derart ausführlich über Charaktereigenschaften eines Volkes andeutend informiert wird, die zwar auf der Hand liegen, aber selten begriffen werden. Sie werden auch hier nicht erklärt, definiert oder gar durchleuchtet, sondern in einem praktischen Gleichnis ohne jede verkrampfte Allegorie geradezu sichtbar gemacht.

Das gilt auch für die beiden Städte, in denen dieser Roman spielt, wie die meisten Arbeiten der Autorin, Paris und London. Jean Rhys sieht sie, wie alles, mit überklarer Schärfe, aber nicht ohne Anteilnahme oder Liebe. Da die Hauptheldin schon zu Anfang der Erzählung erkannt hat, »daß sie verletzlich war – zu verletzlich, um jemals in einem Leben zu reüssieren, das vom Zufall abhängig war«, erscheinen beide Städte niemals topographisch, in Vogelperspektive oder auch nur grober Alles-in-allem-Skizze. Sie bestehen aus Einzelteilen, Klein-Bühnenbildern, Interieurs und Exterieurs, zusammenhangloser Szenerie für eben eine Kette von Zufällen.

Dies wiederum entspricht dem oben erwähnten Lebensgefühl: Endzeit. Fast könnte man das Schicksal der Julia Martin, die alles in ihrem Leben immer falsch gemacht hat und es auch mit all ihren Liebhabern, Freunden, Verwandten, Zufallsbekanntschaften nach wie vor falsch machen wird, mit dem Europas nach dem Zweiten Weltkrieg gleichsetzen. Das Verblüffende daran wäre, daß dieses Gleichnis prophetisch vor dem Zweiten Weltkrieg schon niedergelegt worden ist.

Man könnte es auch enger fassen: Julia findet sich in einer ausweglosen Situation aus dem ganz einfachen Grund, weil sie ist, wie sie ist. Etwas, wofür sie nicht kann, hat sie zum Außenseiter gemacht. Hat England nicht auf ähnliche Weise sein Empire verloren? Oder besser: Haben nicht viele Engländer diesen Verlust so begriffen (oder nicht begriffen), wie jene Julia, die sich schuldlos auf der Verliererstraße befindet? Man sieht, daß das, was heute gern feministisch interpretiert wird, weil derartige Interpretationen in der Luft liegen, auch tagespolitische Hintergründe und Bezüge hat oder haben kann. Wie jedes gute Gleichnis kann man es auf jeden Fall in viele Beziehungen zur Wirklichkeit setzen.

Da nimmt es dann auch nicht wunder, wenn man feststellt, daß Jean Rhys ihren Leser intensiver einbezieht, als es die meisten Autoren sonst tun. Sie entfaltet ein Charakterbild in vielen Einzelheiten und Facetten. Aber die wirkliche Tragödie, meint man, beginnt erst, wenn man sich von der Handlung verabschiedet hat. Man ist gewissermaßen gezwungen, sie weiterzudenken, weiterzuentwickeln. Man bleibt, ob man will oder nicht, ihr verbunden. Der Faden läuft ins Ungefähre, aber nicht ins Leere. Er muß aufgenommen werden (oder weggeworfen), aber man kann nicht das Buch zuklappen und sagen: »So, das war's.«

Bei Jean Rhys läuft alles weiter. Sie übergibt eine Geschichte wie eine Staffel oder Staffette.

Diese Staffel oder Staffette aufzunehmen ist wohl ebenso wichtig, wie ihr Blumen aufs Grab zu legen.

Heinz Ohff

Kosmetikon

oder der

erfahrene Rathgeber

über die

Geheimnisse der körperlichen Schönheit.

argospress

Reprografischer Nachdruck der
Ausgabe Pest, Wien und Leipzig 1861
Neudruck Köln 1979

Gesamtherstellung: Druckerei Robert Pütz GmbH & Co.
Printed in Germany

ISBN 3-88420-006-2

Kosmetikon

oder der

erfahrene Rathgeber

über die

Geheimnisse der körperlichen Schönheit.

Eine gründliche Anweisung

den ganzen Körper, so wie alle Theile desselben zu pflegen, auf den höchsten Grad der Schönheit zu bringen und bis in's vorgerückte Alter darauf zu erhalten,

begleitet von physiognomischen Belehrungen nach

Lavater, Gall, Spurzheim, Roger, David.

Dazu 226 kosmetische Rezepte,

von welchen viele bisher geheim gehalten wurden, sowie die allerneuesten Schönheitsmittel, durchgehends aus der Gesundheit vollkommen unschädlichen Ingredienzien bereitet.

Von

J. Beyse,

Techniker.

Pest, Wien und Leipzig 1861.
Hartleben's Verlags-Expedition.

Vorrede.

Aus der Harmonie einzelner Theile des Körpers, aus ihrer Form zogen denkende Geister wichtige Schlüsse über Seele und Charakter, und bildeten daraus eine neue Wissenschaft, die Physiognomik — welche Jeder mehr oder weniger, bewußt oder unbewußt, aus eigener Erfahrung kennt. Neben der Pflege und Verschönerung der einzelnen Theile habe ich auch immer die physiognomischen Andeutungen aus Lavater, Gall, Spurzheim, Roger, David geschöpft. Wenn wir zur Ausbildung unseres Geistes so viel thun, warum sollte nicht auch Etwas geschehen, die Schönheit unseres Körpers zu entwickeln, zu erhalten und namentlich uns bis ins höhere Alter gesund und jugendlich zu bewahren?

Zu zeigen, wie dieß möglich ist, habe ich mir in diesem Werke zum Zwecke gemacht. — Ich habe dabei englische, französische und deutsche kosmetische Schriftsteller benützt; viele Vorschriften, welche bisher streng geheim gehalten wurden, aufgenommen, und namentlich jenen neuesten Schönheitsmitteln und Toilettegeheimnissen Aufmerksamkeit geschenkt, die wir dem Fortschritte und den Entdeckungen der Chemie zu verdanken haben. — Auch hielt ich es für meine Pflicht, auf die neueste Charlatanerie mit Schönheitsmitteln, die im großartigsten Maßstabe betrieben wird, den geneigten Leser aufmerksam zu machen.

Damit das Buch neben einem belehrenden Rathgeber zugleich eine angenehme Lectüre werde, habe ich, wo es am Platze war, Moden in älterer und neuerer Zeit zusammengestellt.

Der hygienische Theil, zur Erhaltung der Gesundheit in jedem Alter des Lebens, fehlt bisher jedem kosmetischen Buche — und doch, wie kann Schönheit ohne Gesundheit bestehen? — Meiner Ansicht nach gehört eine kurzgefaßte, für Jedermann faßlich und verständlich geschriebene Hygiene in jedes Buch über Schönheit und Toilette.

Die Vorschriften, welche man in diesem Buche findet, enthalten durchaus nur unschädliche Stoffe. Zu theuer wäre eine ephemere Schönheit mit dem Verluste der Gesundheit erkauft. Dabei sind die Anweisungen zur Bereitung der Mittel so klar gehalten, daß Jeder sich, wenn er will, sie selbst bereiten kann.

Wenn ich meinen Zweck — Gesundheit und Schönheit zu erzeugen und zu erhalten — durch Befolgung der Anweisungen in diesem Buche erreiche, so ist mir dieß eben so viel werth, als die Anerkennung des geneigten Lesers.

Pest, im Januar 1861.

J. Beyse.

Inhalt.

Seite

II. Capitel.

III. Capitel.

IV. Capitel.

III. Hauptstück.

Kosmetik der oberen Theile des Körpers.

I. Capitel.

II. Capitel.

III. Capitel.

IV. Capitel.

V. Capitel.

Seite

VI. Capitel.

VII. Capitel.

VIII. Capitel.

IX. Capitel.

X. Capitel.

XI. Capitel.

IV. Hauptstück.

Von den Körpertheilen unterhalb des Kopfes.

I. Capitel.

II. Capitel.

III. Capitel.

IV. Capitel.

V. Hauptstück.

Von den weiblichen Theilen.

I. Capitel.

II. Capitel.

VI. Hauptstück.

Einleitung.

Die Natur hat über viele ihrer Geschöpfe den himmlisch-poetischen Zauber der Schönheit ausgegossen. Sie hat ihre Reize verschwendet an den Blumen — sie entzücken den Gesichtssinn durch ihren zarten Bau, durch die Mannigfaltigkeit ihrer Formen, ihre Farbenpracht; sie schmeicheln durch ihren lieblichen Duft dem Geruchsinn. — Aber alle Reize, tausendfältig in der Natur auf tausenderlei Geschöpfen vertheilt, wurden von der Natur versammelt, concentrirt und ein Wesen damit ausgeschmückt: die Frau!

Ponsard sagt von den Frauen:

»Der so herrlich vollkommene Körper der Frau ist ein Beweis, daß die Seele vollkommen und göttlich ist, daß sie im Olymp unter den schönsten Göttern ihren Ursprung fand.«

Und Alfonso Esquiros sagt:

»Die Schönheit ist gleichzeitig Glaube und Gebet. — Gott gab der Erde schöne Frauen, damit die Männer ihnen zu Liebe an ihn glaubten.«

Der Spanier Lopez de Vega meint:

»Die Schönheit der Frauen ist ein unwiderstehlicher Zauber — seien sie geistreich, seien sie es nicht — durch diesen Zauber allein legen sie Hoch und Niedrig zu ihren Füßen.«

Otway, der Engländer, sagt von den Frauen:

»Die Schönheit der Engel darzustellen, malte man sie den Frauen ähnlich.«

Das ist jedenfalls ein großer Vorzug der Schönheit, daß sie auf den ersten Blick wirkt, durch die Erregung der Sinne. — In allen Beziehungen der beiden Geschlechter zu einander ist die Liebe die erste und wichtigste; da die Liebe hauptsächlich durch die Sinne vermittelt wird, so muß auch die Schönheit schnell die Liebe erwecken — dieser Schluß wird durch die tägliche Erfahrung bestätigt.

Der alte Kritiker Seneca sagt:

»Die Schönheit geht schnell dahin; wo ist die vernünftige Frau, welche sich auf ein so vergängliches Gut verläßt?«

Nun spricht zwar Seneca von den Römerinnen seiner Zeit, Frauen, welche durch die Ueberfeinerung ihrer Zeit, durch die zügellose Sinnenlust zu Treibhauspflanzen geworden waren, und die als Südländerinnen einer sehr raschen Entwicklung fähig, also auch einem schnellen Verblühen unterworfen waren. — Ganz anwendbar ist dieser Satz nicht auf unsere Zeit; wir leben zwar auch in einer sehr verfeinerten Culturperiode, und wir sehen allerdings in unserer neuen Generation die Mädchen durchschnittlich schon mit 12—13 Jahren entwickelt, während vor 25 Jahren dieß erst mit 15—16 Jahren zu geschehen pflegte — allein wir sehen doch überall viele schöne

Frauen, und bei denen die Schönheit keine vorüberziehende Erscheinung, sondern auch von Dauer ist.

Ein altes deutsches Sprichwort sagt gleichfalls: »Die Schönheit ist ein vergänglich Ding.« Vergänglich sind wir zwar Alle, allein das Sprichwort meint damit von kurzer Dauer und vielen Zufälligkeiten ausgesetzt.

Aber auch bei diesem Sprichworte ist es nothwendig zu wissen, zu welcher Zeit es entstanden ist. Jene Periode stand auf einer sehr niedrigen Culturstufe; — Seife, der Hauptartikel zur Reinlichkeit, war unbekannt. Wie war es um Leib- und Bettwäsche bestellt! Die Gemalin Carl VII. von Frankreich im 15. Jahrhundert war die einzige Französin, welche mehr als zwei leinene Hemden besaß. Im 16. Jahrhundert schenkten Fürstinen den Fürsten ein Hemd als wahrhaft fürstliches Geschenk. Zur Zeit der Reformation lag der ganze deutsche Mittelstand noch nackt im Bette — Nachtwäsche war nur in den höchsten Kreisen gebräuchlich. — Außerdem hatten die Schönen an rauchenden Zimmern, Zug in den Wohnungen einen argen Feind. Die Blattern richteten solche Verwüstungen an, daß unter je zwei Menschen einer immer blatternarbig war.

Da kann man allerdings sagen, Schönheit ist ein vergänglich Ding. Ohne irgend zu übertreiben, kann man annehmen, daß in unserer Zeit zehnmal mehr schöne Frauen leben, als vor 300 Jahren. Und was mehr ist, die Schönheit erstreckt sich nicht nur auf den kurzen Zeitraum von 5—6 Jahren, sondern auch auf 20 und noch mehr Jahre.

Wenn anders keine körperliche Mißbildung oder Verunstaltung vorwaltet, so ist die Jugend immer einmal schön. — Sowie alle aufblühenden Blumenknospen schön sind, und tausende neben einander gehalten, immer eine Verschiedenheit aufweisen, so ist es auch mit dem Mädchen, das sich zur Jungfrau entfaltet. Allerdings ist diese Schönheit gar oft nur ein flüchtiger Hauch.

Und da die Schönheit allerlei Zufällen unterworfen ist, so ist es eine sehr natürliche Frage, ob diese herrliche Naturgabe nicht erhalten und verlängert werden könne?

Dieß ist allerdings möglich; die folgenden Abschnitte sollen die nöthigen Belehrungen darüber enthalten.

Erstes Hauptstück.

Grundbedingungen zur Erlangung der Schönheit.

Kurzgefaßte Hygieine (Gesundheitslehre).

Vollkommene Schönheit ist eine Harmonie zwischen dem physischen und psychischen Theile des menschlichen Körpers.

Damit diese Harmonie obwalten könne, müssen beide Theile sich in einem normalen Zustande befinden. Den normalen Zustand sowohl des Körpers als des Geistes bezeichnen wir mit dem Worte gesund. Hieraus folgt von selbst, daß die Grundbedingung zur Erhaltung der Schönheit die Gesundheit ist. — Ich muß also auch nothwendig zuerst die Hygieine oder Gesundheitslehre besprechen.

Ein umsichtiger Landmann, der reiches, gesundes Getreide erzeugen will, der bereitet den Boden, der zur Aussaat bestimmt ist, schon lange vorher; dann weicht er den Samen ein, damit er schneller sich entwickle, er setzt dem Wasser, in dem dieses geschieht, Substanzen zu, damit die künftige Pflanze vor Rost, das Getreide vor Brand geschützt werde. Und siehe, dieser Landmann, dessen Umsicht vor dem Entstehen schon an das Schicksal jener lebenden Wesen dachte (der Pflanzen), die er mittelbar erzeugte, erfreut sich eines reichen Erntesegens. Der thörichte Landmann, der diese Vorsicht versäumte, sieht schwächliche Gewächse aufgehen; Gewürm nagt an ihnen, Krankheiten suchen sie heim, und eine dürftige Ernte lohnt kaum seine Mühe

Oder ein eifriger Blumenliebhaber will Pflanzen ziehen, die statt ihrer weißen Blumen andere von blauer und schwarzer Farbe mit fremdartigem Wohlgeruche tragen. Da mischt er auch eine künstliche Erde, weicht den Samen in aromatische Flüssigkeiten, begießt mit präparirtem Wasser, um seinen Zweck zu erreichen. Er wacht über die Pflanze vom Augenblicke des Entstehens bis zu ihrer vollkommenen Ausbildung.

Und die Pflanze, die doch auf einer viel niedrigeren Lebensstufe steht als der Mensch, bedarf solcher Aufmerksamkeit und Pflege; um wie viel mehr ist sie dem Menschen nöthig, um ein vollkommen körperlich und geistig schönes Wesen zu erziehen.

Während der Mensch in Bezug auf Fortpflanzung bei seinen Pflanzen und Thieren die größtmöglichste Sorgfalt hat, der Natur ihre Geheimnisse ablauscht und das erste Entstehen schon überwacht, hat er bei sich selbst noch sehr wenig gethan, um seine Nachkommen vom Augenblicke ihrer Entstehung an zu überwachen und zu leiten.

a) Die erste Lebenswoche des Menschen.

Die eigentliche Sorge beginnt erst, nachdem der vegetabilische Mensch, der wie der Baum mit der Wurzel seine Lebenskräfte aus der Erde saugt, sich auch von den Säften der Mutter genährt hat, zum animalischen Menschen wird — das heißt das Licht der Welt erblickt.

Weil die Neugebornen meist die Welt mit einem schwachen Schrei begrüßen, so pflegt man zu sagen, der Mensch tritt in die Welt mit Schmerzen und verläßt sie mit Schmerzen! — Beim Abschiede, das ist gewiß — obwohl kein Mensch den eigentlichen Augenblick des Todes gewahr wird, ebenso wenig wie er im Stande ist, den eigentlichen Augenblick des täglichen Einschlafens an sich selbst zu beobachten.

Dieser Schrei ist vielmehr durch die erste Einwirkung der atmosphärischen Luft auf die Lunge des jungen Erdenbürgers hervorgebracht, und findet seine Erklärung in jenem eigenthümlichen Nervenspiel, welches man bei Somnambülen zu bemerken Gelegenheit hat.

Schmerz ist es nicht; denn zum Schmerz gehört Bewußtsein, und Jeder, der neugeborne Kinder beobachtet hat, wird zugeben, daß es sehr lange dauert, bis sich bei ihnen ein Bewußtsein entwickelt hat.

Die meisten Thiere erscheinen mit Sehen, Hören, Fühlen, ja mit Gehen, Laufen, Springen ausgerüstet auf der Welt. Der Mensch muß dieß Alles erst nach und nach erlernen.

In großen Städten stirbt von zehn neugebornen Kindern immer eines in den ersten acht Tagen, und zwar Knaben mehr als Mädchen. Da aber auch mehr Knaben geboren werden als Mädchen, so stellt sich dann auch das natürliche Gleichgewicht, für jedes Männlein ein Weiblein, wieder her. — Lange, große Kriege stören allerdings dieses Verhältniß.

Bei diesem großen Sterblichkeitsverhältniß der Neugebornen tröstet man sich damit, daß die Natur jene Wesen, die vermöge ihrer schwächlichen, mangelhaften Constitution nicht lebensfähig sind, auch schnell wieder verschwinden läßt. Es liegt allerdings viel Wahres darin! — Wenn aber auf die Neugebornen die gehörige Sorgfalt in allen Menschenclassen verwendet werden könnte, dann würde das ungünstige Verhältniß von einem Todesfall auf zehn Lebende in acht Tagen jedenfalls sich ändern müssen.

Die erste Nahrung des Menschen ist die Muttermilch. Darum gab die Natur der Mutter gleichzeitig mit dem Kinde die Milch, damit das Kind bei der Mutter die nöthige Nahrung finde. Es ist also die natürliche Bestimmung der Mutter, ihr Kind selbst zu stillen. — In den ärmeren Classen, in den Städten und auf dem Lande, wo die Menschen, von den Verhältnissen gezwungen, sich mehr an die Natur halten müssen, da geschieht dieß auch. Bei den gebildeteren, wohlhabenderen Ständen, die sich mehr von der Natur entfernt haben, kann das gar nicht geschehen. — Man denke sich eine Weltdame, die ihr Kind selbst stillt! — Soll sie ein Jahr lang sich aus dieser Welt, die Alles für sie ist, verbannen — das ist doch zu viel gefordert! — Oder soll sie sich dem Ridicüle aussetzen, ihr Kind sich durch eine Kindsfrau auf Bälle, in's Theater, auf die Promenade, auf's Land, in's Bad, in die Kunstgallerie, in die Vorlesung, in die Predigt en vogue, in Ausschußberathungen, und was weiß ich sonst wo noch hin nachtragen zu lassen, um es zu stillen?

Diese Frauen müssen Ammen haben. — So viel ist sicher, daß das Stillen der Kinder der weiblichen Schönheit Eintrag thut, sie vermindert. — Von diesem Gesichtspunkte aus betrachtet soll eine Frau, welche ihre Schönheit zu erhalten und zu verlängern bestrebt ist, Ammen zum Stillen ihrer Kinder halten.

Bei der Wahl der Amme muß man den Arzt zu Rathe ziehen, damit sie eine vollkommen gesunde Person sei. Auch ist es gut, wenn die Mutter eine Blondine oder Brünette ist, dem Säugling eine Amme zu geben, deren Haare dem Haare der Mutter entsprechen; gut ist es, wenn die Amme mit der Mutter ungefähr gleichen Alters ist. Auch darf die Amme nicht länger als 6—8 Wochen vor der Mutter entbunden worden sein.

J. J. Rousseau war ein beredter Fürsprecher für das Selbststillen der Frauen. Namentlich besorgte er, der lasterhafte Charakter der Ammen gehe auf die Säuglinge über, und in dieser Meinung konnte er allerdings bestärkt werden, wenn er das liederliche, lasterhafte Treiben in der höheren Gesellschaft Frankreichs zu seiner Zeit mit ansah. — Sein Wort wirkte so gewaltig, daß die Mütter auch alle Mutterfreuden bis zur Neige leeren wollten, und ihre Kinder selbst stillten. — Welche herrliche Generation muß da herangewachsen sein! Der mit Muttermilch großgezogene französische Adel — statt die große Bewegung Frankreichs mitleiten zu helfen — ließ sein Vaterland im Stich, gab seinen König seinem Schicksale preis; sie lebten im Auslande als Emigrirte — später kehrten sie unter dem Schutze der Bajonnete von ganz Europa in ihr armes, besiegtes, zu Boden geworfenes Vaterland zurück und machten sich breit mit ihrer Legitimität. — Wir sehen also durch die Umwandlung der Milchnahrung keine Umwandlung in der Generation, folglich kann auch der Grundsatz, mit der Milch werde der Charakter des Säuglings gebildet, nicht stehen. — Außer man müßte behaupten, da das Hauptgefühl der Mutter für ihr kleines Kind eine ängstliche Besorgniß ist, so sei dieses Hauptgefühl mit der Milch in die Kinder gegangen, und das sei der Grund, weshalb sie sich, Männer geworden, verbannten.

Hat man eine Amme aufgenommen, dann muß sie auch in Nahrung und Behandlung derart gehalten sein, daß sie reichliche und gesunde Milch liefern kann.

Für den Säugling sind aber in der ersten Woche seines Lebens folgende Regeln streng zu beobachten: Er muß fleißig in warmem Wasser gebadet und dann mit feinem Linnen getrocknet und leicht abgerieben werden, damit man der beginnenden Hautthätigkeit zu Hilfe kommt. Das Zimmer muß 18—20 Grad Wärme haben. Rauch und Staub in Zimmern von neugebornen Kindern sind Gifte, die das Leben zerstören. Das Zimmer muß halbdunkel gehalten, jedes laute Geräusch vermieden werden. Sowie Rauch und Staub den Keim zu Lungenleiden legen, so bringt helles Licht Blindheit, schwache Augen hervor; durch lautes Geräusch kann Taubheit, Schwerhörigkeit erzeugt werden. — Aus diesem Zimmer werde der Säugling nicht hinausgebracht. Das frühzeitige Tragen der Kinder zur Taufe bringt vielen Kindern den Tod; hat man nicht die Mittel, die Kinder im Hause taufen zu lassen, so bringe man sie erst in die Kirche, wenn warmes Wetter ist und sie schon stärker geworden sind.

Weiter ist auf die größte Reinlichkeit zu halten — ein Kind darf nicht naß liegen.

Die Verhüllung der neugebornen Kinder sei leicht, zart, warm und locker.

Man erlaube nicht ein Drücken und Zerren an dem Nabelstrange, um ihn schneller zu beseitigen, sondern überlasse es der Natur, welche diesen überflüssig gewordenen Theil schon von selbst abwirft. Nach dem Abwerfen tröpfle man fleißig auf den Nabel laues, reines Wasser, tupfe es mit Leinwand ab und lege Leinwandläppchen mit frischem Hirschtalg bestrichen auf. — Sollte sich an dem Nabel eine Eiterung zeigen, so lasse man sie durch den Arzt behandeln.

Eine Mutter, welche diese wenigen Regeln bei ihrem neugebornen Kinde beobachtet, wird selten den Schmerz haben, es durch den Tod zu verlieren. Stirbt aber ein Kind trotz der sorgfältigsten Behandlung, dann allerdings war seine Constitution so schwach, daß es nicht im Stande war, weiter zu leben, und den großen Umwandlungsproceß, den Neugeborne durchzumachen haben, auszuhalten.

b) Säuglingsalter.

Das Säuglingsalter erstreckt sich vom achten Lebenstage des neuen Erdenbürgers bis zu seinem 9.—12. Monate. Milch, entweder die der Mutter oder der Ammen, soll in dieser Zeit seine Hauptnahrung bilden. In der Milch findet er alle jene Bestandtheile vor, die zum Wachsthum seines kleinen Körpers nothwendig sind; da alle diese Theile flüssig sind, so geht die Verdauung und Aufsaugung sehr leicht vor sich. — Die Stillende muß eine entsprechende Nahrung zu sich nehmen, da sie jetzt für zwei Personen essen muß. Sie genieße Milch, leicht fettes Fleisch, Eier, Hülsenfrüchte, Brot, Mehlspeisen; — Gemüse sind in dieser Zeit weniger zuträglich. Dabei trinke sie viel Wasser, Milch, leichtes Bier — dagegen keine geistigen Getränke und sie genieße keine stark gewürzten Speisen. Sie mache sich Bewegung in frischer Luft, und suche sich vor Gemüthsaffecten zu bewahren.

Muß ein Kind ohne Mutter- oder Ammenmilch aufgezogen werden, so suche man sich die Milch einer kräftigen, gesunden Kuh aus, und setze ihr zu $^1/_4$ Sahne (Obers), $^1/_4$ Wasser und so viel Milchzucker, daß die Milch leicht süßlich schmeckt. Die Milch soll 22—24° R. warm sein, und die gläserne Saugflasche muß sehr rein gehalten werden.

Die Entwöhnung von der Brust soll nicht plötzlich, sondern allmälig geschehen. Das Kind erhält dann Kuhmilch und Fleischbrühe mit Milchzucker versetzt.

Säuglinge sollen immer in reiner Zimmerluft von +14—16° R. gehalten werden; nur an warmen, windstillen Tagen lasse man sie in die Luft tragen. Warme Bäder, anfangs +27° R., später +25—23° R. sind dem Säuglinge täglich nothwendig.

Die Kleidung des Säuglings sei bequem, nicht den Körper einzwängend; das Wickeln ist ein haarsträubender Unsinn. Man sorge, daß der Säugling immer trocken liege, und gebe ihm eine frische Windel stets gewärmt.

Wenn wir so viel Sorge auf die körperliche Ausbildung verwenden, müssen wir auch auf die Erziehung des Säuglings denken. Er muß vor allen Dingen an eine bestimmte Ordnung im Trinken und Schlafen gewöhnt werden, und Gehorsam lernen. Er darf durchaus nicht merken, daß Weinen ihm zur Durchsetzung seines Willens hilft; schon im Säuglingsalter muß der Eigenwille gründlich und total gebrochen werden.

Man lasse das Kind nicht früher aufsitzen, als bis es selbst Anstrengungen dazu macht, denn sonst kann sich leicht die Rückenwirbelsäule verkrümmen.

c) Kindesalter.

Das Kindesalter erstreckt sich vom Ende des ersten Lebensjahres bis zum beginnenden Zahnwechsel im siebenten Jahre. Das erste Kindesalter geht bis ins vierte Jahr.

Im zweiten Lebensjahre, wenn das Kind ganz gesund ist, lasse man das Kind impfen, weil das Gesetz es so vorschreibt, und weil man an vielen Orten sich nicht einmal längere Zeit ohne Impfschein aufhalten darf; z. B. in der guten Stadt Hessenkassel, welche an allerlei Ungeheuerlichkeiten reich ist. — Man lasse sich dann aber auch einen amtlichen Impfschein ausstellen — sonst könnte man in Kurhessen sich in den spätesten Lebensjahren dieser Procedur unterziehen müssen.

Im Kindesalter sind Kauen, Gehenlernen, Sprechenlernen die Hauptbeschäftigungen. Das Zahnen ist durchaus keine Krankheit, sondern eine nothwendige Function. Am Zahnen sterben die Kinder nicht; man sorge in dieser Zeit nur dafür, daß sie sich nicht erkälten, keine Diarrhöe bekommen; dann allerdings werden diese Leiden heftiger und können tödtlich werden.

Im ersten Kindesalter setze man das fleißige Baden fort, schütze die Kleinen vor Erkältung. In der Nahrung hüte man sie vor Kaffee, Thee, Wein, Bier, Chocolade; vor stark gewürzten Speisen; man gebe ihnen nicht viel Kartoffeln und Schwarzbrot. Dagegen klein geschnittenes Fleisch, Fleischbrühe, Milchspeisen, Mehlspeisen. Den Uebergang von der Milchkost zur gemischten Kost bilde Fleischbrühe mit Eidotter, mit Gries, Zwieback, Weißbrot, geriebenes Gerstel u. s. w.

Kleine Kinder sollen nicht nur die ganze Nacht, sondern auch nach dem Mittagessen schlafen.

Das Gehirn fängt in diesem Alter an durch die geweckten Sinnesorgane thätig zu werden. — Seid ja recht sorgfältig in diesem Alter auf die Erziehung eurer Kinder! Ihr könnt nicht nur, ja Ihr sollt sie lieben — aber leitet das Kind um Gottes willen zu unbedingtem Gehorsame an. Wenn Ihr im dritten Lebensjahre, im vierten damit anfangen wollt, dann ist es schon zu spät! Die zu liebevolle Nachsicht der Eltern in diesem Alter der Kinder macht sie oft für ihr ganzes Leben unglücklich. Das erste Kindesalter ist noch vielen tödtlichen Krankheiten unterworfen; ein kräftigeres Verhältniß zeigt sich schon im zweiten Kindesalter, welches bis ins siebente, zuweilen ins achte Lebensjahr reicht. Auch in diesem Alter sehe man auf leichte Nahrung zu bestimmten Zeiten; Bewegung in frischer Luft, hinreichenden Schlaf, Reinlichkeit. Spielen müssen die Kinder in diesem Alter — man lasse sie auch mit Spielgenossen zusammenkommen; sei aber vorsichtig in der Auswahl derselben. — Man trifft in diesem zarten Alter schon Kinder, welche, durch gewissenlose Ammen an den Geschlechtstheilen gereizt, sich unbewußt der Onanie ergeben haben, und dann auch Andere dazu anleiten. Man sorge daher, daß die Kinder überwacht werden, besonders wenn Knaben und Mädchen beisammen sind.

In diesem Alter muß das Kind zu der Ueberzeugung gekommen sein, daß die Eltern es lieben, aber daß sie auch Gehorsam fordern, und ihn mit eiserner Consequenz zu erzwingen wissen. — Das Kind muß wissen — man hält Wort. — Darum hüte man sich Etwas zu versprechen, was nicht möglich, oder mit Etwas zu drohen, was unausführbar ist.

Wer seine Kinder fremde Sprachen erlernen lassen

will, der sehe, daß sie schon im zweiten Kindesalter durch eine Bonne eine zweite Sprache erlernen, so wie sie die Muttersprache erlernt haben. — Werden in diesem Alter die Sprachgabe und die Stimmorgane zu einer fremden Sprache angehalten — dann erlernt man später fremde Sprachen nicht nur mit Leichtigkeit, sondern auch mit der richtigen Aussprache; — wer in späteren Jahren erst fremde Sprachen erlernt, bringt es nie zu einer guten Aussprache.

d) Knaben- und Mädchenalter.

Dieses Alter umfaßt die Schuljahre; sie gehen bis zum Eintritte der Pubertät (Mannbarkeit), welche bei Mädchen im zwölften bis vierzehnten Jahre beginnt, bei Knaben im sechzehnten.

Mädchen sind viel schneller entwickelt in jeder Beziehung als Knaben. Darum kann man Mädchen füglich im sechsten Lebensjahre in die Schule schicken, damit sie bis zur Mannbarkeit die Schule verlassen. — Jede gute Mutter soll ihre Tochter in dieser Zeit unter eigener Aufsicht haben.

Knaben dagegen können bis zum siebenten Jahre warten, bevor sie die Schule besuchen.

In diesem Alter sehe man, daß die Kinder reichliche Nahrung haben; obwohl diese nicht zu gewürzt und üppig sein darf. Schwachen Thee, schwarzen Kaffee dürfen sie ebenfalls nehmen.

Auf die Kleidung achte man; sie soll den Jahreszeiten angemessen und nie den Körper drückend, beengend sein. Namentlich dürfen Mädchen keine Corsetten tragen. Dagegen gebe man ihnen Hosen, was bei der Lebhaftigkeit in diesem Alter anständiger ist, vor vielen Erkältungen schützt und auch die Geschlechtsorgane vor frühzeitigen Aufreizungen bewahrt!

Auch in diesem Alter lasse man alle vierzehn Tage wenigstens ein warmes Bad nehmen und sehe überhaupt auf strenge Reinlichkeit.

Bei dem Zahnwechsel lasse man den Mund zuweilen vom Zahnarzte besichtigen, damit die alten Zähne rechtzeitig entfernt werden und die neuen nicht schief oder vorstehend wachsen.

In der Erziehung der Mädchen ist Vieles auszusetzen. Man soll sie nicht so viel ins Zimmer verbannen. Zur Entwicklung und Verschönerung des Körpers ist viele Bewegung in freier Luft nöthig. Zur Winterszeit lasse man die Mädchen mit Mädchen (nicht mit Knaben zusammen) Tanzunterricht nehmen, welcher die plastischen Vorzüge entwickelt. Zur Sommerzeit sollen sie leichte Gymnastik treiben, und in Flußwasser baden oder schwimmen lernen! — Woher kommen die kränkelnden Naturen in der Stadt? — Allein von der naturwidrigen Erziehung der Mädchen. Wie kann ein Mädchen, deren Körper in der Jugend systematisch geschwächt wurde, als Frau gesunde, starke Kinder zur Welt bringen? — Das ersuche ich wohl zu bedenken.

In diesem Alter erfreuen sich die Kinder einer vorzüglichen Gesundheit — von hundert stirbt jährlich nur eines. — Hautkrankheiten pflegen vorzukommen; bei diesen kann man nicht genug Sorgfalt anempfehlen; sehr oft verderben sie die Schönheit fürs ganze Leben, beschädigen auf immer einzelne Sinne, als: den Gesichtssinn, den Gehörsinn.

Neben der Ausbildung des Körpers geht auch die des Geistes. Jede Mutter kann die Erziehung ihrer Töchter leicht überwachen. — Man hüte sich vor Schulen, in denen nur memorirt wird; die bloße Gedächtnißbüffelei ist eine langsame Geistestödtung. — Dagegen suche die Mutter für ihre Töchter eine solche Schule aus, von der sie weiß, daß die Schülerinen zu selbständigen schriftlichen Aufsätzen angehalten werden, in der man fleißig Kopfrechnen treibt; in den freie Vorträge über Naturkunde, dem Alter des Kindes angemessen, gehalten werden, in welcher man durch Anschauung belehrt — damit ihre Töchter auch denken lernen und sich die Vernunft ausbildet.

In diesem Alter muß man auch die körperliche Haltung der Mädchen genau überwachen, damit sich keine schiefen Körper heranbilden.

Die Behandlung der Mutter sei bei ihren Töchtern nur die einer liebenden, aber achtunggebietenden Freundin — es ist von Wichtigkeit sich das Vertrauen der Kinder zu erhalten. — Namentlich vermeide man eine launenhafte Behandlung; in diesem Alter verstehen die Kinder das sehr wohl, und ungerechte Strafe und unverdiente Nachsicht schaden in gleicher Weise.

Bei Knaben und Mädchen ist in diesem Alter die Onanie sehr schädlich sowohl für Gesundheit als Schönheit. Sobald man bemerkt, daß Kinder dieser schädlichen Gewohnheit ergeben sind, so beobachte man die Behandlung, welche im Abschnitte vom Busen und von einigen anderen geheimen Theilen des Körpers angegeben ist.

Nie erlaube man, daß Mädchen sich einschließen, oder zusammen auf die Retirade gehen.

Knaben auf öffentlichen Schulen pflegen oft Zusammenkünfte zu haben, bei denen verbotener Weise Tabak geraucht, getrunken, gespielt und Onanie getrieben wird

Man überwache daher den Umgang der Knaben, und controllire ihre Zeit.

e) Jünglings- und Jungfrauenalter.

Bei den Knaben beginnt diese Zeit im 15.—16. Jahre und dauert bis zum 24. Jahre; bei Mädchen im 12.—14. Jahre und dauert bis zum 20. Jahre. Diese Zahlen sind nicht willkürlich angenommen, sondern das Alter beginnt mit der eintretenden Mannbarkeit und dauert bis zu vollendetem Wachsthum des Körpers.

Auf meinen Reisen im Orient sah ich die 10—12-jährigen Mädchen als vollkommen ausgebildete Jungfrauen in wunderlieblicher Fülle, in den holdesten Reizen strahlen, und sah Frauen von 25—30 Jahren als uralte Mütterchen herumwanken. — Und damals machte ich zuerst jene Bemerkung, daß, je schneller in der Natur die Entwicklung, um so schneller die Zerstörung. Was mir zuerst bei ganzen Volksstämmen auffiel, das bemerkte ich dann auch bei den einzelnen Individuen in den verschiedensten Ländern und Klimaten; ich sah die Wahrheit dieses Grundsatzes bei allen organischen Geschöpfen, bei Thieren und Pflanzen.

Wollen darum Eltern schöne, gesunde Kinder erziehen, so müssen sie durch einfache, nicht reizende Kost, durch Bewegung, Leibesübungen, Baden, nützliche Zerstreuung, zweckmäßigen Unterricht jene schädliche geistige und körperliche Frühreife zu umgehen suchen.

Auch im Jungfrauenalter setze man die einfache und reizlose, aber nahrhafte und leichtverdauliche Nahrung fort; auch jetzt dürfen keine erhitzenden, aufregenden Getränke genommen werden. Frische reine Luft, Bewegung, öfteres Baden sind zur Entwicklung der Schönheit und Gesundheit ebenso nothwendig wie im früheren Alter.

Ich könnte hier auch Manches über die zweckmäßige Kleidung der Jungfrauen sagen; daß sie Hals und Brust, Füße wärmer kleiden sollten, um sich manche Krankheiten zu ersparen; daß das feste Schnüren wohl eine unnatürlich schlanke Taille erzwingen kann, dadurch aber Gesundheit und Schönheit untergraben werden, der Teint alle Frische verliert — aber ich werde es nicht thun, denn ich weiß, daß die Kleidung unserer Damenwelt sich nicht nach Vernunftgründen, nicht nach der Gesundheit — sondern nach der Mode richtet. — Wenn ich bedenke, wie viele Damen schon durch ihre Krinolinen rettungslos lebendig verbrannt sind, wie viele gestürzt und sich furchtbar verstümmelt haben, wie manche mit den Kleidern an Rädern, Maschinenbestandtheilen hängen blieben und getödtet wurden — denn seit Jahren bilden die Krinolinen-Unglücksfälle einen stehenden Artikel in allen Zeitungen — dann muß ich den Heldenmuth und die Todesverachtung der Damen bewundern, welche ein so gefährliches Kleidungsstück täglich anziehen. — Und thöricht wäre es, nur ein Wort weiter über die Kleidung zu reden.

In diesem Alter soll die Mutter die Freundin der Tochter geworden sein. — Es ist Sache der Mutter, die Jungfrau auf die eintretende Periode aufmerksam zu machen, und hieran weitere Bemerkungen zu knüpfen, welche dazu dienen, den Herzensfrieden und die Tugend der Jungfrau zu bewahren. — Wie verkehrt, wenn Mütter, aus falscher Scham zurückgehalten, ihren Töchtern Aufklärungen entziehen, die von Andern vorgetragen, in ganz anderm Lichte dargestellt, eine der mütterlichen Belehrung entgegengesetzte Wirkuug haben müssen — der praktischen Belehrungen und Einführungen in die Mysterien gar nicht zu gedenken.

In diesem Alter zeigen sich die ersten Keime der Schwindsucht; rechtzeitig bemerkt und dagegen gearbeitet, ist die Krankheit heilbar — in vorgerücktem Stadium gibt es gar kein Mittel dagegen, weder ärztliche Behandlung, noch Klimawechsel, noch Hausmittel. Die Mutter möge also aufmerksam sein, namentlich auf sich einstellenden Husten, der mit Fieber verbunden ist.

Auch Bleichsucht ist in diesem Alter eine häufig vorkommende Erscheinung, welche den Anforderungen der Schönheit diametral entgegengesetzt ist. Veränderte Lebensweise, nahrhaftere Kost, Luftveränderung, Bewegung, Eisenpillen, Eisenpulver, Eisenbäder unter Zuziehung eines Arztes sind die besten Mittel dagegen.

Da die Bleichsucht von Blutarmuth herrührt, ist es eine abgeschmackte Behauptung, daß die Ehe eine bleichsüchtige Jungfrau herstellen kann.

Im Jungfrauenalter ist Regelmäßigkeit in den Mahlzeiten, hinreichender Schlaf, belehrende und zerstreuende Beschäftigung und Bewegung zu empfehlen. Das frühe Einführen in die Welt ist abzurathen — man suche das Verhältniß des Mädchenalters so lange als möglich hinauszuziehen.

Dem Jünglinge sollen vom Vater oder einem älteren Verwandten die nöthigen Belehrungen gegeben werden, damit er nicht körperlich und geistig zu Grunde gerichtet werde.

f) Mittleres Lebensalter.

Dieses kräftigste Menschenalter dauert vom Aufhören des Wachsthums bis zum Erlöschen der Zeugungskraft; bei Frauen vom 20.—45. Jahre, bei Männern vom 24. — 55. Jahre; natürlich gibt es Ausnahmen, wo Individuen beider Geschlechter bis weit über jene Jahre hinaus die Zeugungskraft beibehielten.

In diesem Lebensalter soll es unsere Aufgabe sein, durch vernünftige Lebensart, durch weise Beherrschung der Leidenschaften unsern Körper so lange als möglich auf jener Stufe der Vollkommenheit zu erhalten, wohin die vorhergehenden Lebensalter ihn gebracht hatten.

Männer sollen anfangs dieser Periode heiraten, damit sie das Vergnügen haben, ihre Kinder noch groß zu sehen. Wer spät heiratet, der kann nicht mit dem ruhigen Bewußtsein sterben, seine Kinder erwachsen und versorgt zu hinterlassen.

Jungfrauen heiraten ohnedieß früher als Männer — sie jedoch schon mit 15—16 Jahren zu verheiraten, ist unrecht — Gesundheit und Schönheit haben darunter zu leiden.

Die Schönheit des weiblichen Körpers ist durch Niederkünfte vielen Gefahren ausgesetzt. In den einzelnen Abschnitten der Kosmetik sind die betreffenden Anweisungen zu finden, wie man allen diesen Gefahren vorbeugt, und die Frische, Festigkeit und Jugendlichkeit der angegriffenen Theile bis ins vorgerückte Alter bewahrt.

Darin stehen alle Meinungen im Einklange: im mittleren Lebensalter ist eine mäßige Befriedigung des Geschlechtstriebes beiden Geschlechtern in Bezug auf Gesundheit, Schönheit und heiteren, frohen Sinn unumgänglich nothwendig.

g) Höheres Lebensalter.

Es tritt nun eine Veränderung in der Lebensthätigkeit ein. Die Neubildung des Stoffes geht träger voran; die Ausstoßung des Stoffes überwiegt. Die Haut, welche früher so geschmeidig war, wird hart, spröde, welk, runzelig; die muskulösen Theile schwinden, eine Abmagerung, ein Zusammenschrumpfen des ganzen Körpers tritt ein. Die gerade Haltung verwandelt sich in eine gebeugte. Die Haare ergrauen, fallen aus. Die Zähne gehen verloren, wodurch das Gesicht verkürzt wird, und die Nase näher an das Kinn rückt. Durch künstliche Gebisse läßt sich diesem Uebelstande abhelfen.

Im Innern des Körpers schwindet das Gehirn, das Gehirnwasser nimmt zu; diesem Umstande ist es zuzuschreiben, daß Greise das Gedächtniß und die Schärfe des Verstandes verlieren; daß sie an den hergebrachten Meinungen starr festhalten, ja zuletzt ganz kindisch werden. Der Lungenapparat hat sich erweitert, daher schweres, mühsames Athmen. Die Körpersäfte erleiden eine Veränderung in ihrer Zusammensetzung, daher Gicht und andere Leiden. Die Knochen werden spröder, daher ältere Leute durch den geringsten Fall oder Sturz sich einen Arm oder ein Bein brechen. Die Verdauungskraft nimmt ab.

Greise sollen jede gewaltsame Veränderung der bisher gewohnten Lebensweise ja vermeiden.— Guter Wein und etwas gewürztere Speisen sind diesem Alter vortheilhaft, weil sie die Lebensthätigkeit anregen.

Die Nahrung bestehe aus Bouillons und Kraftbrühen von Fleisch, Kraftgelées, Austern, rohen oder weichgesottenen Eiern, feingearbeiteten Würsten, Fleischfachées weichem Wildpret und Geflügelbraten, leichten, durchpassirten Gemüsen, leichten Mehlspeisen. Dabei soll alles Feste sehr klein geschnitten sein, um dem beschwerlichen Kauen nachzuhelfen.

Greise sollen nicht viel auf einmal essen, sondern lieber öfter und weniger. Durch übermäßiges Essen verkürzen sich alte Leute sehr häufig das Leben.

Da mit der abnehmenden Lebensthätigkeit im Alter sich auch abnehmende Wärme einstellt, so müssen alte Leute warm gekleidet sein; Wolle, Flanell auf bloßer Haut sollen die Wärme beleben. — Warme Bäder sind diesem Alter wöchentlich anzurathen, um die Hautthätigkeit zu heben. — Vor Ueberladungen des Magens, Erkältungen muß sich das Alter sorgfältig hüten; der herabgestimmte Organismus kann keine schweren Krankheiten überdauern und das Verlorengegangene nicht mehr ersetzen.

Umgang mit heiterer, lebensfrischer Jugend wirkt sehr günstig auf die Gesundheit der Greise.

Nachdem wir uns nun flüchtig mit der Hygieine oder der Gesundheitslehre der verschiedenen Lebensalter beschäftigt, werden wir zur Kosmetik, der Lehre von der Schönheit, übergehen, auf welche wir, als dem Hauptzwecke dieses Buches, auf das Umständlichste eingehen werden.

Zweites Hauptstück.

Kosmetik (Schönheitslehre).

I. Capitel. Einleitung.

Kosmetik ist die Lehre von Schönheitsmitteln.

Männer und Frauen haben in allen Zeiten, bei allen Völkern zu Schönheitsmitteln ihre Zuflucht genommen. — Nur waren die Begriffe der Schönheit in ihrer Art sehr relativ, und was dem Einen für sehr schön galt, das fand der Andere häßlich.

Die Indianer liefern den Beweis ihrer Eitelkeit in den Tätowirungen der beiden Geschlechter. Die Kalmücken finden das regelmäßige Oval des Kopfes häßlich, und pressen daher die Köpfe ihrer Kinder zwischen Bretter, damit sie ja recht flach werden. Die Chinesen finden den höchsten Reiz in einem kleinen Fuße; sie biegen daher die Zehen der Mädchen unter die Fußsohle, wodurch allerdings ein kleiner Fuß erzielt wird, allein auch ein so unbeholfener Gang, daß das Watscheln einer Ente graziös erscheint im Vergleiche mit dem Gehen einer schönen Chinesin. Die Frauen und Mädchen in Ostindien halten viel auf Zierlichkeit und Festigkeit des Busens; sie tragen ihn daher bei Tag und Nacht in feinen, durchsichtigen, elastischen Geflechten, welche sich dem Anschwellen und Zusammensinken des Busens allmälig fügen, wodurch er stets die gewölbte, freistehende Gestalt beibehält. Die Hottentottinen finden dagegen in der Beutelform des Busens die höchste Schönheit und hängen Gewichte daran, damit er ja tief abwärts fällt. Im Innern Afrika's findet man in hängenden, schwulstigen Unterlippen einen eigenthümlichen Reiz; man zieht daher große goldene Ringe durch die Unterlippen, hängt an diese noch Gewichte, wodurch dann die ganze Zahnreihe beständig sichtbar wird, und dieser Mund Aehnlichkeit mit einem Krokodillengebisse erhält.

Unsere heutigen Orientalinen färben sich die Nägel, die Augenbrauen; nur das Kopfhaar wird an ihrem Körper zugelassen, dieses muß aber blendend schwarz sein. Durch diesen Gebrauch erhielten wir aus dem Orient zwei sehr schätzbare Schönheitsmittel zum Zerstören der Haare und zum Färben der Haare.

Die Orientalinen des Alterthums hatten die Meinung, die Schönheit müsse durch den Totaleindruck triumphiren; daher trugen sie durchsichtige Gacegewänder, die so gut waren wie gar keine Kleidung. Diese schlüpfrige Sitte des Perserreiches ging auch nach Griechenland und Rom über, und führte den sittlichen Verfall des Römerreiches herbei.

Jene antiken Schönheiten schienen nicht geahnt zu haben wie wichtig es ist, der Phantasie auch noch ein abgeschlossenes Feld zu reserviren. Wenn auch die Vandalen Barbaren waren, so rühmten doch die Römer ihre Keuschheit, welche sich sicherlich größtentheils von dem Umstande herleiten läßt, daß das weibliche Geschlecht züchtig verhüllt einherging.

Im Mittelalter existirten auch Schönheitsmittel; sie waren das Geheimniß von Alchymisten, sogenannten Zauberern und Hexen, von denen Tausende zur größeren Ehre Gottes in prunkhafter Feierlichkeit lebendig verbrannt wurden, weil man das Feuer für das beste Reinigungsmittel hielt. Weil denn Alles so geheim gehalten wurde, so glaubte màn an vielerlei unglaubliche Dinge; z. B. an Verjüngungselixire, wodurch siebenzig- und achtzigjährige Matronen in sechzehnjährige Jungfrauen umgewandelt werden sollten.

So wie man früher die Schönheitsmittel im Geheimen vertheilte, so werden sie jetzt durch die höchstmögliche Oeffentlichkeit angepriesen. Wer nähme wohl ein Zeitungsblatt in die Hand, in dem nicht derartige Mittel in prunkvollem Style angepriesen werden — allerdings zu theuren Preisen. Wie sollte es aber anders sein — kosten doch die Anpreisungen von »Dr. Suin de Boutemard's aromatischer Zahnpasta« jährlich wenigstens 100,000 fl., welche natürlich von den Consumenten bezahlt werden müssen.

Der wirklichen Schönheitsmittel gibt es nur wenige; sie sind dieselben heute, welche sie gestern waren — allein die Charlatanerie hat sich derselben bemächtigt; sie bringt dieselben Stoffe unter hochtrabendem Titel, mit prunkenden Etiquetten, von allen Zeitungen ausposaunt auf den Markt und läßt sich die Erfindung des neuen Namens mit 1000 Procenten bezahlen.

Besonders großartig sind die Franzosen in dieser modernen Charlatanerie; sie locken damit Millionen in ihr Land hinein.

Ich will damit nicht die französischen kosmetischen Mittel durchgehends verdammen; es sind sehr vorzügliche darunter — wir können sie aber eben so gut, nur um Vieles billiger bereiten.

Nur Eines muß ich dazu bemerken. Die Französinen haben nicht jenen zarten Teint, nicht jene feine Haut, nicht jenes weiche Haar wie die deutschen Frauen. Die französischen Mittel haben es also mit der Verbesserung viel compacterer Elemente zu thun; sie sind auf das französische Naturell berechnet; für das deutsche sind sie zu stark, müssen daher eher schaden als nützen.

Um meine Behauptungen nicht als leichtfertig hinzustellen, gebe ich hier die Zusammenstellung einiger neueren beliebten kosmetischen Mittel.

a) Liqueur transmutative pour teindre soi-même cheveux, moustaches et favoris en toutes nuances, inventée par Faivre, chimiste à Paris.

Dieses neuerfundene Mittel enthält gar nichts Neues, sondern ist nur eine Wiederholung eines längstbekannten und noch dazu sehr schädlichen Haarfärbemittels. Es besteht aus drei Fläschchen. Nr. 1 enthält eine Lösung von unreinem Höllenstein (unreines salpetersaures Silberoxyd). Damit werden die Haare eingerieben, wobei man natürlich Handschuhe anhaben muß, da sonst die Haut der Hände beschädigt würde. In Nr. 2 ist alkalische Schwefelleber; diese wird mit einem beigegebenen Bürstchen auf die gehöllensteinten Haare aufgetragen, wodurch dann nach Belieben die Nuancen von braun bis schwarz hervorgebracht werden. Die Färbung wird daher durch Schwefelsilber bewerkstelligt.

Da dieser Liqueur transmutative aber schwarze Flecken auf der Kopfhaut erzeugt, so hat Faivre ein drittes Fläschchen beigegeben, um diese wieder zu entfernen.

Das dritte Fläschen enthält eine Auflösung von Cyankalium (blausaures Kali), ein heftiges, tödtendes Gift, und das gibt der gewissenhafte Chemiker in die Hände von Laien, die gar keine Ahnung haben, welcher todtbringende Stoff sich in ihren Händen befindet. — Dieses Haarfärbemittel sollte unbedingt von der Medicinal-Polizei verboten werden.

b) Eau-de-Princesse.

Ein bei Damen sehr beliebtes, auch sehr theures Schönheitswasser. — Wie man sich aus dem weiteren Inhalte dieses Buches überzeugen wird, enthält es gar nichts Neues. Es besteht aus $^1/_2$ Quentchen Venetianerweiß, 40 Gran Magnesiapulver. Man mischt zuerst 1 Quent. Benzoëtinctur 1 Quent. Eau de Cologne mit 12 Loth frischem Erdbeerwasser, dann werden die zwei feinen Pulver nach und nach der Flüssigkeit beigemengt; sie bilden den Bodensatz in derselben.

c) Die vielgepriesene Lilionese.

Einer gesättigten Lösung von reinem kohlensauren Kali wird etwas Zimmtöl und Rosenöl zugesetzt. Die Bereitung dieses nutzlosen Fabrikates stellt sich auf 15 Neukreuzer pr. Flacon, wird aber mit 1 fl. 50 ö. W. verkauft.

d) Dr. Borchardt's Kräuterseife.

Eine gewöhnliche mit einem Farbenstoff imprägnirte Seife, mit Lavendel-, Bergamot-, Zimmt- und Pfefferwürzöl parfümirt. — Wo bleiben da die neuen, heilkräftigen Kräuter?

e) Schweizer Kräuteröl.

Besteht aus Provenceröl, ist parfümirt mit Bergamotöl und roth gefärbt mit Alkannawurzel. — Die wunderthätigen Schweizerkräuter reduciren sich auf die Schale der Bergamotbirne, die zufällig in Italien gewachsen ist.

f) Dr. Suin de Boutemard's aromatische Zahnpasta.

Die Pasta besteht aus Oelseife, Stärkmehl, Kugellack, kohlensaurem und schwefelsaurem Kalk, Bimsstein und wird mit Pfeffermünzöl parfümirt; $1^3/_4$ Loth dieser Pasta kosten 40 neue Kreuzer; der wirkliche Werth ist nur 5 Kreuzer.

g) Wiener Salbe gegen Sommersprossen.

Dieses saubere Machwerk besteht aus 9 Theilen Fett und 1 Theil salpetersaurem Quecksilberoxyd; es muß bei seiner Anwendung die schädlichste Wirkung auf die Gesundheit hervorbringen; die Haut saugt das Quecksilber auf und bringt es in das Innere des Körpers.

h) Aurora-Pomade.

Dieses unfehlbare Mittel, die Transpiration der Haut zu befördern, eine schöne Wangenröthe zu erzeugen, die sich umgekehrt zur Temperatur des Körpers verhält (dieser Unsinn!), besteht aus Cacaobutter und Veilchenwurzelpulver und kostet pr. Töpfchen mit 2 Quentchen Inhalt — 1 fl.

i) Algophon.

Ein gutes Zahnmittel, das sich aber Jedermann leicht und billig bereiten kann. Man färbe 2 Loth Alkohol mit Lakmus und Safran grün und füge 18 Tropfen ätherisches Senföl hinzu.

k) Heim's Zahnkißchen.

2 Thaler pro Stück sind höchstens 3 Silbergroschen werth. Sie enthalten Tausendguldenkraut und etwas Moschus.

l) Anadoli von Karl Kreller, Chemiker und Parfümeriefabrikant.

Angepriesen als ein neues vorzügliches Mittel zur Reinigung, Stärkung und Erhaltung der Zähne und zum Erfrischen des Athmens. Es besteht aus Stärkemehl, Seife, levantischer Seifenwurzel und etwas ätherischem Oel, kommt pr. Flasche auf 6 Kreuzer zu stehen, wird aber mit 1 fl. 12 kr. verkauft.

m) Spiritus Bohemi von Franz Cardini.

Ein unfehlbares Mittel den heftigsten Zahnschmerz binnen einer Minute zu vertreiben. Ein Fläschchen mit ½ Unze Inhalt kostet 1 Thaler. Dieses herrliche (?) Mittel ist eine Auflösung von Campher und Gewürznelkenöl in Weingeist und kostet dem Erzeuger beiläufig 12 Kreuzer.

n) Kummerfeld'sches Waschwasser.

Eine Flasche kostet 3 fl. 54 kr., sie enthält eine farblose Flüssigkeit mit einem gelben, pulverigen Absatze. Das Waschwasser ist nichts Anderes als Brunnenwasser mit etwas Kampfer und Schwefelblumen versetzt. Der wahre Preis mit Flasche berechnet sich auf circa 10 Kreuzer.

So könnte ich noch eine Menge sogenannter neuer kosmetischer Mittel aufzählen, bei denen es nur auf eine Täuschung und Prellung des Publicums abgesehen ist, und manche von ihnen sogar offenbar schädlich sind, und statt Schönheit zu erzeugen, die vorhandene vielmehr zerstören.

Dagegen werde ich jetzt ausführlich alle jene kosmetischen Mittel besprechen, welche als wirksam und unschädlich anerkannt sind.

II. Capitel.

Von den Bädern.

Das Baden ist ein Hauptmittel zur Gesundheit und Erhaltung des Körpers, zur Verschönerung der Haut. Das Baden ist für Jedermann unentbehrlich. Landleute, die weit von fließenden Wassern wohnen, machen im Sommer meilenweite Fahrten, um ein kaltes oder warmes Bad zu nehmen; sie betrachten dieß als eine nothwendige Maßregel, zum Verhüten von Krankheiten.

Bis in die grauesten Vorzeiten zurück hielt man Bäder für einen Haupttheil der Schönheitspflege und der Gesundheit. Die ältesten Völker, Egypter, Babylonier, Perser, Indier, Griechen hielten Bäder für ein ebenso nothwendiges Bedürfniß wie Essen, Trinken und Schlafen. Warme Quellen (Thermen) waren den Griechen heilig; sie standen unter der Obhut von Hercules, dem Gotte der Stärke — und in dieser Mythe liegt eine große Wahrheit verborgen.

Welchen Luxus führten die Römer mit öffentlichen Bädern — wo immer sie hinkamen, gehörten sie zu den nothwendigsten, öffentlichen Bauten. Religionsvorschriften gebieten den Indiern und Muhamedanern das Baden. Hat ein rechtgläubiger Muselmann einer Frau beigewohnt, so verordnet der Koran, daß er sich bade — dasselbe wird dem weiblichen Geschlechte geboten, so wie auch ein Bad unmittelbar nach der Periode. — Außerdem sind den Orientalen noch tägliche mehrfache Waschungen geboten.

Wo immer die Türken sich niederließen, bauten sie Bäder; in Ofen im Kaiserbade, Brückbade sehen wir sie bis auf den heutigen Tag wohlerhalten und mit dem Namen »Türkenbäder« bezeichnet.

Diesen Geboten liegen nicht allein religiöse Motive zu Grunde, sondern vielmehr Rücksichten auf Gesundheit und Erhaltung des Körpers.

Am sinnigsten ist jedoch diese Lehre in der griechischen Mythe ausgedrückt, welche **Cythere (Venus)** — das Ideal der Schönheit — blendendweiß dem Wellenschooße entsteigen läßt — als Symbol, daß reines Wasser das größte Schönheitsmittel und Schönheit ohne tadellose Reinlichkeit nicht denkbar ist.

Wem fallen hier nicht die schönen Serbinen und Wallachinen ein, den kostbaren Schmuck um den Hals geschlungen — wenn man aber näher kommt — welcher Eindruck, die Grundfarbe von Hals und Busen grau, gar schmutziggelb zu sehen und zwar nur wegen Mangel an Waschen!

Das feurige, ungestüme Temperament des jungen Mannes, das aufgeregt nervöse der Damen — beide finden Beruhigung in einem Bade. Jenes erquickliche Wohlbehagen, welches uns im Bade überschleicht, dauert auch noch den ganzen Tag hindurch fort; man fühlt sich frisch, gestärkt und wohl. Alle Körperfunctionen werden dadurch angeregt; sie gehen lebhafter, kräftiger und leichter vor sich.

Die Haut wird von den Bädern geschmeidig; die Poren werden von allen sie verstopfenden fremden Substanzen frei, und die Ausdünstung des Körpers ist dann schneller und naturgemäßer. Die Bäder befördern die Abschuppungen der Oberhaut; sie nehmen alle daran klebende Schürfe hinweg, und verhindern das Entstehen von Finnen und Flecken.

Durch die Aufsaugungsfähigkeit der Haut dringt das Wasser in das Innere des Körpers und reinigt die Säfte, stärkt Nerven und Muskeln. Durch das Baden in Mineralwässern dringen die Heilbestandtheile in den Körper. — Die Landleute in Ungarn nehmen keine Arznei innerlich. Sie lassen sich stets an der leidenden Stelle einreiben, wodurch das Heilmittel ganz direkt auf den kranken Theil einwirkt.

Die Bäder theilt man wieder in kalte Bäder, im Fluß- oder Seewasser, in warme Bäder und in kosmetische Bäder.

A) Kalte Bäder in Fluß- oder Seewasser.

Feinkiesiger oder sandiger Boden, der nur allmälig tiefer wird, eignet sich an Meeresküsten zum Baden; der Wellenschlag ist hier länger, aber schwächer und das Herumgehen im Meerwasser ist ein Ersatz für die Bewegungen des Schwimmens. In einem kalten Bade ruhig sein, ist höchst nachtheilig; das Blut wird in die innern Theile des Körpers zurückgetrieben, und nur durch die Reaktion der Bewegung und eine innere Steigerung der animalischen Wärme wird es nach außen getrieben, und die Haut des ganzen Körpers röthet sich wieder. — Personen, welchen das kalte Bad während der ganzen Dauer eine blasse, wohl gar bläuliche Farbe am Körper erzeugt, sollten es nicht weiter gebrauchen, denn es ist ihnen unbedingt schädlich. Auch wenn sich nach kalten Bädern

Kopfschmerz, Schwindel, Augenröthe oder auffallende Mattigkeit einstellt, ist dieß ein Beweis der Schädlichkeit. Ebenso andauernde Gänsehaut oder Rauhheit, Faltigkeit der Haut deuten darauf hin, daß man nicht kalt baden soll.

Die beste Stunde zum kalten Bade ist die vor Sonnenuntergang. Man soll ja nicht echauffirt ins Wasser gehen; auch vorher die Hände eintauchen und sich Stirne, Gesicht, Brust und die Pulsadern benetzen. Nach dem Bade ist ein längerer Spaziergang sehr zuträglich. Nach der Constitution des Körpers kann man längere oder kürzere Zeit im Wasser bleiben; sobald man Unbehagen, Frösteln, Müdigkeit empfindet, soll man es sogleich verlassen. Schädlich sind die Forcetouren von Schwimmern, welche ununterbrochen einige Stunden im kalten Wasser bleiben.

Kalte Bäder verleihen Kraft und Gesundheit, wenn man sie ertragen kann; sanguinischen und wohlbeleibten Personen sind sie anzurathen; sie taugen dagegen gar nicht für magere Damen.

Die Seebäder sind jetzt außerordentlich modern geworden; Gesunde, Kränkelnde und Kranke pilgern nach Ostende, Helgoland, Venedig u. s. w. Namentlich die Frauenwelt ist für die Seebäder sehr eingenommen. Wo es die Mittel erlauben, sollten die Männer nichts dagegen einzuwenden haben, sondern bedenken, daß Zerstreuung, Abwechslung und Unterhaltung den Frauen nothwendig sind, um sie gesund und in rosiger Laune zu erhalten und sie dadurch vor Anderem zu bewahren, was das häusliche Glück jedenfalls stören muß.

Das muß man aber den Seebädern nachrühmen: sie stärken außerordentlich das Nervensystem; nervöse, hysterische Frauen, welche nicht nur selbst ein düsteres Leben führen, sondern auch noch das ihrer Umgebung verbittern, kommen oft ganz geheilt zurück, und bringen mit der Gesundheit auch einen heiteren Geist ins Haus!

B) Warme Bäder.

Wenn ausgesprochen wurde, kalte Bäder stärken, so soll damit nicht gesagt werden, daß warme Bäder schwächen. Auch sie stärken den Körper, nur dürfen sie nicht zu warm gebraucht werden.

Warme Bäder sind anzurathen allen Personen von schwächlicher Constitution; den Damen, welche die Schönheit und Frische ihres Körpers erhalten wollen; Kindern bis zum sechsten Lebensjahre.

Welche Frische, welche blühende Farbe theilen warme Bäder der ganzen Haut mit! Es ist als ob sich ein Rosenschimmer darüber ergossen hätte.

Die frühe Morgenstunde ist die beste zum warmen Bade; nach demselben lege man sich zu Bette und man wird noch eine Stunde im höchsten Wohlbehagen schlafen.

Frauen haben sich jedoch kurz vor dem Eintritte der Periode jedes Bades zu enthalten.

Die Wärme des Badewassers sei im Winter 18—20 Grad Reaumur, im Sommer 22—25 Grad. Ist die Temperatur höher, dann schwächt das Bad; es wird der Schönheit nachtheilig; die Haut erschlafft und wird runzlig.

Auch auf die Dauer des Bades ist Rücksicht zu nehmen. Als Hauptregel für jede Constitution ist aufzustellen, nur so lange im Bade zu bleiben, als man vollkommenes Wohlbehagen darin empfindet. Starke, lebhafte Personen können länger im Bade verweilen, als schwächliche und melancholische Leute.

Es ist sehr zuträglich sich im Bade selbst mit einer guten Toiletteseife leicht einzureiben.

Will man ein aromatisches Bad haben, welches zugleich der Haut Schmiegsamkeit, Zartheit und Wohlgeruch verleiht, so ist Folgendes die Vorschrift dazu:

1) Kräuterbad.

Man nehme Pfeffermünze, Krausemünze, Salbei, Rosmarinkraut, Kalmuswurzeln von jedem $^1/_2$ Pfund; übergieße dieselben mit 8 Halben heißem Wasser und lasse 2 Stunden lang infundiren. Den Absud gieße man zu dem Bade.

Ein derartiges Bad ist eine wahre Erfrischungsquelle für den Körper; nach den größten Strapatzen fühlt man sich wie neugeboren.

Nachdem man aus dem Bade kommt, ist es nothwendig, sich den Körper sorgfältig mit feinen, baumwollenen, warmen Tüchern abzutrocknen. Besonders ist darauf zu sehen, sich unter den Armen, zwischen den Fußzehen, an den Geschlechtstheilen, dem After recht sorgfältig abzutrocknen. Für Gesicht, Hals, Busen, Lenden hält man sich das feinste Tuch und trocknet diese Theile mit vieler Vorsicht ab, damit die äußerst zarte Haut nicht verletzt werde. Armgelenke, Arme, Waden dürfen stärker gerieben werden, was zu einer stärkeren Entwicklung dieser Theile sogar sehr vortheilhaft ist.

Will man der Haut einen hohen Grad von Geschmeidigkeit geben und sie vor dem Einflusse der Luft schützen, so reibe man sich nach dem Abtrocknen mit dem feinsten Flanell leicht mit frischem Mandelöle oder Toilette-Olivenöl ein. Das Toilette-Olivenöl wird also bereitet:

2) Toilette-Olivenöl.

Man setze im Winter ganz feines Provenceröl dem Gefrieren aus; es bilden sich dann in dem Oele zwei Theile, ein fester und ein flüssiger; den flüssigen Theil gieße man sorgfältig ab und hebe ihn in wohlverschlossenen Glasflacons auf; er bildet das Toilette-Olivenöl. Weitere Bäder zur Geschmeidigmachung und Schönheit der Haut sind folgende:

3) Mandelkleienbad.

Nehme $^1/_2$ Pfund Mandelkleie, rühre es langsam mit 4 Halben lauem Wasser ab, und mische unter Umrühren unter das Bad. Vor dem Einsteigen gießt man hinzu $^1/_4$ Pfund Orangeblüthenwasser.

4) Komponirtes Milchbad.

Nehme 20 Halbe süße Milch, setze sie dem Bade zu; den Tag vorher nimmt man $^1/_2$ Pfund Gelatine, löst sie auf in 10 Halben Wasser; diese Auflösung wird nach dem Zusatze der Milch ins Bad gerührt; zuletzt $^1/_4$ Pfund einfaches Rosenwasser. Dieses Bad, obwohl kostspielig, hat eine ungemein günstige Wirkung auf die Haut.

5) Glycerinbad.

Man setze dem Bade zu: 1 Pfund Glycerin und $^1/_4$ Pfund Orangeblüthenwasser. Von der herrlichen Wirkung dieses Bades kann sich nur der einen Begriff machen, welcher es versucht hat. — Bis jetzt bildete es ein großes Geheimniß, und ich glaube der Damenwelt mit der Veröffentlichung dieses Receptes, so wie des nachfolgenden einen nicht unbedeutenden Dienst zu erweisen.

6) Orientalisches Serailbad.

Wilde Kastanien werden geschält, getrocknet und fein zerstoßen. Von diesem Kastanienpulver nimmt man 2 Pfund und rührt es unter das Bad; man setzt ihm zu Mandelkleie von bittern Mandeln 4 Loth, Benzoetinctur 2 Loth, $^1/_2$ Flacon gutes kölnisches Wasser.

Zu allen warmen Bädern soll man nie Brunnenwasser nehmen; das Brunnenwasser enthält mancherlei Bestandtheile, welche der Schönheit der Haut schaden; man nimmt dazu Regenwasser, oder wenn dieses nicht vorhanden ist, Flußwasser, welches aber 24 Stunden vorher gestanden haben muß, damit sich alle im Wasser schwebenden Bestandtheile abgelagert haben; nur das vollkommen klare Wasser wird für das Bad abgeschöpft. — In dem Umstande, daß häufig zu Schönheitsbädern Brunnenwasser verwendet wurde, ist es zu suchen, weshalb sie nicht jene Wirkung zeigten, welche sie doch hätten hervorbringen müssen.

Damit die Damen eine reiche Auswahl von kosmetischen Bädern haben, füge ich noch einige Vorschriften hinzu.

7) Lavendelbad.

Nehme $^3/_8$ Pfund pulverisirten weißen Bolus, 1 Loth kaustisches Kali, $^1/_2$ Quentchen Lavendelöl, mische dieses mit einer Flasche gutem Wein und gieße die Mischung ins Bad.

8) Mandelkleienbad.

Nehme $^1/_8$ Pfund weiße aromatische Mandelkleie, rühre sie an mit $^3/_8$ Pfund destillirtem Wasser, setze hinzu

$^1/_8$ Pfund kölnisches Wasser und $^1/_2$ Quentchen ätherisches Kalmusöl und setze die Mischung dem warmen Bade zu.

9) Stärkendes Bad.

2 Unzen geschälte süße Mandeln, 8 Unzen Inula campana, 8 Unzen Tannenzapfen, 2 Unzen Leinmehl, 1 Unze Kornmehl, $^1/_2$ Unze Eibischwurzel, $^1/_2$ Unze Lilienzwiebel und 2 Quentchen Benzoetinctur werden in einem Mörser zerstoßen; dann macht man daraus eine Paste. Die Hälfte dieser Paste kommt in ein Beutelchen, das man auf den Boden der Badewanne legt und auf welches man sich setzt; die andere Hälfte der Paste wird in zwei kleine leinene Säckchen gefüllt, mit welchen man den Körper im Bade frottirt. — Nach diesem Bade wird die Haut sehr geschmeidig, ohne jedoch aufgelockert zu werden; auch das Innere des Körpers wird gestärkt und erfrischt; alle Hitzblätterchen, Finnen, die rothen und marmorirten Flecke der Haut werden davon vertrieben, und der ganze Körper erhält darnach einen erfrischenden Duft.

10) Einfaches stärkendes Bad.

Man setzt dem Bade zu 6 Unzen aromatisches Wasser oder eben so viel Extrait de Portugal. Dieses Bad hat ebenfalls eine sehr günstige Wirkung; es kräftigt die Muskeln, vertreibt Müdigkeit und Schwäche, macht den Menschen leicht, fröhlich und beweglich; es vertreibt jeden Geruch der Ausdünstung und übergießt den ganzen Körper mit einem leichten, lieblichen Wohlgeruch.

Als Vorsichtsmaßregel bei allen kosmetischen Bädern ist nothwendig, die Wanne dergestalt mit einem Tuche zu bedecken, daß nur der Kopf des Badenden frei bleibt; er wird dadurch vor den aufsteigenden Dämpfen, welche mitunter heftiges Kopfweh hervorbringen, geschützt, und das Wasser hält sich länger auf der gleichen Temperatur.

11) Essigbad.

Man setzt dem warmen Wasser 1 bis 4 Pfund guten Weinessig zu; derlei Bäder beseitigen eine zu starke Röthe der Haut.

12) Weinbad.

2 bis 3 Pfund starker, weißer Wein werden dem Bade zugesetzt, oder statt dessen 1 Pfund Rum oder 1 Pfund alter, fuselfreier Branntwein. Längere Anwendung dieser Bäder verleihen einer blassen, matten Haut eine gesunde, leichte Röthe.

13) Schwefelbad.

Dieß kann nur in einer Badewanne von Holz oder Zink genommen werden; man setzt dem Bade $^1/_4$ Pfund Schwefelleber zu; das Bad ist wirksam gegen Flechten, Hautschärfe, chronischen Rheumatismus, gegen Magen- und Darmschmerzen.

14) Eisenbad.

Löse $^1/_4$ Pfund Eisenvitriol im Bade auf; da dieß Bad sehr stärkend auf die Haut wirkt, so ist es solchen Personen zu empfehlen, welche durch einfache Bäder zu sehr angegriffen werden.

15) Salzbad.

Steinsalz oder Meersalz 2—4 Pfund in ein Bad; ist sehr heilsam für lymphatische oder scrophulöse Kinder.

16) Seifenbad.

1 Pfund gute Kernseife auf ein Bad; ist bei Rheumatismus gut, wenn einfache Bäder die Schmerzen vermehren.

17) Alkalisches Bad.

½ Pfund krystallisirte Soda auf ein Bad; es wirkt noch stärker als das Seifenbad; eine fortgesetzte Anwendung desselben magert den Körper etwas ab, was für Fettleibige zu beachten ist, welche sich der etwas umständlichen Abmagerungscur nicht unterwerfen wollen.

18) Fußbäder.

Man versetzt sie mit Senf, Seife oder Asche, sie ziehen das Blut vom Kopfe und von der Brust ab und befördern die monatliche Reinigung.

19) Handbäder.

So versetzt wie Fußbäder sind sie bei Husten und Brustbeklemmung, ferner bei rheumatischen Zahnschmerzen anzurathen.

20) Partielle Waschungen.

Nimmt man nicht oft ganze Bäder, so sind partielle Waschungen täglich nothwendig. Bei diesen Waschungen bedient man sich eines recht feinen, weißen Badeschwammes; dabei drückt man den Schwamm auf den Theil, damit das Wasser daraus ihn benetze. Das Tuch zum leichten Abtrocknen muß warm und fein sein. Frauen, welche beim Gehen leicht Hitze oder Jucken an den Geschlechtstheilen bekommen, sollten diese Theile Morgens und Abends waschen, und zuweilen einspritzen. — Setzt man dabei dem Wasser einige Tropfen Gallustinctur zu, so werden die Geschlechtstheile nie schlaff oder welk, sondern erhalten dadurch bis ins Alter eine große Festigkeit und Elasticität. (Siehe Nr. 227 und Nr. 228.)

III. Capitel.

Von der Wohlbeleibtheit oder Fettsucht.

So sehr die Oekonomie bestrebt ist, ihre Thiere zum Zulegen zu bringen; wie es ein Triumph ist, das Wachsen des Fettes beim Thiere zu beschleunigen: ebenso ist man gegen das Fettwerden der Menschen.

Die schönen Formen, die schlanke Gestalt, welche so aufrecht dasteht, und welche den Menschen vor allen anderen Geschöpfen auszeichnen, das Alles geht verloren und die Menschengestalt nähert sich den thierischen Formen.

Was hat der Fettleibige nicht Alles zu leiden! Zuerst an sich selbst! Athembeschwerden; Erhitzungen und damit verbundene Erkältungen; Schwerfälligkeit, Ermüdung, zunehmende Trägheit; dabei allen möglichen Krankheiten ausgesetzt.

Dann der Spott der guten Bekannten über den Embonpoint, das zunehmende Bäuchlein; man pflegt ihm alle Regungen der Liebe abzusprechen u. s. w.

Die Franzosen haben ein Sprichwort: Un bon coq ne devient jamais gras. Durch analytische Methode müßte man daher, um nicht fett zu werden, immer »bon coq« sein.

Es gibt aber keine Regel ohne Ausnahme, und so findet man unter den Menschen doch zuweilen einen oder den andern, der ungeachtet seiner Dicke »excellent coq« ist.

Im Allgemeinen jedoch bringt sowohl bei Männern wie bei Frauen das Fettwerden auch Unfruchtbarkeit mit sich.

Nicht zu allen Zeiten waren die Fettleibigen so glücklich in der Mode zu sein, wie es in Frankreich eine Zeitlang der Fall war, wo, wenn es dem Koche nicht gelang, dem gnädigen Herrn zu einem Bauche zu verhelfen, der Schneider dazu behilflich sein mußte

Bei den alten Spartanern war das Fettsein ein Verbrechen. Stellte sich trotz der schlechten Kost Fettleibigkeit ein, dann wurde der Delinquent zu täglichen Ruthenstreichen und Frictionen (aber keinen sanften) verurtheilt. Half dieses Regime nicht, dann wurde er aus dem Staate verbannt.

Glücklicherweise reicht unsere Gesetzgebung nicht bis in diese Details hinein; sie kann sich auch nicht damit befassen; sie hat genug zu thun, die Steuern einzutreiben und die europäische Menschengesellschaft in ihren jetzigen Fugen zu halten, besonders da der altgewordene Leim seine bindende Kraft zu verlieren scheint.

Wenn wir bei den Frauen leicht runde Formen lieben, so sind die Türken von den übervollen Formen entzückt. — Die Schönheit wird nach dem Gewichte geschätzt. Daß sich die Orientalinen häufig zur Ueberfülle neigen, das haben wir auch Gelegenheit bei uns zu beobachten.

21) Die Fettleibigkeit in kürzester Zeit, ohne dabei der Gesundheit zu schaden, zu verringern.

Will man nur einen einzelnen Theil schmächtiger haben, z. B. den Bauch, so bedecke man ihn Abends vor dem Schlafengehen mit Watta, streue auf die Watta 3—4 Gran Jod und binde eine leinene Binde darüber. Jedoch muß man nicht die Watta nach dem Unterleibe zu legen, weil sonst auch die Schenkel und Geschlechtstheile abmagern.

Hat man jedoch die Absicht den ganzen Körper herabzubringen, dann muß man zu einer gänzlich veränderten Lebensweise greifen.

Vor allen Dingen heißt es spät schlafen gehen, früh aufstehen und sich mit 5, höchstens 6 Stunden Schlaf begnügen. Nach dem Aufstehen trinke man täglich ein großes Glas frisches Wasser und gehe eine Stunde lang spazieren. Ferner nehme man 2mal in der Woche des Morgens ein Glas Bitterwasser, um ein zwei- bis dreimaliges Abführen zu veranlassen. Am Nachmittage fechte man anfangs 1/4 Stunde, und gehe gradatim bis auf 2 Stunden. Für Damen ist Spaziergang und Tanzen zu empfehlen. Abends eine Stunde vor Sonnenuntergang schwimme man; wer nicht schwimmen kann, muß schwimmen lernen.

Außer der Bewegung muß eine angemessene Diät befolgt werden. War Jemand ein starker Esser, dann heißt es sich allmälig an der Nahrung abbrechen und den Körper gewöhnen, mit geringerer Quantität vorlieb zu nehmen.

Die Nahrung bestehe aus leichten, wenig nahrhaften Speisen, als: grüne Bohnen, Sauerampfer, Spinat, gelbe Rüben, Blumenkohl. Ferner viel Salat, gedörrtes Obst und Confitüren. Man genieße nur Ochsen-, Reh- oder Hasenfleisch, von dem aber alles Fett beseitigt werden muß; denn die Saugwarzen der Därme haben die Eigenschaft, das durch die innere Wärme flüssig gewordene Fett aufzusaugen und es wird sogleich im Körper auf der Fetthaut abgelagert. Daher müssen auch alle Speisen ohne Fett bereitet werden; ferner gut gesalzen, gewürzt, und wo es die Speise erlaubt, einen starken Zusatz von Weinessig oder Zucker haben.

Auch Geflügel kann man genießen, wenn es nicht fett und stark gewürzt ist.

Man halte sich vorzüglich an säuerliche Getränke, Limonade, Saft von unreifen Trauben, Johannisbeeren, Orangen, Citronen, Berberitzen. Weißer Wein und schwarzer Kaffee sind empfehlenswerth. — Dagegen Bier, Chocolade, Rothwein sind unbedingt verboten.

Nach jeder Mahlzeit ist sogleich Bewegung zu machen.

Dabei reibe man sich täglich zweimal, jedesmal eine halbe Stunde lang, Bauch und Brust mit Salzwasser ein, das mit 4 Theilen Salz und 1 Theil Salpeter zubereitet wurde.

Nachts trage man einen leinenen Gürtel, der mit feingestoßenem, recht trockenem Kochsalze angefüllt ist.

Wer nur einen Monat lang die hier gegebenen Verhaltungsregeln mit Genauigkeit und Ausdauer befolgt, der wird die Fettleibigkeit verlieren, und da diese Lebensart auch die Constitution gänzlich umändert, so geschieht es oft, daß nach dieser Behandlung die Anlage zum Dickwerden für die ganze Lebenszeit verschwunden ist.

Es ist allerdings schwer und gehört ein starker Wille dazu, diese Regeln zu befolgen; bedenkt man jedoch, welchen Eintrag die Fettleibigkeit der Schönheit thut, welche traurige Folgen sie für die Gesundheit des ganzen Körpers nach sich zieht, so kann man sich schon einmal einige Wochen lang kasteien, um den Körper auf das natürliche Maß zurückzubringen.

Wer sich diesem nicht unterwerfen will, dem ist nicht zu helfen; denn jene schnellwirkenden Abmagerungsmittel zerstören auch jedesmal gründlich und nachhaltig die Gesundheit. Das wäre aber der Eitelkeit ein zu großes Opfer gebracht!

IV. Capitel.

Von der Magerkeit.

So wie die Fettleibigkeit den Schönheitssinn durch die Ueberfülle der Formen beleidigt, so mißfällt auch wieder die Magerkeit durch das Eckige und die Schroffheit — ohne Wellenlinien keine Schönheit. Außer diesem fehlt der Haut jene Fülle, jene Schmiegsamkeit, jener Glanz, welche eine Hauptbedingung der Schönheit machen. Die Augen sehr magerer Personen sind mit Ringen eingefaßt, die Nase ist spitzig, zusammengefallen in den Flügeln, der Hals ist lang, die Gelenke treten deutlich hervor und geben so Veranlassung zu anatomischen Studien. Die Beine sind derart, daß man für den Körper fürchtet, der von ihnen getragen werden muß. Kurzum jeder sichtbare Theil des Körpers zeigt zu sehr die langgestreckten Umrisse des Skelettes.

Die Magerkeit zu bekämpfen ist ungleich schwieriger, als die Fettsucht zu vertreiben.

Man muß dabei aufrichtig mit sich selbst zu Gewissen gehen.

Sind schlechte Verdauung, Leber- oder Brustleiden, anhaltende Diarrhöe die Veranlassung, so heißt es vor allen Dingen den Arzt zu Rathe ziehen, damit die Krankheit beseitigt werde.

Außer den physischen Ursachen können auch moralische der Magerkeit zu Grunde liegen; dazu gehören eine übertriebene Vergnügungssucht, Ehrgeiz, Eifersucht, Neid, Haß, ungestüme Liebe, Trübsinn, Zorn.

Man erforsche also, welche von diesen Leidenschaften die herrschende ist, und besiege sie mit anhaltender Willenskraft. So lange sie nicht nur überwunden, sondern gänzlich verbannt ist, kann man unmöglich auf den Körper wirken.

Auch die Lebensart kann Schuld daran sein; ein zu anstrengender Beruf, anhaltendes Nachtwachen, zu gewürzige Nahrung, übermäßige Befriedigung des Geschlechtstriebes — bei ledigen Leuten beider Geschlechter die sinnliche Lust mit sich selbst, welche man Onanie nennt.

Auch der Aufenthalt in einem heißen Klima kann Magerkeit verursachen. Rührt die Magerkeit also nicht von den angeführten Ursachen her, sondern von der Constitution, so muß diese gänzlich umgestimmt zu werden suchen.

Im Oriente, wo man die Schönheit nach dem Gewichte schätzt, werden die Frauen für den Serail durch starken Embonpoint vorbereitet, und man hat dafür ein nie fehlschlagendes Mittel.

Da die Frauen, so lange sie sich nicht Serailintriguen hingeben, körperlich und geistig sehr indolent sind, so hat man allerdings weniger Mühe, als mit Damen, welche von Leidenschaften oder Launen beherrscht werden.

22) Die Magerkeit loszuwerden und in kurzer Zeit zu Wohlbeleibtheit zu gelangen.

Erste Regel ist früh zu Bette gehen und spät aufstehen — 8 bis 10 Stunden Schlaf sind nothwendig.

Dann Ruhe des Körpers und Geistes.

Des Morgens nimmt man ein warmes Bad mit Kleien oder Mandelkleien; im Bade nimmt man das Frühstück. Es bestehe aus Chocolade ohne Vanille, Racahout oder persischem Salep. Nach dem Bade läßt man den ganzen Körper mit trockenem Flanell abreiben und legt sich noch zwei Stunden zu Bette.

Nach dem Aufstehen genießt man fettes Geflügel und Lammfleisch, recht fettes Kalbfleisch, sehr saftiges Rindfleisch; das Fleisch muß schnell gebraten oder geröstet sein. Oder man nimmt sehr starke, kräftige Bouillon, welche beim Erkalten zu Gallerte würde; weichgesottene Eier. Auch gute, süße Milch, Reis, Kartoffelpiré, alle Arten Gemüse, aber mit viel Fett gekocht. Pastete, Wurst, Butter, Mandeln, Nüsse. Um zwei Uhr nehme man das Mittagsmahl. Abends wiederum eine Mahlzeit, aber im Bette liegend.

Nach dem Mittagsmahl ist eine Spazierfahrt zu empfehlen.

Als Getränk nehme man reichlich Wasser, oder Wasser mit dem vierten Theile alten Bordeaux gemischt; viel neues Bier, Milch, Mandelmilch Dagegen darf man keinen reinen Wein, nicht Kaffee, Thee oder Liqueure trinken. Saure Speisen und Getränke sind gänzlich zu meiden; ebenso der Genuß von Obst.

Bewegung ist schädlich. Dagegen zu empfehlen: Liegen auf dem Sopha, leichte, erheiternde Lectüre, angenehme Unterhaltung; jedoch weder Eines noch das Andere, wenn es aufregend wirkt.

Dieses Verfahren ist allerdings mit viel Zwang und einer ganz veränderten Lebensweise verbunden, dafür haben aber abgezehrte Personen mit eckigen Formen nach 4, längstens 6 Wochen das Vergnügen fett, voll und rund geworden zu sein.

Es ist selbstverständlich, daß man nach diesem Leben der Ruhe, der veränderten Nahrung nicht plötzlich zu anhaltender Bewegung und dem Gegensatze in der Lebensweise übergehen darf, denn sonst würde wieder Abmagerung eintreten. Man muß vielmehr trachten, die Körperconstitution gänzlich und auf die Dauer umzuwandeln.

Soll blos ein einzelner Theil des Körpers an Fülle zunehmen, so werden im Oriente mit diesem Theile täglich Uebungen vorgenommen, namentlich knetet man ihn täglich einigemal eine Viertel- bis eine halbe Stunde lang durch. Dieses Kneten ist durchaus nicht schmerzlich oder unangenehm. Als ich im Oriente reiste, ließ ich mich jedesmal nach dem warmen Bade stark abreiben, dann alle Muskeln tüchtig durchkneten, und ich empfand darnach jedesmal ein Gefühl des Wohlbehagens, der Stärke, welches einem Europäer in der glühenden Temperatur der dortigen Gegend doppelt wohl thun mußte.

Auch macht man auf diese Theile Umschläge von Leinsamenmehl, dem auf 20 Theile 1 Theil Senfmehl zugesetzt wird. Ferner comprimirt man die von jenem Theile kommenden Venen; dadurch wird der Durchgang des Blutes in dem Theile verzögert, und es hat also Zeit, dort eine größere Menge fleisch- und fettbildender Stoffe abzulagern.

Drittes Hauptstück.
Kosmetik der oberen Theile des Körpers.

I. Capitel.

Vom Gesichte.

Eine anständige Bibliothek würde man anlegen, wollte man alles sammeln, was in älterer und neuerer Zeit über diesen Theil des menschlichen Körpers geschrieben worden ist. — Kein Philosoph, kein Denker, kein Dichter, der es nicht unter den mannigfaltigsten Variationen in Betrachtung gezogen hätte.

In kurzen Worten erklärt das Sprüchwort die Bedeutung des Gesichtes, wenn es sagt: »Das Gesicht ist der Spiegel der Seele.«

Die Physiognomiker, Phrenologen und Buccomantier haben drei verschiedene Wissenschaften aufgestellt, aus welchen man den Spiegel der Seele, der manchmal trübe ist, genau soll kennen lernen.

Was sich aus Gesichtszügen, Schädelbau, dem Baue des Mundes und der Zähne an Regeln zur Beurtheilung von Leidenschaften und Charakteren ergeben haben, lasse ich hier folgen.

Heldenmuth.

Der Kopf des Helden hat etwas mehr als gewöhnliche Größe; dabei findet man ohne Ausnahme große, helle Augen mit durchdringendem Blicke; dieser Blick ist dennoch bescheiden, verräth Geisteskraft und Gemüthsruhe und wendet sich häufig mit scharfer Beobachtung seitwärts. Bei allen großen Kriegshelden war dieser Feuerblick vorhanden; unter den großen Helden der Neuzeit erwähne ich nur Friedrich und Napoleon die Großen. — Es leben noch Leute, welche diesen durchdringenden Feuerblick, jene Geistesblitze des großen Napoleon mit eigenen Augen geschaut haben, und die versichern, nie bei einem andern Menschen diesen Blick gesehen zu haben.

Mit dem Heldenmuthe gepaart sind zarte, anmuthig gefärbte Lippen, ein etwas großer Mund, der selten lacht, mit Ernst redet und sich nie öffnet, um Jemanden zu beleidigen.

Die Augenbrauen des Heldenmüthigen sind bogenförmig, sie ziehen sich häufig in die Höhe und es entsteht dadurch ein Stirnrunzeln von sehr drohendem Charakter.

Kühnheit.

Der vorherrschende Zug auf dem Gesichte des Kühnen ist der der Strenge; die Stirne scheint sorgenvoll umwölkt; die Augenbrauen sind lang; die Nase neigt sich gegen den Mund; dieser ist beinahe immer sehr groß, mit langen, spitzen, einzelstehenden Zähnen; die Augen sind lebhaft, stolz, beweglich und glänzend; die Arme reichen bis beinahe an's Knie; Brust und Schultern sind breit. Die langen Augenbrauen finden sich ebenfalls bei kühnen Frauen.

Verwegenheit.

Bei verwegenen und tollkühnen Männern und Frauen findet man einen unverhältnißmäßig großen Mund, meist getrennte Lippen, scharfe, oft übereinanderstehende Zähne. Die Lippen sind im Zustande der Ruhe halbgeöffnet — dieß ist neben dem Zeichen der Verwegenheit auch das der Unbedachtsamkeit.

Stolz.

Stolze Frauen haben übermäßig gebogene Augenbrauen, welche sie fortwährend in die Höhe ziehen; der Gang ist langsam; die Augen sind trocken und umschleiert. Ganz besonders ist der Mund der Träger des Stolzes beim weiblichen Geschlechte; die Lippen sind ungleich; die Oberlippe ragt weniger hervor, als die untere; die untere Lippe zieht sich häufig zusammen, wodurch das geringschätzende Nasenrümpfen hervorgebracht wird.

Männer haben außer diesen Kennzeichen des weiblichen Geschlechtes auch noch einen dicken und breiten Mund. — Wir erinnern hier an manche Fürstenhäuser, bei denen sich der Stolz vorzüglich in den Lippen entwickelt hat.

Stolze Menschen tragen den Hals sehr gerade; die Finger sind lang und mager; jede ihrer Bewegungen scheint die Bewunderung herauszufordern.

Rechtschaffenheit.

An honest man is the noblest work of God — sagt ein englischer Schriftsteller. Demgemäß muß die moralische Schönheit des Rechtschaffenen auch dem Aeußern dieß Gepräge aufgetragen haben.

Ein rechtschaffener, von Natur aus edler Mann hat

meistens eine große, wohlproportionirte Nase; sie ist etwas lang, biegt sich kaum merklich dem Munde zu und theilt das Gesicht in zwei ganz gleiche Hälften. Der Gesichtsausdruck ist schön; die großen Augen liegen etwas tief — diese Augen sind feucht, mit dem Ausdrucke der Milde oder der Traurigkeit. Die Augäpfel sind mittelgroß und beweglich; der Blick ist fest, bestimmt; die Stirne streng, die Brust breit.

Die Lippen des Rechtschaffenen sind von untadelhafter Form und leicht geröthet; die Zähne sind mittelgroß und stehen weder zu dicht beisammen, noch zu weit auseinander. Das Lächeln ist sanft und anmuthig; der Mund offenbart dem Blicke des Beobachters jene Gemüthsruhe, jene kostbaren Schätze der Freundschaft und der Treue, welche in diesem edlen Herzen aufgehäuft sind.

Sittsamkeit.

Wie herrlich ist der Mund des sittsamen Weibes — er ist der Tempel der Keuschheit! Der jungfräuliche Mund der Jungfrau ist frisch, von herrlicher Farbe und halb erschlossen, wie eine aufblühende Rose; ein anmuthiges Lächeln umspielt diesen holden Mund. Das Zahnfleisch hat eine schöne, purpurrothe Farbe.

Das sittsame, keusche Weib bewahrt die köstliche Frische dieses Mundes bis ins reifere Alter — bis ins hohe Alter gleichen ihre Zähne einer Doppelreihe glänzender Perlen.

Mordlust.

Menschen, welchen dieser unselige Hang angeboren ist, haben kleine, trockene Augen, welche mit der Stirne gleich stehen; diese Augen werden wie von Thränen benetzt; der Mund hat eine unregelmäßige Form; die Lippen bilden eine Höhlung; die Zähne sind scharf und einwärts gerichtet, die Kinnladen gegen das Ohr breit, endigen an der Mundöffnung in einem spitzen Winkel. Das Weiße im Auge ist trübe und bleich; die Augensterne sind in unaufhörlich zitternder Bewegung und scheinen nach aufwärts zu rollen.

Ehrlichkeit.

Fest und ernst blickt der ehrliche Mann jeden an; die mittelgroßen Augen spielen in das Blaue oder Schwarze; das Weiß in demselben ist glänzend; die offene Stirne neigt sich etwas über die Augen vor. Seine Lippen treten etwas vor; sie haben eine sanfte Fleischröthe; die Zähne sind stark und regelmäßig geordnet. Der ruhige Mund, den keine Zuckungen und Zusammenziehungen stören, verkündet Seelenfrieden und Herzensruhe.

Dieberei und Unehrlichkeit.

Vielerlei Kennzeichen sind da, uns vor Menschen zu warnen, welche diesen Hang haben. Die Hände sind schmal, die Finger hakenartig gekrümmt. Der Dieb hat scharfe Schneidezähne, die noch überdieß gekrümmt sind und an die Schnabelspitze des Raubvogels erinnern. Die dünnen Lippen stehen vor wie die Schnauze der Raubfische. Der Kopf ist klein, das Gesicht unregelmäßig geformt; die Stirne ist von Falten und Runzeln durchfurcht; die tiefliegenden, kleinen, trockenen Augen haben eine unbestimmte Farbe; die Augäpfel rollen, der Blick ist unstät, unsicher; der Rücken flach, die Schultern hochstehend.

Rohheit und Grobheit.

Rohe, grobe Menschen haben eine schlecht proportionirte Nase, einen klaffenden Mund, dicke runde Lippen, wobei die Unterlippe vorspringt. Auch bei geistlosen Menschen finden sich diese charakteristischen Merkmale des Mundes.

Furchtsamkeit.

Die Furchtsamkeit kennt man an dem runden Kopfe ohne große Vorsprünge; dabei sind starke, krause Haare, eine große Stirne, fleischiges Gesicht und oft wechselnde Gesichtsfarbe; die Augen sind ohne bestimmte Farbe und zeugen von Unentschlossenheit; der Mund ist dünn; die Lippen sind zusammengezogen; der Körper ist mager, die Beine dagegen sind dick und die Schenkel weich; die Hände sind lang und fleischig, der Athem schwach, die Stimme spitz.

Wollust und Ueppigkeit.

Die freche Wollust verräth sich an den zusammengekniffenen Lippen, welche in steter Bewegung sind; sie werden von der inneren Glut ausgetrocknet, und Frauen fahren unwillkürlich und oft mit der Zunge darüber her, um sie anzufeuchten; die Lippen sind außerdem stark verlängert und wie bei einer aufknospenden Blume geöffnet. Wollüstige Personen ziehen die Wangen häufig ein, wodurch ein Zucken und Zittern der Gesichtsmuskeln entsteht. Die Zähne sind klein und der Mund hat ein stechendes, spöttisches Lächeln.

Weitere Kennzeichen sind: Spärliche Haare, kleine Ohren, eine Nase mit weiter Oeffnung; sie ist an der Wurzel gerundet und an der Spitze etwas aufgestülpt;

die Augen sind groß, glänzend oder trocken, üppig und nach oben gerichtet, der untere Kranz des Augapfels ist grünlich, zuweilen hellblau, die Pupille schwarz. Die Arme sind behaart.

Stärke und Kraft.

Die ungewöhnliche Muskelkraft eines Menschen zeigt sich in dem großen Kopfe, der sich gegen das Genick zu verlängert; der Hals ist kräftig und meistentheils kurz; die Haare sind gewöhnlich dunkel, meist schwarz. Der Blick ist männlich; die Augen sind funkelnd, die Augenwimper gerade, die Augenbrauen stark und gewölbt; die Nase ist proportionirt; der Mund dagegen groß, und die Lippen senken sich in den Winkeln ein wenig; dabei sind sie fein und schließen symmetrisch aufeinander. Die Zähne sind groß, guterhalten und dichtgereiht. Die Stimme ist wohlklingend, das Athmen kräftig. Die Arme sind lang und muskulös, Schulter und Seiten stark; die Hüften breit; auch Rücken und Brust sind breit und haarig. Die Geschlechtstheile sind besonders stark ausgebildet. Beine und Füße sind proportionirt und stark.

Zorn.

Niedrige, runde Stirne, die in der Mitte zusammengedrückt ist; röthliches Haar, starker Bart, rundes Gesicht, Augenbrauen stark und gewunden. Die Adern an den Schläfen sind aufgeschwollen, die Nase ist spitz. Der Gang des Jähzornigen ist ungleich und hastig. Der Blick ist wild, die Augen sind feurig, die Zähne knirschen oft. Der feuerrothe Mund steht geöffnet und schäumt bei einem heftigen Zornesausbruch.

Klugheit.

Ein kluges Gesicht hat mittlere Verhältnisse; die Stirne ist viereckig; die Augen sind groß, glänzend und das Weiß derselben etwas roth gefärbt; die Augäpfel sind klein und der Blick hat etwas Hartes. Die Oberlippe springt vor; die Haare sind von unbestimmter Farbe; der Hals neigt sich ein wenig nach rechts. Während des Sprechens gesticulirt der Kluge sehr wenig; seine Stimme, die Mitte zwischen Tiefe und Schärfe haltend, ist angenehm.

Kleinmuth.

Bei dem Kleinmüthigen findet man ein kleines Gesicht mit großen Augen, beweglichen Augenbrauen, runde Stirne; dünne, feine Lippen, die aufeinander geklebt zu sein scheinen; die Muskelspannung der Wangen verräth die Besorgniß vor einer eingebildeten Gefahr. Er geht schnell; wird er überrascht, dann zeigt er Furcht und sein Gesicht verlängert sich.

Hochherzigkeit.

Bei den Hochherzigen ist der Kopf von mittlerer Größe, an den Schläfen etwas schmal; die meist röthlich-blonden Haare fallen auf eine lange, viereckige Stirne; die Augen sind gelblich und haben einen feurigen Rand; der Blick ist angenehm; die Nase ist auf der Stirnwurzel gedrückt, vorn an der Spitze rund und flach; der Mund ist groß; die Lippen fallen übereinander und sind in den Winkeln etwas angeschwollen.

Gerechtigkeit.

Bei dem Gerechten finden wir eine große Stirn; große, aus dem Kopfe tretende, glänzende und feuchte Augen; der äußere Rand der Augäpfel ist glatt, gerundet, der innere klein und schwarz; der Blick ist gemäßigt lebhaft; die Haare sind meist kastanienbraun; die Stimme ist kräftig, jedoch ohne große Modulationsfähigkeit. Den ganzen Körper zeichnen glückliche Proportionen aus.

Ungerechtigkeit.

Bei dem Ungerechten finden wir die Stirne platt und streng; lachende Augen; die Augenbrauen, Wangen und Lippen zucken beständig; es können aber die Augen auch tückisch und drohend sein, oder groß, starr, mit dem Blicke nach unten gerichtet. Die Augäpfel haben einen grünen Kranz und eine schwarze Pupille. Die Stimme ist schneidend oder grell, aber nicht sehr hoch.

Geist und Verstand.

Die hohe Stirne bezeichnet Geist und Verstand; dabei sind die Haare weder zu hart, zu schwarz, zu glatt, noch zu kraus; die Ohren sind wohlgeformt; das Gesicht ist mager und von mittlerer Größe; die Augenbrauen sind ziemlich stark und dabei leicht gewölbt; die Augen sind glänzend, groß und fein. Die Stimme hat einen starken, aber angenehmen Klang. Die Hautfarbe ist lebhaft.

Einfalt.

Bei den Einfältigen findet man einen sehr runden Hinterkopf, einen kurzen Hals, eine große, runde und fleischige Stirne. Das Auge ist matt, schmachtend und ausdruckslos, die Kinnladen groß und fleischig; das Gesicht ist voll und groß und die Bewegungen sehr linkisch.

Bosheit.

Die Bosheit hat ein unverkennbares Gepräge; ein verzerrtes, fahles Gesicht; die Ohren sind schmal, der

Mund ist groß, dabei sind die Lippen dünn und die Zähne spitz und etwas vorspringend. Die Stimme klingt lebhaft und barsch oder scharf und näselnd; schiefe Blicke schießen aus den Augen und die Pupille scheint einzeln zu stehen. Das Weiße in den Augen ist trocken, glänzend und in den Ecken roth; dem ganzen Körper mangelt es an Fülle; dabei ist der Hals gebeugt, der Rücken schwach gebogen. Die Finger sind lang und mager, die Beine abgewelkt. — Diese häßliche Eigenschaft schadet nicht nur Andern, sondern untergräbt selbst den eigenen Körper.

Schamlosigkeit.

Bei dem Schamlosen begegnen wir einem unbestimmten und frechen Blicke; seine Augen sind feucht, die Lippen sind zusammengepreßt und außerordentlich beweglich; die Stimme ist durchdringend, das Athmen stark und laut; die Beine und Füße sind etwas einwärts gekehrt. Der Gang des Schamlosen ist nachlässig, die Haltung unangenehm.

Geiz.

Dieses schmutzige Laster ist von den meisten Schriftstellern alter und neuer Zeiten tüchtig gegeißelt, dadurch aber nicht ausgerottet worden; im Gegentheile hat dieser Hang in unseren Zeiten bedeutend zugenommen. Bei geizigen Menschen findet man meist ein kleines Gesicht; kleine, bedeckte, schwimmende Augen; die Glieder sind dürr, der Gang ist hastig, der Rücken gebogen, die Gesichtsfarbe fahl; die Schultern sind gegen die Brust zusammengedrängt; die Stimme ist schwach, spitz und klagend; der Körper ist gebrechlich und hager. Der Geizige flieht so viel er kann die Menschen: denn er ist in beständiger Furcht, um einen Dienst angegangen oder bestohlen zu werden.

Großmuth, Freigebigkeit.

Die Großmuth bezeichnet sich durch eine viereckige Stirne, bis in welche die Haare vorgehen; auch der Hals ist bis in das Genick hinab behaart. Die Augen sind offen und groß; die Schultern stehen frei und beweglich; der ganze Körper hat den Typus des Kräftigen. Die Stimme ist hohl, aber nicht sehr biegsam.

Sanftmuth.

Bei dem Sanftmüthigen findet man glatte, weiche Haare von goldblonder Farbe; die Augenbrauen sind lang und leicht gewölbt; die Augen sind schwarz und von fahler Farbe, der Blick ist fest, die Stimme sanft, die Rede leise.

Verliebtheit.

Man erkennt sie an einem Gesichte von mittleren Dimensionen; der Verliebte erröthet und erblaßt sehr leicht; seine Augen sind groß, offen, glänzend, feucht; er hat häufiger blonde als dunkle Haare; die Schläfe und Wangen sind etwas fleischig; Blick, Stimme, Haltung, Gang tragen das Gepräge der Aufregung und gleichzeitig der Schüchternheit.

Unverschämtheit.

Der Blick der Unverschämten ist schamlos; ihre Nase krümmt sich gegen die Wurzel und wird bis zur Spitze immer dicker; der etwas spitze Kopf hat meistens üppiges, röthliches Haar; das Lachen ist lärmend, der Gang rasch und keck.

Bescheidenheit.

Ein offenes, schwarzes, feuchtes Auge von mäßiger Beweglichkeit, eine glatte Stirne, geröthete Ohren, etwas gebückter Körper, langsame Sprache und gesetzter Gang sind Kennzeichen des Bescheidenen.

Trunksucht.

Der Trunkenbold hat ein kleines Gesicht mit safranartiger Gesichtsfarbe; die Wangen sind fleischig und geröthet; sein Auge ist roth, feucht, beweglich, groß und zuweilen stark nach oben gerichtet; die Augenbrauen sind dicht; das Athmen ist kräftig und hastig.

Leckerhaftigkeit.

Der raffinirte Feinschmecker hat ein gelbliches Gesicht, einen stark gespaltenen Mund, lange, spitze und ein wenig vorspringende Zähne, einen fetten Hals, verschleierte, etwas geröthete Augen, starke Augenbrauen, bewegliche Augäpfel, herumsuchende Blicke, magere, schlechtgeformte Hände, einen mageren Körper und eine laute Stimme.

Fröhlichkeit.

Fröhliche Menschen haben eine fleischige, sanfte Stirne, glänzende, feuchte Augen, einen unentschlossenen Blick, ein liebenswürdiges Gesicht, eine angenehme Stimme, einen ruhigen Gang.

Melancholie.

Sichere Kennzeichen von melancholischen Gemüthern sind: Braune Haare, ernste Stirne, zusammengehende, breite Augenbrauen; niedergeschlagene, leblose Augen; nachdenkender Blick, dürres Gesicht, schwache, klagende Stimme, langsamer Gang.

Lüge.

Die Lügner haben ein fleischiges Gesicht, eine in der Mitte breite Nase, welche sich gegen die Wurzel senkt, ein etwas spöttisches, oft ausbrechendes Lachen, eine rasche Sprache und eine scharfe Stimme; die Augen sind lebhaft und haben meistens einen gelben Ring um den Augapfel, die Augenbrauen sind stark und senken sich von oben nach unten.

Wahrheitsliebe.

Bei wahrheitsliebenden Menschen findet man ein Gesicht von mittleren Dimensionen; fleischige Schläfe und Wangen, eine schön gezeichnete Nase; ein ruhiges, offenes, blaues oder schwarzes Auge mit gewölbten Augenbrauen; feine Haare; eine zuweilen etwas scharfe Stimme und einen anmuthigen Gang.

Schmeichelei.

Kennzeichen des Schmeichlers sind: Ein Gesicht von mittlerer Größe; eine glatte, hohe und ernste Stirne; kleine, bewegliche Augen mit gewöhnlich ins Grünliche spielender Farbe; eine überredende, angenehme Stimme; ein freundliches Lächeln; ein leichter Gang; eine etwas gebückte Körperhaltung.

Neid.

Bei dem Neidischen sehen wir ein flaches, fahles Gesicht, hohle Wangen, schmale und lange Ohren; die Augenbrauen sind nach den Schläfen gerichtet; die kleinen Augen sind eingefallen, der Blick schief; dazu kommen ein tiefliegender Mund, lange, spitze, gelbliche Zähne; ein gebückter, schwächlicher Körper, eine leise, aber scharfe Stimme und ein langsamer Gang.

Wohlthätigkeit.

Das schöne Gesicht der Wohlthätigen ist leicht geröthet; ihre lachenden und feuchten Augen haben gesenkte Augäpfel; die Stirne ist breit und offen und durch volle, dichte Augenbrauen geschmückt; die Nase ist wohlgeformt, die Nasenlöcher sind etwas ausgeschweift; die Stimme ist sanft, der Gang angenehm.

Spielsucht.

Bei Spielern findet man dichte, glatte und schwarze Haare, einen vollen Bart; die Schläfe sind bedeckt; die Augen sind funkelnd, groß und etwas geöffnet; ihre Leidenschaftlichkeit spiegelt sich ab in der Lebhaftigkeit ihres Blickes und ihres Ganges.

Nach diesen Andeutungen über die verschiedenen Tugenden und Laster, welche man auf dem Gesichte des Menschen ausgeprägt findet, ist es hohe Zeit, daß ich wieder zu der Kosmetik zurückkehre.

Von der Pflege des Gesichtes.

Das Gesicht des Menschen, als der schönste Theil seines Körpers, als der Spiegel des Seelengepräges, bedarf einer ganz besondern Pflege, und dieß um so mehr, als es allen äußeren Einflüssen durch seine gänzliche Unbedecktheit ausgesetzt ist.

Wenn die Haut den ganzen Tag über diesen Einflüssen ausgesetzt war, muß es am Abend die Sorge sein, sie wiederum geschmeidig zu machen.

Man wascht zuerst das Gesicht mit Regenwasser oder Flußwasser, und zwar im Winter mit lauem Wasser und im Sommer mit Wasser, welches an der Sonne warm geworden ist. — Hat man Gelegenheit, sich morgens von dem in der Nacht gefallenen Thau ein Seitel voll sammeln zu lassen, so ist dieß das beste Wasser zum Waschen im Sommer. Nach dem Waschen tupft man sich das Gesicht mit einem feinen Handtuche ab, ohne jedoch zu reiben. Hierauf wird das Gesicht mit etwas Gurkenpomade eingerieben.

Sobald man aufgestanden ist, wischt man das Gesicht mit feiner Leinwand ab; theils um die Ueberreste der Gurkenpomade, theils um den Schweiß hinwegzunehmen.

Zum Waschen gießt man einige Tropfen guten Branntwein oder Benzoetinctur oder aromatisches Wasser in ein halbes Glas voll Wasser. Mit diesem wäscht man sich und trocknet sich eben so vorsichtig ab wie am Abende.

So wie der ganze Körper in einem beständigen Umbildungsprozesse begriffen ist, so ist es auch die Oberhaut, die Epidermis. Sie sondert beständig kleine Hauttheilchen ab, welche von den neugebildeten abgestoßen werden. Die unregelmäßige Bildung der neuen, und die unvollkommene Abstoßung der alten Hauttheilchen geben Veranlassung zu gelber Hautfarbe; die Haut verliert ihren sanften, lieblichen Glanz, ihre Geschmeidigkeit, und frühzeitig können sich Runzeln bilden.

Wenn diese Schüppchen durch Pomade und geistige Wässer nicht zu beseitigen sind, dann nimmt man einen feinen wollenen Lappen und reibt damit alle Theile des Gesichtes, des Halses, der Brust und der Arme ab. Nach dem Reiben wäscht man sich mit Gurkenpomade, Cold-Cream, Glycerinwasser, läßt diese Substanzen eine halbe Stunde auf der Haut, und nimmt sie dann mit Benzoewasser hinweg.

Das Feuer hat eine sehr schädliche Wirkung auf das Gesicht; nie sollen Damen in die Nähe von offenem Kohlen- oder Flammenfeuer kommen; das Sitzen vor offenen, brennenden Kaminen ist ebenfalls schädlich. In gleicher Weise müssen sich Damen vor der Einwirkung der Sonnenstrahlen, des Windes und der Kälte schützen. Rauch und Staub sind ebenfalls nachtheilig. War man dem Rauche und dem Staube ausgesetzt, so muß man das Gesicht mit einem feinen Taschentuche sogleich abwischen; auch Schweiß, sobald er auf dem Gesichte erscheint, muß beseitigt werden, da er schädlich ist. Auch das Kratzen ist eine schädliche Gewohnheit.

Desgleichen soll man sich vor häufig wiederkehrenden Erhitzungen hüten; auch sie machen die Haut hart, strenge; die Geschmeidigkeit geht dadurch verloren.

Von der Verschönerung des Gesichtes.

Mittel, das Gesicht weiß und glatt zu machen.

23) Glycerinwaschwasser.

Man löst 2 Loth Borax in rectificirtem Alkohol auf; nachdem dieß geschehen, rührt man die Auflösung vorsichtig unter 16 Loth Glycerin; diese Mischung wird allmälig unter beständigem Umrühren in 4 Quart einfaches Orangeblüthenwasser geschüttet. Das Wasser ist leicht zu bereiten, nicht theuer und ist eines der vorzüglichsten kosmetischen Waschmittel.

24) Gurkenpomade (Cucumber-Cold-Cream).

Man nimmt 1 Pfund fettes Mandelöl, 2 Loth Sesamöl und 1 Pfund Gurkensaft; diese werden unter leichter Erwärmung untereinandergerührt; dann schmilzt man in einer Schale 2 Loth weißes Jungfernwachs und 2 Loth Wallrath; diese werden der ersten Mischung zugesetzt, was unter fleißigem Umrühren mit einem Spatel zu geschehen hat, damit die Masse gut schaumig werde; zum Schlusse fügt man ½ Drachme Neroliöl hinzu.

Zum Gurkensaft preßt man die Gurken in einer gewöhnlichen Presse aus, kocht den Saft auf und schäumt ihn gut ab; dann stellt man ihn in ein Gefäß mit Eis oder kaltem Wasser, damit er schnell abkühle; hierauf wird er durch Leinwand filtrirt.

Noch feiner wird jedoch die Gurkenpomade, wenn man die Gurken mit einem Gurkenhobel sehr fein zerschneidet und sie dann 24 Stunden in Mandelöl legt; nach dieser Zeit seiht man das Oel ab und legt wieder frischgeschnittene Gurken hinein, welche 24 Stunden darin liegen bleiben. Das so gewonnene Oel nimmt man dann zur Bereitung der Gurkenpomade. Die Pomade wird in kleine Glasfläschchen gefüllt, welche sorgfältig verschlossen und an einem kalten Orte aufbewahrt werden müssen.

25) English Cold-Cream.

Nehme 16 Loth Süßmandelöl, 1½ Loth weißes Jungfernwachs, 3½ Loth Wallrath. Diese Substanzen schmilzt man in einer Porzellanschale zusammen; ist die

Mischung geschehen, dann gießt man sie in einen marmorenen Mörser und läßt sie erstarren. Nachdem die Mischung fest geworden, wird sie in dem Mörser mit einer hölzernen Keule so lange zerrieben, bis sie so fein wird, daß sie wie weiche Butter zwischen den Fingern zergeht und keine Körnchen sich mehr darin vorfinden.

Hierauf gießt man nach und nach unter beständigem Reiben 3 Loth dreifaches Rosenwasser hinzu, dann ½ Loth kölnisches Wasser und 12 Tropfen Benzoetinctur.

Je mehr die Masse gearbeitet wird, um so weißer und feiner ist sie. Diese Cold-Cream verschönert die Haut; sie nimmt weiße und rothe Schminke vollkommen weg, und ist auch eine sehr gute Bartpomade.

26) Crême céleste.

1½ Quentchen weißes Wachs, Wallrath 3 Quentchen, Mandelöl 3 Loth, läßt Alles zusammenschmelzen, und wenn die Masse erkaltet, kommen unter beständigem Reiben, wie in 25), 2 Loth Rosenwasser hinzu.

27) Crême cristallisée.

2 Theile Mandelöl, 6 Theile Ricinusöl, 1 Theil Wallrath werden zerlassen; nach dem Erkalten wird die Masse schaumig gerieben und ½ Theil irgend eines wohlriechenden Oeles zugesetzt.

28) Crême de Ninon de l'Enclos.

Der fortgesetzte Gebrauch dieser Crême hat eine verjüngernde und verschönernde Wirkung auf das Gewebe und die Farbe der Haut; ihre Frische und Elasticität bleibt darnach erhalten, und namentlich verhindert sie die Bildung von Runzeln.

Nehme Süßmandelöl 4 Loth; gut ausgewaschenes Schweinefett 3 Loth, Hauswurzsaft 3 Loth.

Man mische zuerst durch Verarbeiten in einem marmornen Mörser das Mandelöl und das Schweinefett; dann setzt man allmälig den Hauswurzsaft zu. Es bildet sich durch Reiben eine zarte Paste.

Abends vor dem Schlafengehen trägt man mit den Fingern die Paste auf alle Theile des Körpers, wo man die Haut verschönern will; ist die Auftragung vorbei, dann befeuchtet man einen sehr feinen, weißen Badeschwamm mit lauem Wasser, und überfährt damit so lange die Haut, bis die Paste vollständig und gleichmäßig vertheilt ist. Nachher trocknet man alle diese Theile leicht mit feiner Leinwand ab. Nach dem Aufstehen werden alle Theile mit Benzoewasser abgewaschen.

29) Benzoetinctur.

10 Loth gepulvertes Benzoeharz werden mit 40 Loth stärkstem Alkohol in einer Flasche übergossen, und die Flasche dann luftdicht verschlossen. Durch 14 Tage muß die Flasche täglich dreimal tüchtig geschüttelt werden. Hierauf wird die Flüssigkeit filtrirt.

30) Benzoewasser.

Unter $^1/_2$ Pfund destillirtes Wasser gießt man $^1/_2$ Loth Benzoetinctur.

31) Emulsion balsamique.

Mit dieser wird der trockenen, heißen Haut die Frische wieder gegeben. Man reibe 10 Tropfen Mekkabalsam mit $^1/_2$ Loth Zucker zusammen, dann reibe man auch ein Eigelb hinzu; zuletzt reibt man 18 Loth Rosenwasser hinzu. Die Emulsion wird durch ein weißes Filtrirtuch geseiht und in kleinen Fläschchen, wohl verstopft, an kühlem Orte aufbewahrt.

Man reibt sich Abends mit dieser Emulsion das Gesicht ein und läßt sie darauf trocken werden. Am andern Morgen erst wird das Gesicht mit reinem Wasser gewaschen.

32) Vinaigre virginal, Jungferneſſig.

Ein kosmetisches Mittel zur Verjüngung des Gesichtes.

Nehme 3 Theile rectificirten Alkohol, 3 Theile stärksten Weinessig, 3 Theile Benzoepulver. Diese Mischung läßt man 14 Tage lang in einer wohlverschlossenen Flasche digeriren; nach dieser Zeit wird die Flüssigkeit durch ein Linnentuch geseiht und in wohlverschlossenen Flacons, mit Glasstöpseln versehen, aufgehoben.

Von dieser Flüssigkeit gießt man 10 Tropfen in ein Glas mit Wasser; dieses erhält davon eine milchige Färbung mit Wohlgeruch.

Mit diesem Wasser benetzt man das Gesicht; die Haut erhält darnach Ton, das Fleisch Festigkeit und das Gesicht ein frisches, jugendliches Ansehen. Gießt man 12—14 Loth von diesem Jungferneſſig in ein Bad, so wird die nämliche Wirkung auf die Haut des ganzen Körpers hervorgebracht.

33) Lilienwasser,

um die zu starke Röthe des Gesichtes zu vertreiben.

Man nehme Lilienzwiebel, von denen man die Blumen abgeknickt hat, ehe sie sich vollständig entwickeln konnten; von diesen zerquetsche man 12 Theile in einem hölzernen Mörser; die zerquetschte Masse wird mit 50 Theilen destillirtem Wasser angerührt und dann im Sandbade gekocht, bis man nur noch 40 Theile Flüssigkeit hat. Diese Flüssigkeit wird durch ein Tuch gepreßt.

Mit der Flüssigkeit wasche man sich öfters das Gesicht und lasse es von selbst trocken werden.

34) Aromatisches Lilienwasser, zur Erfrischung und Belebung der Haut.

Lilienzwiebel (wie in Vorschrift 33) werden in einem hölzernen Mörser zerquetscht, und der Saft mit einer hölzernen Presse ausgepreßt. Man nimmt 1 Theil dieses Saftes, mischt ihn mit 1 Theil Rosenwasser und 2 Theilen einfacher Benzoetinctur. Diese wird bereitet aus 2 Loth Benzoe und 1 Pfund rectificirtem Weingeist. Die Mischung wird dann filtrirt und in Glasfläschchen aufgehoben. Man nimmt davon 1 bis 2 Eßlöffel voll unter ein Seitel Flußwasser, und damit wäscht man sich.

35) Sonnverbrannte Haut schnell wieder weiß zu machen.

Ist nach einer Landpartie Gesicht oder Nacken roth oder braun geworden, dann reibt man sich diese Theile Abends mit Cold-Cream ein, und wascht sie Morgens mit Wasser, dem einige Tropfen Benzoetinctur zugegossen worden sind.

36) Noch ein Mittel, den Sonnenbrand zu beseitigen.

Man wasche sich Abends vor dem Schlafengehen mit frischer Ziegenmilch, welche man auf dem Gesichte oder der sonnverbrannten Stelle trocknen läßt; nach dem Aufstehen wasche man sich mit Benzoewasser.

37) Die Sommersprossen zu vertreiben.

Die Sommersprossen entstehen durch eine krankhafte Färbung im malpighischen Netze. Im Sommer entstehen sie durch das grelle Sonnenlicht und die große Wärme; im Winter verschwinden sie meist wieder. Der schönste Teint, die zarteste Haut sind diesen Flecken am häufigsten ausgesetzt; man findet sie jedoch auch bei Personen, deren Haut durchaus nicht zart ist.

Will man die Sommersprossen vertreiben, so muß man vorher drei Tage den Sonnenschein meiden, und sich vor Allem, was einen Wechsel von Wärme oder Kälte in der Körpertemperatur hervorbringt, hüten. Alle Mittel sind nur Abends zu gebrauchen.

Damen, welche zu Sommersprossen incliniren, sollen im Sommer Hüte tragen, welche groß genug sind, um das Gesicht vollständig zu beschatten; sie dürfen den Hut nicht abnehmen, wenn Stirn und Wangen mit Schweiß bedeckt sind. Als Präservativmittel ist zu empfehlen, in der warmen Jahreszeit bei Tage das Gesicht öfters mit verdünntem Weinessig oder mit etwas Citronsaft und Wasser zu waschen.

Sind aber die Sprossen da, dann nehme man einen Eßlöffel voll ganz weißes Kochsalz, und lasse es in einem Glas Fluß- oder Regenwasser auflösen; mit dieser Auflösung wäscht man das Gesicht, ohne es abzutrocknen. Später wäscht man sich mit Benzoewasser.

38) Gegen die Sommersprossen.

Saft frischer Rettige, Saft von Meerrettig, Citronsaft mit Rosenwasser und Eiweiß gemischt, sind ebenfalls Mittel gegen die Sommersprossen.

39) Mittel gegen die Sommersprossen.

Man nehme frischen Hauswurz, wie er auf Strohdächern, alten Mauern, Felsen wächst, zerstoße ihn in einem steinernen Mörser, und presse den Saft durch ein linnenes Tuch aus. Unter 2 Theile Saft mischt man ein Theil Weingeist. Mit dieser Tinctur wird das Gesicht Abends gewaschen; morgens nimmt man Cold-Cream und später Benzoewasser.

40) Lotion Bochardat gegen die Sommersprossen.

Borax 1 Loth, Rosenwasser 10 Loth, Orangeblüthenwasser 10 Loth. Mit diesem Wasser werden die Flecken gewaschen.

41) Sommerfleckenwasser.

Destillire Lorbeerblüthen, Kirschen- und Pfirsichblüthen mit Wasser; von jedem dieser Destillate nimmt man 12 Loth und mischt sie, dann setzt man noch zu 6 Gran Benzoetinctur, 1 Loth Bleiextract und $^1/_2$ Loth Alkohol.

42) Gegen Sommersprossen.

Man nehme gleiche Theile dickes Gerstenwasser, destillirtes Wasser aus Bohnenblüthen und Weingeist. Mit diesem Präparate wasche man sich häufig.

43) Gegen Sommersprossen.

Man gieße $^1/_2$ Maß Weinessig in eine große Flasche, füllt $^2/_3$ so viel, als der Essig beträgt, kleine Stückchen Meerrettigwurzel hinein, pfropft die Flasche fest zu und vergräbt sie in die Erde, wo sie 14 Tage bleibt. Nach dieser Zeit werden die Sommersprossenstellen einige Male damit gewaschen. Der beißende Saft entlockt den Augen Thränen, allein er vertreibt auch die Flecken.

44) Gegen Sommersprossen.

Man mische ½ Loth feingepulverte Myrrhe, 4 Loth Rosenpomade, 1 Quentchen feingepulverte, weiße Nieß-wurz und 2 Quentchen feines Boraxpulver; mit dieser Salbe bestreiche man Abends die Sommersprossen, Morgens wäscht man dieselben mit Mandelkleie und lauwarmer Milch.

45) Weiteres Mittel gegen Sommersprossen.

Man nehme ½ Quentchen flüssiges Chlor und setze 16 Loth frisches Erdbeerwasser hinzu; mit dieser Mischung bestreiche man sorgfältig die Flecken, welche nach mehrmaligem Gebrauche verschwinden.

46) Präventivmittel gegen Sommersprossen.

Man wasche sich in der warmen Jahreszeit zuweilen mit Erdbeer-, Pimpinellen-, Rosen- und Rebenwasser; oder auch mit verdünntem Weinessig; Citronsaft mit Wasser.

47) Die Schrunden im Gesichte zu vertreiben.

Man bestreiche Abends die Haut mit Gurkenpomade und reinige sie Morgens mit Cold-Cream.

48) Die Hitzbläschen im Gesichte zu vertreiben.

Die Hitzbläschen können auch in den Kupferausschlag übergehen. Man nimmt dagegen Bäder, hält sich an Pflanzen- und Milchkost und erfrischende Getränke. Dann wäscht man sich öfter das Gesicht zuerst mit Milch, dann mit Lilienwasser, welches darauf trocknen muß; Abends bestreicht man es mit Cold-Cream.

49) Die schwarzen Punkte oder Mitesser zu vertreiben.

Wenn die Ausführungsgänge der Talgdrüsen in der Lederhaut durch die Oberhaut oder durch den ausgeschwitzten Talg verstopft werden, dann bilden sich die sogenannten Mitesser (Comedones) oder Zehrwürmer. An diesen Stellen ist die Talgabsonderung verdickt, und der verdickte Talg füllt die Talgdrüsen und Haarbälge aus; das äußere Ende wird schmutzig und dunkelfarbig. Hierdurch entstehen kleine, schwarze Punkte, besonders häufig auf Stirne, Nase, um den Mund, auch auf den Wangen, so daß manche Personen aussehen, als habe man ihnen eine Pulverladung auf das Gesicht geschossen.

Drückt man einen solchen Punkt mit dem Nagel, so preßt man diese Aussonderung heraus; und sie gleicht einer Made oder einem Wurme mit schwärzlichem Kopfe, woher auch der Name Mitesser oder Zehrwürmer entstanden ist.

Das sicherste Verfahren, diese häßlichen Punkte los zu werden, ist, dieselben eines nach dem andern mit den beiden Zeigefingern herauszudrücken.

Es ist Aberglaube, durch dieses Verfahren entständen Geschwüre u. s. w., es zeigt sich nur eine Röthe, welche in längstens 10—15 Minuten wieder verschwunden ist. — Nach dem Ausdrücken muß man die betreffenden Stellen mit einer feinen, weichen Bürste bürsten oder mit einem Schwamme reiben, damit sich diese Stellen zusammenziehen, indem sonst kleine Vertiefungen auf der Haut zurückbleiben können.

Nach einiger Zeit müssen diese Stellen wiederum leicht gedrückt werden, und es kommen dann eine Menge kleiner, weißlicher Keime heraus. Später ist das Reiben mit einer feuchten Bürste hinreichend, um diese Keime herauszubringen. Auf diese Art werden die Mitesser gänzlich und auf alle Zeiten beseitigt.

Wer sich jedoch vor diesem gänzlich unschädlichen Ausdrücken scheuen sollte, der nehme zu folgendem Verfahren seine Zuflucht, welches häufig, jedoch nicht immer nützt. Man gieße in Wasser etwas Benzoetinctur, in dieses Wasser tauche man ein Täfelchen Benzoeseife, mit welcher die schwarzen Punkte gehörig bedeckt werden; hierauf werden sie mit einer weichen Bürste so lange gerieben, bis die Seife vollständig entfernt ist. Zuletzt wäscht man dieselben mit Benzoewasser. Die ganze Operation muß eine Zeit lang jeden Morgen wiederholt werden.

Sollten an einer Stelle sehr viele Mitesser sehr dicht beisammen stehen, so ist es zweckmäßig, auf diese Stelle trockene Schröpfköpfe aufzusetzen, welche ebenfalls die Talgcylinder herausziehen.

Nur auf ärztliches Anrathen jedoch darf man folgendes Waschwasser gebrauchen: 5 Gran Sublimat, 4 Loth kölnisches Wasser und 12 Loth destillirtes Wasser.

50) Den Finnen oder Knötchen im Gesichte vorzubeugen und sie zu vertreiben.

Die Knötchen im Gesichte rühren von innerer Reizung her. Es ist daher dagegen zu empfehlen eine milde Pflanzen- oder Milchkost, erweichende Bäder, kühlende Getränke und Ruhe. Sich jeden Abend das Gesicht mit

Gurkenpomade bestreichen, ist das beste und sicherste Präventivmittel.

Um die Knötchen zu vertreiben, rührt man unter ein Pfund besten Weinessig 1 Loth gepulverten Alaun und so viel Gerstenmehl, daß man einen dünnen Brei erhält. Diesen streicht man auf Leinwand und läßt ihn die Nacht über auf jenen Stellen liegen, wo man Fleckchen, Knötchen oder kleine Wärzchen entfernen will.

II. Capitel.

Vom Teint.

Wer früh Morgens auf hohem Berge steht, der erblickt rings die Gegend in grauem Düster; finstere Schatten lagern auf Thälern und Klüften — wenn aber dann der erste goldene Strahl der Morgensonne sich darüber ergießt, dann schwimmt die Natur in rosigem Lichte und Alles hat einen feenhaften Ausdruck angenommen. Dieser goldene Morgenstrahl, dieser rosige Schimmer der Schönheit ist der Teint. Es ist der Hauch der Schönheit, der Wärme, des Lebens, der Lieblichkeit. — Eine Schönheit ohne schönen Teint ist gar nicht denkbar. Wenn auch die Formen eines Antlitzes nicht ganz tadelfrei sind, der reizende Teint läßt uns dasselbe doch entzückend finden, sind dagegen die Formen schönheitsgerecht, so erwecken sie doch nicht jenes harmonische Seelengefühl, wenn ihnen der schöne Teint fehlt. Der Teint soll durchscheinend weiß sein, mit einem rosigen Hauche angeflogen. Ein tadellos weißer, aber blasser Teint gibt das Ansehen von carrarischem Marmor, nicht aber jenes von gesundem, lebenswarmem Fleische. — Um den Anforderungen der Schönheit zu genügen, muß die Kunst der Natur zu Hilfe kommen, um durch erstere jenen rosigen Schimmer zu erlangen, welchen letztere versagte.

Die tadellose Schönheit des Teints ist das zusammengesetzte Resultat aus Gesundheit, aus dem vollkommenen Gleichgewichte der Säfte, aus der Regelmäßigkeit aller organischen Functionen; er ist gewissermaßen der äußere Ausdruck für die innere Harmonie des Körpers. — Ist demnach der Teint krankhaft blaß, oder trübe und fleckig, oder hat einen Anflug ins Gelbe, so muß man zuvörderst auf die inneren Körperzustände Rücksicht nehmen, um wieder einen schönen, lebensfrischen Teint zu erlangen. Bei gestörter Gallenabsonderung, bei unregelmäßiger monatlicher Reinigung, bei Verhaltungen im Darmcanale, bei mangelhafter Transpiration oder veränderten Hautthätigkeiten kann unmöglich ein schöner Teint vorherrschen.

Ferner schaden dem Teint verdorbene Luft, Nachtwachen, Mangel an Bewegung, übergroße Ermüdung, angestrengtes Arbeiten, Kummer; dann Entbehrung an Genüssen oder Uebermaß an denselben; Wollust, Gewissensbisse, lebhafte Gemüthsbewegungen, Leidenschaften. Große Blässe deutet immer auf Schwäche, gestörte Gesundheit oder geheime Leiden.

Wenn man also die angedeuteten physischen und psychischen Ursachen hebt, dann erlangt der Teint von selbst die Schönheit, und die Blässe wird durch den rosigen Hauch, der sie übergießt, zu einer wirklichen Schönheit.

Auch ist Beleibtheit in gehörigem Maße zu einer feinen, zarten, weißen, frischen Haut erforderlich; Magerheit macht dieselbe trocken und matt.

Reinlichkeit und gehörige Pflege aller Körpertheile müssen den Teint erhalten helfen. Genügender Schlaf, Bäder und häufiges Waschen bewahren die Frische und den Glanz des Teints.

Verschönerung des Teints.

51) Balsamisches Waschwasser.

Man stößt 2 Loth geschälte süße Mandeln und 12 Loth geschälte bittere Mandeln, setzt zu 2 Loth echten Mekkabalsam; ferner mischt man darunter 2¼ Pfund Rosenwasser, ¼ Pfund Orangeblüthenwasser, 2 Loth cosmetische Tinctur und ½ Pfund Salbeiwasser, die so erhaltene milchige Flüssigkeit seiht man durch ein Flanelltuch und rührt noch darunter ½ Loth ölige, balsamische Mischung. Mit diesem Waschwasser wäscht man sich Morgens und Abends mittelst eines flanellenen Lappens; es säubert die Haut von allen Flecken.

52) Dem Gesichte eine frische, rothe Färbung zu geben.

Man nehme ein Stück hochrothes Band, tauche es in Branntwein, kölnisches Wasser oder Toiletteessig; nachdem es angefeuchtet, reibe man sich damit die Wangen, wodurch sie eine natürliche, rothe Farbe erhalten.

53) Flüssiges Roth, welches dem Gesicht rosenfarbige und sammtartige Frische verleiht.

Die Ingredienzen zu diesem Roth sind Alkohol zu 36° Beaumé 7 Loth, destillirtes Wasser 3½ Loth, feinster Carmin 14 Gran, schwefelsaure Thonerde 4 Gran,

Kleesäure 4 Gran, Mekkabalsam 7 Gran, Salmiakgeist 7 Gran.

Zuerst mischt man den Weingeist mit dem destillirten Wasser; hierauf setzt man die Kleesäure, die schwefelsaure Thonerde und den Mekkabalsam hinzu; man schüttelt die Mischung in der Flasche gut um und setzt sie dann zehn Stunden lang einer gelinden Wärme aus, damit der Balsam vollständig von dem Alkohol aufgelöst wird. Hierauf filtrirt man die Flüssigkeit. Man reibt nun den Carmin in einer Porzellanschale und gießt während des Reibens den Salmiakgeist nach und nach zu. Man mischt dann das Roth mit der filtrirten Flüssigkeit, läßt Alles eine Viertelstunde lang ruhig stehen, gießt dann die überstehende Flüssigkeit vorsichtig ab und bewahrt den rothen Bodensatz in einem gut verkorkten Glasflacon.

Vor dem Gebrauche schüttelt man das Flacon, taucht einen weichen Pinsel in die Farbe und bestreicht dann leicht damit die Wangen, welche sofort ein frisches, der Natur vollkommen treues Colorit annehmen. Diese Schminke verbindet sich so vollkommen mit der Haut, daß man sich während des Schwitzens abtrocknen kann, ohne die Farbe wegzunehmen.

54) Unschädliche orientalische Schminke.

Man schält die Zwiebeln von Iris oder Schwertlilie ab und zerreibt sie aufs Feinste in einem Steinmörser; wenn sie fein wie Brei sind, reibt man auf 1 Theil Zwiebeln 16 Theile Wasser hinzu. Diese Mischung wird durch reine Leinwand gepreßt. Der durchgepreßte Saft wird nun mit sehr viel Wasser vermischt und 12 Stunden lang stehen gelassen; dann gießt man den oberen klaren Theil ab und seiht den untern trüben Theil durch Leinwand. Das Durchgeseihte wird wiederum so mit Wasser behandelt, worauf sich ein feiner Bodensatz vorfindet. Von diesem wird das überstehende Wasser abgegossen; dann setzt man dem Satze Rosenwasser zu und läßt ihn nachher trocknen. Getrocknet wird er zu feinem Pulver gerieben, welches in Glasflaschen mit eingeriebenem Stöpsel verwahrt und außerdem in ein hölzernes Futteral gestellt wird. Mit ein wenig dieses Pulvers wird die Wange leicht eingerieben, worauf sich eine zarte Röthe einstellt, welche durch 4 Tage anhält und weder durch Waschen noch Schweiß verändert wird.

55) Crême der Sultaninen.

Dieses Serailgeheimmittel verleiht der Gesichtshaut Weiße und Glätte, und einen milchichten Teint. Es besteht aus folgenden Ingredienzen:

Man nehme geschälte süße Mandeln 7 Loth, stoße darunter $3\frac{1}{2}$ Loth Perlenweiß, $1\frac{3}{4}$ Loth venetianischen Talg; alle diese Substanzen werden durch ein Haarsieb geschlagen. Dann zerlasse man in einer Porzellanschale über Spiritusflamme $3\frac{1}{2}$ Loth Behenöl, 1 Loth Mohnöl, $\frac{1}{2}$ Loth Jungfernwachs, $\frac{1}{2}$ Loth Wallrath, $\frac{1}{2}$ Loth Benzoeblumen. Dieser geschmolzenen Mischung setze man dann unter Umrühren obiges Pulver zu. Zuletzt rührt man darunter 42 Gran Orangeblüthen-Extract, 4 Gran peruvianischen Balsam und 22 Gran Rosenessenz.

Die Mischung wird in wohlverschlossenen kleinen Porzellantiegeln aufbewahrt und zum Gebrauche das Gesicht damit eingerieben.

Ueber diese weiße Schminke trägt man dann rothe auf, welche bereitet wird aus 6 Gran Carmin, 2 Quentchen feinstem Stärkemehl, ½ Quentchen Veilchenwurzelpulver, die man sehr innig mit einander mischt, dadurch, daß man sie durch ein Haarsieb schlägt.

56) Naturrothe Schminke.

In eine Maß reinen Weingeist gibt man 2 Loth Benzoe, 6 Loth rothes Santalholzpulver, 2 Quentchen Brasilholz und 10 Tropfen Vitriolöl. Man stellt hierauf die gut verkorkte Flasche 8 Tage lang in die Sonne oder in gelinde Ofenwärme zum Digeriren, wobei man aber täglich einige Male aufschütteln muß. Nach dieser Zeit wird die Flüssigkeit filtrirt, und dann mit einigen Tropfen Jasminöl versetzt. Wenn man die Wangen damit einreibt, so erhalten sie eine Röthe, welche der natürlichen ziemlich nahe kommt.

Spötter, in gebundener und ungebundener Rede, Moralisten, Theologen, die Propheten des Alterthums die Kirchenväter, ein großer Theil der Menschen zu allen Zeiten, — diese Alle haben gepredigt, gespottet, geschimpft gegen das Schminken — man hat in verschiedenen Zeiten Strafe darauf gesetzt — was hat es geholfen? — daß es noch immer Mode ist, jetzt, wie vor Jahrtausenden.

In den ältesten Zeiten bemalte man sich die Haut mit färbenden Pflanzensäften und Erden. Die als Nomaden herumziehenden Araberinen zeichnen sich Figuren auf Gesicht, Arme und Lippen; ferner ätzen sie die Oberhaut aller vorzüglich in die Augen fallenden Körpertheile und reiben sie mit einem dunklen Pulver. Die Hebräerinnen lernten diese Sitte in Egypten kennen und ahmten sie nach. Nach Egypten kam auch aus Arabien die Mode, die Augen und Augenbrauen schwarz und die

Nägel an Händen und Füßen auroragelb zu färben. Die Auroraschminke ist der Blüthenstaub aus den herrlichen Blumen der Henna- oder Kophorpflanze. Als Schwarzschminke bediente man sich in den ältesten Zeiten des Bleies und des Spießglanzes. Dadurch, daß man die Augenwimpern mittelst einer Nadel zurückzog und sie schwarz färbte, suchte man große, offene, schwarze Augen zu erkünsteln, wenn sie die Natur nicht verliehen hatte. Die Sitte des Schwarzschminkens, ferner des Einreibens der Haut mit wohlriechenden Salben, das Tragen parfümirter Kleider, das Weiß- und Rothschminken, das Tragen von Myrrhenbüscheln zwischen den Brüsten war sehr verbreitet unter den Jüdinnen. Im Hohenliede Salamon's findet man zahlreiche Andeutungen hierüber. Im Propheten Jesaia 3, 16—26 findet man, wie die Töchter Zions eitel und prunkliebend waren.

Die Sitte des Schminkens verbreitete sich unter den Syrern, Babyloniern und andern Völkern des Orientes; von da ging sie nach Griechenland und von hier nach Rom, wo sie, unter dem allgemeinen Raffinement, bis zum Unwesen wurde. Böttiger schildert in »Sabina, oder Morgenscenen im Putzzimmer einer reichen Römerin« folgendermaßen die Morgentoilette jener Zeit.

In ihrem Putzzimmer sitzt die römische Dame vor einem großen, politirten Metallspiegel, umringt von einer Schaar Sclavinen, deren jede unter einem besonderen Namen ihrem Toilettendienst vorsteht. Da gibt es Schminckmädchen, Weiß- und Rothauflegerinen, Augenbrauenmalerinen und Zahnputzerinen, die insgesammt »Kosmeten« heißen. Die Haarschminkerinnen, Haarfärberinen, Nägelputzerinen und andere machen wieder eine eigene, für sich bestehende Classe von Putzmädchen aus. Skaphion, die erste Sclavin, ist beschäftigt, ihrer Gebieterin die übernächtigen, erhärteten Teigkrusten, das sogenannte Kataplasma, von Gesicht, Busen und Händen mit frischgemolkener, lauer Eselinenmilch loszuweichen und mit einem Schwamm abzuwischen, hierauf ihre Haut mit dem aus Seifenschaum, Salben und Essenzen bestehenden Smegma zu glätten. Phiale, eine zweite Sclavin, trägt jetzt auf die rein gewaschenen Wangen Weiß und Roth; diese hat sie in einem elfenbeinernen oder Krystallschälchen mit ihrem Speichel flüssig gemacht, nachdem sie diesen durch vorheriges Kauen gewisser Pastillen wohlriechend gemacht hat. Der Wangenmalerin zur Seite steht Stimmi, die Augenbrauenmalerin; in der linken Hand hält sie eine Muschel, in der das feine Blei- oder Spießglanzpulver mit Wasser zu einem Sälbchen zusammengerieben ist; in der rechten Hand hält sie einen Griffel oder Pinsel, um die Augenbrauen zu zeichnen, und auf das Zierlichste in zwei gewölbten Halbkreisen an der Nasenwurzel sich begegnen zu lassen. Jetzt erscheint Mastiche, die Zahnputzerin, und reicht ihrer Herrin feinste Mastixkörner zum Kauen, ferner einen ganzen Apparat von Zahntincturen und Pulvern, nöthigenfalls auch eine Garnitur künstlicher Zähne von Elfenbein mit Gold, um sie in das zahnlose Fleisch einzureihen. Die so wiedergeborene Schöne begibt sich nun in den Kreis ihrer kunsterfahrenen Haarschmückerinen, Putz- und Garderobemädchen, um ihre weitere Toilette zu machen. — Zur Zeit als man vollkommen durchsichtige Kleider bei den reichen Römerinen trug, begann die Toilette mit einem kosmetischen Bade, dann wurde der ganze Körper gerieben und geschminkt. Den Brüsten, dem Unterleibe, den Hüften, den Schenkeln wurde eine leicht rosige Färbung gegeben; die Brustwarzen dagegen erhielten eine dunklere, rosenrothe Färbung. Auch auf die Geschlechtstheile verwendete man eine große Sorgfalt, und nicht auf dem Haupte allein wurde falsches Haar verwendet.

Zu jener Zeit war es nichts Seltenes, daß eine reiche Patrizierdame 100 Toilettensclavinen hatte. Diese übergroße Verfeinerung war aber das erste Zeichen und die Ursache vom Untergange des römischen Reiches.

Unsere jetzige Damenwelt würde es zu zeitraubend, unangenehm und lästig finden, sich von so vielen Dienerinen umringt zu sehen; ein vertrautes Kammermädchen wird allein in die Toilettengeheimnisse eingeweiht. — Schneider, Friseure und auch Schuhmacher könnten allerdings auch Beiträge zu diesen Geheimnissen liefern. Auch ins Mittelalter verpflanzte sich die Sitte des Schminkens. Im fünfzehnten Jahrhundert wurde sie jedoch im Abendlande durch die Mode großer Kappen und Masken, welche das ganze Gesicht bedeckten, verdrängt. Wie in dem Reiche der Mode beständiger Wechsel ist, so wurden die Loups, so nannte man die Masken, beseitigt, und die Damen ließen wieder das Gesicht sehen, obwohl nicht ganz; denn jetzt kamen die Schönheitspflästerchen oder Mouches in die Mode. Sie führten verschiedene Namen, je nach den Stellen, welche sie bedeckten; im Augenwinkel hießen sie die passionirte; in der Mitte der Stirne die majestätische; auf der Mundfalte, die sich beim Lachen bildet, nannte man sie die scherzhafte; die galante lag mitten auf der Wange; die küssende am Mundwinkel; die freche auf der Nase; die coquette auf den Lippen; die versteckende, wenn sie auf einer Pustel lag.

Dann wurde das Gesicht wieder ganz frei getragen, und die Schminke gelangte wieder in Gebrauch.

In Frankreich verbraucht man jährlich 2 Millionen Töpfchen mit rother Schminke — ungeachtet jener, welche privatim bereitet wird. — Ich habe aber auch schon weiter oben angegeben, daß der Teint der Französinnen nicht der beste ist, — daher auch der weitverbreitete Gebrauch der Schminke in Frankreich.

Viele Touristen können sich nicht genug wundern über den zarten blühenden Teint der Engländerinen und der Londonerinen insbesondere. Die ungeheure Quantität weißer und rother Schminke, Creams, Pasten, die dort verbraucht wird, sollten ihnen doch Aufschluß geben, wie viel die Kunst an diesem Teint mitgeholfen hat. — Die Tausende von **filles perdues**, welche Abends Londons Straßen durchziehen, haben beim Gaslichte den zartesten Teint mit den rothesten Wagen — wer sie des Morgens sähe, nach dem Waschen, würde sich entsetzen über diese gelben Gesichter mit der runzlichen Haut, den beinahe schwarzen Ringen um die Augen.

In Deutschland ist das Schminken, namentlich das Weißschminken, wenig im Gebrauche; die Haut der deutschen Damen ist feiner, geschmeidiger, ihr Teint durchsichtiger, reiner. Ich muß daher nochmals die deutschen Damen vor französischen und englischen kosmetischen Mitteln warnen; diese werden deutsche Haut und Teint unfehlbar verderben, statt deren Schönheit zu erhöhen.

Eine Orientalin kann ohne Schminke geradezu nicht existiren. Augenbrauen und Augenwimpern werden schwarz gemalt; das Haupthaar schwarz gefärbt. Hand- und Fußnägel werden orangegelb oder roth gefärbt. Zum Rothschminken nehmen sie das unter 63 angeführte Lilienpulver; zum Weißschminken, das unter 66 angeführte Mittel.

Auch bei andern Völkern herrscht der Gebrauch des Schminkens und Malens, und zwar in einer Art, die wir mit unserm Schönheitssinn durchaus nicht in Einklang zu bringen vermögen. Die jungen Negerinen am Senegal bemalen den ganzen Körper mit Abbildungen von allerlei Blumen und Thieren; man kann an ihnen Studien über die afrikanische Flora machen. An der Sierra Bona findet man Gefallen an weißen, gelben und rothen Ringen um die Augen. Auf der Insel Sombro scheinen sich die Schönen den Laubfrosch zum Ideal der Schönheit genommen zu haben, denn sie malen sich das ganze Gesicht grün und gelb. In Japan sind die Lippen und Augenbrauen der Mädchen und Frauen blau gemalt, die Zähne schwarz — der übrige Theil des Gesichtes wird mit dem Satzmehle des gepulverten Wunderblumensamens weiß gefärbt.

Die Araber in der Wüste malen sich einen großen schwarzen Kreis um die Augen, um sich vor den blendenden Sonnenstrahlen zu schützen. Mit dem Safte der echten Alkanna und ungelöschtem Kalk färben sich viele Asiatinen Gesicht, Zähne und Nägel brennend röthlich — andere finden grellgelb schöner, und bemalen sich daher diese Theile mit dieser Farbe. Die Neusüdwaliserinen schminken sich mit dem hochrothen Safte der Xanthoraea Smith. Die Karaiben färben sich orangefarben mit Roucou. Die Grönländerinen tragen grell Weiß und Roth auf. In Nordamerika schwärzen sich einige wilde Volksstämme das Gesicht mit dem Fruchtsafte des Genipabaumes. Die Kaffern und Buschmänner reiben sich Haare und Gesicht mit rothem Ocker ein. Die Indianer kauen Betelblätterteig, wornach sich Lippen und Zähne roth färben; ihre Haare färben sie schön blau mit dem Fruchtsafte des Launabaumes. Die Südsee-Insulanerinnen streuen sich den gelben Kurkumastaub in die Haare.

Viele Malaien tätowiren und punktiren die Haut, was zeitlebens bleibt und gewissermaßen die Kleidung ersetzt.

Derlei Hautzeichnungen findet man auch in Europa an den Armen von Seeleuten, Handwerkern, welche gewöhnlich ihre Zunftabzeichen mit einer spitzen Nadel einstechen lassen.

57) Orientalische weiße Schminkpasta.

Weiße Porzellanschnecken werden sehr sorgfältig abgewaschen und gereinigt; dann werden sie zu feinstem Pulver zerstoßen, und dieses wird mit Citronensaft zu einem blendend weißen Teige angerieben. Mit diesem werden entweder Gesicht, Hände, Arme, Busen u. s. w. eingerieben, oder er wird getrocknet, gepulvert und mittelst einer parfümirten Pomade aufgetragen.

58) Runzeln von Pockennarben unsichtbar zu machen.

Lasse 4 Theile weißes Wachs und eben so viel Wallrath in einer Porzellanschale zergehen und füge unter fleißigem Umrühren 15 Theile Rosenwasser und 4 Theile Tolubalsamtinctur hinzu. Mit der so erhaltenen Pomade bestreicht man Abends vor dem Schlafengehen das Gesicht und am andern Morgen reibt man es leicht mit feiner Leinwand ab.

59) Perlenweiß.

Diese Schminke ist, allein angewendet, ein schädliches Mittel; sie macht die Haut in kurzer Zeit welk und runzelig; hat man diese Schminke aufgetragen und kommt in die Nähe von Schwefelquellen, in den Rauch von Steinkohlen, so nimmt die weiße Färbung plötzlich eine schwarze an.

Um es zu bereiten, nimmt man zwei Theile gereinigtes Wismuth und übergießt es mit sechs Theilen rauchender Schwefelsäure. Dann bringt man die Mischung zum Kochen. Nach zwölfstündigem Stehen gießt man die klare Flüssigkeit ab und dampft sie bis auf ein Dritttheil ihres Volumens ein. Dann schüttet man sie in vierzig Theile destillirtes Wasser; es bildet sich ein weißer Niederschlag, den man wiederholt auswäscht und dann trocknet.

60) Unschädliche weiße Schminke.

Man nehme einen Theil feingepulverten venetianischen Talk, gebe ihn in eine Flasche und übergieße ihn mit zwei Theilen destillirtem Weinessig. Die Flasche wird wohl verkorkt und durch vierzehn Tage täglich dreimal tüchtig umgeschüttelt. Hierauf wird die ganze Mischung filtrirt und der Niederschlag auf dem Filtrum so lange mit Wasser ausgewaschen, bis das Wasser geschmacklos abläuft. Der so präparirte Talk wird dann mit $^1/_{10}$ Theil destillirtem Wasser und $^1/_{10}$ Theil Walrath zusammengerieben. Die Paste wird in kleinen Porzellantiegeln aufgehoben. Dieses Weiß wird mittelst einer wohlriechenden Pomade aufgetragen; während des Schwitzens geht es nicht von der Haut weg.

III. Capitel.

Von den Haaren.

Das Haar ist eine große Zierde des Menschen — man beobachte den Eindruck, welchen ein kahler Kopf verursacht; er erinnert an einen Todtenschädel und man muß sich an den Anblick förmlich gewöhnen.

Das Haar verleiht der Stirne Anmuth und Würde, es hebt den Teint hervor; es bildet gewissermaßen den Rahmen zu dem Gemälde des Gesichtes.

Das Haar bildet eine schützende Decke für den Ober- und Hinterkopf; mit der zunehmenden Kraft im Menschen nimmt auch das Haar zu — mit der dahinwelkenden Körperkraft ergrauen auch die Haare, fallen sie aus.

Die Haare sind lange, hohle, cylindrische Canäle; an dem unteren Theile, mit welchem sie in der Haut stecken, haben sie ein Knötchen, die Haarzwiebel genannt, und durch die Gefäße der Zwiebeln wird die Nahrung für die Haare aus dem Körper aufgesaugt.

Das Haar selbst ist unempfindlich — eine Art Pflanze auf dem Körper. Die Haarzwiebeln liegen in der Fetthaut in einer häutigen Kapsel, an welcher sie mit Fäden befestigt sind. Der Raum zwischen der Kapsel und der Zwiebel ist mit einer fetten, sulzigen Masse angefüllt, welche dem Haare als Nahrung dient. Das ganze Haar ist eine hohle Röhre, mit einer öligen, gefärbten Flüssigkeit durchzogen, wodurch die Farbe des Haares bedingt wird.

Hieraus sehen wir Zweierlei: daß die Farbe des Haares von innen kommt, und daß die Ernährung des Haares unter der Oberhaut vor sich geht; diese beiden Punkte verdienen große Berücksichtigung, sowohl bei der künstlichen Haarfärbung als auch bei Mitteln, sowohl den Haarwuchs zu fördern, als auch dem Haarverluste vorzubeugen.

Da das Haar einen so wesentlichen Bestandtheil der Schönheit bildet, so ist es einleuchtend, daß sowohl die Anordnung des Haares, als auch der Kopfputz von jeher der Mode unterworfen waren.

In den ältesten Zeiten trugen die Frauen das Haar wahrscheinlich ungeordnet; Maler stellen wenigstens Eva, die Stammmutter der weißen Menschenrace, mit offenem, herabhängendem Haare dar. Auch Milton denkt sich in seinem »verlorenen Paradiese« also Eva's Haar:

She, as a veil, down to the slender waist
Her unadorned golden tresses wore
Dishevell'd . . . .

(Sie trug wie einen Schleier, bis hinab auf die schlanke Taille, ihre ungeschmückten, goldenen Haarlocken aufgelöst.)

Allmälig aber bemächtigte sich die Kunst des Frauenhaares und es wurde auf die verschiedenste Art geflochten.

Griechinen und Römerinen steckten die Haare mit goldenen oder silbernen Nadeln; sie banden sie fest mit goldenen Ketten oder umwickelten sie mit weißen oder rothen Bändern. Eine Zeit lang war es Mode bei ihnen, sich Goldstaub in's Haar zu streuen.

An blonden oder röthlichen Haaren fand man besonderes Wohlgefallen; Brünetten, denen es durch Färbemittel nicht gelang, ihrem Haare eine röthliche Farbe zu verschaffen, schnitten es ab und trugen statt seiner eine rothe Perücke. Diese Sitte wurde in den letzten Zeiten der Republik in Rom so allgemein, daß die damaligen

Dichter die blonden oder rothen Perücken ihrer Geliebten besangen. So wie man heutzutage verschiedene Toiletten im Tage macht, so nahmen die Koketten jener Zeit auch zu jeder Toilette eine andere Perücke.

Uebrigens dauerte der Gebrauch der Perücken in die christliche Zeit hinein fort, und zwar derart, daß ein Concilium in Constantinopel im Jahre 692 n. Chr. den Frauen das Tragen von Perücken verbot.

In Frankreich wich man von dieser Mode ab; als die fränkischen Könige herrschten, trugen die Damen ein großes Kopftuch, das alle Haare umschloß und bis auf die Schultern herabreichte. Ueber diesem Tuche trugen Königinen und Prinzessinen ein Diadem; die Witwen hatten eine Binde zuvor über die Stirne gelegt, von da umfaßte sie von beiden Seiten das Gesicht und bedeckte den Hals.

Unter Philipp dem Schönen und dessen Nachfolgern baute man das Haar in eine spitze Pyramide auf, so daß es einem Zuckerhute glich; von diesem Haarthurme hing dann ein Gazeschleier herab.

Im Jahre 1430 fügte man diesem spitzen Kopfputze auf beiden Seiten noch Wülste hinzu.

Der hohe Kopfputz wurde unter Carl VIII. schon niedriger gemacht; unter Ludwig XII. verschwand er gänzlich. Die Frauen trugen nun eine mit Perlen und Steinen verzierte Capuze, welche zu beiden Seiten bis auf die Schulter herabfiel.

Das Kräuseln des Haares begann unter Franz I.; man trug dazu eine kleine spanische Faltenmütze.

Das Haar wurde unter Heinrich II. zu beiden Seiten in kleinen Locken arrangirt, oder man steckte es schopf förmig rechts und links nach oben. Die zierlichen kleinen Faltenmützen blieben Mode.

Unter Heinrich III. waren kleine Mützchen, mit Federn verziert, auf dem linken Ohre getragen, Mode.

Der Gebrauch des weißen Puders begann unter Heinrich IV.

Von Ludwig XIV. an war der Kopfputz sehr wechselnd; bald niederer, erhob er sich zu förmlichen Gebäuden mit mehreren Etagen, in welchen die sonderbarsten Zierathen angebracht waren.

Im Jahre 1784 fanden die politischen Ideen auch Eingang in die Modewelt, man trug Discontocassenhüte als Anspielung auf die kläglichen Finanzverhältnisse.

Nach allen diesen Verirrungen und Abnormitäten vom guten Geschmacke kehrte man in Frankreich zur Zeit der Republik und des Kaiserreichs wieder zu den griechischen Haararrangements zurück. Dazu trug man Hüte, welche nach Größe und Schnitt wechselten. Diese Mode ist die Mode der gebildeten Welt geworden und hat sich bis jetzt erhalten.

Das eigentliche Volk kennt keine Moden, es hat seine Tracht — wenigstens in den alten Welttheilen — in den neuen ist es nicht der Fall.

Die Haare bilden ebenfalls einen Theil der Physiomik. Aus feinen, seidenartigen, geschmeidigen Haaren schließt man auf ein zartes und gefühlvolles Temperament, auf Geist und Charakter. Schlichte, straffe Haare deuten auf Melancholie oder Beharrlichkeit; sehr lange Haare dieser Art verrathen eine träge Constitution. Die Wunderlichkeit, Störrigkeit und der Eigensinn sprechen sich in rauhen, struppigen Haaren aus; krause Haare warnen vor einem gallsüchtigen, heftigen Temperamente.

Ein schlauer Kopf ist niemals mit schwarzem, krausem Haare bedeckt.

Sehr reichliche schwarze Haare verkünden Körperkraft und moralische Energie. Blonde Haare sind im Allgemeinen das Zeichen eines sanguinisch-phlegmatischen Temperamentes; sind sie weich und schlichter, dann läßt sich eine leicht erregbare Gemüthsart vermuthen, welche den geringsten Eindrücken nachgibt.

Ein sogenanntes Feuerroth oder Impertinentroth bei Haaren deutet auf Bosheit, Verschmitztheit.

Pflege der Haare.

Die Haare bedürfen zur Erhaltung und Verschönerung einer aufmerksamen Behandlung. Des Morgens, bevor Damen ihre Haare flechten, sollen sie dieselben mit dem Richtkamme ordnen, und zwar muß dieser in gerader, senkrechter Linie durch die Haare gezogen werden, damit sie sich nicht verwirren und abreißen. Bei langem, dichtem Haare theilt man es in 2 bis 4 Theile, und kämmt jeden Theil besonders aus; dann erst fährt man mit einem feinen Kamme durch die Haare, um die entstandenen Hautschuppen zu entfernen, welche den Haaren und dem Haarboden schaden. Den feinen Kamm soll man übrigens nach der Fettigkeit, Länge und Dichtigkeit des Haares nur alle 8 oder 14 Tage gebrauchen. Nach dem Auskämmen bürstet man die Haare mit einer langborstigen Bürste. Den Richtkamm taucht man in Wasser, in welches man einige Tropfen Eau de Portugal gegossen hat. Der tägliche Gebrauch des Mittels macht die Haare geschmeidig und glänzend, erhält sie in dem gehörigen Grade der Feuchtigkeit und entfernt den Schweißgeruch.

Sind die Haare trocken, dann trägt man nach dem Kämmen mit einer Bürste ein mildes Oel oder eine gute Pomade auf; sind die Haare dagegen fett, dann bürstet man sie mit einer Bürste, welche in reines Eau de Portugal getaucht wurde. Hierauf werden erst die Haare geflochten. Abends nimmt man alle Haarnadeln heraus, öffnet die Flechten und schüttelt sie aus, und befestigt sie durch die Nachthaube so, daß sie die Nacht über darin festgehalten werden.

Die Haare brennen ist schädlich; es nimmt ihnen das Fett und macht sie störrig; das Schlagen mit einem Kamme, um sie zu kräuseln, ist gleichfalls schädlich. Damen, welche sich in der Küche beschäftigen, sollen das Haar mit einer Haube bedecken; Rauch und die Hitze des Heerdes schaden den Haaren.

Wenn die Haare sich an der Spitze spalten, so muß man sie alle 14 Tage etwa $^{2}/_{8}$ Zoll beschneiden, damit die schadhaften Spitzen entfernt werden, gleichzeitig reibt man dann die Haare mit kräftigen, nährenden Pomaden ein.

Auch das zu feste Binden ist den Haaren schädlich; ebenso das Aufwärtskämmen, das Tragen von Cocks.

Nach Krankheiten gehen oft die Haare aus. Solche kahle Stellen lasse man rasiren, und reibe sie täglich mit nachfolgenden Mitteln ein.

61) Haarwuchspomade.

Man bereite eine Pomade aus 3 Loth frisch ausgelassenem Rindsmark, $1^{1}/_{2}$ Loth ätherischem Kirschlorbeeröl, 15 Tropfen Bergamotöl, 15 Tropfen Gewürznelkenöl, 15 Tropfen Lavendelöl.

62) Haarwuchswasser.

In 6 Pfund rectificirtem Weingeist digerire man 4 Tage lang im Sonnenlichte 18 Loth venetianische Seife, 10 Loth Gewürznelken, 6 Loth Lorbeeren, 2 Loth kohlensaures Kali, 2 Loth Benzoe und 2 Loth Myrrhen. Die Flüssigkeit wird hierauf durch Löschpapier filtrirt und damit jeden Morgen der Kopf gewaschen.

Reinlichkeit ist eine Grundbedingung zur Erhaltung der Haare. Damen sollten alle Monate im Bade einmal die Haare ganz mit reinem, lauem Wasser auswaschen. Nach dem Bade werden sie sogleich gut getrocknet und gekämmt. Sind die Haare in Folge langer oder allzu starker Anwendung von Oelen und Pomaden so fett geworden, daß sie glanzlos, platt und zusammenklebend erscheinen, dann legt man eine gute Toiletteseife einige Minuten lang in eine Schale mit lauem Wasser, bewegt die Seife in dem Wasser hin und her, damit es schaumig wird; dann zieht man die Flechten auseinander und wascht sie sorgfältig mit einem Schwamme, der in dieses Seifenwasser getaucht wurde; sollte das Seifenwasser erkalten während des Waschens, dann gießt man laues Wasser nach. — Hierauf trocknet man das Haar sorgfältig mit Leinwand und bürstet es aus. Auf diese Art wurde das überflüssige Fett beseitigt.

Auch Eigelb, welches man sorgfältig zerrührt und dann mit der Hand über die Haare streicht, dient zur Entfettung des Haares; nachher kämmt man das Haar mit einem Richtkamme und zuletzt mit einem feinen Elfenbeinkamme aus.

Blonde, weiche Haare bedürfen weniger Pomade und Oel, als trockene, rauhe, sich sträubende Haare.

Alle Oele und Pomaden, welche man verwendet, müssen frisch und milde sein. Man vermeide die starken Parfüms, nehme dagegen Veilchen, Rosen, Heliotrop, Jasmin u. s. w.

Um das Ausfallen der Haare zu verhindern, falls man bemerkt, daß es sich eingestellt hat, dienen folgende zwei Mittel.

63) Chinawasser.

Man nehme 4 Loth gepulverte Chinarinde, koche sie mit 1 Pfund Wasser. Nach dem Erkalten filtrire man, hebe das Filtrat in einer verkorkten Flasche auf und wasche damit Abends die Haare.

64) Chinapomade.

Schmelze bei gelindem Feuer zusammen 2 Theile gelbes Wachs, 4 Theile gut ausgewaschenes frisches Rindsmark und rühre beim Erkalten darunter ein Theil Chinawasser von Nr. 63. Mit dieser Pomade reibt man Abends die Haare ein.

Verschönerung der Haare.

65) Pomade für blondes und kastanienbraunes Haar.

Nehme 2 Loth frisches ausgelassenes Rindsmark, 2 Loth frisch ausgelassenes Kalbsfett, $^1/_2$ Quentchen peruvianischen Balsam, 1 Quentchen Haselnußöl, $^1/_4$ Quentchen feingeschnittene Vanilleschoten. Alle diese Ingredienzien werden in einer geschlossenen Schale eine halbe Stunde lang erhitzt, dann durch ein leinenes Tuch in eine Schüssel geseiht, und die ganze Masse eine halbe Stunde lang in der Schüssel tüchtig durchgeschlagen, damit sie recht schaumig wird. Hierauf wird die fertige Pomade in kleine Töpfchen gefüllt, welche zugebunden werden.

66) Huile Philocome für schwarzes und braunes Haar.

Mische zu gleichen Theilen über gelinder Wärme Rindsmark, Süßmandelöl, Haselnußöl. Nachdem die Vereinigung geschehen, seihe die Mischung durch ein leinenes Tuch und setze einen beliebigen milden Parfum zu. Das Oel wird in wohlverkorkten Flacons aufgehoben.

67) Huile antique für schwarzes und braunes Haar.

Mische 6 Loth Behenöl, 16 Gran Ambratinctur, 8 Gran Bergamotöl; die Mischung wird in einem wohlverkorkten Flacon aufgehoben.

68) Orientalisches Rusma.

Oft ist das Haar zu tief in die Stirne hineingewachsen, oder es zeigen sich Haare ober den Lippen, oder Haare auf Wärzchen im Gesichte. Diese vollkommen zu entfernen, greift man zu folgendem Mittel.

1 Quentchen Auripigment, 3 Loth frischer, ungelöschter Kalk, 10 Quentchen Stärkepulver wird mit einer hinreichenden Menge Rosen- oder Orangeblüthenwasser zu einem weichen Teige angeknetet. Die Haare, welche man

zu beseitigen wünscht, werden zuerst mit einer Scheere so kurz als möglich abgeschnitten, dann trägt man von dem bereiteten Teige eine Linie dick auf die Stelle auf. Sobald die Masse auf der Haut hart wird, wäscht man dieselbe mit Rosenwasser ab. Das Haar ist vollständig verschwunden.

69) Anderes Enthaarungsmittel.

Blutegel werden in einer eisernen Schale über starkem Feuer zu Kohle verbrannt. Die rückständige Kohle wird zu feinem Pulver gestoßen; dieses Pulver reibt man mit Rosenwasser zu einer breiigen Masse an. Damit überstreicht man die zu entfernende Stelle. Das Haar wird darnach vollständig vertilgt und wächst auch nie wieder.

70) Eau collative, um Locken eine ganze Nacht über steif zu erhalten.

Man koche in einem Seitel Wasser 3 Loth Flohsamen, ist der Absud zur Hälfte einkocht und etwas erkaltet, dann setzt man $^3/_4$ Loth kölnisches Wasser zu, seiht dann durch. Mit der Flüssigkeit feuchtet man die Hand und zieht die Locken hindurch, wornach sie consistent bleiben.

71) Zweites Eau collative.

Nehme 2 Quentchen Tragant, 3 Quentchen Alkohol, 7 Loth destillirtes Wasser und 5 Tropfen flüchtiges Rosenöl; schütte alles in eine Flasche, verkorke sie und schüttele tüchtig um. Man läßt die Substanzen 24 Stunden in der Flasche und seiht dann die Flüssigkeit durch.

72) Drittes Haarbefestigungsmittel.

2 Loth Süßmandelöl, 1 Quentchen weißes Wachs läßt man über Feuer zergehen; dann setzt man zu 3/4 Loth Mastixtinctur und 1/4 Quentchen Bergamotöl.

73) Mittel gegen das Grauwerden der Haare.

Man kocht in 60 Theilen gutem, rothem Wein eine Minute lang einen Theil Eisenvitriol. Mit diesem Eisenwein wäscht man sich kalt zweimal in der Woche das Haar und läßt es trocken werden, ohne es abzureiben.

74) Mittel, daß die Haare schnell wachsen und dichter werden.

Mische 30 Theile Süßmandelöl, 30 Theile Rosmaringeist und 1 Theil Muscatöl.

Man reinigt sich die kahleren Stellen Abends, indem man Toilettenseife in Franzbranntwein taucht, und damit diese Stellen überfährt, hierauf wird das Oel eingerieben.

75) Haarfärbendes Oel, unschädliches.

Es gibt eine Menge haarfärbende Mittel, die aber meist der Gesundheit schädlich sind. Ich erinnere nur an die Liqueur transmutative in der Einleitung zur Kosmetik. Das folgende Mittel ist jedoch ganz unschädlich.

Nehme um Johanni, 20. bis 24. Juni, 2 Pfund grüne Baumnüsse, zerstoße sie, und mische 1/2 Pfund Alaun darunter. Diese Mischung wird in einen neuen glasirten Topf gefüllt, und mit 3 Pfund Olivenöl übergossen. Man bindet nun den Topf mit einer Blase zu und läßt ihn 20 Tage lang an einem mäßig warmen Orte digeriren. Nach dieser Zeit wird die obige Flüssigkeit durch ein leinenes Tuch gepreßt und dann parfümirt. Man hebt sie in Flacons auf und reibt sich täglich damit das Haar ein.

76) Lotion Laforest zum Schwarzfärben der Haare.

Man koche $^1/_2$ Loth grünen Eisenvitriol 5 Minuten lang in 24 Loth gutem rothen Wein. Dann setzt man hinzu $^1/_4$ Loth Kupferoxyd, und läßt ihn wiederum 2 Minuten lang kochen. Dann setzt man hinzu $^1/_2$ Loth feingepulverte aleppische Galläpfel. Man kocht noch 2 Minuten lang, nimmt dann die Farbe vom Feuer und seiht sie durch. Mit dieser Farbe reibt man sich die Haare ein, trocknet sie nach 10 Minuten mit warmer Leinwand und wäscht sie dann mit lauem Wasser.

77) Eau de Galles zum Schwarzfärben der Haare.

Nehme 7 Loth Provenceröl, 1 Loth Galläpfel; lasse beides im Sandbade kochen, bis die Galläpfel anfangen zu zerspringen; dann setzt man hinzu $^1/_4$ Loth graues Salz, $^1/_4$ Loth Steinsalz, $^1/_4$ Loth weißes Wachs, $^1/_2$ Quentchen Gewürznelken und $1^1/_2$ Quentchen gepulverten Alaun. Man läßt das Ganze nochmals 5 Minuten lang kochen, nimmt es vom Feuer, läßt die Mischung sich vollkommen setzen und gießt die überstehende Flüssigkeit in ein Glas, welches an einem dunklen Orte aufgehoben wird.

78) Tanninpomade zum Schwarzfärben der Haare.

Nehme $^1/_2$ Loth Tannin, löse ihn auf in 4 Loth Wasser, füge hinzu $1^1/_2$ Loth essigsaures Eisen, welches über dem Feuer darin aufgelöst wird; die so erhaltene Auflösung rühre man unter ein Töpfchen frische Markpomade. Mit dieser Pomade eingerieben erhält gelbes und rothes Haar eine tiefschwarze Färbung.

In China gibt es bekanntlich nur schwarzes Haar, welches ebenfalls größtentheils künstlich schwarz ist. Das Geheimniß der Chinesen ist uns noch nicht bekannt; nur so viel wissen wir, daß sie ein eigenes Eisenpräparat innerlich einnehmen; dieses durchdringt die Haarröhren, welche dann von außen mit einem vegetabilischen Mittel schwarz gefärbt werden. Auf diese Art hält die Färbung ein ganzes Jahr lang an.

79) Die Haare blond färben.

In einem Seitel weißem Wein kocht man $^1/_4$ Pfund Rhabarber so lange, bis nur $^1/_2$ Seitel Flüssigkeit mehr da ist. Dann seiht man durch. Mit dem Absud benetzt man die Haare und läßt sie trocken werden.

80) Anderes Mittel die Haare blond zu färben.

Man löse in 3 Seitel kaltem Wasser 2 Loth Salpeter auf; dann füge man hinzu 3 Loth zerstoßene Lupinen, 3 Loth geraspeltes Buchsbaumholz, 3 Loth Citronenschalen, 3 Loth Enzianwurzel, 3 Loth Berberiswurzel, 2 Loth Ginsterblüthen, 2 Loth Stöchaskraut, 2 Loth Kardamomen.

Die ganze Mischung kommt aufs Feuer und muß $^1/_2$ Stunde lang gelinde kochen. Nachher wird durchgeseiht. Mit diesem Extracte benetzt man das Haar.

Pflege der Haare beim Manne.

Alles was auf Haarpflege bei den Damen Bezug hat, gilt auch für das männliche Haar; nur darf man bei dem wohlgeordneten Haare des Mannes nicht merken, daß viele Mühe darauf verwendet wurde, denn sonst hat das Ansehen etwas Affectirtes, Stutzerhaftiges. Will ein Mann seine Haare kraus haben, so thut er am besten sie zu wickeln. Will er sie jedoch gebrannt haben, so muß das Haar vor dem Brennen entfettet und nachher mit Huile antique befeuchtet werden. Zweimal in der Woche nehme man zum Einreiben etwas parfümirtes Oel an den andern Tagen ein wenig gute Markpomade.

In dem Schneiden der Haare soll eine gewisse Regelmäßigkeit stattfinden; z. B. alle vier Wochen.

IV. Capitel.

Vom Barte.

Der Bart gibt dem männlichen Gesichte sein eigenthümliches Gepräge. Bei Einigen ist er weich, bei Andern dünn, zart oder rauh und verschieden nach Länge und Farbe. Die Nahrung hat einen großen Einfluß auf den Bart, bei guter, saftiger Nahrung ist er geschmeidig und weich; bei trockener, schwer verdaulicher Kost ist er rauh; die Haare sind dick und hart.

Bei Einigen bleibt der Bart beinahe unverändert, oder wächst nur allmälig, bei Andern dagegen wächst er unverhältnißmäßig stark. Der Hohepriester Aaron ist im Alterthume wegen seinem langen Barte bekannt. Der

Kanzler der Universität Tübingen, Dr. Johann Ulrich Pragizzer, hatte einen so langen Bart, daß der Marschall Turenne, der in dieser Stadt mit seinen Truppen überwinterte, von ihm sagte: »Der Mann hat mehr Bart als alle Einwohner von Frankreich zusammengenommen.« Im Türkenkriege hatte ein ungarischer Soldat einen Bart, mit dem er sich ganz umgürten und bedecken konnte. Als ihm befohlen wurde, ihn abzurasiren, sagte er, er wolle lieber sein Leben hergeben, als diese Perle von einem Barte. Ein Schuster zu Güns in Ungarn hatte im Jahre 1846 einen Schnurbart, der ihm bis an die Hüften reichte. Durch einen überaus langen Bart zeichnete sich der österreichische Edelmann F. von Rauber aus, der zur Zeit des Kaisers Maximilian I. lebte. Er flocht dieß stattliche Gewächs in zwei Zöpfe, die bis zur Erde reichten, dann wieder aufwärts gingen und an dem Degenknopfe befestigt wurden. Der Jesuit Alvarus Semedus Lusitanus kam aus China und Japan mit einem Barte zurück, der bis auf die Füße reichte; der Bequemlichkeit halber band er ihn zusammen. Auch Bartholin erzählt uns von einem herumziehenden Mönche, dessen Bart bis auf die Füße reichte. Hans Steininger, Bürgermeister in Braunau, hatte einen Bart, der die Körperlänge übertraf; als er ihn einmal beim Besteigen der Rathhaustreppe aufzuschürzen vergaß, verwickelte er sich mit den Füßen darin, stürzte und tödtete sich durch den Fall. Den größten bekannten Bart hatte jedoch ein holländischer Zimmermeister, dessen Porträt man in Lebensgröße auf dem Prinzenhofe in Eidam sieht; bei der Arbeit trug er ihn in einem Sacke; ließ er ihn herabfallen, so reichte er bis auf die Erde und von da wieder bis an den Gürtel; dieses Bartmonstrum hatte 9 Fuß Länge.

Unfruchtbare Frauen, weibliche Zwitter haben gewöhnlich Barthaare auf der Oberlippe und am Kinn. Auch übermäßige Keuschheit, in Folge deren die Menstruation oft schwindet, hat Barthaare auf weiblichen Gesichtern zur Folge; dasselbe ist bei vielen Frauen der Fall, wenn sie Ende der vierziger, Anfangs der fünfziger Jahre die Menstruation verlieren. Diese Haare zu entfernen, gebraucht man das unter 77 angeführte orientalische Rusma. Ein Frauenzimmer mit vollständig entwickelten Barthaaren und Haaren am ganzen Körper haben wir an Miß Pastrana gesehen. Dagegen erzählt man von zwei Juden, die in ihrem ganzen Leben weder Haare noch Zähne bekamen. — Merkwürdig waren die Gebrüder Lambert, welche vor beiläufig 38 Jahren sich um Geld sehen ließen. Gesicht, Kopf, die flachen Hände und die Fußsohlen waren glatt; dagegen alle übrigen Körpertheile waren mit Stacheln besetzt; wenn man diese Stacheln ausriß, dann wuchsen sie wieder.

Aus einem dichten, weichen, glänzenden Barte schließt man auf verliebtes Temperament und ein zartes, gefühlvolles Herz; dagegen aus einem rauhen, borstigen Barte auf einen halsstarrigen, unfreundlichen und jähzornigen Charakter. Bei rothen Bärten setzt man Bosheit, Hang zum Betrug, Verschmitztheit voraus.

Auch der Bart wurde zu allen Zeiten der Mode unterworfen. Bald trug man den Bart voll, bald mußte er vollkommen wegrasirt sein. Namentlich bei Hofe kann man die Bärte nicht leiden, oder duldet sie nicht in ihrem Naturzustande. Die Demokraten dagegen lieben die Vollbärte. In Deutschland trug man früher Vollbart, woher auch das Sprichwort kommt: »In den Bart brummen.« In Ungarn ist die Sitte des Vollbartes ziemlich allgemein; ebenso bei den Orientalen, für welche der Bart ein Heiligthum ist. Engländer und Amerikaner dagegen lieben nur glattrasirte Gesichter. Jedenfalls ist der Vollbart viel bequemer, weil man dann des lästigen Rasierens überhoben ist. Man hat mit dem Vollbarte nichts zu thun, als ihn jeden Morgen nach dem Waschen zu kämmen und zu bürsten.

Wer sich rasieren muß, der beobachte folgende Regeln. Man taucht in recht warmes Wasser ein Stückchen Seife, reibt rasch mit dem Pinsel darüber her, damit sich ein dicker Schaum bildet; mit diesem seift man sich zweimal ein. Dann taucht man das Rasiermesser in warmes Wasser, trocknet es ab, und rasiert sich von oben nach unten, wobei man die Haut gehörig anspannt, und schnelle, große Züge macht. Hierauf seift man zum zweiten Male ein und rasiert nochmals. Nach dem Rasieren gießt man einen Löffel voll Benzoetinctur in eine Schüssel mit frischem Wasser, und taucht das Gesicht wiederholt 5 Minuten lang darin ein. Dann trocknet man sich mit einer feinen, frischen Serviette gelinde ab, bis jede Spur von Feuchtigkeit aus dem Gesichte verschwunden ist. Durch dieses Waschen verschwindet das vom Messer herrührende Brennen, und die Haut und der Teint werden darnach bedeutend verschönert.

Vielen Männern kommt der Bart sehr spät, oft ist er dünn, mager; um schnell einen dichten Bart zu bekommen, ist daher das folgende Mittel anzurathen.

81) Bartwuchsmittel.

Man reibe die Stelle Abends eine Viertelstunde lang mit Rosmarinöl Nr. 74 ein. Nach dem Einreiben benetzt man die Stelle nochmals und geht zu Bette, ohne sie abzutrocknen. Am folgenden Morgen wird die Stelle 5 Minuten lang mit Seifenschaum eingerieben, und der Flaum mit dem Rasiermesser hinweggenommen. Unter Tages wasche man den rasierten Theil mit Eiswasser, oder lege 10 Minuten lang Eis darauf, damit das Blut in den Theil strömt und den Haarzwiebeln mehr Nahrung zuführt. Nachher gebraucht man folgende Bartwuchspomade.

82) Pomade Dupuytren zum Bart- und Haarwuchs.

Nehme ½ Pfund frisches, abgetriebenes Rindsmark, ¼ Loth Bleizucker, ½ Loth peruvianischen Balsam, 2 Loth Alkohol, 16 Gran Kantharidentinctur, 16 Gran Nelkentinctur, 16 Gran Zimmttinctur, und mache daraus eine Pomade.

83) Schwarzfärben des Bartes.

Hiezu gebrauche man einige Zeit die unter Nr. 76 angeführte Lotion Laforest.

V. Capitel.

Von der Stirne.

Die hohe, freie Stirne unterscheidet den Menschen vortheilhaft von allen andern lebenden Geschöpfen. Man hat die Stirne die Pforte der Seele, den Tempel der Scham genannt; auf ihr spiegeln sich Freude und Trauer; Milde und Strenge haben dort ihren Sitz, ebenso Bosheit und Güte; sie verkündet einen hellen Geist, oder sie hat das Gepräge von Geistesarmuth. Die Haare sollen die Stirne anmuthig begrenzen Einem langen Gesichte steht es besser, wenn die Haare weiter in die Stirne hinabreichen — bei einem kurzen Gesichte ist es vortheilhafter die Stirne möglichst frei vom Haare zu lassen.

Die Pflege der Stirn ist genau dieselbe wie die des Gesichtes. Auf der Stirne pflegen sich die ersten Runzeln einzustellen — die Störungen in der Harmonie des Gesichtes.

84) Mittel, die Runzeln verschwinden zu machen.

Magere Personen sind den Runzeln eher ausgesetzt als wohlbeleibte. Es können also magere Personen die Runzeln vertreiben, wenn sie sich zu einem bessern Embonpoint verhelfen, wovon bereits früher die Rede gewesen ist.

Löse in 22 Loth rectificirtem Alkohol $^1/_2$ Quentchen gepulverte Benzoe, $^1/_2$ Quentchen gepulverten Weihrauch und $^1/_2$ Quentchen gepulverten arabischen Gummi. Wenn die Auflösung erfolgt ist, setzt man zu $^3/_4$ Quentchen gepulverte Fichtensprossen, $^3/_4$ Quentchen gepulverte weiße süße Mandeln, $^1/_4$ Quentchen gepulverte Gewürznelken und $^1/_4$ Quentchen gepulverte Muscatnuß. Diese Mischung läßt man 2 Tage lang in einer wohlverkorkten Flasche stehen, wobei man täglich zweimal tüchtig umschüttelt. Dann 'setzt man noch 3 Loth Rosenwasser zu. Man bringt Alles in einen kleinen Destillirkolben und destillirt die Hälfte der Flüssigkeit über. Mit der erhaltenen Flüssigkeit wäscht man sich fleißig, oder man legt sich damit getränkte Compressen Abends beim Schlafengehen auf.

85) Zweites Mittel, die Runzeln verschwinden zu machen.

Man nehme 2 Loth reine Kalbsbouillon, welche ohne Salz oder Gewürz gekocht wurde, und mische darunter 1 Loth Benzoetinctur. Abends vor dem Schlafengehen schüttele man die Mischung auf, und tränke eine Compresse damit, welche man die Nacht über auf die Stirne legt.

86) Drittes Mittel gegen die Runzeln.

Mische 1 Loth Alkohol und 1 Loth frisches Eiweiß, und lege die Mischung die Nacht über mittelst Compressen auf.

87) Viertes Mittel, Runzeln und Blatternarben zu verringern.

Mische 1 Loth Alkohol, $\frac{1}{2}$ Quentchen Benzoe, $\frac{1}{2}$ Quentchen Storax und 5 Tropfen Mekkabalsam. Wenn Alles aufgelöst ist, nimmt man Abends 4—6 Tropfen der Mischung und gieße sie in ein halbes Glas Wasser, daß es ein milchiges, weißes Aussehen erhält. Dann wäscht man sich damit, ohne sich abzutrocknen, und am andern Morgen wird die Stelle mit frischem Wasser abgewaschen.

VI. Capitel.

Von den Augenbrauen.

Die Augenbrauen sind der oberste, äußere Schutz für das zarte Organ der Augen; sie sind Ableiter für die Schweißtropfen, welche von der Stirne kommen; sie führen sie seitwärts an den Augen vorüber.

Auch für die Physiognomik des Gesichtes sind die Augenbrauen von Wichtigkeit. Die Augenwimpern verschleiern gleichsam das Auge; die Augenbrauen sind gleichsam die Mimik zu der Augensprache.

Plinius der Aeltere sagt: »Ein Theil der Seele wohnt in den Augenbrauen.« Herder sagt wiederum: »Am untern Theile der Stirne, wo sich der Wille und der Verstand zu vereinigen scheinen, hat die Natur die Augenbrauen gezogen, den Regenbogen des Friedens in ihrer Milde, den gespannten Kriegsbogen, wenn sie dem Zorne Ausdruck verleiht. So ist sie, in einem wie im andern Falle, das Erkennungszeichen der Bewegungen der Seele.«

Man schließt auf einen ernsten, tiefen und festen Charakter, wenn die Augenbrauen sich den Augen nähern; wenn sie sich von den Augen entfernen, dann schließt man auf das Gegentheil im Charakter. Wenn die Augenbrauen dicht und wagrecht gestellt sind, dann deuten sie auf einen männlichen, kräftigen Sinn. Halb gerade, halb gekrümmte Augenbrauen verrathen weise und gründliche Urtheilskraft, tiefe Einsicht und geraden Verstand.

Zusammenlaufende Augenbrauen warnen oft vor einem heimtückischen und neidischen Charakter; weit auseinanderstehende Augenbrauen zeigen von einer guten Fassungskraft, einem zufriedenen Gemüthe und einem ruhigen Geiste. Dünne, sanft gebogene Augenbrauen sind ein Zeichen von Bescheidenheit und Einfachheit.

Die Augenbrauen soll man täglich waschen, damit sich keine Schuppen darunter erzeugen. Sind dieselben zu nahe oder ganz zusammengewachsen, dann nimmt man das orientalische Rusma Nr. 77 zu Hilfe, um sie, so weit man wünscht, wegzunehmen.

Hat man jedoch sehr dünne Augenbrauen, so gebraucht man folgendes Mittel.

88) Die Augenbrauen länger und dichter zu machen.

Die Spitze der Haare wird mit einer Scheere abgeschnitten; dann legt man 10 Minuten lang ein Stück Eis über die Augenbrauen; dadurch wird das Blut an diese Stellen hingezogen und es setzt dort nährende Theile ab. Das Eisauflegen geschieht Morgens und Abends, und jedesmal nachher reibt man die Augenbrauen mit einem erbsengroßen Stückchen der unter Nr. 82 angeführten Dupuytren'schen Pomade.

89) Die Augenbrauen schwarz oder braun zu färben.

Zu diesem Zwecke bedient man sich der unter Nr. 76 angeführten Lotion Laforest.

90) Die Augenbrauen blond zu färben.

Man bedient sich eines der unter Nr. 79 und Nr. 80 angeführten Blondfärbemittel.

VII. Capitel.

Von den Augen.

Was könnte ich hinzufügen zu den Gesängen der Dichter aller Zeiten, aller Zungen über diese Träger des Lichtes, diese Spender geheimer, magischer Kräfte, diese Pforten, zu denen die Seele herausschaut, durch die es möglich, einen Blick in die Seele hinein zu thun?

Die Augen werden zu wenig geschont; das ist auch der Grund, weßhalb den bei meisten Menschen schon in mittleren Lebensjahren Augenschwäche oder Kurzsichtigkeit eintritt. Gerade die Augen bedürfen einer einfachen, aber sorgsamen Pflege. — Man schlafe in einem Zimmer, wo möglich nach Süden, damit nicht gleich das Morgenlicht in voller Stärke in das Zimmer dringt; in dem Schlafzimmer ist es zweckmäßig, grüne Rouleaux anzubringen, sie Abends herabzulassen, und sie Morgens erst einige Minuten nach dem Aufstehen heraufzuziehen. Man schlafe nicht zu lange und auch nicht in allzu warmen Betten, denn dadurch wird der Kopf eingenommen und die Augen röthen sich. Beim Erwachen reibe man sich nicht die Augen, es ist eine sehr schädliche Gewohnheit; wohl aber wasche man die Augen mit frischem, klarem Wasser; dieß ist den Augen sehr zuträglich und von noch besserem Erfolge, wenn man es täglich einige Mal thut, nur dann nicht, wenn man erhitzt ist.

Jeder schnelle Wechsel des Lichtes, von Dunkelheit in Helle oder umgekehrt, hat nachtheilige Folgen. Man meide auf grell beleuchtete Flächen zu sehen, hüte sich in Feuer, helle Flammen zu sehen; ganz besonders schädlich ist es am Abend dem Blitzen zuzusehen.

Die Farben der Zimmer sollen eine mittlere, zarte Farbe haben. Braun, grau, ganz besonders grün sind zu empfehlen.

Es ist eine Hauptaufgabe Abwechslung in die Beschäftigung zu bringen. Anhaltendes Lesen, Schreiben, Zeichnen soll vermieden werden. Damen, welche mit weiblichen Handarbeiten beschäftigt sind, wobei sie gebückt sitzen müssen sollen von Zeit zu Zeit aufhören, und das Auge einige Minuten ruhen lassen.

Zur Dämmerungszeit lesen, arbeiten ist jedenfalls zu vermeiden.

Auf die Arbeit bei Kerzen- und Oelbeleuchtung ist vorzüglich zu achten.

Stets muß das Licht so hoch stehen, daß die Strahlen desselben von oben herab in das Auge fallen; ein Lichtschirm oder eine grüne Hülle über das Kugelglas der Lampe sind weise Vorrichtungen.

Man lese bei Abend keinen kleinen Druck, vermeide, wenn es möglich, Zeichnen, Nähen, Sticken bei Kerzenbeleuchtung; Arbeiten in Schwarz oder bunten Farben am Abende, in der Nacht, bringt den Augen großen Schaden.

Wer fleißig die gasbeleuchteten Theater besucht, sich der Operngucker bedient, dessen Augen werden sehr zu leiden haben.

Im Sommer sollen die Augen gegen das grelle Sonnenlicht durch einen breiträndigen Hut oder Sonnenschirm geschützt sein.

Jalousien an den Fenstern sind schädlich, weil dadurch grellabgesonderte Streifen von Schatten und Licht entstehen; man bediene sich der grünen oder grauen Rouleaux.

Sitzt man im Winter vor Caminen, Oefen, dann soll stets ein Ofenschirm die Augen vor der strahlenden Wärme schützen.

Geistige Getränke thun dem Glanz und der Sehkraft der Augen Abbruch; man betrachte nur einmal die nichtssagenden, verschwommenen, oft gerötheten Augen eines Säufers. Das Trinken reinen Wassers dagegen gibt den Augen einen lebhaften Glanz.

Fühlt man die Augen schwach werden, die Sehkraft abnehmen, dann wende man sich an einen erfahrenen Augenarzt; stellt sich Kurzsichtigkeit ein, so ziehe man ebenfalls einen Augenarzt zu Rathe, welcher die Auswahl der Brille zu leiten hat.

91) Einfaches Mittel gegen geschwächte Augen.

Abends wasche man die Augen mit klarem, frischem Wasser, und lege über Nacht eine Leinwandkompresse auf, welche in gutem alten Niersteiner oder Liebfrauenmilch getränkt wurde.

92) Gegen Augenschwäche alter Personen.

Man filtrire Fluß- oder Regenwasser, und gebe auf 4 Theile filtrirtes Wasser 1 Theil guten Franzbranntwein; mit dieser Mischung wasche man sich Morgens die Augen.

93) Vorzügliches Augenwasser.

Wenn im Frühjahre die Reben an den Weinstöcken geschnitten werden, so fließt aus den Schnittstellen eine klare, wasserhelle Flüssigkeit; diese lasse man sammeln. Die Flüssigkeit läßt sich in verkorkten Fläschchen Jahre lang aufheben und ist das allerwirksamste Augenstärkungsmittel. Morgens und Abends werden die Augen damit gewaschen.

94) Anderes Augenwasser.

Man gieße in eine Glasflasche 1 Seitel filtrirtes Flußwasser, füge hinzu 4 Gran schwefelsaures Zink (Zinkvitriol) und $^3/_8$ Quentchen gepulverte florentinische Veilchenwurzel. Die Flasche wird hierauf verkorkt und 24 Stunden an einen kühlen Ort gestellt. Nach Verlauf dieser Zeit seiht man die Mischung durch weißes Seidenzeug und verwahrt die abgeseihte Flüssigkeit, mit welcher man die schwachen Augen wäscht.

95) Kornblumenwasser zur Stärkung der Augen und gegen die Entzündung angegriffener Augen.

Nehme $^1/_8$ Pfund blaue Kornblumen sammt den Kelchen, zerreibe sie in einem steinernen Mörser und gieße hinzu eine Halbe filtrirtes Flußwasser und decke den Mörser zu. Nach 24 Stunden gibt man den Inhalt des Mörsers in einen Destillirkolben und destillirt langsam über. Das so erhaltene Wasser ist ein ausgezeichnetes Mittel gegen entzündete Augenlider, es stärkt das Gesicht und verschönert den Teint.

96) Fenchelessenz gegen schwache Augen.

Doktor Romershausen empfiehlt die Fenchelessenz des Herrn Apothekers Geisz in Aken an der Elbe, per Flacon 1 Thaler. Man bereitet sich diese Essenz, wenn man $^1/_8$ Pfund frischen Fenchel mit einer Halbe filtrirten Flußwasser ebenso behandelt, wie es in Nr. 95 mit den Kornblumen angegeben wurde.

97) Mittel gegen die blauen Ringe um die Augen.

Man lege in 2 Pfund destillirtes Wasser $1^3/_4$ Loth Rosmarinspitzen läßt Alles in einem verschlossenen Gefäße 8 Tage lang einweichen; hierauf filtrirt man. Der filtrirten Flüssigkeit setze man zu $1^3/_4$ Loth Rosenwasser und $1^3/_4$ Loth guten Franzbranntwein. Dieses balsamische Wasser hat die Eigenschaft, die Augen, welche durch langes Nachtwachen geschwächt wurden, zu stärken; es mindert und vertreibt die blauen Ringe um die Augen; ebenso beseitigt es die rothen Flecken, welche sich bisweilen nach vielem Tanzen im Gesichte zeigen.

VIII. Capitel.

Von den Ohren.

So wie das Auge alle Lichteindrücke aufnimmt, so ist das äußere Ohr dazu bestimmt, die Schallwellen aufzufangen und sie dem inneren Ohre zuzuführen. Wir sehen außen die Ohrmuschel und einen Theil des Gehörganges. Der Gehörgang enthält eine gelbliche, fettige Substanz, das Ohrenschmalz. Es ist bestimmt, Insekten, Staub von dem inneren Ohre abzuhalten und mildert zugleich die Stärke großer Schallwellen, als: Knall, Donner u. s. w.

Dem Ohre soll man besondere Aufmerksamkeit in Bezug der Reinlichkeit schenken, man wasche es jeden Morgen mit einem reinen Handtuche, das mit Toilettenseife oder Benzoewasser befeuchtet wurde.

Eine Ansammlung des Ohrenschmalzes ist widerlich und erzeugt sogar einen ekelhaften Geruch im Ohre; man entferne daher wöchentlich zweimal den Ueberfluß dieses Stoffes aus dem Gehörgange. Man bediene sich dazu gut polirter Ohrlöffelchen von Elfenbein, Perlmutter oder Schildkrot. Noch besser ist es, sich solche Ohrlöffelchen mit dem Federmesser aus frischen Eibischwurzeln zu schneiden, da diese sehr elastisch sind, und sich an die Wandungen des Gehörganges anlegen und sie nicht verletzen.

Damen mögen das Ohr durch die Nachthaube oder das Kopftuch nicht zu sehr anpressen, da es sonst leicht seine schöne Form verliert, oder gar Wunden daran entstehen, welche außerdem, da sie unangenehm für das Auge sind, auch noch sehr schwer heilen.

98) Entfernung von verhärtetem Ohrenschmalz.

Durch eine erhärtete Anhäufung von Ohrenschmalz kann Schwerhörigkeit, sogar Taubheit eintreten.

In einem solchen Falle mische man unter laues Wasser einige Tropfen Franzbranntwein, und spritze die Mischung ins Ohr; das Ohrenschmalz erweicht sich und läßt sich dann mit einem Ohrlöffelchen herausnehmen.

99) Gehöröl von Robinson.

Bei Schwerhörigkeit, welche durch Schwächung des Ohrennerves oder durch häufige Erkältungen hervorgerufen wurde, bediene man sich folgenden Mittels.

Man löst in 1 Pfd. feinstem Provenzeröl $^1/_2$ Quentchen Kampfer auf, und setzt zu 15 Tropfen Jasminöl, 5 Tropfen Anisöl und 4 Tropfen Spicköl. Mit dieser Mischung tränkt man ein Baumwoll-Bäuschchen und steckt es in's Ohr. Jeden Morgen muß es durch ein frisches ersetzt werden.

IX. Capitel.

Vom Munde.

O, welch Entzücken, sich deinem lieblichen Munde zu nähern und den ersten Kuß darauf zu hauchen! — Der Mund ist der Dolmetscher des Herzens — alle Gefühle äußern sich auf ihm und um ihn. — Darum ist er auch höchst interessant, um Physiognomik zu studiren. Jeder Mensch treibt Physiognomik, ohne sich dessen recht bewußt zu sein; man wünscht einen großen Mann sehen zu können, damit man einen Vergleich zwischen dem Geiste, dem Charakter und den Gesichtszügen anstelle. Schwerlich wird sich Jemand dazu verstehen, einen Diener aufzunehmen, ohne ihn vorher angesehen zu haben.

Ein zu großer Mund zeigt Plauderhaftigkeit und beschränkten Verstand an, ein kleiner Mund dagegen friedfertige und sanfte Gemüthsart. Wie bei allen Körpertheilen ist auch beim Munde die Mittelgröße die beste. Ein zusammengepreßter Mund ist das sicherste Zeichen der Kaltblütigkeit, der Ordnungsliebe, der Pünktlichkeit und Reinlichkeit; ist ein derartiger Mund an den Seiten in die Höhe gezogen, dann deutet er auf Ziererei, Dünkel und Eitelkeit, gleichzeitig auf etwas Bosheit und Leichtfertigkeit. Ist bei einem kraftvollen, geistreichen Menschen der Mund so gebaut, daß bei geschlossenem Munde stets ein schmaler Spalt bleibt, durch welchen man die Zähne sieht, so verkündet er kalte, unbarmherzige Strenge und hohnlachende Bosheit. Ein beständig offenstehender Mund mit dicken Lippen ist das unverkennbare Zeichen von Dummheit.

Die erste Regel, den Mund hübsch und frisch zu erhalten, ist, denselben oft mit reinem Wasser auszuspülen.

Entsetzlich ist der Geruch aus dem Munde, und es ist die Pflicht jedes anständigen Menschen, denselben entweder gründlich zu beseitigen, oder ihn unmerklich zu machen. Der Geruch kann aus viererlei Quellen stammen.

1. Aus Unreinlichkeit des Mundes.

Man spüle Morgens, Abends und nach jeder Mahlzeit den Mund gehörig aus, damit sich keine Speisentheile irgendwo festsetzen, oder man gebrauche folgende Mittel:

100) Süße Mandeln gegen Mundgeruch.

Durch das Kauen süßer Mandeln wird der Geruch von Tabak, Knoblauch, Rettig, Käse u. s. w. aus dem Munde verbannt.

101) Mundwasser Nr. 1.

Mische $^1/_2$ Quentchen Ambratinctur, 13 Loth kölnisches Wasser, 2 Loth Zimmttinctur, 1 Loth Macistinctur; von dieser Mischung nehme man einen Theelöffel voll und gieße ihn in ein halbes Weinglas voll Rosenwasser; damit wird der Mund ausgespült.

102) Mundwasser Nr. 2.

$^3/_4$ Quentchen Ambratinctur, 9 Loth Löffelkrautspiritus und 9 Loth Orangeblüthenwasser werden gemischt, von dieser Mischung nimmt man 2 Theelöffel voll und gießt sie in eine halbgefüllte Oberschale lauwarmen Wassers; dann spült man sich mit dem aromatisirten Wasser den Mund aus.

103) Mundwasser Nr. 3 für Tabakraucher von Chevalier.

Man nehme 3 Quentchen Chlorkalk, löse ihn auf in 6 Loth destillirtem Wasser, und füge 4 Tropfen Rosenöl hinzu; die Auflösung wird in einer mit schwarzem Papier überzogenen Flasche aufgehoben. Man nimmt dann einen Theelöffel voll auf $^1/_2$ Seitel Wasser, um den Mund damit auszuspülen.

104) Mundwasser Nr. 4.

Man löse 2 Quentchen Chlorkalk in 6 Loth einfachem Zimmtwasser und 6 Loth Pfeffermünzwasser auf, und hebe die Lösung in einer Hyalithflasche auf. Man spült sich einige Mal täglich den Mund aus, mit einem Zusatze von 3 Löffeln dieser Mischung auf $^1/_2$ Seitel Wasser.

105) Mundwasser Nr. 5.

Man löse 30 Gran Tannin in 1 Loth Bertramtinctur, 1 Loth Guajatinktur, 4 Loth Salbeiwasser, 4 Loth Rautenwasser und füge zu 6 Tropfen Pfeffermünzöl. Mit etwas von dieser Mischung wird nach jeder Mahlzeit der Mund ausgespült.

2) Entsteht der üble Geruch aus den Caries der Zähne; in diesem Falle muß die Höhlung des angefressenen Zahnes mit einem der von Nr. 145 bis Nr. 150 angeführten Zahnkitte ausgefüllt werden.

106) Pastillen gegen Cariesgeruch.

Man nehme 1 Quentchen gepulverte Kohle, 2 Loth weißen Zucker, 4 Tropfen Citronenöl und 4 Tropfen Krausemünzeöl; diese verarbeitet man mit Tragantgummischleim zu einer teigartigen Masse und macht daraus Pastillen, jede 4 Gran schwer. In den Mund genommen verbessern diese Pastillen den übelriechenden Athem und erfrischen ihn.

107) Aromatische Mündkügelchen.

Nehme feingepulverte Gewürznelken, Kardamomen, Ingwer, Muskatnuß, von jedem ein Quentchen, mache mit Tragantschleim eine teigige Masse daraus, die man zu Pillen formt. Von Zeit zu Zeit läßt man eine derselben im Munde zergehen.

3) Ist der Mundgeruch ein innerer Fehler oder die Folge einer Krankheit eines inneren Theiles. In diesem Falle nimmt man zu folgendem Mittel seine Zuflucht:

108) Aromatische Mundpastillen.

Nehme fein gepulverten Kaffee oder Chocolade 3 Loth, gepulverte Lindenkohle 1 Loth, gepulverten Zucker 1 Loth, gepulverte Vanille 1 Loth, diesen Substanzen setze man so viel arabischen Gummischleim zu, um eine teigartige Masse daraus zu machen. Aus der Masse formt man Pastillen von ¼ Quentchen Schwere. Täglich läßt man 5 bis 6 dieser Pastillen im Munde zergehen.

4) Rührt der üble Geruch aus dem Magen her, theils weil der Magendeckel nicht schließt, theils weil der Magen sich in einem krankhaften Zustande befindet. Dieser Geruch ist der unausstehlichste von allen und muß man fleißig dagegen arbeiten.

109) Morsellen gegen üblen Mundgeruch und Verdauungsschwäche.

Man nehme 1 Pfund feingestoßenen feinsten Rohrzucker, übergieße ihn in einem kupfernen Kessel mit ½ Seitel Orangenblüthenwasser; man stellt hierauf den Kessel über gelindes Holzkohlenfeuer und läßt es so lange kochen, bis der Zucker jenen Grad von Dicke erreicht hat, daß er doppelt perlt, oder durch den Schaumlöffel sich Zuckerblasen wegblasen lassen, oder daß er Fäden zieht. Dann rührt man darunter 6 Loth kleingeschnittene Pistazien, 2 Loth leicht abgeriebene Citronschalen, 2 Loth leicht abgeriebene Orangeschalen, 2 Quentchen feingepulverten Zimmt, 2 Quentchen feingepulverte Gewürznelken, 1 Quentchen Vanillepulver. Hierauf gießt man die Masse noch ganz heiß und flüssig auf Papier oder Blech, die vorher mit weißem Wachs angestrichen wurden; man vertheilt die Masse gleichförmig auf der Platte und schneidet sie dann in länglich viereckige Stücke, ehe die

Masse erkaltet ist. Nach dem Erkalten löst man die Stücke ab und bewahrt sie in einer Schachtel auf. Von diesen Morsellen nimmt man täglich 3 bis 4 Stück.

110) Katechu-Pastillen.

Man bereitet sich zuerst folgendermaßen einen Katechu-Extract: 2$^3/_4$ Loth gepulvertes Katechu werden mit 10 Loth destillirtem Wasser übergossen und 24 Stunden bei einer Wärme von 32° R. weichen gelassen, wobei man öfters umrührt. Man drückt dann Alles durch ein leinenes Tuch aus, filtrirt die ausgepreßte Flüssigkeit und dampft sie im Sandbade ab. Von dem so erhaltenen Katechu-Extracte nimmt man 6 Loth, setzt 24 Loth feingepulverten weißen Zucker zu und so viel Tragantschleim, um daraus eine teigartige Masse zu machen. Man aromatisirt dieselbe nach Belieben entweder mit 10 Tropfen Krausemünzöl, oder mit 10 Tropfen Vanilletinctur, oder mit $^1/_2$ Loth gepulverter Veilchenwurzel, oder mit 1 Quentchen gestoßenem Zimmt, oder mit $^1/_2$ Loth Zimmtwasser, oder endlich mit 10 Tropfen Rosenessenz.

Aus dem Teig formt man 4 Gran schwere Katechupillen. Von diesen läßt man täglich einige im Munde zergehen und verschluckt das Aufgelöste. Diese Pillen befördern die Verdauung, verhindern das Aufstoßen und die Magensäure; sie verbessern den übelriechenden Athem und verleihen dem Munde ein angenehmes, erfrischendes Parfüm.

111) Mundschädenwasser.

Man löse 1 Loth Alaun in 8 Loth Wasser auf. Diese Alaunauflösung nehme in den Mund, wenn derselbe von innerlicher Hitze voll Blasen ist, oder wenn sich die Haut im Munde ablöst.

112) Gurgelwasser gegen die Mundschwämmchen.

Man nehme 1½ Quentchen Blätter von Odermennig und 1½ Quentchen Blätter von Brombeerstauden und koche sie eine Viertelstunde lang mit ½ Pfund Wasser; dann seiht man durch und setzt 3 Loth Rosenhonig zu und soviel Tropfen englische Schwefelsäure, um dem Gurgelwasser einen angenehm sauren Geschmack zu ertheilen.

Dieses Mundwasser beseitigt die unempfindlichen Mundschwämmchen, und ist von großem Nutzen, wenn sich durch das Herausziehen des Zahnes eine schwammige Verschwürung des Zahnfleisches oder der Zahnfleischhaut gebildet hat.

113) Halsweh rasch zu vertreiben.

Man nehme ½ Pfund Absud von Malvablumen oder von Eibischwurzeln und setzt diesem 12 Loth Rosenhonig zu; mit der Mischung gurgelt man sich jede Stunde, worauf nach zwei Tagen keine Spur von der Bräune oder dem Halsweh mehr übrig ist.

114) Gegen zu starken Speichelfluß.

Da ein zu starker Speichelfluß der Schönheit des Mundes Abbruch thut, außerdem auch der Reinlichkeit und der Dauerhaftigkeit der Zähne schadet, so bedient man sich folgenden Mittels mit Vortheil dagegen:

Man nimmt 1½ Quentchen frische rothe Rosenblätter, 1½ Quentchen Blätter von Odermennige und kocht sie eine Viertelstunde lang mit ½ Pfund Wasser; dann seiht man ab und setzt 2 Loth weißen Honig zu. Mit diesem Decocte gurgelt man sich jeden Morgen.

115) Der Stimme einen hellen Klang zu geben und sie klar zu machen.

Für Sänger und Redner ist es von Wichtigkeit, beständig eine nichtumflorte Stimme haben; angenehm ist der reine, helle Klang der Stimme bei Jedermann.

Der Meerzwiebelessig ist zu diesem Zwecke ganz besonders zu empfehlen; man bereitet ihn also: 2 Loth getrocknete Meerzwiebelblätter werden mit 20 Loth starkem rothen Weinessig und 1 Loth rectificirtem Alkohol übergossen. In einem verschlossenen Gefäße läßt man Alles zusammen 14 Tage lang digeriren, seiht dann die Flüssigkeit durch und setzt ihr 4 bis 6 Tropfen Rosenessenz als Parfüm zu. Von diesem Meerzwiebelessig gießt man 5 bis 6 Tropfen in ein Glas lauwarmes Wasser, und gurgelt sich Abends und Morgens damit an den Tagen, wo man öffentlich sprechen oder singen soll.

116) Anderes Mittel, der Stimme hellen Klang zu verschaffen.

Man genieße Morgens nüchtern frische, ungesottene Eier. Oder man nehme 1 Quentchen Hollunderblüthen in einem Glase weißen Weines.

117) Mittel gegen Stimmlosigkeit.

Beim Conservatorium zu Neapel wird folgendes Mittel angewendet: Vor dem Schlafengehen trinkt man heiß ein Glas Gerstentisane. Wirksam ist auch ein Decoct von fleischigen Feigen in Milch.

118) Hederichsyrup zur Erzielung einer reinen, klangvollen Stimme.

Dieser Syrup, welcher vor Heiserkeit schützt, und eine entstandene Heiserkeit schnell beseitigt, und welcher ein vorzügliches Mittel für Sänger und Redner ist, wird also bereitet:

Man nehme 4 Loth Hederich (Chrysimum offic.) und digerire ihn in 1½ Pfund kochendem Wasser 2 Stunden lang im Sandbade, filtrirt dann die Flüssigkeit und setzt ihr über Feuer 3 Pfund weißen Zucker zu.

Der so erhaltene Syrup ist sehr angenehm zu nehmen und ist allen anderen besänftigenden Mitteln vorzuziehen.

X. Capitel.

Von den Lippen.

Sie sind die rosigen Bogen Amors; wie die Zephyre durch die Rosenbüsche gaukeln, so spielen auf den Lippen Liebe, Fröhlichkeit, Schalkhaftigkeit, Muthwillen, Laune, Schmollen und das feine Lächeln, vom lieblichsten bis zum satyrischen.

So wie der halbgeöffnete Rosenkelch den köstlichsten Duft birgt, so entströmt rosigen, frischen Lippen der balsamische Hauch der Jugendfülle und Jugendfrische — welche Wonne, von solchen Lippen den Blüthenthau der Liebe zu nippen!

Die Lippen vergönnen uns auch Einblicke in den Charakter des Menschen.

Dicke, aufgeworfene Lippen deuten auf schwachen Verstand und geringe Umsicht, dabei aber auf Verschwiegenheit und List; sehr dünne Lippen dagegen zeigen Geiz an.

Lippen von frischer, rother Farbe, nicht zu dick und nicht zu dünn, bezeichnen gute, moralische Eigenschaften.

Volle, wohlproportionirte Lippen, welche von beiden Seiten eine schöne, gekrümmte Linie zeigen, paaren sich nie mit einem niedrigen Charakter. Niemals finden sie sich bei Falschheit oder Bosheit vor; höchstens vereinigt sich damit eine Neigung zur Wollust.

Fleischige Lippen bezeichnen Sinnlichkeit und Trägheit.

Leise geschlossene Lippen von untadeliger Form verkünden einen festen, überlegenden und gerechtigkeitsliebenden Charakter.

Springt die Oberlippe etwas vor, dann ist es ein zuverlässiges Zeichen der Güte. Eine vorspringende Unterlippe bezeichnet mehr kalte Gutmüthigkeit als lebhafte Zärtlichkeit.

Eine in der Mitte gespaltene Unterlippe verräth Munterkeit.

Neigen die Lippen sich an den Seiten stark abwärts, so läßt sich Lieblosigkeit voraussetzen.

Rothe und frische Lippen zeigen einen gesunden Körper an; blasse und welke Lippen dagegen sind ein Zeichen der Kränklichkeit und allgemeiner Schwäche; bei vielen Damen lassen blasse, welke Lippen auf Erschlaffung der Geschlechtsorgane schließen, während volle und rothe Lippen sein sicheres Merkmal der Frische und Festigkeit dieser Organe sind.

Es ist eine schädliche Gewohnheit, mit der Zunge über die Lippen zu fahren, und sie so mit dem Speichel zu benetzen; danach werden die Lippen matt, entfärbt und schrundig. Noch schädlicher ist die Gewohnheit, sich in die Lippen zu beißen; nichts macht die Lippen so schnell vorzeitig alt, welk und schrundig. Bei rauhen, aufgesprungenen Lippen bediene man sich einer der nachstehenden Lippenpomaden.

119) Lippenpomade Nr. 1.

Man schmilzt bei langsamem Feuer 4 Unzen gelbes, in Stücke gebrochenes Wachs in einem glasirten, irdenen Topfe und 1½ Pfund frisches Rindsfett zusammen. Sobald Alles geschmolzen ist, setzt man die Körner von drei reifen Weintrauben und eine Unze pulverisirte rothe Ochsenwurzel hinzu. Man läßt die Masse 5 Minuten lang sieden und seiht sie heiß durch ein leinenes Tuch, ohne es auszudrücken. Die Pomade wird in Porzellandosen gegossen, in welchen sie erhärtet; sie ist ein vorzügliches Mittel gegen aufgesprungene Lippen.

120) Lippenpomade Nr. 2.

Nehme 1 Unze feingepulverte Myrrhen, 1 Unze feingepulverte Bleiglätte, 4 Unzen Honig, 2 Unzen Wachs von Honigwaben und 6 Gran Rosenöl. Unter gelindem Feuer werden diese Ingredienzen gemengt.

121) Lippenpomade Nr. 3.

Nehme 1 Unze armenischen Bolus, 1 Unze Myrrhen, 1 Unze Bleiweiß; alle diese Ingredienzien, in feingepulvertem Zustande, mische so viel Hirschtalg darunter, daß es eine Pomade gibt; sie heilt Sprünge an den Lippen, so wie an jedem anderen Theile des Körpers.

122) Eieröl gegen aufgesprungene Lippen.

Nehme 6 Eidotter von ganz frischen Eiern; zerschlage sie mit einem Schneebesen sehr stark, füge hinzu 18 Drachmen rectificirten Weingeist und schlage wieder tüchtig durch. Dann rühre hinzu das zehnfache Gewicht

Wasser von dem, was die Eidotter und der Weingeist zusammen wiegen, und lasse dann die Lippenpomade 24 Stunden lang ruhig stehen, worauf sich das Eieröl an der Oberfläche gesammelt hat. Dieses hebt man sorgfältig ab und verwahrt es in einem Glasfläschchen. Aufgesprungene Lippen reibt man mit dem Oele ein, wonach sie über Nacht heilen.

123) Lippenpomade Nr. 4.

Nehme 1 Loth Cacaobutter, lasse sie in der Wärme zergehen und rühre dann darunter 1 Loth frisches Eidotter. Mit der so erhaltenen Salbe bestreiche man täglich mehrmals die Lippen.

124) Lippenpomade Nr. 5 (gelbe).

Man schmelze bei gelindem Feuer zusammen: 2 Loth frisches Schweinefett, 1 Loth gelbes Wachs, $^1/_2$ Loth Mandelöl, $^1/_2$ Loth Wallrath, $^1/_{10}$ Quentchen Saffran, dann seiht man durch Leinwand in ein mit weißem Schreibpapier ausgelegtes Gefäß und versetzt die durchgeseihte Masse mit 10 Tropfen Nelkenöl.

125) Lippenpomade Nr. 6 (rothe).

Man zerlasse in einem kupfernen Gefäße auf gelindem Feuer 8 Loth frische, ungesalzene Butter und 3 Loth weißes Wachs; sind die Fettstoffe zergangen, dann rühre man zu 2 Loth geschnittene Alkannawurzel und 2 Loth getrocknete, vorher gequetschte Korinthen. Man läßt Alles 8 Minuten lang auf dem Feuer, seiht dann durch Leinwand ab. Wenn die Masse zu erkalten beginnt, arbeitet man 1 Eßlöffel voll Triple fleur d'orange-Wasser darunter.

126) Lippenpomade Nr. 7 (weiße).

Man zerlasse bei gelinder Wärme 4 Loth weißes Wachs, 1 Loth Wallrath, 1 Loth Jasminöl und 6 Loth frisches Schweinefett. Man stelle dann das vom Feuer genommene Gefäß in ein anderes mit kaltem Wasser und rührt 20 Tropfen Bergamotöl hinzu. Dann gießt man die Pomade in eine Papierkapsel, aus welcher sie nach dem Erkalten genommen wird.

127) Dem Aufspringen der Lippen vorzubeugen.

Will man das Aufspringen der Lippen verhüten, so bestreiche man sie Abends vor dem Schlafengehen mit etwas Gurkenpomade.

128) Die Lippen frisch und roth zu machen.

Nehme 1 Loth weißes Wachs und 1 Loth Olivenöl, setze sie über das Sandbad, daß sie zusammenschmelzen, und lege ein leinenes Säckchen hinein, in welchem $^1/_2$ Quentchen feingeschnittne Alkannawurzel eingebunden ist. Man lasse Alles eine Stunde lang im Sandbade, und drückt dann das Säckchen mit der Akannawurzel aus. Man seiht die Flüssigkeit durch Leinwand und vor dem Erkalten rührt man 3 Tropfen Rosenöl darunter. Die Pomade gießt man in eine kleine Büchse von Eben- oder Buchsbaumholz.

Mit dieser Pomade bestrichen, werden die Lippen schön rosenfarben, frisch und geschmeidig. Es ist dies das einzige vortheilhafte Mittel, den Lippen Glanz und Farbe zu geben; Essigpräparate u. s. w. verderben die Lippen.

129) Gegen schiefe Lippen oder schiefe Form des Mundes.

Aufmerksamkeit und fester Wille helfen diesem Fehlern am besten ab; es steht in der Kraft der Muskeln, die hängende Seite hinauf zu ziehen, und den Mund dann lange in dieser Lage zu erhalten, welche ihm eine gefällige Form gibt. Durch oftmaliges, tägliches Wiederholen wird der schiefe Mund gänzlich beseitigt.

130) Gegen zu dünne oder zu dicke Lippen.

Es steht nicht in unserer Gewalt, dünne Lippen dicker oder dicke Lippen dünner zu machen; wohl aber gelingt dieß scheinbar durch die Anordnung des Mundes. — Bei dünnen Lippen lasse man den Mund etwas geöffnet und übe sich die Lippen von innen nach außen zu wenden, dadurch werden sie dicker erscheinen. Der Dicklippige dagegen halte den Mund fest geschlossen, ziehe die Lippen nach einwärts, worauf sie bedeutend kleiner erscheinen.

XI. Capitel.

Von den Zähnen und dem Zahnfleische.

Wie lieblich perlt ihr im schönen Frauenmunde! Wie sehnen wir uns, einen Mund lächeln zu sehen, dessen rosige, geöffnete Lippen uns die glänzenden Perlenreihen zeigen. —

J. J. Rousseau sagt: »Es gibt keine häßliche Frau mit schönen Zähnen.« Wie die Spanier die Zähne zu schätzen wissen, sagt uns ihr Sprichwort:

Mas vale un diente
Que un diamante.
(Mehr Werth hat ein Zahn
Als ein Diamant.)

Aristoteles, der große griechische Philosoph, findet schon in den Zähnen ein Prognostikon des Lebens und des Charakters bei den Menschen.

So schön nun Zähne sind, so nützlich sind sie auch. Sie helfen mit unser Leben erhalten; sie sind die Vorbereiter der Ernährung durch die Verkleinerung der Speisen. — Es ist eine auffallende Thatsache, daß Leute mit schönen, gesunden Zähnen wunderselten an Magenschwäche, Verdauungsbeschwerden leiden; während Personen mit schlechten Zähnen in der Regel von diesen Leiden heimgesucht werden.

Daher tragen die Zähne nicht nur zur Schönheit des Körpers, sondern auch zu seiner Gesundheit bei — und damit auch zu unserer Zufriedenheit und Seelenschönheit.

Wir mißhandeln unsere Zähne gewaltig. Bald müssen sie heiße Speisen zerbeißen, bald werden sie von kalten Getränken umspült; die vielen Süßigkeiten beschädigen die Zähne, desgleichen die scharfen Gewürze. — Die Zähne ihrerseits rächen sich der erlittenen Mißhandlung wegen an uns; sie quälen uns mit Schmerzen, welche sich bis zur Raserei steigern. O, die entsetzlich langen, nie enden wollenden Nächte, in denen wir so bestraft werden! Unter den Landleuten finden wir durchgehends hübschere Zähne als in der Stadt; und der Landmann kennt keine Zahnpulver, keine Zahntincturen. — Aber er lebt einfacher und kaut sehr viel grobes Brod, und das scheint demnach das beste kosmetische Zahnmittel zu sein — nur schade, daß wir es bei unserer mehr sitzenden Lebensart und bei unserer mehr oder minder Gourmand- oder Gourménatur nicht anwenden können.

Weiße, reinlich gehaltene und wohlgeordnete Zähne, welche hervortreten, wenn der Mund geöffnet wird, ohne jedoch über die Lippen hervorzuragen, deuten bei Erwachsenen, besonders bei Frauen, auf Herzensgüte, Redlichkeit, Reinlichkeit und einen liebenswürdigen Charakter. Erblickt man bei dem Oeffnen des Mundes einen beträchtlichen Theil des oberen Zahnfleisches, so ist dieß ein sicheres Zeichen von Kaltsinn und Phlegma. —

Kurze, etwas breite und fest aneinandergereihte Zähne deuten auf körperliche Kraft.

Kleine, einwärts stehende Zähne verkünden Schlauheit ohne Bosheit, dabei aber Neigung zur Rachsucht und Unverträglichkeit.

Lange Zähne verrathen deutlich Schwäche und Furchtsamkeit.

Weit vortretende untere Zähne, bei sehr langen oder sehr kurzen obern, deuten bei einer Frau auf ein hartes Gemüth.

Von einander abstehende Zähne deuten auf ein kurzes Leben.

Lange, spitze, starke Zähne verkünden Neid und Gefräßigkeit, der Besitzer solcher Zähne ist verwegen, argwöhnisch und treulos und hat etwas von der Natur der Schlange an sich.

Große, feste und dicke Zähne sind ein Zeichen von Kraft und Gesundheit; sie lassen auf langes Leben schließen.

Sind die Augenzähne lang und fest und stehen sie aus dem Munde hervor, so ist der Besitzer ein Vielfraß und ein Bösewicht.

Der erwachsene Mensch hat 32 Zähne, symmetrisch geordnet, und zwar 16 in jeder Kinnlade, 4 Schneidezähne, 2 Eckzähne und 10 Backenzähne. Die Kinder bekommen 20 sogenannte Milchzähne, welche aber alle wieder ausfallen und durch neue ersetzt werden. Zur Zeit dieses

Zahnwechsels ist es gut, die Kinder zum Zahnarzte zu schicken, damit dieser die locker werdenden Zähne beseitige. Häufig geht die Zahnbildung der neuen Zähne schon vor sich, während die Milchzähne noch nicht von der Natur abgestoßen werden. Dieß verursacht dann schiefstehende, an einander gepreßte, über einander stehende Zähne und Entstaltung der Kinnbacken und folglich auch der Gesichtszüge. Durch rechtzeitiges Entfernen der Milchzähne wird allen diesen Mängeln vorgebeugt.

Die Hauptbedingung zur Erhaltung der Zähne ist die Reinlichkeit. Die zwischen den Zähnen zurückbleibenden Speisenreste gehen sehr schnell in Fäulniß über und verursachen dann einen sehr üblen Geruch aus dem Munde. Aber außer diesem zerstören sie allmälig den Schmelz der Zähne, greifen den Knochenkörper an und erzeugen so Caries.

Es ist darum nöthig, sich nach der Mahlzeit eines Zahnstochers zu bedienen, um diese Speisetheilchen zu entfernen. Man gebrauche aber keinen andern Zahnstocher, als den aus einem Gänsekiele geschnitzten. Alle andern sind schädlich und helfen die Zähne zerstören.

Hierauf spüle man den Mund sorgfältig mit Wasser aus, um auch die kleinsten Speiserestchen zu beseitigen. Dasselbe thue man Abends vor dem Schlafengehen.

Ueber Nacht pflegt sich mehr oder weniger eine Art Schleim oder Ueberzug an die Zähne zu setzen. Dieser muß daher Morgens entfernt werden. Man thut dieß mittelst reinen Wassers oder eines aromatischen Wassers und Zahnpulvern. Die Zahnbürste darf nicht zu scharf sein, und muß sehr rein gehalten und nach dem Gebrauche wieder vollkommen getrocknet werden.

131) Einfaches schwarzes Zahnpulver.

2 Theile fein gepulverte Lindenkohle, 1 Theil fein gepulverte Kalmuswurzel werden zusammengemischt. Dieses Zahnpulver hält die Zähne schön weiß, und stärkt sehr das Zahnfleisch.

132) Dr. Hufeland's Zahnpulver.

1 Theil gepulverte Chinarinde, 1 Theil gepulvertes Sandelholz. Zuweilen gebraucht, stärkt es sehr das Zahnfleisch; bei andauerndem Gebrauche werden die Zähne gelb darnach.

133) Mialhe's Zahnpulver.

Nehme 10 Theile gepulverten organischen Farblack, 15 Theile gepulvertes reines Tannin (Gerbsäure), und reibe beide sorgfältig zusammen; setze dann unter beständigem Reiben hinzu 1000 Theile fein gepulverten, durchgesiebten Milchzucker; zuletzt reibe man darunter $^1/_2$ Theil Orangeblüthenöl, $^1/_2$ Theil Anisöl, $^1/_2$ Theil Würzöl. Mit diesem Zahnpulver, welches die Zähne vollkommen rein erhält und das Zahnfleisch conservirt, reinigt man die Zähne und gebraucht zur vollständigen Reinigung und Erfrischung des Zahnfleisches nachstehende Tinctur.

134) Mialhe's Zahntinctur.

Lasse digeriren 1 Woche lang in 1000 Theilen Weingeist 100 Theile Kinogummi, 100 Theile Ratanhiawurzel; nach dieser Zeit filtrire man die geistige Flüssigkeit und setze ihr zu: 2 Theile Tolubalsam, 2 Theile Benzoetinctur, 2 Theile Zimmtöl, 2 Theile Würzöl und 1 Theil Anisöl. Die Tinctur wird in Glasflaschen mit eingeriebenem

Stöpsel aufbewahrt. Zum Gebrauche dieser Tinctur nimmt man 1 Theelöffel voll davon, unter ein halbes Trinkglas voll Wasser.

135) Spodiumzahnpulver.

Man nehme Spodium, siebe es durch ein feines Haarsieb, und reibe dem durchgesiebten Pulver irgend ein ätherisches Oel zu. Dieses Pulver reinigt die Zähne und benimmt auch dem Munde den üblen Geruch.

136) Zahnpulver von homöopathischer Kreide.

Nehme 1 Pfund präcipitirter Kreide, 2 Loth Stärke und 2 Loth fein gepulverte Veilchenwurzel.

137) Boraxzahnpulver.

Man mische 1 Pfund präcipitirte Kreide, $^1/_2$ Pfund Boraxpulver, $^1/_4$ Pfund gepulverte Myrrhen, $^1/_4$ Pfund gepulverte Veilchenwurzel.

138) Piesse's Zuckerzahnpulver.

Man mische 1 Pfund präcipitirte Kreide, 1 Pfund gepulverte Veilchenwurzel, $^1/_2$ Drachme rothen Farblack, $^1/_4$ Pfund fein gepulverten Zucker, $^1/_4$ Drachme Neroliöl, $^1/_2$ Drachme Rosmarinöl, 1 Quentchen Limonöl, 1 Quentchen Bergamotöl und 1 Quentchen Orangenschalenöl.

139) Kampherzahnpulver.

Man zerreibe $^1/_4$ Pfund Kampher mit etwas Spiritus in einem Mörser zu einem feinen Pulver; dann reibe man allmälig zu 1 Pfund präcipitirte Kreide und $^1/_2$ Pfund gepulverte Veilchenwurzel. Wegen der Flüchtigkeit des Kamphers muß dieses Zahnpulver in wohlverschlossenen Büchsen aufbewahrt werden; auf das Pulver legt man Zinnfolie.

140) Gewöhnliches weißes Zahnpulver.

Man mische Alles in fein gepulvertem Zustande: 6 Loth präparirtes Hirschhorn, 4 Loth Krebsenaugen, 2 Loth Veilchenwurzel, 1 Loth Weinstein, 1 Quentchen Nelkenwurzel, 1/2 Quentchen Muskatblüthe.

141) Gewöhnliches rothes Zahnpulver.

Ist ganz so zusammengesetzt wie das weiße in Nr. 140, nur ist es mit Lac florentina roth gefärbt.

142) Pulvis dentifritius Parisiensis.

Man mische in feinst gepulvertem Zustande: 6 Loth präparirtes Hirschhorn, 4 Loth Krebsenaugen, 2 Loth Veilchenwurzel, 1 Loth Weinstein, 1/8 Loth gebrannten Alaun, 1/8 Loth gereinigte Pottasche, 1/8 Loth trockenes Cochenillepulver. Dieses weißliche Zahnpulver wird im Wasser schön roth.

143) Chininzahnpulver.

Man mische in fein gepulvertem Zustande: 1 Pfund präcipitirte Kreide, 1/2 Pfund Stärkemehl, 1/2 Pfund Veilchenwurzel und 1 Drachme schwefelsaures Chinin. —

144) Guajakelixir zum Ausspülen des Mundes.

Nehme 45 Theile Guajaktinctur, 45 Theile geistiges Mundwasser und 1/2 Theil Krausemünzöl, mische und hebe dieses in verschlossenen Flacons auf. Zum Gebrauche gießt man 3—4 Tropfen dieser Tinctur in ein halbes Glas voll Wasser.

Die Caries zerstört die Zähne; ein kranker Zahn verdirbt den andern. Bei entstehender Caries kann ein geschickter Zahnarzt noch helfen. Man gehe daher wenigstens einmal im Jahre zu dem Zahnarzte und zwar zur Sommerszeit, lasse von ihm alle Zähne revidiren und das Nöthige besorgen. Bei zu sehr zerstörten Zähnen muß der Zahn entweder herausgezogen oder verkittet werden.

In Krankheiten spüle man den Mund ja recht fleißig mit lauem Wasser aus; namentlich jedesmal nach dem Nehmen von Arznei; dann nach Brechmitteln und nach Erbrechungen. Wenn man diese Vorsicht versäumt, so ist oft eine Arznei im Stande, die Schönheit der Zähne recht gründlich und auf alle Zeiten zu verderben.

145) Mastixzahnkitt.

Man schmelze bei gelindem Feuer $^1/_3$ Quentchen weißes Wachs, setze zu 1 Quentchen fein gepulverten Mastix und hinreichend Weingeist, damit die Masse nach dem Erkalten die Consistenz eines Pflasters hat.

146) Zimmtmastixzahnkitt.

Löse 1 Quentchen Mastix in 3 Quentchen rectificirtem Weingeist auf; lasse das Ganze bis auf 2 Quentchen Gewicht einkochen und setze dann einen Tropfen Zimmtöl zu. Diese Masse wird mit etwas Baumwolle in den hohlen Zahn gebracht.

147) Wagner's Zahnkitt.

Man erweiche 1 Loth Gutta-Percha im Wasserbade und knetet diese mit $^1/_2$ Quentchen Katechupulver und $^1/_2$ Quentchen Tannin (reine Gerbsäure) zusammen, und setzt 1

Tropfen Nelkenöl dazu. Will man die Masse zum Verkitten eines hohlen Zahnes gebrauchen, so erweicht man sie über der Spirituslampe und drückt sie noch heiß in den Zahn.

148) Bernoth's Zahnkitt.

Löse 5½ Loth Mastix in 2¾ Loth Schwefeläther auf; seihe durch und setze so viel gepulverten Federalaun zu, um einen plastischen Kitt zu erhalten; diesen Kitt theilt man in 20 gleiche Theile, und gibt je einen Theil in ein kleines Flacon, in welches vorher ½ Quentchen Alkohol und 1 Tropfen Nelkenöl gegeben wurde. Die teigartige Masse wird in den hohlen Zahn gedrückt und erlangt mit der Zeit darin eine außerordentliche Festigkeit.

149) Bhoulon's Alaunzahnkitt.

Nehme ⅝ Loth gepulverten Alaun, ⅝ gepulvertes arabisches Gummi, ½ Quentchen Essigäther, mische zusammen und gebe noch so viel destillirtes Wasser hinzu, um einen Teig daraus zu machen, der sich mit Leichtigkeit in den hohlen Zahn pressen läßt.

150) Porzellanzahnkitt.

Man nehme 1 Loth gepulverten, gebrannten Kalk, 1 Loth gepulvertes Burgunderharz und reibe beides mit so viel Mohnöl an, bis eine Masse daraus wird, die sich in Fäden ziehen läßt. Damit wird der Zahn ausgefüllt. Der Kitt wird so hart und weiß wie Porzellan.

Alle diese Zahnkitte sind zugleich Mittel gegen Zahnschmerzen, wenn dieselben von cariösen Zähnen herrühren, und der Zahnnerv durch die Einwirkung der äußeren Luft, durch die genossenen Speisen und Getränke gereizt wird.

Sonst ist das Zahnweh noch entzündlicher oder nervöser Natur. Es ist aber eine eigene Sache um das Zahnweh — wer viel daran gelitten, der weiß, daß von fünfzig angerathenen und versuchten Mitteln nur eines den erwünschten Erfolg hatte — und hier ließe sich auch annehmen, der Zahnschmerz habe am Ende sich ausgetobt und von selbst nachgelassen. Nach einiger Zeit wird man wiederum von dem lästigen Schmerze heimgesucht, man greift nach dem fünfzigsten Mittel, welches unlängst so gute Dienste gethan, und siehe da, diesesmal nützt es gar nichts, und man ist genöthigt, wiederum mit den andern Mitteln zu experimentiren, bis eines wieder hilft — oder, was wahrscheinlicher, bis der Zahnschmerz von selbst nachgelassen.

Ich werde hier einige Mittel anführen, welche alle Linderung, zuweilen auch gänzliches Verschwinden des Schmerzes bewirken. — Ein unfehlbares, augenblicklich helfendes Mittel gibt es nicht — das ist nur Charlatanerie.

151) Tinctur gegen nervösen Zahnschmerz.

1 Loth Opiumtinctur, 2 Loth Myrrhenessenz, 1 Quentchen Nelkenöl. Man befeuchtet damit ein Stückchen Baumwolle und schiebt es auf den leidenden Zahn.

152) Boerhave's Elixir.

2 Loth rectificirter Weingeist, 1 Loth Kampher, 16 Gran gepulvertes Opium und 80 Tropfen Gewürznelkenöl werden gemischt; von dieser Tinctur gießt man

einige Tropfen auf Baumwolle und bringt sie auf und in den angefressenen schmerzenden Zahn.

153) Kampher gegen Zahnschmerz.

Man drücke ein Stückchen Kampher in den hohlen Zahn, worauf der Schmerz stets gelindert wird, oft sogar gänzlich aufhört.

154) Caoutchuc gegen Zahnschmerz.

Man nehme ein Stückchen Caoutchuc, erwärme es über einer Weingeistflamme, bis es ganz erweicht ist, und drücke es dann noch weich und warm in den hohlen Zahn.

155) Magnet gegen Zahnschmerz.

Man nehme 2 künstliche, langrechteckige Magnete, den Nordpol des einen halte man an den schmerzenden Zahn, den Südpol des zweiten außen an die Wange; sehr oft bei einem nervösen Zahnweh verschwindet der Schmerz augenblicklich.

156) Senfgeist gegen Zahnschmerz.

Aetherisches Senföl auf die Wange gerieben, vertreibt sehr oft nervöses Zahnweh.

Bei Zahnschmerzen, die von Entzündung herrühren nimmt man einen versüßten warmen Malvenaufguß in den Mund, oder man athmet Dämpfe von Camillen und Fliederthee ein; oder man legt ein Säckchen mit heißer Holzasche gefüllt auf die schmerzende Seite. Ist das Zahnfleisch sehr angeschwollen, so setzt man einen Blutegel daran.

157) Gegen lockere Zähne.

Es kommt mitunter vor, daß das Zahnfleisch alle Elastizität und Festigkeit verliert; in diesem Falle werden die Zähne locker und fallen sogar aus. Diesem Unglücke vorzubeugen, nehme man eine Flasche Pontac, gieße sie in ein porzellanenes Geschirr und bringe es über der Weingeistlampe zum Kochen; füge hinzu 16 Loth Alaun und 1 Loth Tannin. Mit dieser Tinctur wasche man sich täglich zwölfmal Zähne und Zahnfleisch; spüle häufig den Mund damit aus — der sehr zusammenziehende Geschmack darf nicht davon abhalten — worauf das Zahnfleisch bald die gehörige Consistenz erlangt, und die Zähne wieder fest werden.

Das Zahnfleisch soll, damit der Schönheit der Zähne kein Abbruch geschieht, beständig gesund, frisch, roth und fest sein. — Schlaffes, welkes Zahnfleisch ist häßlich und verbreitet öfters sogar einen ekelhaften Geruch und verdirbt dann die Zähne. Die meisten angeführten Zahnpulver stärken und erhalten auch das Zahnfleisch. Sollte jedoch eine Krankheit des Zahnfleisches eintreten, so gebrauche man das folgende Elixir, welches dasselbe befestigt, und welches dazu beiträgt, das Zahnfleisch an den Stellen, wo die Zähne daran entblößt sind, wieder wachsen zu machen.

158) Zahnfleischelixir.

Man mische $^1/_4$ Pfund geistiges Mundwasser, 1 Loth Löffelkrautgeist und 2 Tropfen Nelkenöl.

Zum Ausspülen des Mundes nimmt man einen Eßlöffel voll Elixir unter $^1/_2$ Glas Wasser. Bei fortgesetztem täglichen Gebrauche verliert sich die Lockerheit und Blässe des Zahnfleisches; es wächst wieder fest an die Zähne an, und es ersetzt sich an den Stellen, wo es gefehlt hat.

159) Leroy-Larondiguière's Elixir.

Man pulvere zum feinsten Pulver $^1/_2$ Quentchen Gewürznelken, 1 Quentchen Muscatnuß, 1 Loth Guajak, 1 Quentchen Bertram und vermische die gepulverten Substanzen mit 2 Loth Weingeist von 36°; dann setze man noch zu Rosmarinöl 10 Tropfen und Bergamotöl 4 Tropfen; man läßt Alles eine Woche lang in einem wohlverkorkten Flacon digeriren und filtrirt dann das Elixir. Da es viel stärker ist, als das unter Nr. 158 angeführte, so darf man es nur jeden dritten Tag anwenden, und nimmt davon 5—6 Tropfen unter ein halbes Glas Wasser, um sich den Mund auszuspülen.

160) Mittel um dem Zahnfleische eine frische rothe Farbe zu geben.

Man nehme in feinst gepulvertem Zustande 1 Loth rothe Korallen, 2 Loth Drachenblut, $2^1/_2$ Quentchen feinsten Carmin, 1 Loth weißen Zucker und 1 Loth Citronschalen. Um die Citronschalen gepulvert zu erhalten, reibe man die Citrone leicht und fein auf einem feinen Reibeisen ab. Das Abgeriebene wird auf Papier ausgebreitet und trocknen gelassen; dann wird es in einem Steinmörser gestoßen und durchgesiebt.

Mit dem so erhaltenen Pulver reibt man sich Morgens leicht das Zahnfleisch mit einer weichen Bürste von Dachshaaren ein; die schöne rothe Farbe, welche das Zahnfleisch davon erhält, bleibt einen großen Theil des Tages über; und man kann gegen Abend nochmals von dem Pulver Gebrauch machen.

161) Blutendes, schwammiges Zahnfleisch zu heilen:

Häufig blutendes, dabei schwammiges Zahnfleisch

rührt von einer scorbutischen, mitunter auch scrophulösen Anlage her. Um dieses zu heilen, bereitet man sich das folgende Gurgelwasser.

Man kocht 11 Loth Ampferwurzeln (**Rumex Patientia**) mit einem Pfund Flußwasser eine Viertelstunde lang und seiht dann ab; dem Extracte setzt man zu 2 Loth abgeschäumten Honig und 3 Tropfen rauchende Schwefelsäure. Mit diesem Wasser gurgelt man sich täglich mehrere Male und spült auch den Mund tüchtig damit aus.

Viertes Hauptstück.

Von den Körpertheilen unterhalb des Kopfes.

I. Capitel.

Vom Halse.

Ein weißer glatter Hals ist ohne hervorstehende große Adern eine große Schönheit; er soll weder zu lang noch zu kurz sein. Indessen muß man ihn nehmen, wie die Natur ihn gegeben hat; die Kunst kann ihn weder verlängern noch verkürzen, nur glatt und blendendweiß können wir ihn künstlich erhalten.

Eine große Verunstaltung des Halses ist der Kropf. In manchen Gegenden ist er epidemisch, in Steiermark z. B. so eingebürgert, daß eine Bäuerin ohne Kropf für eine verunstaltete Person angesehen wird. Wahrscheinlich hat die Beschaffenheit des Wassers einen Einfluß auf die Kropfbildung. — Wo er sich zu zeigen beginnt, heißt es gleich einen Arzt zu Rathe ziehen. Das eigenmächtige Behandeln mit Jodsalbe ist zu verwerfen, und wäre es aus keinem anderen Grunde, als daß mit dem Kropf zugleich auch der Busen schwindet — und wer würde leichtsinnig diesen herrlichen Frauenschmuck — einen reizenden Busen — aufopfern.

Der Hals bietet ebenfalls Andeutungen über den Charakter des Menschen. Neigt sich der Hals nach vorne, so ist auf Geiz und Neugierde zu schließen. Ist der Hals auf die linke Seite geneigt, so deutet er auf Unkeuschheit und Verschwendung; der nach rechts geneigte Hals dagegen verräth Neigung zur Weisheit und zum Studium.

Die Steifigkeit des Halses ist ein Symptom der Stützigkeit des Charakters, er zeigt Eigensinn und einen harten, zänkischen Charakter an.

Ein von hervorragenden Flechsen markirter Hals charakterisirt bösartige Leute.

Ist der Hals geschmeidig und biegsam, so deutet dieß auf Elasticität des Körpers und des Geistes.

Ein dicker, kurzer Hals — wie bei den Stieren — ist ein Zeichen des Jähzornes und verräth eine Anlage zum Schlagflusse. Ein dicker, langer Hals dagegen läßt auf ein edelmüthiges Herz und physische Kraft schließen.

Ein langer, dünner Hals ist das Merkmal eines phlegmatischen und weibischen Temperamentes. Ein Hals, dessen Größe und Formen wohl proportionirt sind und mit den übrigen Körperformen in harmonischem Ebenmaße stehen, deutet auf Solidität des Charakters.

Alles was in den Abschnitten vom Gesichte und Teint gesagt wurde, findet ebenfalls seine Anwendung auf die Pflege und Verschönerung des Halses.

II. Capitel.

Von den Achselhöhlen.

Unter 12 Personen läßt sich mit Sicherheit annehmen, es befinden sich 9 darunter, welche mehr oder weniger in den Achselhöhlen schwitzen. Dieser Schweiß hat die Eigenschaft, die Stoffe zu verderben, hart zu machen und zu zerstören. Im Winter, wo diese Stellen langsamer trocknen, erzeugt der dann kalt gewordene Schweiß häufig Rheumatismen und Brustschmerzen. — Zuweilen hat auch dieser Schweiß einen widrigen Geruch und eine ätzende Schärfe.

Ihn zu beseitigen ist lebensgefährlich. Die Natur sondert durch den Schweiß unter den Achselhöhlen, durch den an den Füßen scharfe, schädliche Stoffe ab, welche weder durch den Urin noch durch die Excremente beseitigt wurden. Solche Mittel, welche den Schweiß unterdrücken, sammeln den scharfen Stoff im Innern des Körpers an, wo er sich dann auf einen edlen Theil wirft, und eine lebensgefährliche Krankheit hervorruft.

Es bleibt also nichts Anderes zu thun übrig, als sich gegen die unangenehmen Folgen dieses Schweißes zu schützen und den damit verbundenen Geruch zu beseitigen.

Zu diesem Zwecke ist Reinlichkeit das erste Mittel. Man wasche sich Morgens und Abends mit einem feinen Schwamme und lauwarmem Wasser unter den Achselhöhlen, um die Schärfe und den sich bildenden Schorf zu beseitigen.

Man schiebe zwischen die Achselhöhlen und das Hemd ein viereckiges Stück feine Leinwand oder Battist,

4 Zoll im Gevierte groß und ringsum gesäumt. Von diesen Stücken halte man sich einen Vorrath, damit man stets die feuchtgewordenen entfernt und sie durch trockene ersetzt. Es versteht sich von selbst, daß man die gebrauchten Stückchen sorgfältig auswaschen und trocknen läßt, bevor man sie wieder verwendet.

162) Mittel den zu starken Achselschweiß zu mäßigen und ihm den üblen Geruch zu nehmen.

Wie es schon angegeben wurde, wasche man Morgens und Abends die Achselhöhlen; wenn man sie wieder abgetrocknet hat, nehme man einen kleinen Staubbeutel, welcher mit feingepulverter florentinischer Veilchenwurzel gefüllt ist, und bestaube sich damit unter den Achselhöhlen. Das Pulver saugt den Schweiß auf, ohne ihn zu unterdrücken und beseitigt zugleich den üblen Geruch.

III. Capitel.

Von den Armen.

Wem gefiele nicht ein schöner, blendend weißer Arm mit seinen üppigen, wellenförmigen Linien. Mit sehnendem Auge mustert man den Arm, Mode und Anstand erlauben ihn in seiner ganzen Schönheit dem Auge darzubieten, und der Anblick des reizenden Armes versenkt in üppige Träumereien von andern verborgenen Schönheiten.

Aber der Arm soll voll sein; ein eckiger, magerer Arm stört die Harmonie des sonst schönsten Körpers — Damen, welche an dieser örtlichen Magerkeit leiden, thun darum besser, lange Aermel zu tragen. Ist eine allgemeine Magerkeit vorhanden, so läßt sich erwarten, die

Arme werden in gleichem Maße an Vollheit zunehmen, wenn man die unter dem Abschnitte Magerkeit angeführte Lebensweise gebraucht.

Haare und Flaum sollen Damen nicht an den Armen dulden — der menschliche Körper soll nur an bestimmten Theilen behaart sein; Haare am ganzen Körper nähern den Menschen dem Thiere.

163) Die Haare und den Flaum an den Armen zu beseitigen.

Wo die Arme behaart oder flaumig sind, da gebrauche man, um Beides zu entfernen, das unter Nr. 68 angeführte orientalische Rusma.

164) Den Armen eine schöne Weiße zu geben.

Man quelle süße Mandeln in heißem Wasser ab und schäle sie dann, von diesen geschälten Mandeln nimmt man 2 Loth und reibt sie mit 11 Loth Rosenwasser zu einem feinen Brei an; man gießt dann Alles durch ein leinenes Tuch und erhält so eine Rosenmandelmilch.

Hierauf setzt man ½ Quentchen frisches Süßmandelöl in einer Porzellanschale ins Sandbad, und läßt darin zergehen ½ Quentchen feingeschabte Windsorseife und ½ Quentchen weißes Jungfernwachs. Ist Alles zusammengeschmolzen, so gießt man das Gemisch in einen Porzellanmörser und setzt unter beständigem Reiben allmälig die Mandelmilch zu.

Gleichzeitig mischt man unter 3 Loth rectificirten Alkohol 7 Gran Lavendelöl und 3 Gran Rosenöl. Der so parfümirte Alkohol wird zuletzt ebenfalls zugerieben. Dieses Waschmittel hebt man in kleinen Glasflacons auf, und versetzt es beim Waschen mit eben so viel destillirtem Wasser, als man von der Milch genommen hat.

165) Mittel die Haut der Arme glatt zu machen.

Nehme Mehl von wilden Kastanien 1/2 Pfund, zu Mehl zerriebene bittere Mandeln 4 Loth, gepulverte Veilchenwurzel 1 Loth, kohlensaures gepulvertes Kali 3/4 Quentchen, Bergamotöl 1/2 Quentchen, man mische sämmtliche Substanzen, indem man sie durch ein Haarsieb schlägt. Von diesem Pulver, das man in einer Dose aufhebt, nimmt man einen gehäuften Theelöffel voll auf 3 Gläser voll Wasser, rührt um und wascht sich mit dem seifenartigen, milchigen Wasser die Arme, die darnach weiß, frisch und sammtartig werden.

Auch die Arme sind ein Theil des Alphabetes in der Charaktersprache.

Wo man einen haarigen Arm sieht, da ist ein unwiderstehlicher Hang zur Wollust vorhanden.

Dicke, fette Arme passen zu einem weichlichen Temperamente und zu geistiger Trägheit.

Dünne, sehnige Arme zeigen unternehmende Thätigkeit und Lebhaftigkeit des Geistes.

Ein rechtschaffener, hochherziger, charakterfester Mann hat einen starken Arm mit festen Gelenken.

Schwäche des Körpers und des Geistes spiegelt sich in schwachen, weichen Armen mit wenig hervorragenden Gelenken ab.

IV. Capitel.

Von den Händen und Nägeln.

So wie der Kopf des Menschen einzig in seiner Art ist, wie er das größte Gehirn enthält, und wir darin das Denkvermögen, so wie den Sitz aller Empfindungen zu suchen haben, so unterscheidet ihn wiederum die Hand von allen lebenden Geschöpfen. Sie hat den Menschen mit emporgehoben auf diejenige Stufe, auf welcher er jetzt steht.

Eine schöne Hand ist ein wesentlicher Theil der körperlichen Schönheit. Aber nicht nur dieß, sondern zu allen Zeiten, selbst in den urältesten, schrieb man der Hand geheime Kräfte zu. Heiden, Juden und Christen stimmen in dieser Hinsicht überein.

Auch die heilige Schrift hat viele solche Stellen, welche als Beleg hierfür dienen. Z. B. »Da kam die Hand des Herrn auf das Haupt des Sehers.« (Könige, 2, 3—13.) »Die Hand des Herrn kam auf ihn und er sah und prophezeite.«

Im Ezechiel heißt es: »Das Wort des Herrn kam zu Ezechiel, dem Priester, und die Hand des Herrn war auf ihm.«

Gleichzeitig legte man die Hand auf, um Segen zu spenden. Dasselbe fand statt bei der Heilung von Krankheiten, bei der Auferweckung von den Todten. (Marcus 5, 23. Lucas 4, 40. Daniel 40.)

Auch unsere Magnetiseure kennen die der Hand innewohnenden Kräfte; sie benützen sie, um magnetischen Schlaf zu erzeugen und magnetische Curen zu bewerkstelligen.

Die alten Egyptier schrieben dem Zeigefinger Heil- und Wunderkräfte zu; er galt bei ihnen für heilig.

Die Römer waren derselben Ansicht, weßhalb sie den Zeigefinger, den Arzt, (medicus) nannten.

Aus dem Bau der Hände, aus den Linien im Innern der Hand wollte man das Schicksal des Menschen erkennen. Es bildete sich darnach eine eigene Wissenschaft, die Chiromantie, aus.

In Paris bestanden im 15ten bis zum 16ten Jahrhundert mehrere öffentliche Lehrstühle der Chiromantie, wo die ausgezeichnetesten Professoren diese Wissenschaft lehrten.

In der neuesten Zeit hat sich Mademoiselle Lenormand mit vielem Glücke auf die Chiromantie verlegt; man kann sie die moderne Pythia nennen; selbst ein so großer Geist, der nur in Jahrtausenden einmal wieder kommt, wie Napoleon I., ließ sich von ihr wahrsagen, und ihre Wahrsagungen sollen in Erfüllung gegangen sein.

Zu kurze Hände verrathen Feinheit, Spitzfindigkeit, Geschwätzigkeit und Naschhaftigkeit oder Leckerei. Zu lange Hände bedeuten Betrügerei, Verschlagenheit und Spottsucht.

Zu lange Finger verkünden Mangel an Glaubhaftigkeit, Diebessinn, Arglist, Bosheit, Ungerechtigkeit, Tyrannei.

Kurze, dicke, fleischige Hände lassen auf eine kalte und feuchte Organisation schließen. Kurze Hände mit langen dünnen Fingern findet man bei kalten, trockenen

Naturen; bei Kaufleuten, welche durch Geduld und Ausdauer zu Reichthum gelangen; eben so bei eingefleischten Bureaukraten.

Schlaffe, feuchte Hände sind das Kennzeichen gemeiner, lasterhafter Naturen ohne Schamgefühl und Gewissensbisse.

Kurze oder dicke Hände mit dicken oder kurzen Fingern verrathen ein phlegmatisches Temperament, verbunden mit Bedachtsamkeit und tiefem Decken, oder auch Projectenmacherei.

Lange Hände mit verhältnißmäßig langen Fingern bedeuten Geist und Gewandtheit bei Unternehmungen.

Wohlproportionirte Hände mit schönen Fingern, schönen Nägeln lassen auf einen feinen, liebenswürdigen Charakter schließen.

Den Händen muß man eine aufmerksame Pflege gönnen; in den Fingern liegt ein feiner Tastsinn, den man zu erhalten suchen muß.

Die Kälte macht die Hände rauh; ebenso schadet ihnen die Hitze. Häufige Berührung von Eisen ist ihnen ebenfalls nachtheilig. Die Sonne bräunt sie; der Wind trocknet sie aus; eine sanfte Wärme jedoch macht die Hände geschmeidig und sanft anschwellen.

Um die Hände vor Runzeln und Schrunden zu bewahren, soll man sie weder mit zu warmem noch zu kaltem Wasser waschen; unmittelbar nach dem Wasser dürfen sie nicht der Luft ausgesetzt werden.

Eine gute, leicht parfümirte Sodaseife ist zum Waschen der Hände zu empfehlen, sie nimmt alle Unreinigkeiten weg, welche sich in den Poren angesetzt haben. Hat man die Hände eingeseift und mit Wasser abgespült, so reibe man sie nochmals mit Seife, so lange bis sie vollkommen schäumt. Dann trockne man sie sorgfältig ab, ohne Wasser zu gebrauchen. Oder man reibe sie mit einem Handtuche ab, das mit Benzoewasser leicht befeuchtet ist.

Diejenigen, welche beständig lederne Handschuhe tragen, erhalten die Schönheit der Hände; ganz besonders sind solche von Hundsleder zu empfehlen, welche die Haut sehr geschmeidig machen und sie gut conserviren.

166) Den Händen Weiße und Glätte zu geben.

Man gebrauche dazu das unter Nr. 165 angegebene Mittel.

167) Mandelteig.

Man nehme geschälte süße Mandeln $^3/_4$ Pfund und zerstoße sie sehr fein in einem Steinmörser; wenn sie recht fein sind, reibe man dazu 4 Loth Reismehl, 4 Loth gepulverte florentinische Veilchenwurzel, 7 Gran Lavendelöl und 7 Gran Rosenholzöl.

168) Kastanienpulver.

Man nehme wilde Kastanien, schäle sie, dörre sie und zerstoße sie dann in einem Mörser. Man siebt durch ein feines Sieb durch, und hebt das so erhaltene Kastanienmehl auf. Zum Gebrauche nimmt man ein paar Fingerspitzen voll unter ein paar Gläser Wasser, rührt es um und damit wascht man die Hände.

169) Handpomade.

Man nehme 4 Loth Süßmandelöl, $^3/_4$ Loth Jungfernwachs, $^3/_4$ Loth Wallrath; jede dieser drei Substanzen wird in einer eigenen Schale erwärmt; sind die festen flüssig geworden, dann schüttet man alle drei in ein Gefäß und rührt fleißig um, damit die Mischung eine genaue werde. Ist dieses geschehen, dann bringt man die Mischung in einen Topf mit frischem Wasser, rührt die Pomade beständig um, und erneuert das Wasser so oft, bis es ganz klar bleibt. Hierauf füllt man die Pomade in einen Porzellantiegel und gießt Rosenwasser oder Flußwasser darauf. Täglich nach dem Gebrauche gießt man das Wasser ab und ersetzt es durch neues. Abends vor dem Schlafengehen reibt man sich die Hände mit ein wenig dieser Pomade ein, und zieht dann feinlederne Handschuhe an, mit denen man sich zu Bette legt.

170) Gegen das Schwitzen der Hände.

Was von dem Schweiße unter den Achselhöhlen gesagt wurde, gilt auch hier; den Schweiß der Hände unterdrücken ist gesundheits- und lebensgefährlich'; nur mindern kann man ihn. — Man wasche sich die Hände öfters mit lauwarmem Wasser und trockne sie dann sorgfältig ab. Um den Schweiß aufzusaugen, und ihm seinen Geruch zu nehmen, bediene man sich folgenden Pulvers. Man nehme $^1/_4$ Pfund geschälte Mandeln, zerreibe sie so fein als möglich, nur mit so viel Wasser, damit die Mandeln nicht ölig werden. Die feingeriebenen Mandeln presse man durch ein Tuch, um die Mandelmilch zu beseitigen. Den Rückstand trockne man und pulvere ihn und siebe das feine Pulver ab, welches circa 5 Loth betragen wird. Man mische dieses Mandelpulver mit dem gleichen Gewichte gepulverter Veilchenwurzel. Man mache sich dann einen kleinen Staubbeutel von Flor und füllt das Pulver hinein; um diesen Beutel näht man recht feinen Battist. Auf diese Art gibt der Beutel so viel Staub ab, wenn man damit leicht auf die innere Hand klopft, als nothwendig ist, um den Schweiß aufzusaugen.

171) Kosmetische Handschuhe.

Nehme das Gelbe von 2 frischen Eiern, rühre es fein mit einem silbernen Löffel; setze zu 2 Eßlöffel von Süßmandelöl und schlage so lange zusammen, bis es ganz schaumig ist. Dann schlage allmälig hiezu 2 Loth Rosenwasser und zuletzt 2 Quentchen Benzoetinctur. — Man erhält so eine weiche, schaumige Masse. Man kehre nun die Handschuhe um, und tauche sie so lange in die Masse, bis sie ganz davon durchdrungen sind. Die so präparirten Handschuhe zieht man Nachts über an.

172) Den Frostbeulen vorzubeugen.

Frostbeulen verunstalten nicht nur die Hände, sie sind auch sehr schmerzlich. Anfangs des Winters reibe man sich einigemal die Hände mit Johanniskrautöl ein. Personen, welche zu Frostbeulen inkliniren, thun wohl das Waschwasser mit etwas Branntwein oder Benzoetinctur zu mischen; die Haut wird dadurch gestärkt und weniger afficirt.

173) Frostbeulen zu vertreiben.

Man nehme ganz reife Erdbeeren, zerquetsche sie, schlage sie in ein Tuch, und lege dieses auf die schadhafte Stelle, so daß die Erdbeeren die Haut berühren. Es schmerzt dieß anfangs sehr; allein wenn man es drei- bis viermal wiederholt, so ist die Frostbeule nicht nur vollkommen verschwunden, sondern es kommt auch nie wieder eine an dieselbe Stelle hin.

174) Frostbeulenpomade.

Nehme $2\frac{1}{2}$ Quentchen fein gepulvertes Opium, $1\frac{1}{4}$ Quentchen gepulverten Kampher, $2\frac{1}{2}$ Quentchen feingepulvertes kohlensaures Ammoniak, $1\frac{1}{4}$ Loth gepulverten Bleizucker und $^1/_4$ Pfund frisches Schweinefett; rühre Alles wohl zu einer Pomade zusammen, mit welcher die Frostbeulen bestrichen werden.

175) Heilmittel für offene Frostbeulen und Brandwunden.

Man nehme das Weiße von einem frischen Ei, zerschlage es; dann lasse man in einem Löffelvoll Olivenöl ein haselnußgroßes Stückchen Wachs zergehen. Diese Auflösung schlage man mit dem Eiweiß so lange, bis daraus eine dickschaumige Masse wird. Diese streiche man auf leinene Läppchen und lege sie auf die wunden Stellen. Man erneuere das Pflaster täglich dreimal, worauf die Wunde in 3 bis 4 Tagen vollkommen geheilt sein wird.

176) Mittel gegen die Warzen.

Nichts verunstaltet die Hände so wie Warzen; vielen Menschen flößen sie unbezwinglichen Ekel ein. Zuweilen ist das folgende einfache Mittel genügend, die Warzen zu vertreiben. Man nehme Schöllkraut, breche den Stängel nahe an der Wurzel ab, worauf ein gelber, milchiger Saft ausfließt; mit diesem reibe man die Warzen ein, worauf die Warzen verschwinden. Bei größeren, älteren Warzen muß das Einreiben öfters wiederholt werden. — Jedoch hilft dieses Mittel nicht unfehlbar.

177) Mittel gegen die Warzen.

Man binde um die Warze einen seidenen oder einen gewichsten Faden, macht einen Knoten daran und zieht diesen mit der Zeit immer stärker zu, wodurch die Warze abfällt.

178) Mittel gegen Warzen.

Die Warze wird mit einem scharfen Messer weggeschnitten; dann legt man auf die Wunde ein zusammengesetztes Diachelpflaster, worauf sie eitert und mit der Eiterung zugleich die Wurzel verlorengeht.

179) Mittel gegen Warzen.

Die Warzen werden täglich 12mal mit spanischer Fliegentinctur bestrichen, oder man lege durch einige Tage ein Blasenpflaster darauf.

180) Mittel gegen Warzen.

Die Warzen werden täglich 4mal mit Bierhefe bestrichen und diese darauf trocknen gelassen.

181) Mittel gegen Warzen.

Man schmelze 1 Theil Cantharidenpulver unter 1 Theil Pech bei sehr gelinder Wärme und diese Mixtur lege man auf die Warzen.

182) Warzenessig.

Man mische 1 Loth guten Weinessig mit 1 Loth salpetersaurem Quecksilber, und hebe es in einem Glasfläschchen auf. Man nimmt nun den Bart einer Feder oder einen Pinsel, taucht ihn in den Essig und bestreicht damit Abends und Morgens die Warzen. Man darf diesen Essig nicht mit Metall in Berührung bringen, weil er sonst zersetzt und somit wirkungslos wird.

Damit die Hand tadellos sei, müssen auch die Nägel an den Fingern gepflegt werden. — Läßt man dieselben zu lang wachsen, so nehmen sie etwas Krallenhaftes an; außerdem zerbrechen und reißen sie leicht. Schneidet man sie zu kurz ab, so lösen sie sich von dem Finger los und die Fingerspitzen sind nicht mehr gegen Stöße und Reibungen geschützt. Man schneide sie daher gleichmäßig rundum ab, damit sie in gleichem Niveau mit den Fingerspitzen stehen.

Die sogenannte Hoftrauer an den Nägeln, wo sich fremde, kleine, unreine Theilchen zwischen dem Nagel und der Fingerspitze ansammeln, und einen schwarzen Reif unter dem Nagel erzeugen, ist abscheulich; man muß diese Stelle immer sorgfältig rein erhalten. Am besten geschieht dieß Morgens beim Waschen, wo man mit einem feinen nassen Schwamm zwischen den Nägeln und Fingerspitzen reibt. Viele Personen bedienen sich zu diesem Reinigen der Nagelbürsten, was aber nicht zu empfehlen ist, da sich die Nägel allmälig weiter von der Haut ablösen und dann das Reinlichhalten immer schwieriger wird. Die fremden Gegenstände zwischen Nagel und Fingerspitze mit einem harten Gegenstande zu entfernen, ist die schädlichste Gewohnheit; darnach werden die Nägel freistehend, und dann ist das Reinigen alle Stunde nothwendig. Außerdem wird die untere Haut rauh und zerstört; der Schmutz verwäscht sich hinein, und solche Fingernägel legen dann ein beständiges Trauergewand an.

Damit ein Nagel schön sei, soll er in der Länge den größten Raum auf dem ersten Fingergliede einnehmen. Oft wächst die untere Haut bedeutend über die Nagelwurzel hinaus und verkleinert so den Nagel. In diesem Falle taucht man den Finger wiederholt ins Wasser ein und schiebt dann die Haut mit dem Daumen zurück. Oder man nimmt ein sehr scharfes Federmesser, eine sehr feine Scheere, löst diese Haut vorsichtig los und nimmt sie hinweg. Dabei muß man sich aber in Acht nehmen, die Neider, kleine Hautfasern in der Nähe der Nagelwurzeln, loszureißen; diese schneidet man hart an der Nagelwurzel mit einer scharfen Scheere weg.

183) Den Nägeln Glanz, Durchscheinigkeit und zartes Roth zu geben.

Nachdem man die Toilette Morgens beendet, taucht man die Finger in laues Wasser, das mit einigen Tropfen Rosenwasser aromatisch gemacht wurde. Dann reibt man die Spitzen auf einem feinen Badeschwamme.

Dann nimmt man ein Pulver, welches aus 1 Theil feingeriebenem Zinnober und 1 Theil pulverförmigem Schmirgel besteht, taucht einen feinen Schwamm hinein, und damit polirt man die Nägel. Hierauf werden sie gehörig abgetrocknet und dann mit ein wenig Bittermandelöl eingerieben, was den Glanz verleiht. Wer das Angegebene durch einige Zeit befolgt, wird sich bald schöner, durchscheinender, glatter, glänzender Nägel erfreuen.

184) Das Reißen, Brechen und Abblättern der Nägel zu verhüten.

Mitunter sind die Fingernägel entweder zu hart oder spröde; dann sind sie dem Reißen, Brechen und Abblättern ausgesetzt, und man wird gezwungen sie in unregelmäßiger Form zu beschneiden, wodurch sie ihre Schönheit verlieren. Man verhindert dieß, wenn man Abends vor dem Schlafengehen die Nägel mit ein wenig Leinöl oder frischem Schweinefett bestreicht.

185) Den Nägeln Stärke zu geben.

Die Nägel können auch zu weich sein; in diesem Falle biegen sie sich durch Anstoßen u. s. w. um, und verursachen dann heftige Schmerzen. Man stärkt die Nägel durch folgende Pomade.

Man erwärme 1 Loth Oel vom Mastixbaum (Pistacia lentiscus), setze zu 1$\frac{1}{4}$ Quentchen weißes Jungfernwachs; ist das Wachs im Oele zergangen, so nimmt man es vom Feuer, und rührt darunter $\frac{1}{2}$ Quentchen gepulvertes weißes Kochsalz, $\frac{3}{4}$ Quentchen gepulvertes Kolophonium, $\frac{3}{4}$ Quentchen gepulverten Alaun. Mit der so erhaltenen Pomade bedeckt man Nachts die zu weichen Fingernägel.

186) Das Nachwachsen eines verlorengegangenen Nagels zu befördern.

Man tauche den Finger, welcher den Nagel verloren, einigemal in warmes weißes Wachs; die sich so über den Finger legenden Wachsschichten bleiben da, bis der neue Nagel die Hülle abstößt.

187) Anderes Mittel das Nachwachsen eines Nagels zu befördern.

Man löse ein Stückchen gereinigten Guttapercha in Chloroform auf, in diese Auflösung tauche man einige Male den Finger, worauf sich über demselben eine künstliche, schützende, dauerhafte Haut bildet.

188) Noch ein Mittel zum Nachwachsen eines verlorenen Nagels.

Man schmelze 1$\frac{1}{4}$ Loth weißes Wachs, und rühre hinein $\frac{1}{2}$ Loth Saft von Hauswurz, ferner 1 Quentchen gepulverte Malve, 1 Quentchen gepulverte Aloe, 1 Quentchen gepulverten Weihrauch. — Man trage nun von dieser Masse auf die Stelle auf, wo der Nagel fehlt, und binde dann um den Finger ein Stück feines Leder, um ihn vor jeder äußeren Einwirkung zu schützen.

189) Die weißen Flecken an den Nägeln zu vertreiben.

Die Chiromantiker hielten die weißen Flecke an den Nägeln für gute Vorbedeutungen, die schwarzen für Unglückspropheten; wir glauben, daß sie der Schönheit der Nägel schaden und daß man sie daher vertreiben muß. Zu diesem Zwecke schmelze man ½ Loth schwarzes Pech und ½ Loth Myrrhen zusammen, und bestreiche Abends die Nägel damit, welche weiße Flecken haben, worauf sie verschwinden.

190) Fruchtflecken von Fingern und Nägeln wegzunehmen.

Grüne Nüsse, schwarze Kirschen u. s. w. färben, wenn man damit umzugehen hat, die Finger und Nägel gelblich, bräunlich, schwärzlich. Um sie wegzubringen, wäscht man die Hände mit Citronensaft oder Sauerkleesalz. Ist das nicht hinreichend, dann zündet man etwas Schwefel an, und hält die Finger in einem halben Fuß Entfernung darüber, damit der Dampf an die Haut gelange, worauf die Entfärbung sogleich eintritt.

191) Geronnenes Blut unter einem Nagel zu absorbiren.

Man stoße 1 Loth frisch gesammelten Wegerich mit 1 Loth weißem Kochsalz zusammen, und lege davon einen Umschlag auf den Nagel, wovon das Blut aufgesaugt wird.

Fünftes Hauptstück.

Von den weiblichen Theilen.

I. Capitel.

Vom Busen.

Der Busen ist eine himmlische Zierde der Frauen! — Wie bezaubernd sind runde, feste, glatte, weiße Brüste. — Jeder Pulsschlag des Lebens spiegelt sich in dem wallenden Busen. — Die Brust ist des Kindes erstes Verlangen — ein Verlangen, das sich beim Manne wiederum einstellt; aber ein Verlangen anderer Art — bei dem alle Fibern beben, der Herzschlag ungestüm, unterbrochen, der Athemzug gehemmt wird!

Eine Frau ohne Busen entbehrt einen der zauberischsten Reize ihres Geschlechtes; ein zu üppiger Busen steht wieder nicht im Einklange mit unseren Begriffen von Schönheit.

Die alten Griechen, die nie erreichten Vorbilder des Schönen, gaben dem Busen an ihren Statuen nur eine mäßige Ausdehnung und immer eine jungfräuliche Form.

Unsere Damen beeinträchtigen die Schönheit ihres Busens oft von Kindheit an durch nicht passende, enge Schnürleiber. — Wird dem Kinde schon der Brustkasten eingezwängt, verkrümmt, wie kann sich über einer so entstalteten Brust ein schöner Busen entwickeln.

Auch das starke Hinaufbinden des Busens mittelst des Korsets, um ihn größer scheinen zu machen, schadet seiner schönen Gestalt.

Sehr häufig findet sich bei ganz jungen, erwachsenen Mädchen schon ein welker Busen, herabhängend, als seien sie Frauen, die schon einige Kinder zur Welt gebracht. Diese Welke des ganzen Körpers ist eine Folge der Onanie oder Selbstbefleckung, welche nach der Beobachtung von erfahrenen Aerzten jetzt sehr unter den Mädchen zunimmt. — Eine Mutter, welche ihr Kind nur einigermaßen beobachtet, wird bald bemerken, ob diese Gewohnheit bei ihrer Tochter herrscht. Solche Kinder pflegen kränkelnd auszusehen; sie sind oft gerne allein, und werden mürrisch, wenn man sie längere Zeit gar nicht aus den Augen läßt.

Was Viele behaupten, die Onanie schütze Mädchen vor männlichem Umgange, ist durchaus nicht wahr; im Gegentheile, da die Onanistinen sehr leicht erregbar und reizbar sind, so hat ein Mann viel leichteres Spiel mit ihnen als mit einer andern, welcher die Neigungen und Lüste der geheimsten Stellen gänzlich unbekannt sind.

Hat man sich die Ueberzeugung verschafft, daß ein Mädchen sich der Onanie ergibt, so ist es nöthig, sie viel zu beschäftigen, ihr eine einfache, nicht aufreizende Nahrung zu geben, kalte Bäder anzuwenden; später schlafen gehen, wobei die Mutter zugegen sein muß; ebenso soll die Mutter die Tochter zeitig wecken, und alsogleiches

Aufstehen verlangen; unter das Leintuch streut man dorthin, wo der Mitteltheil des Körpers hinzuliegen kommt, gepulverten Kampher. Der Kampher läßt sich sehr leicht mit etwas Spiritus in einem Mörser zu Pulver zerreiben. — Auch auf den Umgang des Kindes mit ihren Freundinen achte man, und halte solche ferne, von denen man vermuthet, daß sie das Mädchen dazu anhalten, oder doch diese Gewohnheit theilen.

Die Schönheit der Brüste kann verloren gehen durch Schnürleiber, wie schon bemerkt wurde; durch Niederkunft. — Eine einzige geheime Krankheit kann die schönsten Brüste auf alle Zeiten verderben; sie fallen oft darnach ein, werden welk und verlieren alle Frische.

192) Cataplasma, um den Runzeln und der Erschlaffung der Brüste nach einer Niederkunft vorzubeugen.

Lasse im Sandbade zerschmelzen: 4 Loth weißes Wachs, 4 Loth Wallrath; ist beides vergangen, so hebe man das Gefäß vom Feuer und setze langsam $^1/_2$ Loth rectificirten Alkohol hinzu. Dann nehme man zwei Stücke feine Leinwand, jedes so groß, daß eine Brust vollkommen davon überdeckt werden kann, schneide in die Mitte von jedem ein kleines Loch, damit die Brustwarzen herausstehen können und nicht gedrückt werden. Man tauche dann die Leinwandstücke in das flüssige Gemisch und läßt sie erkalten. Zwölf Stunden nach der Niederkunft legt man die Leinwandstücke auf die Brüste, und läßt sie acht Tage darauf liegen. Nach dieser Zeit legt man wiederum frische, eben so zubereitete Leinwandstücke auf die Brüste auf und läßt sie wiederum acht Tage darauf liegen. Durch dieses

Verfahren kommen keine Runzeln an die Brüste, und die Haut dieser herrlichen Körpertheile behält ihre Zartheit und Festigkeit.

193) Cataplasma, um Runzeln an den Brüsten zu vertreiben.

Nehme 6 1/2 Loth Leinölsatz, mische darunter 2 1/2 Quentchen gepulverten arabischen Gummi, 2 1/2 Quentchen gepulverten Kampher; dann übergieße 2 Quentchen Tragantgummi mit 2 Loth Wasser, lasse sie 48 Stunden darin aufweichen und presse dann die Masse durch ein Tuch; der durchgepreßte Tragant wird unter die andere Mischung sorgfältig gerührt. Mit dem so fertigen Cataplasma überstreicht man feine Leinwand, legt es auf die Brüste und läßt es zwei Tage darauf. Nach zwei Tagen wird dasselbe Verfahren wiederholt, und zwar so lange, bis die Runzeln vollkommen verschwunden sind.

194) Heilwasser, um die Schrunden an den Brüsten zu heilen.

Man nehme 1/4 Pfund Rosenwasser, löse darin auf: 1 Quentchen schwefelsaure Thonerde, 3 Gran Borax, 12 Gran Zinkvitriol. Mit diesem Gemische macht man Compressen, welche auf die Brüste aufgelegt werden.

195) Pomade, um die Schrunden an den Brustwarzen zu heilen.

Unter 2 Loth frisches Schweinefett rühre man 1 Quentchen peruvianischen Balsam, 7 Gran Extractum thebaicum. Die Brustwarzen werden täglich dreimal mit dieser Pomade bestrichen, bis die Schrunden vollkommen geheilt sind.

196) Schönheitsmilch, um die Brüste weiß und glatt zu machen.

Hierzu wende man das unter Nr. 181 angegebene Mittel zum Weißmachen der Arme an.

197) Wasser, um den Brüsten die Festigkeit der Jugend wieder zu geben.

Nehme 1 Theil ganz grüne Fichtenzapfen, setze zu 10 Theile Wasser, bringe Alles in einen Destillirapparat und destillire langsam über. Mit dem so erhaltenen Destillate wasche man die Brüste täglich dreimal.

198) Wein, um den Brüsten die Festigkeit der Jugend wieder zu geben.

Nehme 1 Pfund frische Salbei, lege sie in eine große Glasflasche mit weiter Oeffnung, gieße darüber 2 Maß guten, alten weißen Wein, verkorke die Flasche, lasse einen Monat digeriren und filtrire dann. Mit dem also erhaltenen Weine wasche man die Brüste täglich dreimal.

199) Cataplasma, um den Brüsten die Festigkeit der Jugend wieder zu geben.

Man nehme 2 Loth gepulverte Galläpfel, 2 Loth gepulverten Weihrauch, rühre beide Substanzen mit 2 Loth Essig zusammen und setze dann 6 Loth Rosenwasser zu. Man kocht nun das Ganze bei gelindem Feuer so lange, bis es eine breiartige Consistenz angenommen hat. — Von diesem Cataplasma streicht man Abends eine dünne Lage auf feine Leinwand, und legt diese auf die Brüste, wo es über Nacht liegen bleibt. Morgens wascht man die Brüste zuerst mit Wasser ab, dem Benzoetinctur zugesetzt wurde, und hierauf mit der Schönheitsmilch von Nr. 164. Das Verfahren muß natürlich längere Zeit fortgesetzt werden.

200) Rosencataplasma, um welken Brüsten Festigkeit zu geben.

Zur Rosenzeit nimmt man täglich $^1/_4$ Pfund rothe Rosenblätter und kocht sie vorsichtig eine Stunde lang mit 4 Loth Wasser. Dann wird die Masse fein gerieben und Abends lauwarm auf die Brüste gelegt, wo sie über Nacht liegen bleibt. Man thut dieß, so lange es hinreichend Rosenblätter gibt.

201) Leinsamenmehl-Cataplasma, zum Festmachen der Brüste.

Man nehme $^1/_2$ Pfund Leinsamenmehl, setze ihm zu entweder 2 Loth gepulverte rothe Chinarinde, oder $^1/_2$ Loth gepulvertes Tannin, oder 2 Loth gepulverte Schlangenwurz. Die gemischten Pulver werden mit lauwarmem Rosenwasser zu einem Cataplasma angerührt. Dieses legt man zwischen zwei Stückchen feine Leinwand und bindet es dann über Nacht auf die Brüste.

202) Jodtinctur zum Vermindern der Brüste.

Man gieße 12 Tropfen Jodtinctur in ein Glas Wasser und mit diesem Wasser reibe man dann täglich 20 Minuten lang mit der Hand sanft die Brüste. Das Mittel ist sehr wirksam und muß vorsichtig angewendet werden.

203) Teig zum Vermindern der Brüste.

Nehme 20 Loth Wasser, rühre darunter 2 $^1/_2$ Quentchen gepulverten Alaun, 2 $^1/_2$ Quentchen gepulverten Eisenvitriol, 2 Loth gepulverten weißen Bolus, rühre noch hinzu 4 Loth Weinessig. Dann nimmt man Brodkrumen von Hausbrod, und arbeitet sie mit einem Kochlöffel tüchtig unter das Gemische, so daß daraus ein weicher, geschmeidiger Teig entsteht; diesen legt man über Nacht auf die Brüste.

204) Die Jugendlichkeit der Brüste bis ins hohe Alter zu bewahren.

Wasser ist zu diesem Zwecke ein vorzügliches Mittel. Man wäscht sich Morgens und Abends die Brüste. Nachdem dieß geschehen, setzt man sich, stellt das Waschbecken auf die Kniee, und bückt sich so, daß die Brust gerade über das Waschbecken zu stehen kommt. — Hierauf taucht man einen feinen Schwamm in lauliges Wasser, das vorher mit einem Löffel voll Benzoetinctur aromatisch gemacht wurde. Man hält den Schwamm so hoch als möglich, preßt ihn vorsichtig aus, damit das Wasser von oben herab auf die Brüste falle, wie bei einem Douchebade. Man trocknet dann die Brüste durch Auflegen von erwärmter Leinwand ab, und reibt sie dann leicht mit etwas feinem Leinöl ein, das mit Rosenöl parfümirt wurde. Damen, welche das Rosenöl nicht lieben, können statt dessen einen anderen, ihnen mehr zusagenden Parfüm wählen.

II. Capitel.

Von einigen anderen geheimen Körpertheilen.

»Mehret Euch, wie der Sand am Meere,« steht in der heiligen Schrift; und damit dieser Zweck erreicht werde, verband die Natur damit jene unwiderstehliche, ungestüme Glut — jene unbeschreiblichste aller Wonnen.

Gleichwie die Reinlichkeit das Bedürfniß zur Erhaltung der Gesundheit und Schönheit aller Theile des

Körpers ist, so ist sie es in einem noch höheren Grade bei jenen gewissen, geheimen Theilen. — Vermöge ihrer Lage sind solche sehr der Ansammlung von Schweiß und anderer Aussonderungen ausgesetzt, welche der Schönheit der Haut und der Festigkeit jener Organe schaden. Man soll daher täglich Morgens und Abends diese Theile mit einem nassen, sehr feinen Schwamme betupfen, und nachher mit einem trockenen, sehr feinen Schwamme abtrocknen. — Abreiben muß dabei sorgfältig vermieden werden; einmal, weil es der Haut überhaupt schadet; anderseits, weil es der Empfindlichkeit der zahlreichen, hier vereinigten feinen Nerven schadet und sie abstumpft.

Damen sollen im Winter warme Hosen tragen, um jene Theile vor Erkältungen zu schützen.

Mädchen sollen, bevor sie vollständig entwickelt sind, beständig Hosen tragen; weil der Luftzug, Staub u. s. w. in jenen Theilen vorzeitige Regungen hervorbringen.

205) Mittel gegen die Impotenz.

Bisweilen pflegt sich bei Männern eine Bequemlichkeit und damit eine Gleichgiltigkeit gegen eheliche Freuden einzustellen; gleichzeitig verräth sich dann eine Anlage zur Corpulenz. Diese apathische Gewohnheit artet sehr häufig in Impotenz aus. So wie es nothwendig ist, dem Magen zuweilen durch pikante Speisen zum Appetite zu helfen, so muß man auch hier einen Reiz anwenden, welcher die Trägheit beseitigt und verhindert, daß vor der Zeit die Thätigkeit der männlichen Funktionen eingestellt werden. — Ein leichtes Stimulativmittel ist folgender Liqueur: Nehme 1 Pfund frische Maikäfer, fülle sie in eine Flasche, setze zu 1 Loth Vanille, übergieße mit

2 Halben Weingeist, verkorke wohl die Flasche und lasse ihn einen Monat lang digeriren. Dann filtrire man und setze 1 Pfund Zucker zu, den man vorher in einem Pfunde Wasser aufgelöst hatte. Von diesem Liqueur trinkt man Abends ein Liqueurgläschen voll.

206) Pastillen gegen die Impotenz.

Dieses Mittel ist schon bei Weitem wirksamer als der Maikäferliqueur. Man mische in fein gepulvertem Zustande: 2 Loth Ingwer, 1 Loth orientalischen Safran, 1/2 Loth Moschus, 1/4 Quentchen graue Ambra, 1/2 Loth Gewürznelken, 1 1/2 Loth Mastix und 2 Pfund weißen Zucker. Dann nehme man 2 Loth Katzenkrautspitzen (Marum verum), gieße darauf 1/2 Seitel kochendes Wasser, und nach 3 Stunden filtrire man diesen Aufguß. Mit der filtrirten Flüssigkeit mache man aus den gemischten Pulvern einen Teig an, welchen man zu Pastillen, à 1/2 Quentchen circa, verarbeitet. Abends nach dem Essen nimmt man 7 — 8 dieser Pastillen und man wird den Erfolg schon merken.

207) Liqueur und Tinctur gegen die Impotenz.

Folgendes ist das wirksamste Mittel: man darf es nur anwenden, wenn die Impotenz eine Folge der Abspannung in Folge zu früh begonnenen und zu unmäßig genossenen Geschlechtsvergnügens ist.

Man setze in einer großen Flasche an: 1 Maß guten Weingeist, 1/4 Pfund Selleriesamen, 4 Loth Vanille, 4 Loth Cantharidentinctur, lasse einen Monat digeriren, setze zu 2 Pfund Zucker, die in 1 1/2 Pfund Wasser aufgelöst wurden, und filtrire. Von diesem Liqueur trinkt man Vormittags und Abends ein Liqueurgläschen voll. Ferner setzt man 1 Halbe Weingeist an mit 1 Quentchen leerem Moschusbeutel, 2 Quentchen Ambra, $^1/_2$ Loth Nelken, 1 Loth Zimmt und läßt einen Monat lang digeriren. Mit einem Kaffeelöffel voll dieser Tinctur reibt man jeden Morgen das Glied ein.

208) Mittel, sich vor geheimen Krankheiten zu schützen.

Die alten Griechen und Römer waren glücklicher als wir; sie kannten Venus nur als die belebende, beseeligende Göttin — sie erfuhren es noch nicht, daß sie auch die zerstörende sei. — Wer hätte nicht schon gesehen, wie ein junger, starker Mann in wenigen Wochen zum lebensmüden Greise geworden — wie sein Gang unsicher und schwankend geworden, seine Haltung gebeugt, die Wangen fahl und hohl, die trüben Augen tief in den Höhlen versteckt, wie das Haar ausgegangen, die Stimme schwach geworden, — das sind die Folgen der zerstörenden Gottheit Venus. Glücklich, wenn er noch so davonkommt, und er nicht auch einen Theil des Rachens oder gar der Nase opfern muß. Und wenn er auch vollkommen geneset, das Leiden scheinbar gar keine Folgen zurückgelassen hat, so ist sein Blut und sein Same doch vergiftet. Durch eine unerklärliche Uebertragung zeigt sich das Gift in Gestalt von Skropheln bei den Enkeln wieder — und wir sehen, was es heißt: »Gott sucht heim die Sünden der Väter an den Kindern bis ins dritte und vierte Glied.« — Um also sich und seine etwaigen Nachkommen vor den Folgen der zürnenden Göttin zu bewahren, nehme man zu einem Präventivmittel seine Zuflucht, welches erlaubt, der freudespendenden Göttin zu huldigen, ohne der Zürnenden anheimzufallen.

Man führe ein wohlverwahrtes Fläschchen bei sich, das mit starkem Chlorkalkwasser gefüllt ist. Man kann das Chlorkalkwasser bei jedem Materialisten kaufen; man kann es sich aber auch selbst bereiten, indem man 1 Pfund Chlorkalk in einer großen Glasflasche mit 4 Pfund destillirtem Wasser übergießt. Man korkt es dann sorgfältig zu und läßt es einige Tage stehen. Von der klargewordenen Flüssigkeit füllt man sich immer ein Fläschchen voll, welches man mit sich führt. Nach der Geschlechtsbefriedigung gießt man zwei Gläser Wasser in ein Lavoir und gießt von dem Chlorkalkwasser circa zwei Fingerhut voll darunter, badet dann das Glied darin, wasche auch die verborgensten Theile desselben, und trockne dann ab. Das Chlor hat die Eigenschaft, alle schädlichen Theile, welche sich durch die Berührung mitgetheilt haben könnten, zu zerstören, und so ist eine Ansteckung nicht möglich.

209) Mittel das Ausfallen der Haare an gewissen Theilen zu verhindern.

Sorgfältiges Reinhalten dieser Theile ist eine Hauptbedingung; die Haare muß man ebenso wie das Kopfhaar zuweilen mit einer guten parfümirten Pomade oder einem Toiletteöl einreiben. Gegen das Ausfallen der Haare, gegen das Nachwachsen derselben, das Dichtermachen suche man die betreffenden Mittel unter Nr. 61, 62, 63, 64, 74, 82 auf.

210) Tinctur, die weiblichen Organe zu befestigen, zu erhalten und ihnen das Ansehen der Jungfräulichkeit zu geben.

Die weiblichen Organe haben durch Entbindungen viel zu leiden, und verlieren dadurch ihre Festigkeit und

Jugendlichkeit. Wenn wir allen Theilen unseres Körpers eine sorgfältige Aufmerksamkeit schenken, warum diesen nicht, welche die Natur zum geheimnißvollen Tempel der Liebe geschaffen, durch welche wir auch auf dieser Welt in unsern Nachkommen fortleben? — Welche vernünftige Frau wünschte nicht die Jugendlichkeit dieser Theile zu erhalten — oft hängt das häusliche und eheliche Glück davon ab. Es ist eine eigenthümliche Erscheinung, daß Männer, welche sich, wie man zu sagen pflegt, die tollen Hörner abgelaufen haben und dann zur Ehe schreiten, à tout prix eine Jungfrau heiraten wollen, während unverdorbenen Männern das gar nicht einfällt, sondern sie in jeder Braut auch eine Jungfrau voraussetzen. — Wer wüßte es aber nicht, daß ein Mädchen im Vertrauen auf den Geliebten, seinen Schwüren glaubend, bitter ihr Vertrauen beweinen muß, weil sie sich verlassen und verrathen sieht. — Und sollte ein solches Mädchen deshalb zur Ehelosigkeit verdammt sein, sollte es einem Bösewichte oder einem leichtsinnigen Menschen erlaubt sein, ein langes Dasein zu vergiften, wegen dem liebenden Vertrauen einiger kurzen Augenblicke? — Was wir nicht wissen, macht uns keine Sorgen! — Die folgende Tinctur soll ein so unglückliches Mädchen beruhigen, daß sie einen Mann noch glücklich machen kann, ohne auf so viel Großmuth rechnen zu dürfen, daß eine eingestandene Schwäche nicht nur vergeben, sondern auch vergessen werde.

Nehme $^1/_4$ Pfund aleppische Galläpfel, zerstoße sie grob, gieße 1 Pfund destillirtes Wasser oder Flußwasser dazu, setze aufs Feuer und lasse bis zur Hälfte einkochen; dann filtrire man und setze zu $1^1/_2$ Loth rectificirten Weingeist und 2 Loth Citronenalkoholat.

Von dieser Tinctur nehme man 1 Theil und mische

ihn mit sechs bis acht Theilen Wasser; mit dieser wässerigen Mischung wasche man die Geschlechtstheile mit einem Schwamme täglich; die Wirkung ist eine sanft zusammenziehende, dabei aber sehr nachhaltig. Das Mittel wirkt in jüngern und schon weiter vorgeschrittenen Jahren. Damen, welche an weißem Flusse, an Schleimabgang, an Erschlaffung der Gebärmutter leiden, werden dieselbe Mischung mittelst einer kleinen Spritze einspritzen und davon die sicherste Wirkung gegen diese Leiden haben.

211) Jungfernpomade.

Das unter Nr. 210 angeführte Mittel wirkt allmälig auf die Befestigung der Geschlechtstheile; will man ein schnelles Resultat in kurzer Zeit erzielen, so wende man folgende Pomade an:

Man nehme in feinst gepulvertem Zustande 1 Loth Galläpfel, 1 Loth Cypernnüsse, 1 Loth Sumach, 1 Loth Granatäpfelschalen, 1 Loth Mastix, und reibe diese Pulver allmälig unter 20 Loth feinster Rosenpomade.

Mit der so erhaltenen Pomade reibe man täglich sowohl die äußeren Theile, als auch den Gebärmutterhals ein, worauf sich alle diese Theile in die früheren Dimensionen zurückziehen und die Festigkeit einer Jungfrau erlangen.

212) Ueber die willkürliche Zeugung von Knaben und Mädchen.

Es ist durchgehends beobachtet worden, daß nach der Befruchtung in der Brautnacht das geborne Kind ein Knabe war; dasselbe ist der Fall bei der Befruchtung nach einer langdauernden Menstruation; geschieht die Befruchtung erst einige Wochen nach der Brautnacht, so ist das Kind ein Mädchen. — Männer von kräftigem, sinnlichem Temperamente, welche häufig den Beischlaf ausüben, erzeugen in jüngeren Jahren beinahe nur Mädchen; erst in spätern Jahren, wenn sie ruhiger und enthaltsamer geworden sind, zeugen sie Knaben. Alte, schwache, kränkliche und phlegmatische Männer erzeugen beinahe nur Knaben. In der Vielweiberei und bei sinnlicher Ausartung werden verhältnißmäßig mehr Mädchen als Knaben geboren. Männliche Thiere, Hengste, Ochsen, Böcke, Hähne u. s. w. zeugen den weiblichen Thieren, welche sie nach längerer Zeit der Enthaltung zuerst befruchten, fast immer männliche Junge.

Aus diesem folgt, daß, wenn man einen Knaben zeugen will, der Beischlaf nur alle 10—14 Tage einmal ausgeübt werden soll; zur Mädchenzeugung ist dagegen der Beischlaf jeden Tag, längstens jeden zweiten Tag nothwendig; natürlich nur bis zu erfolgter Schwangerschaft. — In vielen Familien wäre es wünschenswerth, wenn nicht so viele Kinder gezeugt würden; es gibt auch Mittel, die Befruchtung zu verhindern — allein, da der Staat Menschen braucht, und die Moral gänzlich zu Grunde gehen könnte, so ist es natürlich nicht erlaubt, solche Mittel zu veröffentlichen. Da jedoch die französische Sprache zur heutigen Bildung erforderlich ist, und Béranger's Gedichte ein Buch ausfüllen, welches die meisten Damen zur Hand nehmen, weil es zur Belesenheit und literarischen Ausbildung nöthig sein soll, so will ich hier nur eine Stelle dieses Lieblingsdichters anführen:

Prenez donc des précautions,
Vivez donc de privations,
Sans la sauce mangez l'anguille . . . .

213) Präparat, um den Runzeln und der Erschlaffung des Bauches nach der Niederkunft vorzubeugen.

Man schmelze bei gelindem Feuer zusammen $^1/_4$ Pfund weißes Wachs und $^1/_4$ Pfund Wallrath; darunter rührt man 1 Loth Alkohol. In dieses Gemisch taucht man einen breiten leinenen Streifen, legt ihn dann auf den Bauch der Wöchnerin und befestigt ihn gehörig mit leinenen Binden. Jeden Morgen kehrt man den Streifen um, und nach acht Tagen ersetzt man ihn durch einen neuen. Dieß geschieht durch 3—4 Wochen; dann bilden sich keine Runzeln am Bauche und die Haut bleibt vollkommen fest und glatt.

214) Salbe, um entstandene Runzeln am Bauche zu vertreiben.

Nehme 4 Loth Wallrath, 4 Loth gelbes Wachs, schmelze sie bei gelindem Feuer zusammen, setze dann zu 2 Loth Süßmandelöl, 2 Loth Johanniskrautöl, 2 Loth Heidelbeerenöl. Mit der so erhaltenen Salbe schmiere man Abends den Bauch ein; Morgens wird die Salbe mit Erdbeerwasser abgewaschen. Das Verfahren muß durch einige Zeit fortgesetzt werden.

215) Pflaster, um am Bauche entstandene Runzeln zu vertreiben.

Nehme 1 Quentchen weißen Tragant, übergieße ihn mit 2 Loth Wasser, lasse 48 Stunden quellen, und presse dann durch ein Tuch; zerreibe dann den Tragant mit $^1/_2$ Pfund weißem Honig, und reibe dann allmälig folgende gepulverte Substanzen hinzu: $^1/_4$ Pfund Reismehl, $^1/_4$

Pfund Bohnenmehl, 1 Quentchen arabischen Gummi, 1 Quentchen Salmiak, 1 Quentchen Myrrhen.

Von dem so erhaltenen Pflaster streicht man auf feine Leinwand, legt es Abends auf den Bauch, und läßt es über Nacht darauf liegen. Morgens wird der Bauch mit Benzoewasser oder Jungfernmilch abgewaschen. Auch dieses Verfahren muß durch einige Zeit fortgesetzt werden.

216) Geheime Stellen, welche vom Gehen aufgerieben sind, zu heilen, und das Aufreiben zu verhüten.

Es ist nicht nur eine böse, schmutzige, sondern sogar schädliche Gewohnheit, wund gegangene Stellen mit Unschlitt einzuschmieren; erstens wird das Unschlitt häufig mit Schwefelsäure (Vitriolöl) gereinigt, und zweitens kommt mitunter auch das Fett von umgestandenen, und dazu noch oft von an Seuchen umgestandenen Thieren dazu. Dieß kann die gefährlichsten Krankheiten verursachen.

Statt dessen mische man 2 Loth Bärlappmehl (Semen lycopodii) und 1 Loth gepulvertes Zinkoxyd in einem Staubbeutel zusammen, und betupfe damit jene Theile, welche einer Reibung bei längerem Gehen ausgesetzt sind. Sollte man sich wund gerieben haben, so heilt dieses Pulver auch schnell.

217) Tinctur, um den Schenkeln und den hinteren Theilen des Körpers Festigkeit zu verleihen.

Mische zusammen $^1/_4$ Pfund Rosenwasser, $^1/_4$ Pfund weißen Weinessig, 4 Loth Wegerichwasser und $^1/_2$ Quentchen Gerbsäure; dann setze man zu $3^1/_2$ Loth fein gepulverten arabischen Gummi, $^1/_4$ Quentchen gepulverten Moschus und $^1/_4$ Quentchen gepulverten Ambra.

Beim Gebrauche schüttelt man die Tinctur jedesmal gut um. Man taucht Leinwand in diese Tinctur, legt sie naß auf die Schenkel und die Hinterbacken auf und läßt die Leinwand darauf trocknen. Dieß thut man Abends; Morgens wäscht man die Theile mit Benzoewasser ab.

Sechstes Hauptstück.

Von den Füßen.

Ein kleiner, wohlgeformter Fuß gehört mit zu den größten Reizen der weiblichen Schönheit. Mit Vergnügen betrachtet man einen solchen Fuß, besonders wenn zu demselben ein zarter Knöchel und ein sanft verjüngtes Bein sich gesellen, welche die Ueppigkeit der Waden ahnen lassen. — Es ist dieß um so schöner, weil nur selten eine so vollkommene Harmonie anzutreffen ist.

Wie in den Fingern eine geheime Kraft thätig, so ist es auch bei der großen Zehe. Die große Zehe läßt sich benützen, um die tiefsten Geheimnisse eines Menschen zu erkundschaften. Wenn Jemand in festem Schlafe liegt, und man nähert sich ihm leise, nimmt dann zwischen Daumen und Zeigefinger die große Zehe des Schlafenden, wobei man nur leicht berühren darf, beugt sich zu dem Schlafenden herab, und frägt ihn mit leiser Stimme nach dem, was man wissen will, so wird in den meisten Fällen die gewünschte Antwort erfolgen. Nur muß man sich hüten, den Namen des Schlafenden zu nennen, denn sonst wacht er gleich auf; ebenso darf man ihn nicht anders als mit du anreden. — Wer sich getraut zu vergessen, daß nicht wissen oft bei weitem besser ist als wissen, der möge es versuchen, wobei er sich jedoch der Gefahr aussetzt, oft auf alle Zeiten seinen Seelenfrieden zu zerstören.

Zwischen der großen Zehe und den Geschlechtsorganen besteht eine ähnliche Beziehung wie zwischen den Brüsten und diesen Theilen. Durch das Reizen der Brüste werden die Geschlechtsorgane gereizt; durch einen Druck auf die große Zehe werden die geheimen Organe ebenfalls erregt.

Die Füße müssen beständig sehr rein gehalten werden. Im Sommer und Winter soll man sie täglich mit lauem Wasser abwaschen, dann mit einer leichten Toiletteseife einseifen, wieder abwaschen; zuletzt reibt man sie mit einem feinen Schwamme ab, der in Wasser getaucht wurde, das vorher mit Benzoetintur aromatisch gemacht wurde. Diese Behandlung reinigt und stärkt die Füße, bewahrt die Elasticität der Haut, schützt vor Blasen und Hühneraugen, und mindert auf unschädliche Art den Fußschweiß.

Beim Aufstehen setze man die nackten Füße nicht auf den bloßen Fußboden, sondern man halte neben dem Bette einen warmen Teppich, auf welchen man tritt; dann schlüpfe man gleich in geschlossene Pantoffeln. Hinten offene Pantoffeln sind nicht zu empfehlen, einmal weil die Fersen sich leicht erkälten können, anderseits, weil sich sonst der Rücktheil des Fußes zu stark im Verhältniß zum Vorderfuße entwickelt.

Oft leiden Frauen an geschwollenen Adern, Krampfadern an den Beinen. Meiner Ansicht nach rühren diese keineswegs von den Wochenbetten her; ebenso wenig wie die bei Frauen so häufig vorkommenden Beinwunden, sondern hauptsächlich von den Strumpfbändern. Es ist eine leidige Gewohnheit, schmale, feste Strumpfbänder zu tragen; diese werden noch dazu sehr fest zugezogen. In Folge der Bewegung, der Wärme schwellen die Beine an, und die Strumpfbänder schneiden sich dann tief in das Fleisch ein. Dadurch wird die Blutcirculation gehemmt, die Adern laufen auf und erweitern sich im Laufe der Zeit; schädliche Stoffe sammeln sich an und es bilden sich oft nie mehr zu heilende Geschwüre und Wunden. Das Strumpfband sei breit, weich; am besten von Seide oder weicher Wolle; man binde es nur so, daß es den Strumpf festhält; schwillt der Fuß an im Laufe des Tages, so lockere man das Strumpfband. — Durch diese einfache Aufmerksamkeit kann sich das schöne Geschlecht größtentheils vor den Leiden der Krampfadern und Beinwunden bewahren.

Die Füße, welche die Last des ganzen Körpers zu tragen haben, werden außerdem aus falscher Eitelkeit durch enge, zu kurze Schuhe gemartert. Es dauert aber nicht lange, so rächt sich der Fuß an dieser Mißhandlung durch Entstaltung und durch Schwielen und Hühneraugen. — Uebrigens sieht man es dem unbeholfenen Gange, der schwankenden Haltung des Körpers sogleich an, wenn der Fuß in eine solche Foltermaschine hineingezwängt wurde.

Man lasse sich daher die Fußbekleidung so machen, daß sie den Fuß nicht belästigt. Ist man ausgegangen, dann wechsle man beim Nachhausegehen die Schuhe. Im Sommer trage man leichte, zwirnene Strümpfe, im Winter dagegen wollene. Auch ist es zweckmäßig, sich im Winter Flanellsohlen in die Schuhe zu legen. Es ist eine goldene Regel, sich die Füße warm zu halten. Leider sind die Sohlen an den Schuhen der Damen so dünn, daß sie sich auf dem kalten, oft feuchten Straßenpflaster sehr leicht die Füße erkälten. Besser wäre es, sich etwas dickere Schuhsohlen anfertigen zu lassen.

Wollen die Füße im Bette nicht gleich erwarmen, so wickle man sie in eine Decke oder in ein Kissen. Im äußersten Falle nur erwärme man sie durch einen wohlverkorkten Krug mit heißem Wasser. Wärmpfannen sind auf jeden Fall zu vermeiden; sie wirken sehr schädlich auf die Schönheit der Haut. — Wer Gelegenheit gehabt hat, die Beine von Südländerinnen zu sehen, welche bei kühler Witterung stundenlang über Wärmepfannen sitzen, der konnte sich auch überzeugen, welche entsetzlich zerstörende Wirkungen diese Wärmapparate auf die schönsten Theile des weiblichen Körpers ausüben.

218) Unschädliches Mittel gegen den Fußschweiß.

Der Schweiß an den Füßen sondert noch schärfere Theile aus, als jener unter den Achselhöhlen u. s. w., es ist daher auch noch gefährlicher, den Fußschweiß zu unterdrücken. Man darf nur Palliativmittel anwenden. Ein solches ist das folgende:

Beim Aufstehen reibe man die Füße mit trockener Leinwand ab; dann befeuchtet man ein Stückchen Leinwand mit Branntwein und frottirt den Fuß damit.

219) Anderes unschädliches Mittel gegen den Fußschweiß.

Man bade Abends und Morgens die Füße in lauwarmem Wasser, und ziehe jeden Morgen reine Strümpfe an. Die Strümpfe sollen innen ausgepulvert sein mit einer Mischung von 1 Theil gepulvertem gebranntem Alaun, 1 Theil gepulverter Stärke und 1/4 Theil gepulverter Veilchenwurzel. Das Pulver saugt den Schweiß auf, ohne der Transpiration zu schaden und die Veilchenwurzel verdeckt den unerträglichen Geruch.

220) Frostbeulen an den Füßen zu heilen.

Man gebrauche dazu die unter Nr. 173 und Nr. 174 angegebenen Mittel.

221) Die Schwielen an den Füßen zu heilen.

Die Schwielen an der großen Zehe, dort wo sie mit dem Fußknochen in Verbindung steht, sind sehr schmerzlich. Sie entstehen durch vorn zu kurze oder zu enge Fußbekleidung.

Um sie zu vertreiben, kocht man 1/4 Pfund Eibischwurzeln eine Viertelstunde lang in 5 Halben Wasser. In der Abkochung badet man die Füße, nachdem sie lauwarm geworden ist, 20 Minuten lang. Während der ganzen Rosenzeit legt man bei Tag und bei Nacht frische Rosenblätter auf, welche man mit einer leinenen Binde befestigt. Die Anwendung der lauen Eibischwurzelabkochung als Fußbäder und das Auflegen der Rosenblätter während der Rosenzeit heilen selbst seit Jahren veraltete Schwielen, und beseitigen sie auf immer.

222) Pomade um Blasen, Hühneraugen und Schwielen an den Füßen vorzubeugen.

Man nehme 2 Loth geschmolzenes Hammelfett; unter dieses reibe man in einem kleinen Porzellan- oder Steinmörser 3/4 Loth frischen zerstoßenen Beifuß oder statt dessen ¾ Loth zerriebenes Johanniskraut. Mit dieser Pomade reibt man die Füße Morgens leicht ein.

223) Decoct, um empfindliche Füße zu stärken, und Schwielen, Blasen und Hühneraugen vorzubeugen.

Setze auf's Feuer einen Topf mit 5 Halben Wasser, gebe hinein 2 Loth Krausemünze, 2 Loth Salbei, 6 Loth Angelicawurzel, ¼ Pfund Wachholderbeeren, 20 Loth Rosmarin; lasse eine Viertelstunde lang kochen. Ist der Absud lauwarm geworden, dann bade man Abends die Füße eine Viertelstunde lang darin. Dieses Fußbad wird vier Tage hinter einander genommen. Die Füße und die Haut werden ungemein dadurch gestärkt.

224) Mittel gegen Hühneraugen (Tiroler Pflaster).

Eine Unze Galbangummi wird in ½ Seitel Essig aufgelöst und bis auf ¼ Seitel eingekocht; dann setzt man hinzu ½ Unze Schifftheer (Holztheer), 2 Drachmen einfaches Diachelpflaster, 1 Scrupel feingepulverten Grünspan und 1 Scrupel feingepulverten Salmiak. Ehe man dieses Pflaster gebraucht, bade man die Füße in lauwarmem Wasser eine Viertelstunde lang, trockne sie gut ab und entferne mit einem scharfen Federmesser von der erweichten Haut des Hühnerauges so viel als möglich weg. Dann macht man auf weichem Handschuhleder oder Leinwand ein Pflaster, um ⅓ größer als das Hühnerauge, und legt es auf; das Pflaster wird alle 12 Stunden erneuert; in 4 Tagen ist meist das Hühnerauge bis auf die Wurzel verschwunden.

225) Anderes Mittel gegen Hühneraugen.

Lege Hauswurzblätter in starken Essig, lasse sie fünf Tage darin liegen, dann nehme man Abends vor dem Schlafengehen ein warmes Fußbad, fünfzehn Minuten lang; schneide hierauf mit einem scharfen Messer so viel von der harten Haut des Hühnerauges weg, als möglich ist, und lege dann zwei Blätter von dem Hauswurz auf, und bindet eine leinene Binde darüber, um sie festzuhalten. Wer das angegebene Verfahren durch eine Woche fortsetzt, wird nicht nur von dem Hühnerauge befreit, sondern es kommt auch nicht wieder.

226) Anderes Mittel gegen Hühneraugen.

Man gebrauche dagegen den unter Nr. 182 angegebenen Essig zur Vertreibung der Warzen.

Alphabetisches Verzeichniß

der in diesem Werke vorkommenden kosmetischen Vorschriften.